Für Asco.
Du fehlst mir.

Für meine Familie.
Mit euch ist alles möglich.

Für alle, die jemanden verloren haben.
Für alle, die glauben, diesen Verlust
niemals zu überstehen.
Für dich, weil das Leben nicht immer nur rosa ist.

W0402083

M. H. H.

1.

Wie ich einem Hund die Fresse polierte oder eher er mir, je nachdem, aus welchem Blickwinkel man es betrachtete.

Ich rannte, berührte kaum noch den Boden und versuchte, während ich um die nächste Ecke schlitterte, nicht das Gleichgewicht zu verlieren. Meine Kondition war mal besser gewesen, vielleicht sollte ich das nächste Mal den Salat der Pizza und den Pommes vorziehen. Hinter mir knurrte es und ich hechtete weiter. Ich verachtete Hunde. Gefährliche, dumme Biester, die sich mit ihrer ach so süßen Art wirklich in jedes Menschenherz stehlen konnten. Ich beschleunigte mein Tempo, es war nicht mehr weit bis zu unserem Haus. Das Knurren wurde lauter und mein Kopf fuhr herum. Ein Husky. So ein großer Hund, ich sollte wirklich mehr Gemüse essen und an meiner Kondition arbeiten. Igitt.

Ich konnte das Gartentor unseres Hauses schon erkennen, als das Vieh mich am Schwanz packte und herumschleuderte. Ich kam auf den Füßen auf, fauchte und rannte weiter. Blöder Hund. Ich spürte, dass er mit mir spielte. Hätte er mich ernstlich verletzen wollen, hätte er dazu die Chance gehabt. Das Katz-und-Maus-, oder in diesem Fall das Katz-und-Hund-Spiel schien ihm Spaß zu machen. Mir normalerweise auch. Nur heute nicht. Heute war ein beschissener Tag gewesen und das der krönende Abschluss, die Kirsche auf der Sahne sozusagen. Schlimmer konnte es nicht mehr kommen.

Ich erreichte das Tor, schlüpfte durch ein Loch im Zaun und kam schlitternd zum Stehen. Ha! Ich hatte es geschafft und den Wettlauf gewonnen. Schwer atmend drehte ich mich um und schaute direkt in rostbraune Augen. Der Hund hechelte und starrte zurück.

Der Würde meines Sieges entsprechend, wandte ich mich erhobenen Hauptes ab und schritt ganz langsam und bedächtig die Stufen zu unserem Haus hinauf, immer darauf bedacht, meinen Schwanz elegant und hocherhoben hin und her gleiten zu lassen. Durch die Katzenklappe gelangte ich ins Innere. Dort konzentrierte ich mich auf meine menschliche Gestalt und leitete die Wandlung ein. Ich spürte, dass meine Knochen sich verlängerten, meine Muskeln sich streckten und eine andere Form annahmen. Innerhalb weniger Sekunden war alles vorbei und ich war froh, dass es mir so leichtfiel, mich zu verwandeln Meine Knochen knackten, als ich die Klamotten anzog, die ich vorher neben der Tür abgelegt hatte. Ich betrachtete mich kurz im Spiegel, strich meine leicht kupferstichigen braunen Haare glatt und zählte meine Sommersprossen. Es waren zu viele. Fast mein ganzes Gesicht war damit übersäht. Das ungesunde Essen aka Pizza und Co. hatte nicht nur meiner Kondition geschadet, sondern auch meiner Kleidergröße. Ich musste wirklich wieder trainieren gehen, denn essen würde ich weiterhin alles, was mir schmeckte und so viel in mich hineinpasste. Kleidergröße zweiundvierzig war für mich noch kein Weltuntergang, eher mehr erotische Nutzfläche. »Katarina, bist du es?«, rief meine Mutter aus dem Wohnzimmer. »Ja, ich bin wieder zurück. Gibt's noch was zu essen?« Immerhin hatte ich beim Rennen gerade mindestens eine Million Kalorien verbrannt, da konnte ich mir einen kleinen Snack gönnen.

Ich hörte den Sessel ächzen. »Steht in der Küche, ich mach es dir warm.«

Lautlos tappte ich ihr hinterher und setzte mich an den Küchentisch. Sie stellte meine Portion vor mir ab und nahm mir gegenüber mit einer Tasse Kaffee Platz.

»Willst du auch eine Tasse?«, fragte sie mich, nachdem ich die Nudeln innerhalb kürzester Zeit verschlungen hatte. Wollte ich nicht mehr Gemüse essen? Immerhin, die Soße war aus Tomaten. Puh, dann hatte ich ja noch mal Glück gehabt und doch nicht so ungesund gegessen.

»Lieb gemeint, aber ich gehe mich umziehen. Meine Schicht fängt gleich an.« Ich nahm meinen leeren Teller und ging Richtung Spülmaschine.

»Setz dich, wir müssen reden.«

Oh, oh, das hörte sich nicht gut an. Das klang eher, als würde ich die Tasse Kaffee brauchen.

Mit einem dampfenden Becher in den Händen setzte ich mich meiner Mama gegenüber und sah sie fragend an.

»Du musst ausziehen.«

Schockiert sog ich die Luft ein. »Bitte was?«

»Du gehörst hier nicht her. Du musst nicht bei mir bleiben, nur weil dein Vater gestorben ist. Ich komme wunderbar allein klar. Du bist Anfang zwanzig und bringst mit deiner Stimme Menschen zum Weinen. Dieses Talent musst du nutzen. Mach etwas daraus. Unsere Kleinstadt ist nichts für dich. Lebe dein Leben, nicht meins.«

Das hatte gesessen. Vorsichtig sah ich mich nach versteckten Kameras um. So kannte ich meine Mutter nicht. Ich wusste zwar, dass sie es nicht böse meinte, trotzdem verletzte es mich. »Aber …«

»Nichts aber«, fiel sie mir sogleich ins Wort. »Ich weiß, dass du diese Stadt, das Haus, die Bar und mich liebst, aber ich sag auch nicht, dass du verschwinden und nie wiederkommen sollst. Versuch deinen eigenen Weg zu gehen. Strebe nach Größerem, als in einer Bar voller Wandler dein Leben lang zu arbeiten. Strebe danach, die Menschen mit deiner Musik zu bewegen, etwas zu verändern. Sei einfach du.« Sie strich sich eine Strähne hinters Ohr. »Ich liebe dich. Und denk bloß nicht, dass ich dich loswerden will, aber ich habe Angst, dass du nur meinetwegen hierbleibst. Ich komme klar, wirklich. Jemand muss dir endlich die Augen öffnen.«

Was sollte ich darauf antworten? Ich entschied mich für die Wahrheit.

»Ich habe Angst«, gab ich kleinlaut zu. Das zuzugeben fiel mir nicht leicht.

»Ich weiß, deswegen sage ich dir, was meine Mutter damals zu mir gesagt hat. Die Angst sollte dich niemals davon abhalten, dein Leben zu leben. Sie darf dich begleiten, aber nicht lenken. Manchmal wird sie dir ein guter Ratgeber sein, manchmal wirst du sie verfluchen. Aber lass dich niemals von ihr aufhalten, das zu tun, was dir dein Herz sagt. Damals hielt ich das für philosophischen Stuss, doch heute weiß ich, was sie damit gemeint hat, und auch du wirst es herausfinden.« Es klang wirklich sehr philosophisch und wie aus einem »100 Weisheiten für den Alltag«-Buch, doch Omi hatte es gesagt. Ich vermisste sie sehr. Genauso wie Papa.

Nachdenklich nahm ich einen Schluck Kaffee. Vielleicht hatte Mama recht? Aber ganz allein losziehen? Wo sollte ich denn hin?

Ich hatte eine Freundin in Hamburg, sie studierte dort. Vielleicht konnte ich sie für ein paar Tage besuchen? Um den Kopf freizubekommen. Das war eine gute Idee.

»Vielleicht hast du recht, doch erst mal muss ich zur Arbeit.« Ich küsste die Frau, die mir das Leben geschenkt hatte, auf die Wange und begab mich in mein Zimmer, um mich für die Arbeit umzuziehen.

Kurz darauf betrat ich *Die schwarze Katz* – von mir einfach nur liebevoll die Bar genannt.

Es war ein größeres Lokal, das sich über zwei Ebenen erstreckte. Wenn man zur Tür hereinkam, befand sich gegenüber die Theke und auf der rechten Seite eine kleine Bühne. Hinter dem Tresen führte eine Tür zu den Büros. Zwischen ihm und der Eingangstür befanden sich viele verschiedene Tische unterschiedlicher Größe, die meist gut besetzt waren. Von der Tür aus, auf der linken Seite fand man die Waschräume sowie einen kleinen Lagerraum und die Treppe, die ins zweite Geschoss führte. Dort oben waren weitere Tische vorhanden, die oft für Feste wie Geburtstagsfeiern genutzt wurden.

Seit nunmehr drei Jahren arbeitete ich hier. Es war nicht der nobelste Job, aber ich verdiente gutes Geld, hatte geregelte Arbeitszeiten und langweilig wurde es auch nie. *Die schwarze Katz* war in unseren Kreisen auf der ganzen Welt bekannt. Es gab nicht viele dieser Bars, in der sich Wandler ungestört treffen konnten. Selten verirrten sich Menschen zu uns, das lag vielleicht auch am Äußeren der Bar. Sie sah ziemlich unscheinbar und ein bisschen verwildert aus, doch das war vollste Absicht. Wir wollten keine ungebetenen Gäste hier haben. Verirrte sich doch mal einer bis an die Tür, wimmelte ihn Karl, der Türsteher, ab. Außerdem war Sascha, der Barbesitzer und mein Chef, unser Stadtoberhaupt. Er sprach gegenüber anderen Städten für uns und war so etwas wie der Clanführer. Es war ähnlich wie mit der Kirchengemeinde. Hatte man ein Problem oder eine Frage, war Sascha der Ansprechpartner. Auch deswegen kamen so viele Gäste in die Bar.

Jeden Tag bekam ich eine andere Geschichte eines anderen Gastes zu hören und ging mit ihm auf Reisen. Doch eine Geschichte über meine eigene Reise, konnte ich noch nicht erzählen. Ich würde mit Sascha über Urlaub sprechen müssen.

»Hey, Kat, da bist du ja endlich. Schwing deinen süßen Arsch hinter die Bar und hilf mir.« Wenn man vom Teufel sprach.

Maike, Saschas Frau, lächelte mir zu und ich erwiderte es. Ich mochte beide gern und sie gehörten für mich zur Familie.

»Wo sind die Kinder?«, fragte ich Maike.

»Oma hat heute das Babysitten übernommen. Sascha und ich machen uns gleich einen ruhigen Abend mit der Buchhaltung«, antwortete sie sarkastisch und schnitt eine Grimasse.

Ich verstaute meine Handtasche und meine Jacke unter dem Tresen und gesellte mich zu meinem Chef.

»Was liegt an?«

Er reichte mir ein Bierglas nach dem anderen und ich stellte sie der Reihe nach neben den Zapfhahn. »Fünf Weizen und zwei Radler für Tisch acht. Ich gehe nach hinten und fang schon mal mit der Buchhaltung an.« Er zog ein Gesicht, als hätte er in einen sauren Apfel gebissen, und ich musste lachen.

»Ach, Sascha, können wir nachher vielleicht über meinen Urlaub reden?«

»Klar, komm, sobald Trixi da ist, einfach zu mir. Das lenkt mich und Maike von der Buchhaltung ab.« Er zwinkerte mir zu und verschwand.

Ich zapfte das Bier und freute mich, wie schön unkompliziert es war, hier zu arbeiten. Nachdem ich die Getränke an Tisch acht gebracht und die Essensbestellung dem Koch weitergegeben hatte, wischte ich über die Theke. Es war zu spät für die Mittagsgäste und zu früh für das Abendpublikum. Ergo war nicht viel zu tun. Nach einer Weile räumte ich Tisch acht ab und hoffte, dass bald neue Gäste kommen würden. Das Lokal war fast leer, nur ein altes Paar, das miteinander tuschelte, hatte sich eingefunden. Ich mochte diese Langeweile nicht, die Zeit verging so langsam, als müsse sie vorher noch höchstpersönlich durch eine Sanduhr laufen.

Ich kam gerade aus der Küche, als ich hörte, dass die Türklingel das Eintreffen weiterer Gäste ankündigte. Endlich. Es war eine kleine Gruppe unterschiedlichen Alters, zwei Männer und eine Frau. Dadurch, dass der Eingangsbereich so weit von mir entfernt war, konnte ich ihre Gesichter kaum erkennen.

Die kleine Gruppe setzte sich an Tisch siebzehn. Ich gab ihnen einige Minuten, damit sie ihre Getränke auswählen konnten, und ging dann gut gelaunt zu ihnen. Am Tisch angekommen, empfingen mich nur zwei Personen und ich war etwas verwirrt. Einer der beiden Männer musste wohl auf die Toilette verschwunden sein. Leicht irritiert stand ich wie bestellt und nicht abgeholt vor dem Tisch. Ich ließ mich viel zu leicht aus dem Konzept bringen. Schnell fragte ich nach ihrer Bestellung und musterte sie, da ich die beiden nicht kannte. Die junge Frau schien etwas jünger zu sein als ich, sie trug ein kurz über dem Bauchnabel abgerissenes schwarzes Shirt und dazu eine dunkle Röhre. Ihre auf der rechten Seite abrasierten Haare waren ebenso schwarz wie ihr Oberteil und ihre Boots. In Ohren und Nase steckten bronzefarbene Ringe, die Lippen waren rot geschminkt, sonst trug sie kein Make-up.

»Lizzy nimmt einen Eistee, ich ein Bier, ein gutes bitte. Levi bekommt eine Cola. Der soll erst mal ausnüchtern, bevor er wieder Alkohol in sich hineinschüttet.« Damit riss mich der Mann am Tisch weg von meinen Beobachtungen und hatte meine volle Aufmerksamkeit. Ich schätzte ihn auf Ende zwanzig, er hatte einen Dreitagebart und kurze schwarze Haare, trug ein schwarzes Hemd, Jeans und elegante dunkelbraune Lederschuhe.

Ich notierte die Bestellung. Zurück an der Theke, machte ich mich daran, ihre Getränke in Gläser zu füllen. Währenddessen kam Trixi zur Tür herein.

»Sag mir, dass es was zu tun gibt, ich brauche Ablenkung. Dringend!«, rief sie durch den gesamten Raum.

Mit großen Augen starrte ich sie an. Ihre normalerweise blonden Haare waren dunkellila gefärbt. »Was ist passiert?«

»Ben hat mich verlassen. Gestern schon. Ich wollte deswegen irgendetwas an mir verändern. Und jetzt sieh dir an, was dieser Friseur mir angetan hat. Sie sind lila, Kat! LILA! Meine wunderschönen blonden Haare sind lila.« Sie war den Tränen nahe und ich drückte ihr das halb volle Cola Glas in die Hand.

»Hier. Die Bestellung von Tisch siebzehn.« Angriff war die beste Verteidigung. In so einer Situation würde es eine Umarmung oder tröstende Worte nur schlimmer machen. Trixi brauchte wirklich Ablenkung. Damit stahl sie mir aber meine Gäste und somit mein Amüsement. Lustlos wischte ich nochmals über den Tresen. Als der lila Engel nach einer Weile noch immer nicht zurückgekommen war, spähte ich zu Tisch siebzehn. Sie saß bei den Gästen und unterhielt sich mit ihnen. Na toll. Ich freute mich, dass Trixi Zerstreuung gefunden hatte, dennoch war mir langweilig. Frustriert, da weitere Gäste auf sich warten ließen, ging ich zu Sascha ins Büro, um meinen Urlaub mit ihm zu besprechen.

Enthusiastisch klopfte ich an seine Tür, wartete, bis er mich hereingerufen hatte, und trat ein. Mein Boss hob seinen Blick von den Papieren und betrachtete mich, als hätte er mich noch nie zuvor gesehen. In seinen Augen konnte ich das Tier erkennen. Der Adler, der sich danach sehnte, die Lüfte erobern zu können, wollte rausgelassen werden. Man sagt, die Augen sind der Spiegel der Seele. Bei uns Wandlern traf das besonders zu. Jeder unserer Art konnte in den Augen des anderen das Tier in ihm sehen. So romantisch, das auch klang, manchmal war es nervig. Wenn du einen Typen zum Beispiel anmachst und lieber die Löwin als der Stubentiger sein möchtest. Es hatte aber auch Vorteile. Man konnte am Tier schon erste Charaktermerkmale der Person feststellen. So hielt ich mich meist von Hunden fern. Lag mir wohl im Blut. Katzen waren eben keine Hundefreunde.

»Ich wollte mit dir noch mal über meinen Urlaub reden«, holte ich Sascha aus seinen Gedanken. Er schüttelte seinen dunkelblonden Haarschopf und schaute zu mir hoch.

Maike war nirgends zu sehen. Sie passte nicht nur als Mensch zu ihrem Mann, sondern auch als Tierwesen, sie ergänzten sich perfekt. Als Bartkauz konnte sie zusammen mit dem Adler den Himmel erobern und sprichwörtlich in den Sonnenuntergang fliegen. Hach, wie romantisch.

»Ach ja, stimmt. Ich denke, das sollte kein Problem sein. Sobald wir mit dem Kram hier fertig sind, kann ich deine Schichten übernehmen und da du bisher noch kaum Urlaubstage verbraucht hast, hat sich da einiges angesammelt. Zur Not stelle ich jemanden ein. Erst gestern war jemand hier, der Arbeit suchte. Wie lange willst du denn weg?«

Ich überlegte. »Wie lange kannst du mich entbehren?«

So musste ich keine Entscheidung treffen, Saschas Antwort würde mir vieles erleichtern.

»Drei Wochen? Reicht das? Du kannst auch gerne vier nehmen.«

Ich liebte meinen Chef. Es war so ein tolles Arbeitsklima hier. Wollte ich das wirklich hinter mir lassen? Genug davon!

»Drei klingt klasse. Ich danke dir! Wann wirst du den Papierkram erledigt haben?«, fragte ich gleichzeitig aufgeregt und nervös. Drei Wochen waren erst mal lang genug. Man musste es ja nicht übertreiben. Ich war noch nie lange von Zuhause weg. Unsere Abschlussfahrt damals nach dem Abitur hatte gerade mal zehn Tage gedauert.

»Gib mir eine Woche, das sollte genügen. Wo soll's denn hingehen?«, riss Sascha mich aus meinen Gedanken.

Ich kaute auf meiner Unterlippe. »Ich will eine Freundin in Hamburg besuchen. Meine Mutter denkt, ich bin zu Höherem bestimmt, als mein Leben lang in dieser Bar zu arbeiten. Ich will versuchen, den Kopf freizubekommen.«

»Deine Mutter hat recht. Du singst auch nicht mehr so oft wie früher bei uns. Hat es mit dem Tod deines Vaters zu tun?«

»Nein.« Doch. Vielleicht. Ich wusste es nicht genau.

»Na gut. Nimm dir die Zeit, die du brauchst, Mädchen. Komm nur, bevor du uns endgültig verlässt, wieder zurück und verabschiede dich gebührend.«

Sascha stand auf, kam auf mich zu und nahm mich in den Arm. Seine Muskeln zeichneten sich deutlich unter dem weißen T-Shirt ab. Ich schmiegte mich an ihn und genoss die Wärme. Er war höchstens zehn Jahre älter als ich, hatte jedoch früh seine Eltern durch einen Unfall verloren und die Bar seines Vaters übernommen. Oft war er nicht nur mein Chef, sondern auch mein großer Bruder.

»Trixi könnte übrigens auch eine Umarmung vertragen«, sagte ich, nachdem wir uns voneinander gelöst hatten.

Er verschränkte die Arme vor der Brust und sah mich an. »Was ist passiert?«

»Ben hat sie verlassen. Daraufhin wollte sie eine Veränderung und das Ende vom Lied ist, dass ihre Haare lila sind«, gab ich ihm die Kurzfassung. Okay, mehr wusste ich eigentlich auch nicht. Vielleicht hätte ich sie fragen sollen? Das schlechte Gewissen nagte an mir.

»Er hat was? Wenn ich diesen kleinen Wicht finde, poliere ich ihm die Fresse, gleich nachdem ich ihm seine Augen ausgepikt habe. Er weiß gar nicht, was er an Trixi hatte.«

Ich folgte Sascha in den Schankraum, wo sich Trixi sofort in seine Arme warf, als er diese lockend für sie geöffnet hatte. Er manövrierte das kleine Häufchen Elend in seinen Armen in sein Büro und ich war wieder allein.

Die Bar hatte sich gefüllt, alle schienen gut versorgt zu sein. Mir fiel auf, dass es ziemlich still war, die CD musste hängen oder der Player ausgegangen sein. Ich bückte mich unter die Theke und fummelte an der Musikanlage herum. Warum ging das blöde Ding denn nicht? Ich schaltete es komplett aus und wieder ein, doch es wollte immer noch nicht. Mann ey, wieso klappt das nicht? So ein Mist. Lag es an der CD? Ich nahm eine andere vom Stapel und tauschte die beiden aus.

»Hallo? Fräulein? Ich würde gerne etwas bestellen«, drang eine dunkle männliche Stimme zu mir herunter.

»Einen Moment, ich hab's gleich.«

Vielleicht war das zu optimistisch gewesen, denn es ertönte immer noch keine Musik aus den Boxen. Ich schritt zum Äußersten und zog den blöden Stecker aus der Strombuchse. *So, das passiert, wenn du nicht tust, was ich will,* dachte ich triumphierend. Betete jedoch, dass es endlich wieder funktionieren würde.

»So gern ich Ihren hübschen Hintern auch anstarre, ich bin wirklich am Verdursten«, tönte es von Oben.

Ich verdrehte die Augen und schloss den CD-Spieler wieder an den Strom an. Und siehe da, es funktionierte.

»Ha, Sieg!«, triumphierte ich über die Technik. »Ist schon gut, mein hübscher Hintern bewegt sich zu Ihnen.«

Ich erhob mich und sah den zweiten Mann der kleinen Gruppe von vorhin an der Bar lehnen. Er trug ein schwarzes Oberteil, hatte dunkelbraune Haare und einen durchtrainierten Oberkörper. Der aß sein Gemüse wohl immer auf. Mit ihm würde ich durchaus gerne an meiner Kondition arbeiten. Ein Lächeln stahl sich auf meine Lippen.

»Was kann ich für Sie tun?«, fragte ich betont freundlich, als ich näher an ihn herantrat. Sein Gesicht zierte ein Bartansatz, der sein kantiges Kinn umspielte. Seine Augen waren genauso braun wie seine Haare und hatten einen ganz bestimmten Ton, den … ich schnappte nach Luft.

»Hey, Kitty, so sieht man sich wieder«, sagte er lächelnd.

Der Mann direkt vor mir war dieses blöde Vieh, das mich heute Mittag verfolgt und am Schwanz gepackt hatte. Ich konnte Hunde nicht besonders gut leiden, hatte ich das schon mal erwähnt?

Charmant lächelte er mir entgegen. Wie gern hätte ich ihm das Grinsen aus dem Gesicht gekratzt.

»Kat«, sagte ich.

Verwirrt sah er mich an. »Wie bitte?«

»Ich heiße Kat, nicht Kitty.«

»Wie passend. Also, Kitty Kat, ich hätte gern einen Eistee und zwei Bier. Dasselbe, das Micah vorhin hatte. Und kannst du deinen Chef vielleicht später zu uns an den Tisch schicken? Wir wollen ihm ein Angebot machen, das er nicht ablehnen kann.« Der dreckige Hund lächelte mich an und fügte dann noch hinzu: »Wie geht's dem Schwanz? Ich wollte nur ein bisschen spielen, und als ich dich gewittert hatte, konnte ich einfach nicht widerstehen. Entschuldige.«

Wie eine Entschuldigung klang das nicht wirklich. Er drehte sich um und schritt elegant zu seinem Tisch. Auf der Hälfte des Weges sah er noch mal zu mir. »Ich bin übrigens Levi.«

Schlimmer ging doch immer. Aber dennoch, wieso, Schicksal, WIESO hatte gerade er hier herkommen müssen?

2.

Eine Katze blieb eben eine Katze, na immerhin konnte ich ihm so die Augen auskratzen. Wortwörtlich, wohlgemerkt.

Am nächsten Abend betrat ich gut gelaunt meinen Arbeitsplatz. Ich hatte mir geschworen, dass Levi mich nicht noch mal aus dem Konzept bringen würde. Außerdem blieben die meisten Gäste sowieso nur für einen Tag und zogen dann weiter. Lief alles nach Plan, würde ich Levi nie wieder begegnen. Ich konnte nicht sagen, dass mich das traurig stimmte, auch wenn ich so niemals die Gelegenheit bekommen würde, ihm die Augen auszukratzen. Na ja, man musste Prioritäten setzen.

Trixi lächelte mir entgegen. Über Nacht war sie wieder in gewohntem Blond erstrahlt.

»Wie hast du das denn gemacht?«, fragte ich verblüfft.

Sie fuhr sich grinsend durch die Haare. »Sascha kennt da jemanden, der das gerichtet hat. In irgendeinem Nobelschuppen, frag mich nicht, woher er solche Leute kennt. Aber ich bin so glücklich. Sieht schön aus, oder? Geschnitten hat er sie mir auch gleich noch.«

Trixi drehte sich einmal um ihre eigene Achse und ich bewunderte sie für ihre tolle Haarpracht.

»Stimmt, sieht wunderschön aus. Besser als davor.« Anerkennend strich ich sanft über ihre Spitzen.

Ich verstaute meine Tasche unter dem Tresen. »Viel los heute?«

»Eigentlich nicht. Wie immer um diese Uhrzeit. Der Abendansturm kommt erst noch. Glaubst du, ich kann kurz eine rauchen gehen?«

»Ich weiß nicht, ob du es kannst, aber tun solltest du es nicht. Du machst dir damit nicht nur deine Lunge kaputt, sondern verpestest auch die Luft der anderen, das ist dir klar, oder?«

Trixi küsste mich auf die Wange, griff ihre Tasche und machte sich auf den Weg durch die Küche nach draußen.

Ich stellte die schmutzigen Gläser in die Spülmaschine und schaltete sie an. Danach ließ ich meinen Blick durch den Raum wandern. Alles schien ruhig. Ich entdeckte ein paar Jungs an einem der hinteren Tische, deren Gläser leer waren.

»Kann ich euch noch etwas zu trinken bringen?«, fragte ich sie höflich.

Sechs Augenpaare musterten mich plötzlich. Wölfe. Allesamt. Nicht gerade meine bevorzugte Tierart, aber was sollte ich machen. In der Bar war jeder willkommen, ob ich seine Tiergestalt nun mochte oder nicht. Im Prinzip war ich auch völlig einverstanden mit diesem Konzept. Bei Hunden oder verwandten Rassen setzte einfach mein Verstand aus, lag mir wahrscheinlich im Blut. Katze blieb eben Katze.

Tapfer schrieb ich ihre Bestellung auf und ging zurück hinter die Theke. Während ich die Getränke vorbereitete, kam Trixi zurück. Der Luchs in ihren Augen tanzte, ich glaubte, sie hatte ihn schon lange nicht mehr rausgelassen. Trixi mochte die Verwandlung nicht. Ich weiß nicht genau, warum, ich hatte noch nie Probleme damit gehabt, aber für manche war es nicht so leicht wie für andere. Das musste man akzeptieren.

»Kannst du die Getränke bitte an den Tisch mit den sechs Jungs bringen? Ihr Essen kommt gleich, ich stell es dir auf die Theke. Solange mache ich hier sauber«, versuchte ich mich davor zu drücken, den Wölfen ihren Fraß vorzusetzen. Am Ende würde ich noch auf ihrem Speiseplan landen. Auch wenn ich genau wusste, dass diese Gedanken totaler Quatsch waren, ich konnte sie nicht abstellen.

Wandler waren friedlich und lebten im Einklang miteinander. Die meisten jedenfalls, doch schwarze Schafe gab es bekanntlich überall.

Während ich drei Burger und vier Portionen Pommes auf einem großen Tablett aus der Küche balancierte, kam Sascha mir entgegen und nahm mir das Essen ab, bevor es auf dem Boden landen konnte.

»Danke.«

»Gern. Ich wollte sowieso gerade zu dir.«

»Zu mir? Hab ich was ausgefressen?«

Er lächelte. »Nein, aber heute Abend kommt eine neue Band, sie werden ein paar Lieder zur Probe spielen, um zu sehen, ob sie hier reinpassen. Du kennst dich am besten mit den Geräten aus, zeigst du ihnen alles? Wäre das okay für dich?«

»Aber sicher doch. Kenne ich sie? Kommen sie aus der Gegend?« Er hatte mich an der Angel. Musik war ein wichtiger Teil meines Lebens, auch wenn ich im Moment nicht singen konnte, hatte sich daran nichts geändert.

»Nein, sie sind nur auf der Durchreise, wollen nach Bremen zu einem großen Musikwettbewerb. Auf dem Weg dorthin spielen sie in verschiedenen Bars, um Geld zu verdienen. Wenn mir ihre Musik gefällt, engagiere ich sie für das Wochenende, das würde ihnen die Unterkunft sichern. Ich muss gestehen, ihr Bandname hat mich nicht wirklich überzeugt. Aber vielleicht beweisen sie mir heute Abend das Gegenteil? Man weiß ja nie.«

»In Bremen gibt es einen Musikwettbewerb? Da gibt es überhaupt etwas?« Immer diese Vorurteile, auch an mir gingen sie nicht spurlos vorbei, ich sag nur Hunde. Apropos Vorurteile. »Wie heißen sie denn?«

»*Night Circus.*«

Okay, jetzt wusste ich, was Sascha meinte. Das klang nicht nach der Musikrichtung, die sonst hier gespielt wurde, sondern ziemlich märchenhaft. Was würden sie für eine Musikrichtung spielen? Romantische Balladen passten nicht zur *schwarzen Katz.*

»Aber die drei sahen sympathisch aus und haben angeboten, übermorgen für lau Probe zu spielen. Das konnte ich ihnen nicht abschlagen. Sei nett zu ihnen, okay?« Sascha gab mir einen Kuss auf den Scheitel und ging nach hinten ins Büro.

Trixi kam wieder an die Bar und erzählte mir von ihren Plänen für das Wochenende. Nebenher füllte ich die Regale auf und überprüfte, ob alles sauber war. Dabei vergaß ich *Night Circus* völlig.

Später kniete ich auf dem Boden, um die letzten Glasscherben von dem Glas, welches ein Gast fallen gelassen hatte, aufzusammeln, als sich ein Schatten über mich legte. Mein Blick fiel auf braune Cowboystiefel, die abgetragen wirkten. War es nicht offensichtlich, dass ich gerade etwas aufsammelte und dazu alles Licht brauchte, das ich bekommen konnte? Genervt hob ich meinen Blick und erstarrte für einen Moment in meiner Bewegung.

»Hey, Kitty Kat. Brauchst du Hilfe?«, fragte Levi mit einem unverschämt galanten Lächeln auf den Lippen. Wo kam er denn her? Er musste die Bar gerade erst betreten haben, denn ich hatte ihn bisher nicht gesehen.

»Du stehst mir im Licht«, antwortete ich trocken.

»Das höre ich oft.« Es wunderte mich, dass ihn sein riesengroßes Ego nicht erdrückt hatte und er noch gerade stehen konnte. Kleine Sünden wurden bekanntlich schnell bestraft und ich schnitt mich prompt an einer Scherbe. Super, ich konnte mein eigenes Blut nämlich nicht sehen. Gar nicht gut. Auf meinem Finger war ein kleiner Tropfen zu erkennen. Schnell schloss ich die Augen und atmete durch den Mund.

»Hey, alles okay bei dir? Das war nur ein Scherz«, hörte ich Levis Stimme durch das Rauschen in meinen Ohren hindurch.

Ich war nicht in der Lage, zu antworten. Geräuschvoll sog ich die Luft durch den Mund in meine Lungenflügel. Anstatt mich zu erfrischen, fühlte sie sich an wie Sand und brannte. Ich musste raus. Wackelig erhob ich mich und versuchte nicht umzukippen. Das konnte ich gerade wirklich nicht brauchen. Vorsichtig setzte ich einen Fuß vor den anderen, scheiterte kläglich und kippte zur Seite. Jemand fing mich auf und half mir nach draußen. Dort ließ ich mich langsam an der Hauswand zu Boden gleiten und schnappte gierig nach der frischen Luft. Währenddessen machte sich jemand an meiner Hand zu schaffen. Erst jetzt fiel mir auf, dass ich die Augen die ganze Zeit nicht geöffnet hatte. Panisch riss ich sie auf und starrte direkt in das Gesicht des vor mir knienden Levi.

»Eine Katze, die kein Blut sehen kann? Das ist ja mal was Neues, bist du etwa auch noch Vegetarierin? Das würde mein Weltbild komplett zerstören, das ist dir klar, oder?«

»Geh einfach einen deiner Schlitten ziehen oder was ihr Huskys so macht«, zischte ich.

Fast wäre ich ihm dankbar gewesen, doch Hunde hatten so eine Gabe. Sie versauten einer Katze einfach alles.

»Ich bin kein Husky.«

»Nicht? Sah aber beim letzten Mal verdammt danach aus.«

»Schwedischer Elchhund.«

»Schwedischer Elchhund?«, wiederholte ich und prustete los. »Und das gibst du zu, in der Öffentlichkeit?«

Nicht ganz so amüsiert schaute Levi mich an und wartete ab, bis mein Körper sich nicht mehr schüttelte. Leicht hysterisch kicherte ich ein letztes Mal und hörte dann abrupt damit auf. Mein eigenes Blut bekam mir wirklich nicht.

»Geht's wieder?«, fragte Levi sanfter.

»Ja, danke«, antwortete ich kleinlaut.

»Ach was, die Frauen fallen mir tagtäglich um den Hals, das bin ich gewohnt. Normalerweise liegt es aber an mir und nicht an ihrem Blut.«

Ich musste grinsen. Verdammt. Verräterische Gesichtsmuskulatur.

»Glitzerst du etwa nicht in der Sonne und beißt unschuldige Jungfrauen bei Nacht?«, fragte ich amüsiert.

»Glitzern kann ich leider nicht, über die unschuldigen Jungfrauen können wir reden«, antwortete er und meine Mundwinkel hoben sich abermals. *Hey, was sollte das? Verräter, wandert gefälligst wieder nach unten.*

Ich schob an der Wand nach oben und ließ Levi stehen. Zielstrebig ging ich wieder rein. Er hatte mir geholfen, meinen Finger verbunden, das war auch schon alles gewesen. Kein Grund, ihn zum Helden zu erklären.

»Hey, willst du mir nicht ewige Treue schwören, weil du für immer in meiner Schuld stehen wirst?«

Ich lachte hart auf. »Verlockend. Aber nein, danke.«

»In meiner Schuld stehst du trotzdem.«

Ich glaubte mich verhört zu haben.

»Ich denke, wir sind quitt. Immerhin hast du mich am Schwanz gezogen«, sagte ich patzig.

Levi lehnte sich an den Tresen. Er schaute mir dabei zu, wie ich die Spülmaschine ausräumte und die dreckigen Gläser wieder hineinstellte. Seine braunen Haare waren heute ganz verwuschelt und umspielten sein Gesicht. Zu den braunen Cowboystiefeln trug er eine dunkle Jeans und ein schwarzes Hemd ohne Krawatte. Anscheinend mochte er schwarz, hatten er gestern nicht auch diese Farbe getragen?

»Du bist also nachtragend?«, fragte Levi, als ich längst nicht mehr damit gerechnet hatte, dass er überhaupt etwas sagen würde.

Wie ein einziger Mann es nur schaffen konnte, einem jedes Wort, das man sagte, im Munde herumzudrehen, war mir schleierhaft.

»Nein, bin ich nicht.« Ich hatte wirklich keine Lust auf diese Diskussion.

Mittlerweile stützte er sich mit beiden Unterarmen auf der Theke ab und beugte sich gefährlich nahe zu mir.

»Wie du meinst, Katty.« Wie vom Donner gerührt blieb ich stehen.

»Nenn mich nicht so, das darfst du nicht. Das darf niemand«, fuhr ich ihn an, schmiss ihm den Lappen, mit dem ich eben noch geputzt hatte, entgegen und flüchtete auf die Damentoilette.

Ich wusste, dass es kindisch war, so zu reagieren. Doch so hatte mich seit Monaten niemand mehr genannt. Seit mein Vater gestorben war. Ich kämpfte die Tränen mühsam nieder. Er war lange krank gewesen und ich wusste, dass es eine Erlösung für ihn war, dennoch … Es machte die Tatsache, dass er weg war und ich nicht wusste, wohin seine Seele gegangen war, nicht besser. Auch die Zeit machte alles nur schlimmer. Mit jedem Tag vermisste ich ihn mehr. Ich war mir sicher, dass ich ihn bis zu meinem eigenen Tod schmerzlich vermissen würde. Jeden Tag, an dem ich atmete, atmete ich auch für ihn. Lebte mein Leben mit ihm im Herzen. Egal, wie weh es tat.

Nach einigen Minuten schnäuzte ich mir geräuschvoll die Nase und verließ die Toilette.

Zu meiner Überraschung saß Levi immer noch am Tresen. Er unterhielt sich mit Trixi. Sie lachte über etwas, das er gesagt hatte. Jetzt sah ich auch seine beiden Freunde an einem Tisch unweit der Theke sitzen. Sie waren mir vorher nicht aufgefallen.

Ich ging an Trixi und Levi vorbei und nahm meine Arbeit wieder auf.

»Hey, Kat, Levi braucht deine Hilfe«, rief Trixi, nachdem sie über etwas gelacht hatte, dass der Hund erzählt hatte.

»Brauch er etwa Hilfe, sein großes Ego zurück zu seinem Tisch zu tragen?«, flüsterte ich leise vor mich hin.

Dann lächelte ich und fragte so freundlich es mir möglich war, was ich tun könne.

»Sascha meinte, du kennst dich mit dem Equipment aus und würdest uns alles zeigen?«

»Zeigen? Welches Equipment?«, fragte ich dümmlich, ahnte jedoch, worauf er hinauswollte.

»Auf der Bühne, wo wir unsere Instrumente anschließen können und so.« Levi sah mich an, als würde er an meiner Zurechnungsfähigkeit zweifeln.

»Ihr seid *Night Circus*?«, stieß ich entsetzt aus.

»Höchstpersönlich. Wenn auch nur in minimierter Besetzung. Ein Bandmitglied hat uns in Stuttgart verlassen. Hat seine große Liebe gefunden, wollte sesshaft werden, was will man machen. Das heißt aber nicht, dass wir schlechter sind als vorher. Wir sind genial, großartig und werden die Bude hier rocken.«

Mit offenem Mund starrte ich Levi an. Ich musste ziemlich dämlich aussehen, fehlte nur noch, dass mir Sabber am Kinn herunterlief.

Das hieß, sie würden die ganze Woche und das Wochenende in der Stadt bleiben und hier spielen. Mein Vorhaben, mich von diesem blöden Hund nicht mehr aus dem Konzept bringen zu lassen, war kläglich gescheitert und ich hätte am liebsten ganz undamenhaft mit dem Fuß auf dem Boden aufgestampft, konnte mich jedoch gerade noch beherrschen.

Blieb nur noch zu hoffen, dass sie wenigstens gute Musik machten und nicht die ganze Band aus arroganten hechelnden Viechern bestand. Gleich und gleich gesellte sich bekanntlich gern.

Als hätte sie meine Gedanken gelesen, kam das Mädchen, deren Namen ich leider nicht mehr wusste, zu uns herüber und bestellte sich einen Eistee.

»Wow, deine Haare sind ja abgefahren«, hörte ich Trixi sagen.

»Danke«, lächelte sie und nahm mir das Glas ab.

Levi legte seinen Arm um sie und ließ sie noch zierlicher wirken. »Ich glaube, Kat mag mich nicht, Liz«, klagte er seiner Freundin sein Leid und legte eine bedauernswerte Miene auf. Doch Liz durchschaute ihn und lachte.

»Was hast du getan?«, fragte sie.

Empört schaute Levi Liz an. »Ich? Wieso muss ich etwas getan haben?«

»Na ja, weil ich dich kenne und Kat schien mir ein nettes Mädchen zu sein«, antwortete sie und strich ihm über die Wange.

Triumphierend lächelte ich Levi an und streckte ihm die Zunge raus.

»Dich mag ich«, sagte ich an Liz gewandt. »Ich bin Kat, schön, dich kennenzulernen.«

»Lizzy«, antwortete sie und betrachtete mich einen Moment lächelnd.

»Gut, verbündet euch ruhig gegen mich. Ich hab's verstanden. Können wir?«, fragte Levi an mich gewandt und ich nickte. Das hatte ich fast verdrängt.

3.
Ein Vorurteil in Ehren konnte mir doch wohl niemand verwehren?

Levi stand am Mischpult und betrachtete es kritisch.

»Ganz schön veraltet, das Ganze, was?«

»Sei doch froh, dass dich jemand spielen lässt«, antwortete ich patzig.

Er zwinkerte mir zu und schaute sich danach die Boxen an. Also für den Scheiß hatte ich echt keine Zeit, immerhin wurde ich fürs Arbeiten bezahlt und nicht für dumm rumstehen.

»Du weißt ja jetzt, wo alles ist, ich geh wieder an die Bar.«

Ich wollte von der Bühne runter und wieder in sicheres Terrain. Sie machte mir Angst, Erinnerungen kamen hoch und ich musste mich der Realität stellen, dass mein Vater tot war und ich nicht mehr mit ihm zusammen singen konnte. Eine Träne rollte mir über die Wange und ich wischte sie schnell weg. Was war heute nur los mit mir? Ich mutierte zur Heulboje.

Levi schob sich in mein Blickfeld. »Und die Boxen gehen ganz sicher? Die sehen etwas altersschwach aus.«

Ich ging schnellen Schrittes auf ihn zu und blieb dicht vor ihm stehen. Was bildete er sich eigentlich ein?

»Natürlich, sie haben eine reine Klangqualität und werden dich überraschen. Man sollte nie etwas nach seinem Äußeren beurteilen.«

»Das sagt die Richtige!«

Nun kam er einen Schritt auf mich zu. Wäre ich groß genug gewesen, hätten sich bestimmt unsere Nasenspitzen berührt, doch so musste ich nach oben starren, während er auf mich herabschauen konnte. Na toll. Eins zu null für den Hund.

»Was meinst du?«, fragte ich aufgebracht.

»Du kannst mich nicht leiden, weil ich ein Hund bin. Du hast einmal mein Äußeres gesehen und mich danach beurteilt. Nun verabscheust du mich, ohne mich zu kennen.«

Benommen taumelte ich zurück, fing mich aber gleich wieder und verengte meine Augen zu Schlitzen.

»Du hast mich gejagt, mir in den Schwanz gebissen und dich daran ergötzt. Na, wenn mir das nicht genug über deinen Charakter offenbart, weiß ich auch nicht.«

Abwartend schaute er mich an. »Nun sei mal nicht so dramatisch, das verrät dir gar nichts. Du hast keine Ahnung, wer ich bin, und bist zerfressen von Vorurteilen.«

Verdammt, damit hatte er ins Schwarze getroffen. Ich schaute ihm in die Augen und versuchte herauszufinden, was er von mir wollte. Mich auslachen? Mich besiegen? Der Bessere sein? Doch ich erkannte darin nichts von alledem, sondern reine Offenheit, was mich überraschte.

Langsam ging ich wieder auf ihn zu. Seine Gesichtszüge waren markant und gleichzeitig weich, sein Blick neugierig. Eine kleine Narbe, die eher wie ein Haar aussah, zog sich über seine rechte Gesichtshälfte. Automatisch legte ich meine Hand an seine Wange, wollte die Narbe berühren und ihren Ursprung erkunden. Ich strich sachte die Kontur seines Kinns nach. Die Stoppeln seines Bartes kitzelten und ich konnte nicht verhindern, dass sich ein Lächeln auf meine Lippen stahl.

Levi strich mir eine Strähne hinter mein Ohr und berührte dabei meine Wange. Ich schmiegte mich an seine Hand und begann zu schnurren.

Ich begann zu schnurren? Erschrocken über mich selbst, wirbelte ich herum.

»Ich muss … also ich meine … die Bar … ich sollte wieder an die Arbeit gehen«, brachte ich mühsam hervor und flüchtete.

Was war das denn gewesen? Was war passiert? Ich konnte ihn nicht leiden! Oder doch? Levi hatte recht, ich kannte ihn nicht und hatte ihn nach etwas beurteilt, vor dem ich Angst hatte. Hunde waren der Feind. Manchmal jedenfalls. Immerhin ließ ich mich ab und zu von ihnen jagen. Ich mochte den Nervenkitzel. Mir war noch nie ernsthaft etwas geschehen. Außer dass mich einer mal gezwickt hatte. Trotzdem war in meinem Kopf verankert, dass Hunde blöde, sich einschleimende Viecher waren, vor denen man sich in Acht nehmen sollte. War ich wirklich so zerfressen von Vorurteilen? Waren es meine Gedanken oder die der Katze? Konnte ich das trennen?

Hinter der Theke schnappte ich mir einen Lappen und schrubbte die Gläser mit der Hand. Ich musste mich ablenken. Eigentlich konnte es mir egal sein, was vor ein paar Minuten geschehen war. In ein paar Tagen würde alles vergessen sein, Levi und die Band weiter fahren und ich nach Hamburg reisen. Und das war gut, ich konnte so was gerade nicht brauchen. Mein Leben war kompliziert genug, da war ein Hund, der mir schwanzwedelnd nachlief, das Letzte, was ich wollte.

»Hey, Kat, danke, dass du der Band alles gezeigt hast. Levi meinte, das müsste funktionieren«, rief mir Sascha im Vorbeigehen zu.

Ich nickte nur, war immer noch gefangen in meinen Gedanken und drohte darin zu versinken. Die Gläser waren sauber und ich begann die Theke zu putzen.

»Wenn du weiter so schrubbst, machst du ein Loch in das Holz.« Trixi holte mich zurück ins Hier und Jetzt und ich war dankbar dafür.

Lächelnd warf ich den Lappen ins Waschbecken und machte mich auf zu einer Runde durch den Raum, um zu überprüfen ob auch alle Gäste glücklich waren. Irgendetwas musste ich tun, sonst würden meine Gedanken weiterhin kreisen und herauszufinden versuchen, was Levi mit mir anstellte. Ich wollte nicht mehr an ihn und seine Worte denken. Oder an die Anziehungskraft, die von ihm ausging.

S-E-C-H-S

Z-W-E-I

E-L-F

Ich buchstabierte die Tischnummern, an denen ich vorbeiging, um meinen Herzschlag und meine Gedanken zu beruhigen. Es funktionierte.

Als ich jedoch an die Bar zurückkam, wurden meine Pläne durchkreuzt. Levi unterhielt sich mit Trixi und lächelte mich an, als ich zur Spülmaschine ging, um diese auszuräumen.

»Kitty Kat, sag mal, kann ich die hier irgendwo aufhängen?«

»Also jetzt reicht's, ich bin doch kein Schokoriegel. Kat, mein Name ist verdammt noch mal KAT. K-A-T. Soll ich es dir auch noch tanzen?« Wutentbrannt starrte ich ihn an. Wäre ich ein Drache, hätte ich jetzt Feuer gespuckt, doch so musste ich ihm das *Leck-mich-doch-am-Arsch* mit den Augen zeigen. Anscheinend war ich nicht sehr gut darin, Dinge mit den Augen auszudrücken.

Levi sah nicht im Mindesten beeindruckt aus. Vielleicht war er schwer von Begriff? »Jetzt fauch mich doch nicht gleich an. Obwohl ich dich gern mal tanzen sehen würde. Am besten heute Abend, während wir spielen. Wir könnten danach noch etwas trinken.«

Was? Bat er mich gerade um ein Date? Und das, obwohl ich ihn angeblafft hatte? Also entweder hatte er eine masochistische Ader oder ein riesengroßes Ego. Ich konnte mich nicht entscheiden, was mir lieber war.

Die Zettel in seiner Hand fielen mir wieder ein und ich fand, das war eine perfekte Ablenkung, denn ich wusste im Moment nicht, was ich auf seine Frage antworten sollte.

»Was ist das? Soll ich die aufhängen?«

Benommen schaute Levi mich an, fing sich dann jedoch wieder. »Ja, wir suchen eine Sängerin. Ich bin zwar passabel als Sänger, doch es geht nichts über eine weibliche Stimme, die die Männer verzaubert, wie ein kleiner Engel. Hast du vielleicht eine Freundin, die singen kann?«

Trixi besaß eine ganz besondere Gabe, sie kam zum falschen Moment an den falschen Ort und sagte genau die falschen Dinge.

»Na, Kat kann doch singen. Sie ist hier früher selbst aufgetreten.«

Kopfschüttelnd versuchte ich sie zu stoppen, doch sie plapperte einfach weiter. »Ihr Vater hat ihr das Singen beigebracht. Früher haben sie oft zusammen gespielt, er hat sie auf der Gitarre begleitet. Jetzt aber nicht mehr.« Der traurige Unterton war mir nicht entgangen und ich schluckte schwer.

Levi hatte eine Augenbraue nach oben gezogen und schaute mich fragend an. Ich schüttelte nur den Kopf und er schien das hinzunehmen.

»Na ja, kannst du die Flyer hier irgendwo aufhängen? Vielleicht meldet sich jemand. Um in Bremen zu gewinnen, bräuchten wir eine richtig gute Sängerin.«

Trixi konnte ihre Klappe einfach nicht halten. »Aber Kat, warum …«

Ich unterbrach sie. »Warum ich nicht schon längst auf dem Weg bin, um die Flyer aufzuhängen? Gute Frage, was stehe ich hier noch rum?« Schnell riss ich die Zettel aus Levis Hand und flüchtete schon wieder. Das wurde langsam zur Gewohnheit und das gefiel mir gar nicht.

Ich rannte auf die Damentoilette, vorbei an einer jungen Frau mit karamellfarbenen Haaren und direkt in die erste unverschlossene Kabine. Dort legte ich die Flyer auf das Fensterbrett und ließ mich auf den zugeklappten Klositz fallen. Die Gedanken in meinem Kopf rasten. Sie suchten eine Sängerin. Ich konnte singen, doch ich würde es nicht tun. Niemals. Dafür war es zu früh. Nach einigen Minuten verließ ich die Kabine, wusch mir die Hände und das Gesicht, holte die Flyer vom Fensterbrett und ging wieder nach draußen. Es brachte doch nichts. Ich würde einfach die Flyer aufhängen, damit die Band schnell eine neue Sängerin fand und ich sie für immer los war. Genau.

Gerade als ich einen Stapel auf dem Zigarettenautomat drapierte, hörte ich Schritte hinter mir. Langsam drehte ich mich um.

»Sag mal, stalkst du mich?«, fragte ich genervt. Konnte man in diesem Haus nicht mal fünf Minuten seinen eigenen Gedanken nachhängen? Aber schon kurz darauf begann meine Haut zu prickeln, als ich mich an das Gesagte von vorhin erinnerte. Levi wollte was mit mir trinken gehen. Ein Date. Nur er und ich. Wollte ich das? Ich wusste es nicht, war mir überhaupt nicht mehr sicher, was ich von ihm dachte, und blieb die ganze Zeit an dem Gedanken hängen, dass ich eben nichts wusste.

»Natürlich nicht, das ist strafbar. Das würde ich doch nicht so offensichtlich tun«, kam die etwas verspätete Antwort, mit der ich kaum noch gerechnet hatte. »Ist alles okay bei dir? Scheint heute nicht dein Tag zu sein.«

»Nicht mein Tag? Das ist nicht meine Woche, ach was, nicht mein Jahr«, antwortete ich trocken und hängte einen Flyer auf.

»Das tut mir leid.« Irgendwie schaffte dieser Typ es dauernd, mich zu überraschen.

Ich hielt inne und sah zu ihm hoch. »Das muss es nicht, ist ja nicht deine Schuld. Obwohl, du machst mir das Leben ganz schön schwer.«

Er lächelte. »Ja, eins meiner zahlreichen verborgenen Talente. Ich gebe mir viel Mühe.« Er nahm mir einige der Flyer ab und legte sie an verschiedenen Stellen aus. »Wenn du reden möchtest, ich bin ein guter Zuhörer.«

»Mein Freund und Helfer? Immer an meiner Seite? Darf ich dir dann auch die Ohren kraulen?«, fragte ich sarkastisch und bereute es kurz darauf .

»Du kannst mir auch gerne den Bauch kraulen. Was dir lieber ist. Dann hätten wir auch beide was davon.« Er zwinkerte mir zu und ich kämpfte gegen ein Lächeln. »Ich mag dich und irgendetwas sagt mir, dass wir zusammen etwas trinken gehen sollten. Komm schon, geh mit mir aus, okay? Ich zahle auch, du kannst also nur gewinnen«, versuchte Levi es noch mal.

»Ich könnte meinen Schwanz verlieren. Und meinen guten Ruf, du weißt schon …«, sagte ich, wusste jedoch, dass ich zusagen würde.

»Okay, ich verspreche also, dass ich dich nicht beißen oder jagen werde. Lässt du dich nun von mir einladen oder muss ich dich wie ein Neandertaler über meine Schulter werfen und ins Restaurant tragen?«

»Barbarischer Gedanke. Danke, aber nein, danke. Im Moment habe ich dafür keine Zeit. Es tut mir leid«, wimmelte ich ihn ab und hoffte, dass er nachgab.

»Ich glaube, ich hab meine Magie verloren. Ich war mir sicher, du würdest zusagen«, sagte er und ich grinste innerlich. Anscheinend kassierte er nicht oft eine Abfuhr. Ich glaube, das war ganz gut für sein Ego.

Den nächsten Tag hatte ich frei. Ich verbrachte ihn hauptsächlich lesend auf der Terrasse. Immer wieder drifteten meine Gedanken ab. Es machte mir Angst, die Stadt zu verlassen, auch wenn es nur für drei

Wochen war. Generell machte mir alles Angst. Vor ein paar Monaten hatte sich meine ganze Welt verändert und ich kam damit nicht so gut klar, wie ich gedacht hatte. Ich war immer eine sehr spontane und wechselhafte Person gewesen. Veränderungen fand ich aufregend, Abenteuer war mein zweiter Vorname gewesen. Was vielleicht daran lag, das mein Seelentier eine Katze war. Das kam auch nicht von ungefähr. Mir wurde schnell langweilig und ich brauchte Abwechslung. Nun war das nicht mehr so. Am liebsten hätte jeder Tag gleich sein können, alles vorhersehbar, planbar. Hatte ich mich verloren? Hing ich wirklich fest? Alles schien auf einmal so kompliziert und ich hätte am liebsten den Kopf in den Sand gesteckt.

Gegen Abend wurde mir langweilig. Außerdem war ich es leid, dass meine Gedanken kreisten und mich nicht in Ruhe ließen. Nachdem ich durch unser Dorf gebummelt war, führten mich meine Füße zum Friedwald. Ich landete immer hier, wenn ich nicht genau wusste, wo ich hinwollte. Es war immer mein Vater, der dann die Zeit mit mir verbrachte und dem ich mich anvertraute. Ich schritt über die Wiese auf den Baum zu, unter dem mein Vater begraben lag. Neben ihm ließ ich mich ins weiche Gras fallen und ließ meine Gedanken kreisen.

Was war nur los mit mir? Früher hatte ich nicht so viel nachgedacht, hatte es einfach getan. Levi stahl sich in meine Gedanken und ich erzählte meinem Papa von ihm. Berichtete von unserer Jagd und unserem Zusammenstoß in der Bar. Der Berührung, meinem Schnurren. Ich war schon immer ein Papakind gewesen. Er fehlte mir so sehr.

»*Klingt, als würde ich ihn mögen*«, hörte ich meinen Vater in meinen Gedanken.

Ich lächelte. Stimmt, geheimnisvolle mysteriöse Musiker hatten es ihm schon immer angetan. »*Er ist ein Hund*«, entgegnete ich.

»*Dann kann er dich wenigstens durch den ganzen Wald jagen.*«

Ich fuhr mir durch die Haare. »*Weißt du, Kat, ich hab das Gefühl, du bist so sehr in deiner Trauer gefangen, dass du nicht mehr du bist. Mama hat recht. Du musst hier raus, damit du dich wiederfinden kannst.*

Du hast dich immer von deinen Gefühlen leiten lassen, Entscheidungen instinktiv getroffen. Warst leidenschaftlich.«

»*Das bin ich immer noch*«, warf ich trotzig ein und fühlte mich dabei wie ein kleines Mädchen.Ich hörte meinen Vater lachen. »*Das stimmt, aber du überkompensierst. Wo kommt plötzlich dieser unglaubliche Hass auf Hunde her?*«

»*Die Abneigung war schon immer da*«, verteidigte ich mich.

»*Ja, eine Abneigung. Jagen hast du dich trotzdem von ihnen lassen. Sogar gespielt hast du mit ihnen. Und nun hasst du sie plötzlich? Aus tiefstem Herzen?*«

Ich stutzte. Wollte nicht einsehen, dass er recht hatte. Das würde bedeuten, dass ich wirklich ein Teil von mir verloren hatte. Eine andere geworden war.

»*Hör auf, deine Trauer auf alle anderen Lebensbereiche zu projizieren. Versuche dich wieder zu finden. Du bist nicht verloren, du bist einfach nur im Energiesparmodus.*«

Ein Eichhörnchen sprang über die Wiese und riss mich aus meinen Gedanken, machte mir bewusst, dass das Gespräch nur in meinem Kopf stattgefunden hatte. Dass mein Vater nicht hier war. Doch das hieß nicht, dass die Worte deshalb weniger bedeutsam waren. Es stimmte. Alles fühlte sich an, als wäre es in Watte gepackt. Als würde ich schweben. Gleichzeitig hatte ich in den letzten Monaten meine ganze Trauer durch meinen Hass ausgelebt. Eine einsame Träne lief mir über die Wange und ich wischte sie schnell weg. Ich hatte begonnen, viele verschiedene Dinge einfach zu hassen. Veränderungen zum Beispiel. Allein schon, wenn meine Mutter die Kaffeesorte gewechselt hatte, war mir das zu viel gewesen. So durfte das nicht weitergehen. Ich musste zu mir zurückfinden. Leben.

Voller Hoffnung und guter Vorsätze ging ich am nächsten Tag zur Arbeit. Ich wollte mich den Menschen wieder mehr öffnen. Versuchen, alles lockerer zu nehmen und kein Angsthase mehr zu sein.

Schon am Eingang sah ich eins der Plakate, die aufgehängt wurden, um *Night Circus*' Auftritt heute anzukündigen. Oh Mann, das hatte ich verdrängt. Ich wusste nicht, wie ich mich Levi gegenüber verhalten sollte.

»Hey, Kat«, begrüßte mich Liz an der Tür. Sie saß an einem Tisch direkt neben dem Eingang und lächelte mir entgegen.

»Hallo. Schon aufgeregt?«, versuchte ich Konversation zu betreiben und mein Vorhaben gleich in die Tat umzusetzen.

Ich setzte mich zu ihr, spielte an einer kleinen Unebenheit auf der Tischplatte herum.

Liz fuhr sich durch die Haare. »Es geht. Die Jungs haben mich heute ausschlafen lassen und so bin ich ausgeruht.«

Ich sah Trixi einen Tisch neben mir bedienen und hatte ein schlechtes Gewissen. Meine Schicht hatte vor ein paar Minuten begonnen. »Das freut mich, aber ich muss jetzt leider arbeiten«, entschuldigte ich mich und ging.

Levi hatte ich noch nicht entdeckt und genoss die Schonfrist. Irgendwann kam er an die Bar, bestellte Getränke, ging jedoch schnell wieder. Vielleicht hatte er die Abfuhr nicht gut verkraftet?

Ein paar Stunden später hatte *Night Circus* sich auf der Bühne platziert und waren kurz davor, mit ihrem Probekonzert zu beginnen. Levi hatte sich seine Gitarre umgehängt, der andere Mann saß am Schlagzeug und Lizzy hatte eine Geige in der Hand. Offensichtlich war Levi der Sänger, denn er stand am Mikro. Ich musste zugeben, die Gitarre stand ihm. Machte ihn noch maskuliner und ließ ihn verwegener erscheinen.

Lecker.

Halt! Stopp!

Böser Gedanke, pfui.

Was war nur los mit mir? Mochte ich ihn? Mochte ich ihn nicht? Irgendwie zog er mich an. Er war interessant und neu. Gleichzeitig machte mir das Angst und ich hatte das Gefühl, ich sollte lieber schnell wegrennen. Konnte es aber nicht. Wollte ich nicht mutig sein? Aufhören, vor allem Angst zu haben? Das war viel leichter gesagt als getan.

Sascha hatte sich zu mir gesellt und die Bar war angenehm voll. Ich würde also gar nicht groß dazu kommen, mir weiter Gedanken zu machen, denn ich würde den ganzen Abend mit den Gästen beschäftigt sein.

Als die ersten Töne der Musik erklangen, lief es mir eiskalt den Rücken hinunter. Das war immer so, wenn ich Livemusik hörte. Eine Mischung aus rockigen und mystischen Klängen tanzte durch den Raum und schien eine hypnotische Wirkung auf das Publikum zu haben. Vielleicht lag es an der Ausstrahlung der Band, mit Sicherheit konnte ich das nicht sagen, aber auch ich starrte gebannt auf die Bühne.

»Bei uns ist es Tradition, dass das erste Lied, das wir spielen, eins unserer eigenen ist. Auch den nächsten Song spielen wir fast immer an zweiter Stelle. Einfach weil er so geil ist.« Wir klebten beinahe an Levis Lippen und konnten kaum das nächste Lied abwarten. Es war ein Klassiker, ich konnte ihn jedoch nicht benennen. Das war auch nicht so wichtig. Die Bandmitglieder harmonisierten perfekt. Und Levi hatte maßlos untertrieben, als er meinte, er sei ein passabler Sänger. Er war fabelhaft. Seine Stimme war tief und kratzig, hatte aber auch weiche Seiten und schien jeden Ton zu treffen. Um in Bremen berühmt zu werden, brauchten sie definitiv keine Sängerin, das würden sie auch so schaffen.

»Ein Weizen bitte«, erklang es plötzlich, und ich machte mich an die Arbeit.

Nachdem ich dem Mann sein Bier hingestellt und noch einige weitere Gäste bedient hatte, erstarrte ich. Das Lied, dessen Töne ich hörte, kannte ich sehr gut. Es war das Lieblingslied meines Vaters gewesen. *Night Circus* spielte eindeutig ihre eigene Version von Eric Claptons *Layla,* dennoch war es dasselbe Lied. Ich hörte meinen Vater, so wie er es mir immer vorgesungen hatte, seine Stimme vermischte sich mit der von Levi und der Raum begann sich zu drehen. Die Musik drang in mein Herz, umfing es und schien es streicheln zu wollen. Die Schmerzen wurden weniger, die Wunden begannen zu heilen. Ich spürte meinen Vater neben mir. Er war hier, würde für immer hier sein, dessen war ich mir sicher. Levi schien das Lied nur für ihn – für mich! – zu spielen. Er legte seine ganze Kraft in die Töne und mein Herz strahlte.

Was passierte gerade? Ich wollte nicht so fühlen. Ich wollte nicht, dass die Schmerzen weniger wurden. Sie erinnerten mich an meinen Vater, sorgten dafür, dass ich ihn nicht vergaß und hielten mich in der Gegenwart. Das sollte aufhören, ER sollte aufhören zu singen.

Benommen rannte ich zur Tür, auf der Flucht vor meinen eigenen Gefühlen. Ich wollte meinen Vater nicht vergessen und vor allem wollte ich nicht so für einen Mann fühlen, den ich kaum kannte und von dem ich nichts wusste. Ich kämpfte dagegen an, doch die Musik war stärker, löste Gefühle in mir aus und lenkte mich in die Richtung, in der sie mich haben wollte.

Kurz vor dem Ausgang hielten sich kaum noch Menschen auf. Alle tummelten sich vor der Bühne oder direkt an der Theke. Gleich hatte ich es geschafft, war endlich draußen. Viel zu schwungvoll öffnete ich die Tür und rannte blindlings nach draußen. Dort stolperte ich und fiel hin, bettete mein tränennasses Gesicht auf meinen Armen und wollte nicht wieder aufstehen, egal, wie das aussah. Zuerst musste ich meine Gedanken ordnen. Mein Vater war tot. Ich schmeckte den bitteren Geschmack der Wahrheit und Erkenntnis. Ich würde ihn nicht weniger vermissen, nur, weil der Schmerz leichter zu ertragen wurde. Und ich würde ihn genauso wenig vergessen, wenn ich diese Stadt verlassen würde, meine Mum hatte recht. Er war mein Papa und das würde er für immer bleiben, tief in meinem Herzen verankert. Ich fühlte, wie mir das Atmen leichter fiel.

»Bist du hingefallen?«, ertönte Saschas Stimme.

»Nein, ich bewundere den Boden, geht von hier unten besser.«

»Und dabei heulst du?«

»Ja, es ist ein sehr emotionaler Moment.«

Er streckte mir schmunzelnd die Hand entgegen und mir stahl sich ein Lächeln auf die Lippen. Zusammen schafften wir es, dass ich ohne peinliche Zwischenfälle auf die Beine kam. Wir schauten uns an und brachen in Gelächter aus.

Sascha fuhr sich durch die Haare. »Ein emotionaler Moment also.«

»Ja, du hast uns gestört, er wollte mir gerade seine Gefühle offenbaren.«

»Ah, deswegen die Tränen.«

Ich atmete die frische Luft ein und meine Gedanken klärten sich wieder. Im Inneren hörte ich die Band weiterhin spielen, alte Wunden rissen auf. Es war seltsam. Ich wusste nicht, wie ich mit allem umgehen sollte. Saschas Anwesenheit jedoch stärkte mir den Rücken, ich fühlte mich sicherer. Gleichzeitig hatte ich ein schlechtes Gewissen. Die Bar war brechend voll, die Gäste wollten bedient werden.

»Du kannst ruhig wieder reingehen. Ich bin okay. Ein paar Minuten frische Luft und Einsamkeit tun mir gut«, sagte ich und lächelte.

Sascha sah mich zweifelnd an. »Bist du sicher? Ich bleibe gern.«

»Ja, geh. Bitte«, spielte ich die Geheimwaffe aus. Er umarmte mich und ging rein. Durch die offene Tür hörte ich ein Lied nach dem anderen. Irgendwann war es still und einige Gäste kamen ins Freie, um zu rauchen, anscheinend machte die Band gerade eine Pause. Ich ging einige Schritte Richtung Wald, wollte noch einen Moment für mich allein sein.

»Hey, sind wir etwa so schlecht?«, erklang Levis Stimme hinter mir. Ich drehte mich zu ihm und sah ihn auf mich zukommen. Es war dunkel, doch ich konnte seine Gesichtszüge, sein kantiges Kinn im Mondschein erkennen. Seine Augen leuchteten.

»Was machst du hier?«, schwappte die Frage direkt über meine Lippen.

Amüsiert betrachtete er mich, schloss den Reißverschluss seiner Jacke. »Ich habe einen Auftritt mit meiner Band.«

»Nein, hier draußen.«

»Ich bin dir nachgegangen. Geht's dir gut?«

Ich musterte ihn, versuchte einzuschätzen, was er wollte, warum er wirklich hier war. Doch ich konnte keine Anzeichen von Hohn oder Missgunst entdecken.

»Geht so«, antwortete ich wahrheitsgemäß.

»Wegen deinem Vater?«, fragte er. Ich nickte. »Trixi hat so was erwähnt. Es tut mir leid.«

Abermals stahlen sich Tränen in meine Augenwinkel und ich versuchte sie wegzublinzeln. Schützend schlang ich meine Arme um mich, doch es half nichts. Mit wenigen Schritten war Levi bei mir und zog mich in seine Arme. Einfach so. Ich weinte, ließ den Tränen freien Lauf. Er strich mir beruhigend über meinen Rücken, bis ich wieder Herr über meine Tränenkanäle war.

Levi löste sich von mir, als wir unsacht angerempelt wurden. Der Trucker, der betrunken davonwankte, entschuldigte sich nicht mal. Nett.

Verwirrt schüttelte ich meinen Kopf, um meine Gedanken zu ordnen. Levi lächelte zu mir herunter.

»Ich hab eine Idee. Vertraust du mir?«

»Was für eine dumme Frage. Ich kenne dich kaum, natürlich vertraue ich dir nicht!«, antwortete ich, ohne nachzudenken. Vertraute ich ihm? Ich war mir nicht sicher. Immerhin hasste und verabscheute ich ihn nicht mehr, das war doch ein Fortschritt. Wahrscheinlich war es die Musik. Sie hatte so viel in mir ausgelöst, mich ihm so nahe fühlen lassen, als ob er seine Seele direkt nackt neben meine gelegt hätte.

»Vielleicht ein bisschen«, korrigierte ich mich.

Er lachte. »Na du traust mir immerhin genug, um dich von mir umarmen zu lassen und meine Schulter vollzuweinen.«

»Vielleicht mache ich das ja bei jedem so?«, versuchte ich zu überspielen, wie peinlich mir die Situation im Nachhinein war. Ich hatte ihn wirklich vollgeheult. Oh Mann.

»Das glaube ich nicht«, antwortete Levi lächelnd.

»Wieso?«

»Weil du nicht der Typ dafür bist.«

»Und das weißt du, weil …«

»Ich eine gute Menschenkenntnis habe. Hund und so, du weißt schon.«

Levi zog mich an der Hand hinter sich her. Was hatte er vor? Zusammen betraten wir die Bar, schlängelten uns durch die Menschenmasse und ich war mir seiner Hand, die meine hielt, völlig bewusst. Der kräftige Druck wärmte mich. Sacht strich ich mit meinem Daumen über seine Haut und bewunderte ihre Weichheit. Levi ging schnellen Schrittes auf sein Ziel zu. Die Bühne war nur noch einige Meter von uns entfernt und mein Verstand setzte komplett aus. Mechanisch ließ ich mich von Levi nach oben ziehen, es war ganz still, ich hörte nichts mehr. Schien einfach ertaubt zu sein. Dafür war die Zeit stehen geblieben. Alles bewegte sich in Zeitlupe, doch ändern konnte ich nichts. Ich musste die Situation über mich ergehen lassen. Wünschte mir, dass das alles ein Traum war und ich gleich aufwachen würde. Dann drangen die Geräusche wieder an mein Ohr und ich hatte das Gefühl, dass sie mich erdrückten. Meine Gedanken rasten wie Rennautos durch meine Hirnrinde. Was sollte ich hier oben? Und wie kam ich möglichst glimpflich davon? Ich konnte schlecht einfach von der Bühne springen, alle Gäste sahen mich erwartungsvoll an.

»Da bin ich wieder. Und ich hab euch jemanden mitgebracht. Kitty und ich wollen jetzt zusammen ein Lied singen. Wir singen es für ihren Vater, für den Mann, der sie zu diesem wundervollen Wesen erzogen hat«, sagte Levi und reichte mir das Mikro.

Jemand reichte ihm ein zweites und ich versuchte immer noch einen klaren Gedanken zu fassen. Wieso war das plötzlich so schwer? Hatte ich einen Schlaganfall? Das war möglich, oder? Aber dann müsste ich vermutlich auch Schmerzen haben.

»Ich kann das nicht«, wisperte ich panisch. Meine Sprache funktionierte problemlos, also konnte ich den Schlaganfall wohl ausschließen.

»Doch, lass die Musik sprechen. Hör ihr zu, lass sie dich leiten und singe für deinen Vater.«

Die ersten Klänge ertönten und ich erkannte *Tears in Heaven* von Eric Clapton. Wäre ich nicht so panisch gewesen, wären mir wahrscheinlich die Tränen in die Augen geschossen. Stattdessen schloss ich sie und versuchte mich an einen anderen Ort zu beamen. Natürlich klappte es nicht. Dumme Schwerkraft, dummer Sheldon Cooper, der das noch nicht erfunden hatte. Beschäftigte er sich überhaupt damit? Oder war das Lennard? Raj? Vielleicht auch Howard, aber ich glaubte, der war etwas anderes … Ingenieur, ja genau, das war es. Hatte Beamen überhaupt etwas mit der Schwerkraft zu tun? Wieso hatte ich nicht besser aufgepasst in der Schule?

Meine Gedanken rasten, füllten meinen Kopf mit sinnlosen Informationen und drohten ihn dadurch zum Platzen zu bringen. Dann würde ich immerhin ohne zu singen von der Bühne kommen, nicht wahr? Bei meinem Glück würde ich trotzdem noch singen können.

»Sieh mich an.« Levi hatte mein Kinn mit seiner Hand umfasst und zwang mich so, ihm direkt in seine Augen zu schauen. Ich öffnete meine und wurde überschwemmt von brauner Schokolade mit einem Spritzer Karamell.

»Hör auf die Musik. Was sagt sie dir? Hör ihr zu, sie spricht mit dir, antworte ihr.«

Ich hörte hin, ließ die Musik endlich in mein Herz, obwohl ich sie lange ausgeschlossen hatte, und wie zuvor beflügelte sie mich, befreite mich und zeigte mir, was zu tun war.

Levi sang die ersten Zeilen und ich stieg mit ein. Zusammen steuerte die Musik uns durch das Lied und ich bildete mir ein, meinen Vater hinten an der Wand erkennen zu können. Er lächelte mir zu und zwinkerte, wie er es immer getan hatte.

Die Musik trug mich durch das Lied und darüber hinaus. Ich nahm Levis Hand und blieb den ganzen Abend mit ihm und *Night Circus* auf der Bühne. Wir spielten Lied um Lied und brachten die Bar zum Kochen. Es war ein voller Erfolg und man wollte uns gar nicht von der Bühne lassen. Die Meute verlangte nach einer Zugabe, danach nach einer weiteren. Bis meine Stimme fast versagte.

Nach dem Konzert sackte ich völlig fertig in einen Stuhl.

Ich hatte gesungen.

Auf einer Bühne.

Vor Menschen, vielen Menschen.

Langsam drang die Erkenntnis in mein Bewusstsein. Ich hatte wirklich gesungen, zum ersten Mal nach dem Tod meines Vaters hatte ich wieder auf der Bühne gestanden. Zusammen mit der Band, mit Levi und doch ganz allein nur für meinen Vater. Beim Singen hatte ich ihn fühlen können, jede Faser meines Körpers war bei ihm und doch frei. Eine tonnenschwere Last sackte von meinen Schultern und ich hatte das Gefühl, endlich wieder atmen zu können.

Levi legte mir seine Hand auf die Schulter, drückte sie kurz und setzte sich mir dann gegenüber. »Du warst großartig.«

Ich wusste nicht, was ich sagen sollte. In mir war alles noch viel zu sehr in Aufruhr, um klar denken zu können, also lächelte ich einfach nur vor mich hin.

Kurz darauf gesellte sich der Rest der Band zu uns, Lizzy strahlte mich an.

»Der Mann am Schlagzeug ist Micah, er ist so etwas wie unser Alpha, und das Küken kennst du ja«, stellte Levi mir die beiden Bandmitglieder vor.

Micah reichte mir die Hand, während Liz sich neben mich auf einen Stuhl setzte. In Micahs Augen erkannte ich ein braunes Nutztier, das so gar nicht zu ihm passen wollte. Wie ein Esel war er mir nicht vorgekommen. Eher wie ein aufmerksamer Fuchs.

Doch Lizzy überraschte mich noch mehr. Sie gehörte zu einer der selteneren Tiergruppen. Eine Henne regierte ihre Augen und begann wie wild zu flattern, als sie meinen Blick bemerkte.

»Eine Katze? Bald können wir einen Bauernhof eröffnen«, lachte sie und wurde mir noch sympathischer. Ihre Art war herzlich und ich fühlte mich wohl in ihrer Gegenwart.

Micah lehnte sich tief in seinen Stuhl und ich konnte einen Wirbel knacken hören. »Aber nur, wenn du jeden Morgen ein Frühstücksei legst.«

»Ich finde wir waren ziemlich gut heute, was meint ihr?«, fragte Levi in die Runde.

»Ziemlich gut? Wir waren abgefahren, legendär, einfach skandalös gut. Damit gewinnen wir in Bremen ganz sicher.« Lizzy führte ihre euphorischen Gedanken noch weiter, doch ich klinkte mich aus und versank im wabernden Nichts, das man Glückseligkeit nannte. Ließ mich davon tragen und trieb immer weiter ab. Drohte fast zu versinken und für immer zu verschwinden.

Irgendwann schnappte ich wieder ein paar Fetzen des Gespräches auf.

»Halt. Stopp und zurückspulen. Ihr tut so, als würde ich mit euch nach Bremen fahren«, stellte ich schockiert fest.

»Tust du nicht?«, fragte Lizzy entgeistert und mir tat es ein bisschen leid, sie enttäuschen zu müssen.

Micah beugte sich zu mir. »Du musst mit! Wir brauchen dich.«

»Aber ich kann nicht. Das geht nicht. Das pack ich nicht.«

»Schau mich an«, sagte Levi und nahm meine Hände in seine. »Natürlich schaffst du das. Genau wie du es heute geschafft hast. Das Publikum ist dir total verfallen und du passt stimmlich gut zu uns. Es wäre schade, wenn wir das aufgeben würden. Wenn du diese Chance aufgeben würdest.«

Der Hund in seinen Augen wand seinen Körper nervös hin und her und auch Levi war seine Aufregung deutlich anzusehen.

Ich wusste nicht, wie er es schaffte, aber er besaß die Gabe, meine Gedanken auszuschalten und mein Herz sprechen zu lassen. Vielleicht hatte ich gefunden, wonach ich gar nicht gesucht hatte?

Meine Haut prickelte, ich konnte das nicht. Mutig sein war schön und gut, doch einfach zuzusagen, mit wildfremden Menschen in eine mir unbekannte Stadt zu fahren, glich einem Himmelfahrtskommando.

»Okay, weißt du was?«, zog Levi meine Aufmerksamkeit wieder auf sich. »Du musst nicht sofort zusagen. Aber versprich, es nicht kategorisch auszuschließen. Lass mich dich einladen. Verbringe einen Tag mit mir. Nur ein Date. Okay? Danach kannst du immer noch nein sagen und siehst uns nie wieder.«

Verwirrt schüttelte ich den Kopf. Ein Date? Danach sollte ich mich entscheiden? *Mutig* sein, ermahnte mich die Stimme in meinem Kopf. Was hatte ich zu verlieren? Ich musste nichts entscheiden, zumindest nicht heute. Konnte erst mal alles auf mich wirken lassen und darüber nachdenken.

»Okay, abgemacht«, sagte ich. »Aber ich entscheide den Ort«, fügte ich hinzu und versuchte so, die Kontrolle über das Date zu behalten.

Levi lächelte. »Abgemacht.«

4.

Eleganz war eben nicht jedem in die Wiege gelegt. Mir zum Glück schon, meistens jedenfalls.

»Ich hab mit Sascha gesprochen, ich fahr zu Cami nach Hamburg. Drei Wochen. Reicht dir das erst mal?«, fragte ich meine Mutter am nächsten Tag sarkastisch. Ich hatte beschlossen, vorerst an meinem Plan nach Hamburg zu fahren festzuhalten. Das gab mir ein Gefühl von Sicherheit. Ich wollte das Date auf mich zukommen lassen und danach entscheiden. Vielleicht zeigte Levi sich plötzlich von einer anderen Seite, dann war das Thema Bremen sowieso gegessen.

Meine Mutter saß in der Küche und blätterte durch eine Zeitschrift. Wahrscheinlich suchte sie nach einem Rezept, sie liebte es zu backen. Ich stand unschlüssig im Raum, setzte mich dann aber zu ihr.

»Ich will dich doch nicht loswerden. Du sollst nur Abstand zu allem gewinnen«, antwortete sie niedergeschlagen und sah hoch.

Sofort taten mir meine Worte leid. »Ich weiß.«, gestand ich.

Ich stand auf und begann die Spülmaschine auszuräumen, um meine Hände zu beschäftigen. Je schneller Sascha mit der Buchhaltung fertig wurde, desto besser. Dann konnte ich Abstand zu allem gewinnen. Vielleicht auch zu Levi und der Band, das würde sich zeigen. Levi lag etwas an mir, das hatte er deutlich gemacht. Auch wenn ich nicht wusste, warum, mochte ich ihn ebenfalls. War es Liebe auf den ersten Blick? Nein, definitiv nicht, immerhin war ich nicht verliebt in ihn. Vielmehr tat er mir gut. Brachte mich in Situationen, in denen ich nicht wusste, was zu tun war, auf den richtigen Weg. Er schien immer genau zu wissen, was ich brauchte. Woher kannte er mich so gut? Vielleicht waren wir uns ähnlich, tickten gleich? Deswegen wusste er, was er zu tun hatte, wenn ich zu viel dachte und überreagierte.

Eine Tasse rutschte mir aus der Hand und fiel scheppernd zu Boden, zerbrach jedoch nicht. Gute deutsche Handarbeit eben. Nein, wahrscheinlich nicht, ich hatte keine Ahnung, woher die Tasse kam. Schnell hob ich sie auf und stellte sie ins Waschbecken.

»Alles okay?«, fragte meine Mutter und ich merkte, dass sie mich beobachtete.

»Klar«, antwortete ich.

Nachdenklich musterte sie mich und über die kurze Distanz konnte ich den Feldhasen in ihren Augen sehen. »Du scheinst mir die letzten Tage zerstreut zu sein.«

Ich hielt inne und wusste nicht, was ich sagen sollte. War ich zerstreut? Definitiv. War Levi der Grund? Dickes Ja. Ging mir das gehörig auf die Nerven? Absolut. Wieso hatte er diese Macht über mich? Und wieso konnte ich einfach nicht aufhören, an ihn zu denken? Wieso? Wieso? Wieso?

»Bist du etwa verliebt?«

»Was? Nein!«, sagte ich viel zu schnell und brachte meine Mutter damit zum Lachen.

»Aha.«

»Es ist kompliziert«, versuchte ich die Situation zu erklären und stellte ein Glas in den Schrank.

Mama musterte mich aufmerksam. »Ist es das nicht immer?«

»Das ist etwas anderes. Ich kenne ihn nicht richtig. Er ist ein richtiger Idiot. Und ein Hund«, umriss ich Levis negative Eigenschaften.

»Und trotzdem magst du ihn?«, fragte meine Mutter lächelnd.

»Ja, ist das nicht verrückt? Aber manchmal ist er auch fürsorglich und irgendwie scheint er immer zu merken, wenn es mir schlecht geht. Dann ist er süß und lieb und … Ach, ich weiß auch nicht.« Ich setzte mich zu Mama an den Tisch und stützte den Kopf in die Hände. Dass die Band mich gefragt hatte, ob ich mit ihnen nach Bremen fuhr, verschwieg ich lieber. Wieso die Pferde scheu machen, wenn alles noch in den Sternen stand. »Wir haben heute ein Date«, sagte ich dann.

»Das hört sich nach einem ganz normalen jungen Mann an. Was ist das Problem?«, fragte sie verständnisvoll und strich mir über die Haare.

»Hast du nicht zugehört? Ich kenne ihn erst seit ein paar Tagen.«

»Na und? Du musst ihn doch nicht sofort heiraten, oder?«

»Nein, aber …«

»Was?«

»Ich weiß auch nicht.«

Mama seufzte tief. »Die Nachdenklichkeit hast du von deinem Vater. Kat, lass es einfach auf dich zukommen. Genieße es. Und versuche nicht so lange darüber nachzudenken, bis du nicht mehr weißt, wo vorne und hinten ist. Unsere Gedanken sind nur ein kleiner Teil unseres Lebens. Die Taten, das, was wir erleben, das ist, was zählt. Verbringe Zeit mit ihm und lerne ihn kennen, dann kannst du immer noch entscheiden, was du über ihn denkst.«

Ich hob meinen Kopf und schaute sie an. »Du hast recht, ich weiß es. Aber es ist so schwer. Ich will nicht verletzt werden.«

»Ich weiß. Aber das gehört dazu. Ich bin immer für dich da, hörst du? Und wenn die Verabredung ein Reinfall ist, dann hast du es immerhin versucht und weißt, woran du bist.«

Ich nickte. »Ich hab dich lieb.«

Mama lachte. »Ich dich auch. Bis zum Mond und wieder zurück«, wiederholte sie die Worte, die ich als kleines Kind immer benutzt hatte.

Ich war mir nicht sicher, ob ich träumte, auf Drogen oder einfach nur völlig verrückt war.

In ein paar Minuten würde Levi an meiner Tür klingeln und mich abholen. Zu unserer ersten Verabredung. *V-E-R-A-B-R-E-D-U-N-G*, buchstabierte ich und versuchte dem Wort dadurch einen anderen Sinn zu geben, scheiterte jedoch kläglich. Manchmal, wenn ich nervös war, gab mir das Halt, heute funktionierte es nicht.

Meinen Auftritt von gestern hatte ich immer noch nicht richtig verdaut. Über mir schwebte eine dicke, dunkle Wolke, die jederzeit bereit war aufzubrechen. Heute würde es sich entscheiden. Würde ich mit der Band mitgehen oder nicht? Würde ich mutig sein? Versuchen, zu mir zurückzufinden oder wieder den Schwanz einziehen? Ich wusste es selbst nicht. Wartete auf ein Zeichen. Hoffte, dass es so deutlich war, dass ich es erkannte.

Ich freute mich auf Levi und genau das war das Problem. Mir ging alles zu schnell. Viel zu schnell. Mich dagegen wehren, konnte ich auch nicht. Auch wenn ich versuchte, Mamas Rat umzusetzen, durchfloss mich die Panik und schien sich in allen Poren festzusetzen.

Es klingelte, Mama öffnete die Tür und ich trottete langsam nach unten.

Levi überreichte meiner Mutter gerade eine Schachtel Pralinen und ich musste grinsen. Was für ein Gentleman.

»Dir ist schon klar, dass ich mich nicht so leicht beeindrucken lasse?«

»Das dachte ich mir schon. Für dich hab ich auch was«, sagte er und reichte mir eine kleine Schachtel.

Neugierig öffnete ich sie und erwartete, Katzenfutter oder eine Spielmaus gefüllt mit Katzenminze vorzufinden. Levi überraschte mich jedoch wieder und ich zog scharf die Luft ein. Zwischen meinen Fingern hielt ich ein feines Lederarmband, an dessen Ende ein Miniplektrum befestigt war. Darauf erkannte ich das Emblem der Band, welches aus den Buchstaben NC bestand.

»Du bist zwar noch nicht offiziell Mitglied der Band, aber ich muss jedes Mittel nutzen, das mir zur Verfügung steht. Jeder von uns hat so eins.« Er hob verteidigend die Hände. »Ich weiß, ich weiß, das ist ziemlich kitschig, aber wir stehen irgendwie drauf. Du musst es nicht tragen, wir wollten nur, dass du dich wie ein richtiges Bandmitglied fühlst. Einen Eindruck von uns bekommst.«

»Danke«, stotterte ich und versuchte mich wieder zu fangen. »Es ist wunderschön, vielen Dank.«

Ich war versucht, ihm um den Hals zu fallen, ließ es aber bleiben. Ich wollte nicht wie ein kleines anhängliches Kind wirken. Gegen das Strahlen in meinem Gesicht kam ich jedoch nicht an.

»Machst du es mir bitte um?«, fragte ich und hielt ihm mein Handgelenk hin. »Was nicht heißt, dass ich mich entschieden habe. Ich finde es einfach nur schön«, fügte ich dann schnell hinzu.

Vorsichtig nahm er das Lederband und schlang es um mein Handgelenk, schloss es und führte dann meine Hand zu seinem Mund. Er hauchte einen Kuss auf meinen Handrücken und zog mich mit sich.

»Also, ich hab einiges geplant, wir sollten los. Auf Wiedersehen, Frau Bringmann«, rief er meiner Mutter zu.

»Du hast einiges geplant? Ich dachte, ich würde den Ort wählen?«

»Falsch gedacht. Lass dich überraschen und denk nicht so viel nach.«

Ich gestattete Levi, mich hinter sich her zu ziehen (nicht dass er eine Erlaubnis von mir erwartet hätte) und versuchte die Tatsache zu akzeptieren, dass ich die Kontrolle verloren hatte.

K-O-N-T-R-O-L-L-V-E-R-L-U-S-T. Fünfzehn Buchstaben. Zusammen ergaben sie ein Wort, einen Sinn.

Auf einer kleinen Wiese am Ortsrand, nicht weit von *der schwarzen Katz* entfernt, machten wir schließlich Halt und ich sah mich skeptisch um. Die Sonne schien vom Himmel und es war ziemlich warm für Anfang Mai. Ich schlüpfte aus den Ärmeln meines dünnen Pullis und band ihn mir um die Hüfte.

»Was wollen wir hier?«, fragte ich.

»Picknicken.«

»Picknicken?«

»Picknicken!«

»Allein?«

»Allein!«

Okay, damit war der Kontrollverlust nun endgültig besiegelt. Ich hatte ein nettes kleines Lokal ausgesucht, in dem wir mit anderen unser Essen hätten einnehmen können. Das hier war ganz anders und ich wusste noch nicht, was ich davon halten sollte.

»Jetzt steh doch nicht so unschlüssig da«, meinte Levi, nachdem er eine Decke ausgebreitet hatte. Darauf hatte er einen Picknickkorb und ein paar Tupperdosen gestellt. »Jetzt setz dich schon zu mir. Ich beiße nicht, das hab ich versprochen. Und ich stehe zu meinem Wort.«

Geschlagen ließ ich mich auf die Decke fallen und starrte auf das perfekt zusammengestellte Menü. Levi schien an alles gedacht zu haben. Es gab Obstsalat, Sandwiches, Kekse und Wein.

»Wie oft hast du das schon gemacht?«, platzte es aus mir heraus. Dass ich auch nie meine Klappe halten konnte!

»Was?«

»Das hier«, zeigte ich in einer allesumfassenden Geste um mich.

»Wie meinst du das?«

»Na, das ist perfekt. Ich nehme nicht an, dass ich die erste Frau bin, die du damit zu beeindrucken versuchst?« Ich bereute es in dem Moment, in dem ich es gesagt hatte. Es klang viel härter, als ich es meinte.

»Nein, du hast recht. Zum ersten Mal mach ich das nicht. Mein Onkel ist mit mir früher in den Park gegangen. So kam ich von zu Hause raus. Er hat mir etwas vorgelesen und wir haben den ganzen Tag auf der Decke verbracht. Oft habe ich mir vorgestellt, es sei eine andere Welt und ich müsse nur auf der Decke bleiben, dann würde mir nichts passieren können.« Er lächelte und mir war zum Heulen zumute. Wieso hatte ich das sagen müssen? Ich war gemein und verbittert.

»Hast du etwa auch ein Buch dabei?«, fragte ich, um die Situation, die ich verbockt hatte, zu retten.

Mit einem Zwinkern ging Levi zum Wagen und kam mit einem Buch zurück. Er schien mir meinen Ausrutscher nicht übel zu nehmen und ich fing mich zu fragen an, ob ich ihn mir vielleicht nur einbilden würde?

Die Gebrüder Grimm – Was wirklich geschah stand auf dem Buchrücken.

»Was wirklich geschah?«, fragte ich.

»Ja, es sind die Märchen, die nicht entschärft wurden. Die wirklichen Geschichten sozusagen, bevor sie zu Kindermärchen gemacht wurden. Ziemlich gruseliges Zeug. Ich bewundere die beiden Brüder für ihre Fantasie und dafür, dass sie ihre Geschichten aufgeschrieben haben.«

»Wie meinst du das?«

»Ihre Erzählungen sind so präzise, so detailreich und fast alle Aussagen, die sie allein über uns Tierwandler getroffen haben, stimmen.

Hast du noch nie von den Gerüchten gehört, dass sie Jäger gewesen sein sollen?«

»Doch, aber ehrlich gesagt glaubte ich ihnen nie. Ich weiß, dass es Jäger gegeben hat. Und ich weiß auch, dass es einen großen Krieg zwischen ihnen und den Wandlern gab. Mama hat mir auch erzählt, dass die Wandler früher von einem Rat regiert wurden. Doch er wurde durch den Krieg zerstört und genau wie die Jäger gibt es ihn nicht mehr, oder? Glaubst du wirklich, die Grimm haben dazugehört?!« fragte ich und ein Schauder überzog meinen Rücken, als Levi nickte.

»Ja, ich weiß es sogar. Ich habe meinen Onkel bei einem Gespräch belauscht und da ließ er unter anderem fallen, dass die Grimm Jäger waren. Du musst dir mal ihre Geschichten durchlesen. Es klingt, als hätten sie alles selbst erlebt. Als wüssten sie, wovon sie sprachen.«

Ich sog die Luft ein und ließ seine Erklärung auf mich wirken. Jäger? So richtige Jäger? Früher hatte es Herrscherfamilien gegeben, die über uns Wandler gewacht, aber auch geherrscht haben. Wir lebten in eigenen Dörfern und viele wollten nichts mit den Menschen zu tun haben. Nach dem Krieg war das anders geworden. Wir wollten überleben, also integrierten wir uns. Zum Glück war das alles schon lange vorbei. Ich entspannte mich wieder und legte mich auf die Decke.

Wir verbrachten den ganzen Tag auf der Wiese. Levi las mir einige der Geschichten vor und ich lauschte seiner wunderbaren Stimme. Wir redeten viel, erzählten uns Dummheiten aus unserer Kindheit, gingen jedoch nicht in die Tiefe. So weit waren wir noch nicht, doch ich hatte das Gefühl, dass wir das bald sein würden.

»Na, hast du Lust?«, fragte Levi, nachdem wir eine Weile einfach nur dagelegen hatten.

»Lust?«, fragte ich verwirrt.

»Auf eine Bandprobe. Micah hat mir gerade geschrieben, dass Sascha meinte, wir könnten einen seiner Räume für eine Probe nutzen. Sie sind gerade dort. Nur wir zwei Hübschen fehlen.«

Bandprobe? Hatte ich Lust? Ja. Nein! NEIN, eindeutig Nein.

»Ich weiß nicht«, sagte ich und setzte mich auf. »Das kommt jetzt ziemlich plötzlich.«

»Wir beißen auch nicht«, versuchte Levi mich zu überreden.

»Darum geht es nicht. Ich muss das erst verarbeiten, mich seelisch darauf vorbereiten. Yoga machen, oder Voodoo oder sonst was. So einfach geht das nicht. Nein, nein.«

Levi beobachtete mich genau. »Voodoo ist nichts, womit man spaßen sollte, merk dir das. Davon abgesehen ist es besser, ins kalte Wasser zu springen als langsam reinzugehen. Das weiß jedes kleine Kind.«

Ich schaute ihm in seine braunen Augen. Konnte die Farbe nicht richtig definieren, sie schien jedes Mal einen anderen Ton zu haben.

Konnte ich diese Probe durchstehen?

»Kat«, er nahm meine Hand. »Du schaffst das. Und wenn nicht, dann ist es eben so. Es wird ein schwieriger Prozess. Vielleicht dauert er nur einige Tage, vielleicht brauchst du auch Wochen, gar Monate, bis du wieder richtig glücklich und befreit singen kannst. Aber das wird wieder. Du musst nur anfangen.«

»Ich habe Angst.«

»Das weiß ich«, sagte Levi, stand auf und zog mich mit sich. »Dagegen kämpfen wir jetzt an.«

In letzter Zeit war ich wirklich zerfressen von der Angst und konnte an nichts anderes denken, außer an alles, vor dem ich mich fürchtete. Ich musste einen Weg aus der Dunkelheit finden, auf das Licht zugehen und endlich wieder ich selbst sein. Ohne Angst, ohne dunklen Schatten auf meinen Schultern, der mich jeden Moment niederzuringen schien.

»Dann los«, sagte ich mit fester Stimme und war davon überzeugt, heute mutig zu sein. Ohne lange darüber nachzudenken. Ich wollte es endlich umsetzen, nicht mehr länger nur grübeln.

Ich wurde nicht enttäuscht. Mut zahlte sich aus. Micah und Liz nahmen mich genau so herzlich auf wie Levi. Ich fühlte mich in ihrer Gegenwart sehr wohl. Zu Beginn spielten sie mir ein paar ihrer eigenen Lieder vor.

»Habt ihr die alle selbst geschrieben?«, fragte ich.

Micah nickte. »Levi ist der Songwriter. Um die Melodie kümmern wir uns meistens zusammen.«

»Sie sind wunderschön«, gab ich zu und lauschte weiterhin den melodischen Klängen.

Ich war zwar noch nicht dazu bereit, zu singen, dennoch fühlte ich mich wie ein Mitglied der Band. Sie integrierten mich und gegen Ende summte ich sogar mit. Ich spürte die Musik in mir, fühlte mich frei und selig, getragen von den Klängen, die *Night Circus* spielte. Und ich wusste, dass ich eine Entscheidung getroffen hatte. Ich traf sie für mich, nicht weil die Band sagte, sie würden mich brauchen, sondern weil ich das Gefühl hatte, dass die Band mir guttat. Mir dabei half, die Person zu sein, die ich sein wollte.

5.

So schnell konnte ein Road-Trip im Chaos enden … Und das, bevor er überhaupt richtig angefangen hatte.

Mit gepackten Taschen in der Hand stieg ich, dicht gefolgt von meiner Mutter, die Treppen ins Erdgeschoss hinab.

»Ich weiß, dass ich gesagt habe, du sollst etwas wagen, aber ist das nicht *zu* viel? Du kennst diese Leute doch gar nicht.«

Mir schmerzten die Arme und Ohren. »Mum, ich kenne die Band jetzt seit zwei Wochen. Wir haben zusammen gearbeitet, sie waren bei uns zum Essen, damit auch du sie kennenlernen kannst, und wir haben fast jede freie Minute miteinander geprobt. Du hast selbst gesagt, dass alle sehr nett sind. Levi hat dir sogar Pralinen geschenkt. Ich bin mir halbwegs sicher, dass sie keine Serienkiller sind. Jetzt schau doch nicht so, das war ein Scherz. Mir wird schon nichts passieren. Und wenn mir einer dumm kommt, fahre ich die Krallen aus, genau so, wie du es mir beigebracht hast.« Ich zwinkerte ihr zu, doch mein Witz schien bei ihr nicht ganz so gut wie erwartet anzukommen.

»Ich weiß, was ich gesagt habe. Trotzdem, jetzt bin ich es, die Angst hat. Um dich«, gab sie zu.

Ich ging auf sie zu und küsste ihre Stirn. »Lass sie mich dir dieses Mal nehmen. Ich muss das tun. Wie du gesagt hast. Alles wird gut.«

»Ich meinte aber nicht, dass du um die halbe Welt reisen sollst. Ich dachte, du würdest dir eine Wohnung in der Nähe suchen«, gab sie zu.

Ich lachte. »Bremen ist doch nicht die halbe Welt.«

Es klingelte an der Tür und meine Mutter hinderte mich daran, aufzumachen. »Versprich mir einfach, dass du vorsichtig bist und mich ab und zu besuchen kommst, okay? Ich will dich nicht verlieren.«

Eine Träne kullerte mir über die Wangen und ich umarmte sie stürmisch.

»Es sind doch erst mal nur drei Wochen. Ich komme wieder, mich wirst du so schnell nicht los. Ich verspreche es.« Und das mit gutem Gewissen. Nichts konnte mich davon abbringen, zurückzukehren. Sobald ich mir sicher gewesen war, dass ich mit der Band mitgehen wollte, hatte ich Cami vertröstet und meinen Besuch verschoben.

Nachdem wir uns wieder sortiert hatten, öffnete ich die Tür. Micah lächelte zu mir herab und begrüßte zuerst mich, dann meine Mutter. Levi stand entspannt ans Verandageländer gelehnt hinter Micah und blickte mir entgegen. Lizzy war nicht zu sehen. Seit dem Picknick war zwischen Levi und mir nicht viel passiert. Auf der einen Seite war ich froh darüber, so herrschte weniger Chaos in meinem Kopf. Auf der anderen Seite vermisste ich seine Wärme auf meiner Haut, seine Arme um meinen Körper. Dennoch hatte sich zwischen uns eine Vertrautheit ausgebreitet, die ich nicht richtig benennen konnte. Ich hatte die ganze Band besser kennengelernt und sie waren mir ans Herz gewachsen, hatten mir über eine schwere Zeit hinweggeholfen und mir die Musik wiedergebracht. Niemand hatte mich ausgelacht, wenn ich beim Singen mal wieder in Tränen ausgebrochen war. Nein, sie hatten sich Zeit genommen und mir geholfen, den Tod meines Vaters besser verarbeiten und begreifen zu können.

»Können wir los? Liz wartet im Auto und ist schon ganz aufgeregt, endlich nicht mehr das einzige weibliche Wesen in unserer Gruppe zu sein.« Micah hielt meine Taschen in den Händen und steuerte auf den VW-Bus zu.

Levi guckte gequält. »Die weiblichen Hormone werden die Führung übernehmen und das Testosteron kläglich zu Fall bringen! Glaub mir, Micah, die Zeit unserer männlichen Herrschaft ist vorbei. Bald werden wir in rosa Tutus auf der Bühne stehen und Andreas Bourani singen.«

Ich ging auf Levi zu und stellte mich auf die Zehenspitzen, um in die Nähe seines Ohres zu kommen. »Und dabei würde dir ein rosa Tutu so gut stehen. Das würde deinen Knackarsch betonen.«

Er brach in Lachen aus und ich rannte noch mal schnell zu meiner Mutter, drückte sie, versicherte ihr, dass ich mir jeden Tag die Zähne putzen und frische Unterwäsche anziehen würde und versprach, mich regelmäßig zu melden.

Zu meiner Überraschung fuhr nicht Micah den Wagen, sondern Levi. Man hatte mir befohlen, auf dem Beifahrersitz Platz zu nehmen, da Micah und Lizzy die Nacht wohl zum Tag gemacht hatten und auf der Rückbank etwas Schlaf nachholen wollten.

»Und du warst gestern nicht dabei?«, fragte ich Levi nach einer Weile leise.

»Nein. Wir haben die Regelung, dass der Fahrer ausgeschlafen sein muss. Da Liz keinen Führerschein hat und Micah letztes Mal gefahren ist, war ich an der Reihe.«

»Ich hätte fahren können.«

»Nobel, aber ich hatte eine Portion Schlaf sowieso dringend nötig. Das Leben als gefragter Sänger ist nicht einfach, das kannst du mir glauben.« Er zwinkerte mir zu.

Ich ging nicht darauf ein, mir brannte eine andere Frage auf den Lippen.

»Ist das nicht schwierig, immer auf Reisen zu sein? Kein Zuhause zu haben? Ich weiß nicht, ob ich das könnte.«

»Du tust es doch gerade?«

»Wir sind noch nicht mal vier Stunden unterwegs und ich vermisse meine Familie und meine Stadt schon. Ich bekomme das also nicht besonders gut hin.«

»Es wird einfacher.« Levi starrte stur auf die Straße und ich war mir sicher, etwas Falsches gesagt zu haben. Hätte ich das Thema lieber nicht angeschnitten. Ich wollte kein Schweigen zwischen uns. Wir sollten reden, über uns, über das Leben, einfach über alles.

Die Welt huschte jenseits der Fensterscheibe an uns vorbei. Wir waren auf eine Landstraße abgebogen und ein Chaos aus Braun- und Grüntönen vermischte sich mit dem blauen Himmel. Schnell flogen wir über den Asphalt. Levi fuhr die Geschwindigkeitsbegrenzung voll aus, jedoch nicht zu schnell. Unser Dorf, Badelberg, lag unweit von Stuttgart entfernt und dementsprechend lang würde die Reise nach Bremen dauern.

Levi legte mir sanft eine Hand auf den Oberschenkel und ich schreckte verwirrt hoch. »Hey, entschuldige. Ich hab mich wie ein Idiot benommen. Muss an dem vielen Schlaf liegen. Sonst bekomme ich nicht so viel davon. Mein Gehirn ist es nicht gewohnt, nachdenken zu können, normalerweise macht es, was es will.«

Er lächelte, doch ich konnte nur an seine Hand auf meinem Oberschenkel denken. Meine Haut prickelte und genau wie bei seiner Umarmung breitete sich eine angenehme Wärme auf meinem Körper aus. Das Chaos der Farben schien plötzlich in mir zu wüten und mir wurde abwechselnd heiß und kalt.

»Es ist so, wir hatten so etwas wie ein Zuhause nicht. Bevor es die Band gab, streifte ich wie ein herrenloser Hund durch die Gegend. Ich wusste weder mit mir noch mit meinem Leben etwas anzufangen. Meine Mutter hatte mich, sobald ich sechzehn war, aus dem Haus gejagt und meinen Vater kenne ich nicht wirklich, er ist ein Arschloch. Ich hatte nur meinen Onkel, meine Großmutter war gestorben. Eine Zeit lang lebte ich bei ihm, doch dann gab es Streit und ich war wieder allein.« Levi fuhr sich durch die Haare, schaute mich kurz an und fuhr fort. »Ich war jung und wollte mir von niemandem was sagen lassen, ich habe ihn damals sehr verletzt und mich seitdem nie wieder bei ihm blicken lassen. Ich kann ihm einfach nicht mehr unter die Augen treten. So war das eben, ich war jung und dumm. Micah und Liz haben ähnliche Schicksale hinter sich. Es gibt nichts, zu dem wir zurückkehren könnten. Die Band, das ist unsere Familie und du gehörst nun auch dazu.«

Erstaunt von seiner Offenheit nahm ich seine Hand in meine, traute mich aber nicht, weiter nach seinem Onkel zu fragen.

»Das muss schrecklich sein. Ich weiß gar nicht, was ich sagen soll.« Betreten starrte ich auf unsere Hände.

Levi verschränkte seine Finger kurz mit meinen, entwand mir dann jedoch seine Hand, um zu schalten.

»Schon okay, wir haben uns. Und die Musik. Das Leben, das wir führen, gefällt uns. Ich bin mir sicher, dir wird es auch gefallen. Du bist schon aus dem Nest gefallen, jetzt musst du nur noch fliegen.« Levi lächelte und in meinem Magen flatterte es. Oh mein Gott, ich glaubte, ich hatte mich verliebt. Wann war das passiert?

»Na, zum Glück landen Katzen immer auf ihren Pfoten, oder glaubst du, das ist ein Mythos?«, fragte ich, um mich abzulenken. Ich war mir noch nicht sicher, ob es gut oder schlecht war, in Levi verliebt zu sein.

»Falls nicht, hast du immerhin noch acht weitere Leben, es kann also gar nichts schiefgehen.«

Eine Weile fuhren wir schweigend. Ich dachte über vieles nach und fühlte mich von meinen Gedanken getrieben. Still sitzen fiel mir schwer. Und das war wohl ziemlich offensichtlich.

»Alles okay bei dir?«, fragte mich Levi, während er mich kritisch von der Seite musterte.

»Ja. Nein. Irgendwie nicht. Ich denke zu viel. Können wir anhalten? Ich glaube, rennen würde helfen.«

»Das dachte ich mir schon. Du denkst immer zu viel. Klar, lass uns laufen gehen.«

Bei seinen Worten lief mir ein Schauer den Rücken hinab. Er hatte uns gesagt. Hegte er vielleicht die gleichen Gefühle für mich, die sich langsam, aber sicher in mir breitmachten? Oder war ich nur eine seiner vielen Eroberungen? Schwierig. Aber er hatte gesagt, ich war Teil seiner Familie. Damit meinte er doch nicht etwa wie eine Schwester, oder doch? Oh Gott, ich musste das stoppen.

Levi steuerte den Bus nach dem nächsten Dorf von der Straße und fuhr ein paar Minuten einen kleinen Weg entlang, der direkt zu einem Wäldchen führte.

»Du hast dir die perfekte Stelle ausgesucht.«

Ich kratzte mich an der Stirn und schnallte mich ab »Was machen wir mit den Schlummernden?«

»Liegen lassen. Die merken gar nicht, dass wir weg sind.«

Gesagt, getan. Zusammen gingen wir bis zu den Bäumen.

Ich bemerkte die junge Frau erst, als Levi in ihre Richtung nickte. Sie stand rechts von uns zwischen den Bäumen und hatte uns den Rücken zugewandt. Trotzdem musste es eine Frau sein, denn sie trug einen eng geschnittenen roten Wintermantel, der ihre weibliche Silhouette betonte. Langsam setzte sie sich in Bewegung und ging in die Richtung, aus der wir gekommen waren. So würde sie unseren Weg nicht mehr kreuzen, unsere Verwandlung nicht mitbekommen und daher keine Gefahr darstellen.

Ich wusste nicht genau, wie es weitergehen sollte. So weit hatte ich nicht gedacht. Ich würde mich ausziehen müssen. Hier. Direkt vor Levi. Mit Klamotten konnte ich mich nicht verwandeln.

Levi nahm mir die Entscheidung ab. Er wandte mir den Rücken zu, zog sich aus und begann sich zu verwandeln. Ich hatte schon viele Verwandlungen gesehen, doch das war etwas anderes. Es fühlte sich anders an. Intimer. Ich weiß auch nicht genau, aber ich hatte das Gefühl, etwas hatte sich zwischen uns verändert. Es lag nicht daran, dass ich Levi nackt gesehen hatte, obwohl sein Körper unglaublich war. Braun gebrannte Haut spannte sich über durchtrainierte Muskeln, geziert von Tattoos, deren Bedeutung ich unbedingt erfahren musste. Abwartend stand der Hund mit gespitzten Ohren vor mir. Sein grau-schwarzes Fell ergab ein schönes Muster und zierte seinen Körper ähnlich wie zuvor seine Tattoos. Ich musste lächeln und augenblicklich wedelte er mit seinem Schwanz. Er kam auf mich zugetrottet und ich streckte vorsichtig meine Hand nach ihm aus, nicht sicher, ob ich ihn wirklich berühren konnte. Auch diesmal nahm Levi mir die Entscheidung ab, er legte seinen monströsen Kopf auf meine Hand, strich sacht mit der Unterseite seiner Schnauze darüber und drückte mir seinen Kopf dann so in die Hand, dass ich ihm die Ohren kraulen konnte. Ich setzte mich ins weiche Gras und prompt lag das riesige Tier fast ganz auf mir und reckte seine Pfoten halb in die Luft. Ich streichelte Levi lachend am Bauch, immerhin hatte er mir doch vor einiger Zeit die Erlaubnis dazu gegeben, oder nicht? Der Moment war einzigartig. Er hatte mir etwas geschenkt und ich hatte das Gefühl, ihn viel länger zu kennen, als es tatsächlich der Fall war.

»Auf, jetzt bin ich dran«, sagte ich und scheuchte das Tier von meinen Beinen.

Levi stand direkt vor mir und betrachtete mich, doch es störte mich nicht mehr. Ich hatte das Gefühl, ihm vertrauen zu können.

Nach der Wandlung richtete ich mich auf und schüttelte meinen Kopf, um mich zu orientieren. Ein Schatten legte sich über mich und ich schaute verwirrt nach oben. Levi stand direkt vor mir und sah auf mich herab. Das war ziemlich frustrierend, wieso konnte ich nicht größer sein als er und endlich mal auf ihn hinabsehen? Nein, ich war immer die kleine, süße Kat, aber dem würde ich es zeigen. Größe hatte bekanntlich nichts mit Schnelligkeit zu tun.

Ich sog den Geruch von ihm, seines Fells und des Waldes ein. Dann begann ich zu rennen.

Jag mich doch, dachte ich.

Als hätte er meine Gedanken gelesen, stürmte er hinter mir her. Er war schneller, doch ich meisterte die Unebenheiten des Bodens besser und wenn ich das mal so sagen darf, auch um einiges eleganter. Als ich über den nächsten umgefallenen Baumstamm sprang, kam mir die Idee, wie ich mich für die letzte Jagd revanchieren konnte. Geduldig passte ich den nächsten Baumstumpf in Levis Nähe ab, sprang darauf und stieß mich mit all meiner Kraft ab, um direkt auf dem Rücken des großen Tieres zu landen. Sacht fuhr ich meine Krallen aus, um nicht herunterzugleiten, ihn aber gleichzeitig auch nicht zu verletzen. Obwohl ihm meine Kratzer auf dem Rücken sicher stehen würden. Aber ich schweifte ab. Back to Business.

Levi wandte mir überrascht den Kopf zu, schüttelte mich aber nicht ab. Ich setzte vorsichtig eine Pfote vor die andere und kam seinem Kopf immer näher. Ganz schön wackelige Angelegenheit, so ein Hunderücken, vor allem bei gefühlten hundertzwanzig Stundenkilometer, die Levi rannte. Da war mir ein Auto fast lieber. Aber nur fast.

Irritiert wurde der Hund langsamer, doch ich ließ mich davon nicht beirren und biss ihm ganz sacht ins Ohr. Levi erschrak so sehr, dass er mich abwarf. Ich landete jedoch nicht ganz so elegant auf meinen Pfoten, wie ich das geplant hatte, was vor allem daran lag, dass ich mich vor Lachen fast kugelte.

Vorsichtig rappelte ich mich auf und trottete zu Levi, der auf dem Waldboden saß und mich ansah. Ich war keine Meisterin darin, die Mimik von Hunden zu deuten, doch in seinen Augen lag der Schalk, also rannte ich los, bevor er mich packen und wie eine Wölfin ihr Junges durch die Gegend tragen konnte.

Ich spitzte meine Ohren und konnte durch das Getrampel von Levi hindurch das Rauschen eines Baches hören. Katzen mieden Wasser? Irrtum, ich liebte es. Schwimmen war super, vor allem, wenn man schön geschützt durch ein wunderbar flauschiges Fell war.

Ich steuerte direkt auf den Fluss zu, doch plötzlich hörte ich sie. Menschen. Ich drosselte mein Tempo und hielt Ausschau nach Levi. Er kam langsamer, auf seine Schritte achtend auf mich zu. Anscheinend hatte er die Menschen schon vor mir wahrgenommen.

Zusammen duckten wir uns ins Unterholz. Man konnte zwar nicht sehen, dass wir Wandler waren, dennoch mieden wir Menschen. Unsere Eltern brachten uns das bei und ich hatte es bis aufs Blut verinnerlicht. Es war eine alte Gewohnheit, noch aus der Zeit, als unsere Rasse gejagt wurde.

Levi stupste mich mit seiner feuchten Nase an und ich fuhr ihm mit meiner Zunge über die Schnauze. Meine Nackenhaare sträubten sich. Hunde waren böse, oder nicht? Zumindest hatte ich das immer geglaubt. Der Gedanke war tief in mir verankert und es war schwer, gegen ihn anzukämpfen. Doch ich versuchte es. Nicht alle Hunde waren böse, genauso wenig wie alle Menschen gut waren. Jedes Lebewesen hatte seinen eigenen Charakter. Und der Hund vor mir war Levi, der verträumte Lieder schrieb und ein guter Mensch war. Schmerzhaft musste ich mir eingestehen, dass ich wirklich lange Zeit ein von Vorurteilen geleitetes Biest gewesen war. Doch das würde sich ändern. Wenn nicht jetzt, wann dann? Schließlich hatte ich mich gerade in einen Hund verliebt und ihm liebevoll über die Nase geleckt. Urks, Hundehaare auf meiner Zunge, Hundehaare auf meiner Zunge.

Die kratzige Stimme eines Mannes unterbrach meine Gedanken. »Das war wirklich einfach. Schade, dass wir ihnen nicht auch noch das Auto abnehmen konnten.«

»Stimmt. Doch das wäre zu auffällig gewesen, immerhin ist unser Versteck hier in der Nähe, sie hätten uns sofort durchschaut«, ertönte die Stimme eines zweiten, jünger klingenden Mannes.

»Egal, sie hatten ziemlich viel Geld dabei. Das wird eine schöne Mahlzeit heute Abend geben.«

»Das müssen wir Rene und Kevin erzählen. Während die schlafen, haben wir fürs Abendessen gesorgt.«

Zwei Silhouetten drängten sich in mein Sichtfeld und ich kuschelte mich enger an Levi. Was ich gerade gehört hatte, wirkte nicht vertrauenerweckend auf mich. Levis Kopf legte sich auf meinen kleinen Körper und schirmte mich fast ganz von den Männern ab. Ich war ihm sehr dankbar.

Sie trugen beide braune abgetragene Stiefel, Jeans und Bomberjacken. Ihre Haare hingen ihnen strähnig ins Gesicht und besser gerochen hatten sie bestimmt auch schon mal. Anstatt sich um ihr Abendessen zu kümmern, hätten sie lieber eine Dusche aufsuchen sollen. Meine Geruchsnerven waren benebelt und ich versuchte flach zu atmen, um sie zu entlasten. Dadurch merkte ich nicht, dass die Männer verschwunden waren. Mein Schwanz zuckte wie wild hin und her, als Levi mich sanft mit seiner Nase anstupste. Ich öffnete die Augen und sah direkt in seine. Sie waren wunderschön braun. Um seine Iris zog sich ein hellbrauner Faden und formte etwas, das einem Stern ähnelte, den man erst erkannte, wenn man ganz nah vor seinem Gesicht war. Kein Hund tanzte darin, aber seine ganze Persönlichkeit schien in ihnen zu wohnen. Ich sah so vieles, das ich nicht deuten konnte, mich aber zutiefst berührte. Seine Treue, sein Mitgefühl, seine Sanftheit und den Schalk, der ihm faustdick hinter den Ohren saß.

Abermals berührte er mich mit seiner Nase und bedeutete mir, ihm zu folgen. Nebeneinander tappten wir zum Waldrand. Der Wind blies mir durchs Fell und brachte den Geruch von getrockneten Blättern, Moos und Blumen mit sich. Ich roch ein weiteres Tier in der Nähe und wandte meinen Kopf leicht nach links. Über uns ertönte ein markerschütternder Laut. Ich blickte nach oben in den Himmel und sah einen Raben, der seine Runden drehte und dabei schrie. Er schien neugierig auf uns herabzusehen und flog ungerührt seine Kreise. Immer und immer wieder. Als ich stolperte, wandte ich meinen Kopf wieder in die Richtung, in die ich lief. Meine Schnurrhaare wippten leicht im Wind und ich genoss es, den Waldboden direkt unter meinen Pfoten spüren zu können, ohne Schuhe, ohne Socken. Einfach und echt.

Unsere Klamotten lagen noch dort, wo wir uns ihrer entledigt hatten, und wir verwandelten uns fast gleichzeitig zurück. Schweigend zogen wir uns an.

»Alles okay?«, fragte ich.

Levi schaute nachdenklich und hatte es furchtbar eilig, zum Auto zurückzugehen.

»Hast du nicht gesehen, was sie in den Händen hatten?«

Verdutzt musterte ich sein versteinertes Gesicht. Mir wurde flau im Magen. Auch wenn ich wusste, dass nicht ich der Grund für sein missgelauntes Verhalten war, mochte ich es nicht.

»Nein?«

»Unsere Taschen. Um genau zu sein, die von Micah und mir.«

»Was?«, brach es aus mir heraus. »Und warum gehen wir dann so ganz ohne Eile zurück?«, fragte ich und sprintete los.

Als Mensch war mir leider nicht dieselbe Eleganz in die Wiege gelegt worden, die ich als Katze besaß, und so stolperte ich nicht nur einmal und musste wild rudernd mein Gleichgewicht wiederfinden.

Am Bus angekommen, erwarteten uns Micah und Lizzy mit eingezogenen Köpfen. Micah hielt sich ein Handtuch an den Hinterkopf.

»Was ist geschehen?«, wollte ich atemlos wissen.

»Wir wurden ausgeraubt«, antwortete Liz den Tränen nahe.

Ich legte meine Arme um sie und betrachtete Micah forschend. Er schüttelte nur den Kopf und unterhielt sich flüsternd mit Levi. Sonstige Verletzungen konnte ich an ihm nicht erkennen und auch Liz schien körperlich in Ordnung zu sein. Ihr seelischer Zustand machte mir größere Sorgen, sie war völlig aufgelöst.

»Sie waren plötzlich da … und … und dann wusste ich nicht was tun … Ich hab Micah aufgeweckt und den haben sie dann … sie haben ihn … und dann sind sie weggerannt. Es ist meine Schuld«, versuchte sie mir zu erklären, während die Tränen über ihr Gesicht liefen und auf den Boden tropften.

Ihr Körper schüttelte sich und ich strich ihr die Haare, die an ihren nassen Wangen klebten, aus dem Gesicht. »Das ist doch nicht deine Schuld.«

»Doch, hätte ich ihn nicht geweckt …«

»… hätten sie womöglich noch mehr gestohlen«, fiel ihr Micah ins Wort. »Es war nicht deine Schuld. Wirklich nicht. Und so schlimm haben sie mich auch gar nicht getroffen.«

Das Blut am Handtuch strafte seine Worte Lügen.

»Und jetzt?«, fragte ich in die entstandene Stille. Keiner wusste, was er sagen sollte. Wir standen alle unter Schock.

»Und jetzt geht alles so weiter wie bisher. Um diese Diebe kümmern wir uns später. Kat und ich haben sie beobachtet. Wir wissen ungefähr, wo ihr Versteck ist. Wir kümmern uns heute Nacht darum. Doch jetzt müssen wir erst mal zur Bar, in der wir heute auftreten, und einen Arzt aufsuchen, ich glaube, deine Wunde muss genäht werden. Zumindest reinigen sollten wir sie lassen.« Levi hatte das Ruder übernommen und wir waren ihm dankbar dafür.

Wir rappelten uns auf, stiegen ins Auto und hingen unseren Gedanken nach. Wieso war das passiert?

»Glaubst du, wir können heute einige Songs von unseren spielen? Bist du schon so weit, Kat?«, hörte ich Micahs Stimme von hinten. Ein bisschen Ablenkung tat uns allen gut.

»Kitty Kat macht das! Sie ist so weit.« Aus Levis Stimme war immer noch der Zorn zu hören. Und auch in mir gewann die Wut überhand, sodass ich nicht mal richtig merkte, wie er mich genannt hatte. Wir hätten da sein müssen und Liz und Micah beschützen oder ihnen zumindest helfen. Aber was hätten wir tun sollen? Ich weiß nicht, ob unsere Anwesenheit etwas geändert hätte. Es hatte auch gar keinen Sinn, darüber nachzudenken.

»Es ist nicht deine Schuld«, flüsterte ich Levi leise zu, während ich meine Hand auf seine legte, die krampfhaft den Schaltknüppel umklammerte. Seine Knöchel waren ganz weiß und ich strich sanft darüber, bis er seinen Griff lockerte. Nun konnte ich endlich seine Hand in meine nehmen und massierte sie mit Daumen und Zeigefinger. Levi blickte zu mir rüber und der Anflug eines Lächelns breitete sich auf seinem Gesicht aus. Das war doch mal ein Anfang. Ich hoffte inständig, dass diese neue, noch bessere Vertrautheit, die sich im Wald zwischen uns entwickelt hatte, nie wieder verschwinden würde, dafür suhlte ich mich viel zu gern in ihr.

»Wir können. Ich gehe die Texte noch mal durch, aber ich denke, alles sollte klappen. Und Levi steht ja direkt neben mir. Das geht schon!«, antwortete ich mit fester Stimme auf Micahs Frage und hoffte, dass ich recht behalten würde. Ansonsten würde der heutige Abend ganz schön peinlich für mich werden. Doch wir brauchten alle einen Hoffnungsschimmer, und wenn ich ihn meinen Freunden geben konnte, indem ich über meinen eigenen Schatten sprang, dann war das eben so.

6.

Wie ich, die Katze wohlgemerkt, versuchte, fliegen zu lernen und dann ganz elegant auf der Schnauze landete.

Das *Schillers*, das nur ein Katzensprung von dem Waldstück entfernt war, war eine kleine Bar in der Innenstadt von Durmersheim bei Karlsruhe. Von außen machte sie nicht viel her, doch innen war sie schön eingerichtet. Holztische und die dazu passenden Stühle füllten den Raum, an dessen Ende eine kleine Bühne aufgebaut war. Die Theke befand sich rechts, gleich neben dem Eingang. Der Raum war komplett leer, wahrscheinlich war noch geschlossen.

»Levi, schön, dass ihr es geschafft habt. Auf euch kann man sich eben verlassen«, ertönte es hinter der Bar. Der Mann hinter dem Tresen war ungefähr in Micahs Alter und entpuppte sich als Besitzer des Lokals. Er begrüßte alle herzlich und reichte mir freundlich die Hand.

»Ihr wisst, wie alles funktioniert, bereitet euch vor, macht, was ihr immer macht und kommt später an die Bar, um mir zu erzählen, was ihr erlebt habt«, sagte er und begann damit, Kartons auszuräumen.

»Wart ihr schon öfter hier?«, fragte ich ziemlich doof.

»Ja, wir kommen immer mal wieder her. Basti ist nett und wir können bei ihm oben auf Gästematratzen schlafen«, antwortete mir Liz, die sich vom Schock erholt hatte.

Ich trottete ihr hinterher auf die Bühne und schaute den Jungs eine Weile dabei zu, wie sie ihre Instrumente aufbauten und alles anschlossen. Dann nahm ich mir noch mal die Texte der Lieder vor. Ich fühlte mich zwar sicher, war aber auch nervös. Nach einer Weile drifteten meine Gedanken wieder zu dem Überfall, es machte mich fast wahnsinnig. Ich brauchte etwas anderes, an dem sie sich festhalten konnten.

»Seid ihr bald fertig?«

»Ja, dauert nicht mehr lange. Soundcheck ist fast durch, überleg dir schon mal, was du als Erstes singen willst, Prinzessin«, antwortete mir Micah, der medizinisch versorgt worden war. Entgegen des ärztlichen Rates wollte er den Auftritt heute durchziehen. Lizzy und ich waren dagegen, doch Levi meinte, wir sollen Micah seinen Willen lassen, also traten wir auf.

Ich entschied mich für ein Lied, das *Fliegen* hieß. Levi hatte es geschrieben und jedes Mal, wenn ich bei den Proben den Refrain sang, breitete sich eine Gänsehaut auf meinem Körper aus.

»Bereit?« Levi legte mir einen Arm um die Schulter.

»Nein. Lass uns anfangen.«

Wir betraten die Bühne und die Nackenhaare stellten sich mir auf. Ich spürte das Prickeln auf meiner Haut und griff zitternd nach dem Mikrofon. Es war nur eine Probe, doch der Gedanke machte es auch nicht besser.

»Was willst du singen?«, fragte Liz.

Ich hatte noch nie das erste Lied aussuchen dürfen. Bisher hatten sie es immer ohne mich gespielt, weil ich die Texte noch nicht hundertprozentig beherrscht hatte.

»Fliegen«, sagte ich mit fester Stimme.

Die ersten Töne erklangen und ich bewegte mich leicht im Takt der Musik, schloss die Augen und ließ mich von den Klängen tragen.

Scheu und leise versuchte ich in das Lied zu finden, beim Refrain hatte ich es geschafft und legte meine ganze Stimme hinein.

»Drehst dich um,
siehst mich an,
entfaltest meine Flügel
und fliegst mit mir davon.
Ich hab fliegen gelernt.
Drehst dich um,
siehst mich an,
zerreißt alle Leinen
und verlässt die Welt.

Nimmst mich mit,
lässt mich nicht allein.
Wenn ich deine Stimme höre,
weiß ich, dass ich nicht störe.
Wenn ich deine Stimme höre,
weiß ich, wo ich hingehöre.
Ich hab fliegen gelernt.«

Danach behielt ich meine Power bei und genoss es, eins von Levis Liedern zu singen. Ich sah zu ihm, erkannte das Glitzern in seinen Augen und forderte ihn mit einem Blick auf, mit einzusteigen. Zusammen mit ihm zu singen, war wundervoll. Ich liebte es, es war etwas Besonderes zwischen uns. Wie eigentlich alles, was bisher passiert war.

Als die letzten Töne verklangen, traute ich mich nicht, die Augen zu öffnen, ich wollte den Moment in jeder Faser meines Körpers speichern.

Der Applaus und ein falsch klingendes Lachen rissen mich aus meiner Welt und zwangen mich dazu, die Augen zu öffnen.

»Das war … nett. Irgendwie interessant«, erklang die Stimme einer Frau, die ich noch nicht sehen konnte. Sie trat hinter einer Ecke hervor und ich kam nicht drumherum, sie anzustarren. Ihre langen karamellfarbenen Haare reichten ihr bis zu den Hüftknochen. Sie glänzten im Licht und ich war kurz davor, sie nach ihren Haarpflegeprodukten zu fragen, hätte mich ihre unglaubliche Figur nicht abgelenkt. Sie war perfekt proportioniert und trug High Heels, die eindeutig eines Waffenscheins bedurften. Auch dafür musste ich sie bewundern, ich hätte mich, und wahrscheinlich auch alle Menschen in meiner Umgebung, damit umgebracht. In ihre helle Röhrenjeans hatte sie eine weiße eng anliegende Bluse gesteckt, die ihre Kurven genau an den richtigen Stellen betonte.

»Ella, wie … schön, dass du uns mit deiner Gesellschaft beehrst.« Levis sarkastische Stimme bewahrte mich davor, Ella schnurrend entgegenzuspringen und ihr um die Beine zu streichen.

»Ich konnte mir doch nicht entgehen lassen, dass mein Freund endlich wieder in die Stadt kommt.«

Oh, das war Micahs Freundin. Er hatte einen unglaublich guten Geschmack. Ich freute mich für ihn. Wunderte mich jedoch, dass er sie nicht ein Mal erwähnt hatte.

»Ich bin nicht dein Freund«, sagte Levi, als ich gerade die Bühne verlassen wollte, um Micah und seiner Freundin etwas … Halt! Was hatte er gesagt? Ich drehte mich abrupt um und starrte den Mann, mit dem ich gerade noch gesungen hatte, an.

»Nicht mehr und noch nicht wieder. Aber das ändern wir. Ich habe da ein paar Argumente, gegen die du sicher nichts einzuwenden hast. Früher haben sie dir auch gefallen.« Ella lächelte charmant und schritt auf ihren unglaublich hohen Schuhen elegant auf die Bühne zu.

Ich verschluckte mich an meiner eigenen Spucke und zog somit ihre Aufmerksamkeit auf mich.

»Du kannst jetzt gehen, Schätzchen. Wir brauchen dich nicht mehr«, sagte sie.

Ich wusste nicht, was ich tun sollte und so tat ich das einzig Logische. Nichts. Ich blieb einfach stehen und versuchte die Situation zu entschlüsseln. Micah und Liz lehnten an der Bar und versuchten die Szene mit aller Macht zu ignorieren, ich konnte es an ihrer Körperhaltung ablesen.

»Bist du verrückt? Du tauchst hier auf, zerstörst unsere Probe und stößt auch noch Kat vor den Kopf. Die Einzige, die gehen kann, bist du. Ich will dich nicht mehr sehen. Du hast mich betrogen, das war es!«

Levi stürmte los, packte mich an der Hand und ich stolperte hinter ihm her. Ella war also seine Exfreundin. Das musste ich erst mal sacken lassen.

Als wir draußen vor der Tür angekommen waren, ließ er mich los, zog schwer die Luft ein und sah mich an.

»Es ist nicht so, wie es aussieht«, sagte er.

»Wie sieht es denn aus?«

»Ich bin nicht mehr mit ihr zusammen. Früher waren wir das, doch sie hat mich ausgenutzt und ich hab sie verlassen. Keine Ahnung, was die Show gerade sollte, aber ich schwöre dir, dass ich nichts mehr mit ihr habe. Ich würde doch nicht gleichzeitig mit zwei Frauen etwas anfangen.«

»Nicht?«, fragte ich belustigt.

Levi war so aufgebracht, dass er gar nicht merkte, dass ich ihn auf den Arm nahm. »Natürlich nicht!«

»Aber du bist doch ein Rockstar. Nichts mit Sex, Drugs and Rock'n'Roll?«

»Glaubst du wirklich …« Ich ließ ihn nicht ausreden, hob meine Hand und bedeutete ihm, zu schweigen. Endlich sprachen nicht mehr meine Gedanken, sondern mein Herz, und es tat gut. Fühlte sich richtig an.

»Ich glaube dir, ich vertraue dir«, sagte ich und wusste, dass ich es genau so meinte. Meine Hand suchte sich ihren Weg an seine Brust und ich konnte seinen Herzschlag spüren, dann zog er mich zu sich und wir küssten uns. Seine Lippen waren weicher, als ich erwartet hatte. Nicht nur mein Puls beschleunigte sich, sondern auch der, den ich an meiner Handfläche spürte. Levi fühlte sich so unglaublich gut an.

Panisch fuhr ich zurück. War ich schon bereit? War das der richtige Moment? Sollten wir es nicht langsamer angehen lassen? Mein Kopf hatte wieder die Kontrolle übernommen.

»Nicht denken«, damit zog Levi mich sanft in seine Arme und küsste mich abermals. Diesmal bestimmter, sodass mein Kopf keine Chance hatte, zu rebellieren. Ich verlor mich in dem Kuss und genoss die Wärme auf meiner Haut. Das Gefühl von Geborgenheit breitete sich in mir aus. Levi löste sich von mir, nahm mein Gesicht in seine Hände und strich mit dem Daumen über meine Wange. Er lächelte. Mein Herz klopfte, schlug mir bis zum Hals und ich hatte das Gefühl, platzen zu müssen. Alles zitterte, tausend verschiedene Gefühle strömten durch mich hindurch, machten es mir unmöglich, klar zu denken. Ich schwebte, fühlte mich ganz leicht. Ich sah in Levis braune Augen, erkannte den hellen Stern und war glücklich. Es war gut so, wie es war. Egal, ob ich dachte, es würde zu schnell gehen, genau jetzt war es richtig, fühlte sich gut an, ließ meine ganze Haut prickeln.

»Levi, kommst du? Wir brauchen dich hier«, unterbrach uns Micah.

Ich seufzte enttäuscht, hätte den Moment gerne noch länger genossen.

Zusammen gingen wir rein und fanden den Raum zu meiner Überraschung nicht mehr leer vor. Die ersten Gäste hatten sich an uns vorbeigestohlen. Levi ging zu Micah und ich setzte mich zu Liz an die Bar.

Ella war Gott sei Dank verschwunden. Solange ich die Anmut in Person nicht direkt vor meiner Nase hatte, konnte ich mir einbilden, dass ich genauso sexy und anbetungswürdig war wie sie. Mal sehen, wie lang ich diese Illusion aufrechterhalten konnte. Überraschenderweise funktionierte es tatsächlich ganz gut.

Ich unterhielt mich an der Bar mit Ruben, dem Barmann, der mir meinen Cocktail immer wieder auffüllte. Ohne Alkohol versteht sich. Ich musste immerhin noch singen. Micah und Levi überprüften ein letztes Mal die Geräte und Lizzy saß gelangweilt neben mir. Sie pulte das Etikett ihres Eistees ab.

»Hey, Süße, dein Drink ist leer, darf ich dir einen neuen ausgeben?«, unterbrach ein großer Mann das Gespräch zwischen Ruben und mir.

»Ähm, klar, aber ich bekomme hier sowieso alles gratis. Liz, noch einen Eistee?«, fragte ich das Küken neben mir, um dem Mann deutlich zu machen, dass ich kein Interesse an einer längeren Konversation mit ihm hatte. Das hielt ihn jedoch nicht davon ab, sich direkt neben mich zu setzen, und zwar nah, dass unsere Knie sich berührten. Angewidert wollte ich zur Seite rutschen, doch ich brachte es nicht über mich, so unhöflich zu sein.

»Ich hab dich hier noch nie gesehen. Neu in der Stadt?« Subtil, wirklich.

»Wir sind nur auf der Durchreise.«

»Wo soll es denn hingehen?«

Ich war mir nicht sicher, ob ich ihm das wirklich sagen wollte. Anscheinend antwortete ich ihm nicht schnell genug, denn er presste sein Knie gegen meins und brachte mich so dazu, ihn anzusehen. Seine dunklen Haare reichten ihm knapp bis über das Kinn. Er war glatt rasiert, trug ein weißes Hemd und eine Jeans. Seine Augen musterten mich und ich entschied, dass er die Wahrheit nicht verdiente.

»Mal sehen. Hier und da, wo uns der Wind hinträgt. Wir sind wie Mary Poppins, spannen unseren Schirm auf und sehen, wo wir landen.«

»Das ist ja süß. Solche Träume hatte ich auch, als ich noch jung war.«

Ich wollte nicht wissen, was er damit meinte, es war mir schlichtweg egal. Eigentlich war ich ein netter und offener Mensch, aber ich mochte es nicht, bedrängt zu werden und dieser Typ rutschte immer näher in meine Richtung. Das gefiel mir nicht.

»Also gut, war nett, aber ich muss jetzt. Liz, begleitest du mich?«

So viel Mumm hätte ich dem Typen gar nicht zugetraut, doch er packte mich am Handgelenk und brachte mich dadurch zum Taumeln.

»Was soll das? Ich hab dir was ausgegeben, dafür erwarte ich jetzt auch eine Gegenleistung.«

Ich war so überrascht, dass mir die Kinnlade sprichwörtlich herunterklappte. »Eine was?«

»Ich erwarte ein bisschen Nettigkeit. Hat man dir keine Manieren beigebracht?«

Er zog mich zu sich und umfasste meine Hüfte mit seinem anderen Arm. Ekelig. Ich drückte mein Becken so weit von seinem weg, wie es mir möglich war, und fuhr meine Krallen aus.

»Also ehrlich, das reicht. Sie sind total unverschämt.« Ich riss mich los und war gerade dabei abzurauschen, als Levi wutentbrannt an mir vorbeiraste. Oh, oh. Gar nicht gut. Ich drehte mich um und sah, wie er den Typen am Kragen packte und zum Schlag ausholte. Gleichzeitig nahm mein feines Gehör ein leises Lachen wahr. Ich sah mich im Raum um und entdeckte Ella, angelehnt an einem Holzbalken, der die Decke trug. Sie lächelte, während sie dem Geschehen folgte. Das war alles geplant gewesen. Sie kannte Levi viel länger und hatte seine Reaktion voraussehen können. Ganz im Gegensatz zu mir. Mein Herz schmerzte, doch ich ließ den Schmerz nicht die Oberhand gewinnen und widmete meine Aufmerksamkeit wieder meinem Freund. Seine Faust hatte mittlerweile den Weg ins Gesicht des Fremden gefunden, doch dieser wusste sich zu wehren und so rangelten sie miteinander.

»Levi, lass ihn los.« Ich versuchte seinen Arm zu packen, um ihn wegzuziehen. Doch sie hatten sich wie zwei wilde Stiere ineinander verkeilt und ich kam nicht gegen ihre Hörner an.

Ruben sprang über den Tresen und warf sich zwischen die beiden. Sein Auftritt schien mehr Eindruck auf die Männer zu machen als meiner und sie lösten sich ein paar Zentimeter voneinander, waren jedoch nicht gewillt, sich ganz zu trennen.

»Levi, jetzt komm schon. Lass ihn los. Er hat gar nichts getan.«

»Nichts getan?«, zischte er. »Er hat dich angefasst. Ohne deine Erlaubnis.«

»Dein Handeln in allen Ehren, aber ich bin gut allein klargekommen.«

»Ach ja?«

Levi stieß den Typen und Ruben so schnell von sich, dass sie zu Boden gingen. Genau in dem Moment kam Micah mit Basti um die Ecke. Es hätte keinen schlechteren Zeitpunkt geben können.

»Was soll das?«, fragte Basti empört.

»Wir hatten nur eine kleine Meinungsverschiedenheit«, antwortete Levi gelassen.

Doch ich konnte die Wut in seinen Augen brennen sehen. Ella, die immer näher kam und dann lachend an uns vorbeischritt, um dann die Bar zu verlassen, schmiss noch mehr Holz ins Feuer.

»Es ist gar nichts geschehen, der Typ hatte mich falsch verstanden und Levi wollte mir helfen und plötzlich …«

Ich wusste nicht genau, was ich sagen sollte, hatte Angst, dass Basti uns rausschmeißen würde. Doch sein Blick wurde milder und ich atmete auf.

»Ihr könnt jetzt beginnen. Das Haus ist voll und die Gäste warten auf euch.«

Ohne uns abzusprechen, stellten wir uns auf die Bühne. Ich sah zuerst zu Micah, der mir aufmunternd zunickte, dann zu Liz. Endlich fingen meine Augen den Blick von Levi auf. Ich konnte ihn nicht entschlüsseln, war mir nicht sicher, ob er wütend auf mich war oder die Schuld wie immer bei sich suchte. Doch ich hatte keine Zeit, weiter darüber nachzudenken, denn Micah stimmte die ersten Takte von *Fliegen* an und ich schloss kurz die Augen. Dann angelte ich nach Levis Hand, bevor er sie gleich zum Spielen brauchte, und drückte sie kurz. Er lächelte, doch es wirkte wie eine Maske und mir wurde ganz flau im Magen.

Ich begann zu fliegen und versuchte Levi mit mir zu ziehen, doch er sträubte sich, wich vor mir zurück und ließ mich nicht an sich ran. Ich zog mich zurück, ließ mir jedoch nichts anmerken.

Beim Refrain angekommen, hatte ich die Hoffnung, die Stimmung zwischen uns wieder in Einklang zu bringen, schon fast aufgegeben, dann erklang Levis Stimme und wir flogen endlich gemeinsam. Zerrissen alle Leinen, ließen die Welt hinter uns und vergaßen die Zeit.

7.

Ich bin mir sicher, dass das Schicksal sadistisch hinter vorgehaltener Hand lacht, wenn es mal wieder einen halbwegs durchdachten Plan zerstört. Mistkerl.

Den Auftritt hatten wir Gott sei Dank erfolgreich hinter uns gebracht und Levi und ich hatten gut harmoniert.

Für heute stand noch etwas anderes auf dem Plan. Wir wollten nicht nur Levis und Micahs Sachen zurück, wir wollten den Dieben auch eins auswischen. Wir saßen alle im Bus, waren auf dem Weg zurück zu dem kleinen Wäldchen. Es herrschte eisiges Schweigen, da die Männer sich nicht einigen konnten, nach welchem Plan sie vorgehen wollten. Micah war dafür, die Diebe erst einmal zu beobachten und dann zu entscheiden, was getan werden sollte. Levi hingegen wollte einfach hineinspazieren und es ihnen heimzahlen. Wir Mädels spielten in beiden Plänen keine Rolle, denn wir sollten im Auto warten. Ich wusste nicht, aus welchem Jahrhundert diese veralteten Anschauungen stammten, aber nicht aus dem jetzigen. Ich wartete sicher nicht im Auto. Niemals nicht. Das würde in hundert Jahren nicht passieren. Das anzusprechen, hatte mir jedoch nur einen bösen Blick von der Seite eingehandelt. Also blieb ich erst mal still. Lange konnte ich mich aber nicht an mein Vorhaben halten.

»Wieso gehen wir nicht zur Polizei?«

»Wir haben keine Beweise. Und ohne die macht die Polizei sowieso nichts. Es geht um einiges schneller und einfacher, wenn wir unsere Sachen da allein herausholen«, antwortete mir Micah. Das Wandlerblut machte uns alle leidenschaftlicher. Wir regelten unsere Dinge immer unter uns und alleine.

»Also gut, am sinnvollsten wäre es doch, wenn wir, und zwar wir alle, erst mal in Erfahrung bringen, wie viele Männer sich im

Wald verstecken, dann können wir immer noch entscheiden, was wir tun, oder nicht?«

Mein Plan kam wohl nicht gut an, denn das Schweigen hielt weiterhin an. Ich nahm an, dass Liz und ich der Knackpunkt waren, denn im Grunde hatte ich Micahs Plan kaum verändert.

»Oh Mann, Kats Plan ist gut. Du bist wirklich ein Esel, Micah, wenn du das nicht siehst. Und du brauchst gar nicht so grinsen, Levi, denn du bist der größte Hitzkopf, den ich kenne«, stimmte Lizzy mir zu.

»Okay. Okay. Ich gebe zu, das ist die beste Idee. Kat und Levi werden den Wald erkunden und wir warten solange hier am Auto auf euch. Ich will Lizzy nicht allein lassen.«

»Wieso kann ich nicht mit?«

»Weil du unser Küken bist.«

»Und wieso habt ihr mich dann nicht in der Bar gelassen, wenn ich euch nur ein Klotz am Bein bin?«, fragte sie schnippisch.

»Das bist du doch nicht, ich will nur nicht, dass dir etwas passiert«, antwortete Micah und Liz lächelte ihn versöhnlich an.

Damit schien das geklärt zu sein, denn Lizzy protestierte nicht weiter. Micah fuhr sich mit den Händen über seinen Kopf und ich war froh, dass es ihm nach dem Schlag gut ging.

Kurze Zeit später waren wir am Wäldchen angekommen und Levi und ich liefen geduckt zwischen die Bäume.

»Es tut mir leid«, flüsterte er.

»Was?«, fragte ich nicht sehr intelligent.

»Meine Reaktion vorhin. Ich mag dich wirklich sehr und da kam der Hund in mir durch. Das Gefühl, dich beschützen zu müssen, ist einfach zu groß geworden. Ich wollte deine Autorität nicht untergraben. Mir ist klar, dass du mit solchen Kerlen durchaus allein klarkommst. Immerhin hast du Krallen.«

Ich konnte sein Lächeln zwar nicht sehen, aber erahnen, und es legte sich wie ein weicher kribbeliger Schauer um mich. Mir wurde warm. Vorsichtig tastete ich nach seiner Hand und verschränkte unsere Finger miteinander. Sachte zog er mich zu sich und küsste mich.

»Du magst mich also?«, wisperte ich an seinen Lippen.

Als Antwort bekam ich einen weiteren Kuss, mein Körper begann zu kribbeln und ich war froh, Levi begegnet zu sein. Am Ende eines Tages liebte man, wen man liebte. Tat, was man tat, und war, wer man war. Auch wenn ich noch nicht wusste, wohin uns das alles führen würde, war ich im Moment glücklich. Und das war wohl mehr, als die meisten von sich behaupten konnten.

»Sollen wir?«, fragte er mich.

»Logisch.«

Wir entledigten uns unserer Kleidung und kurz darauf bewegten wir uns auf Pfoten durch das Unterholz.

Später kehrten wir wieder angezogen und auf zwei Beinen zum Bus zurück.

»Es sind ungefähr vier bis sechs Männer. Sie befinden sich in einer kleinen Hütte im Nordosten des Waldes. Fließendes Wasser besitzen sie wohl nicht, es stinkt bestialisch.« Micah lauschte meinen Worten und sah nachdenklich in den Sternenhimmel. Wir hatten eine klare Nacht erwischt, der Mond und die Sterne würden uns lenken. Die Temperaturen waren zwar gesunken, aber es war immer noch warm genug, um ohne Jacke draußen zu sein.

»Direkter Angriff?«, fragte Levi, sah dabei aber nur Micah an. Wenn er immer noch glaubte, dass Liz und ich im Auto bleiben würden, dann müsste ich wohl meine Krallen ausfahren. Schon wieder. Na, zum Glück war ich eine Katze.

»Ich hab eine Idee.« Es war Liz, die uns mit dieser Aussage überraschte.

»Wenn wir zusammen in unseren Tiergestalten auftreten, können wir sie vielleicht erschrecken und vertreiben, ohne dass es Verletzte gibt. Sind wir mal ehrlich, eigentlich wollen wir nur eure Sachen zurück und ihnen einen Schrecken einjagen. Niemand will sich prügeln, auch wenn ihr einen auf harte Kerle macht, das nimmt euch doch keiner ab.« Mit vor der Brust verschränkten Armen lehnte sie sich ans Auto und sah zuerst Levi, dann Micah herausfordernd in die Augen. Jeder wusste, dass sie recht hatte. Ich war mir aber nicht sicher, ob einer der Jungs einknicken würde. Verletzter Männerstolz und so.

»Du hast recht«, sagte Micah zu meiner Überraschung und offensichtlich auch zu Lizzys, denn ihr fiel augenblicklich die Kinnlade herunter. Sie fing sich jedoch schnell wieder und ein Lächeln umspielte ihre Lippen. Jetzt sah sie noch jünger und verletzlicher aus.

»Gut, die Vernunft hat gesiegt. Meine Idee war, dass wir einfach ein bisschen Lärm machen. Kat kann aufs Dach und dort Krach machen, Levi schleicht hinter das Haus und macht sich dort zu schaffen. Micah und ich bleiben vorn, zusammen bekommen wir ganz schön gruslige Geräusche hin.«

»Das klingt gut«, stärkte ich ihr den Rücken. Und es konnte klappen. Wir mussten die Diebe nur verjagen, unser Zeug holen und schon hatte sich die Sache erledigt. Klang ganz einfach, oder?

»Dann zeigt uns mal, wo wir die Hütte finden können.«

Zusammen machten wir uns auf den Weg. Wir hatten beschlossen, dass es sinnvoller war, zuerst in Menschengestalt bis zur Hütte zu gehen und dort noch mal kurz das Vorgehen zu besprechen, bevor wir unsere Tiergestalt annehmen würden.

Auf zwei Beinen brauchten wir wesentlich länger zu der Hütte. Mitten auf dem Weg hielt Micah plötzlich inne und bedeutete uns, zu schweigen. Wir blieben wie angewurzelt stehen und duckten uns hinter Büsche. Es knackte verdächtig und wir drehten uns alle synchron um. Ich hielt die Luft an und fühlte mich wie in einem schlechten Horrorfilm, denn direkt hinter uns stand ein Mädchen in einem roten Mantel. Es war mitten in der Nacht. Was tat sie hier? Gehörte sie zu der Räuberbande?

»Hey, was machst du hier?«, fragte Micah leise in die zermürbende Stille hinein.

»Spazieren gehen«, antwortete sie knapp.

»Mitten in der Nacht?«, fragte ich skeptisch und erntete sofort strafende Blicke.

Anscheinend war ich die Einzige, der das Mädchen komisch vorkam. Sie war in meinem Alter, dennoch, etwas an ihr beunruhigte mich. Zaghaft erhoben wir uns nacheinander und warteten auf eine Antwort.

»Ja, ich konnte nicht schlafen. Frische Luft hilft.«

Ich musterte sie von oben bis unten, um sie besser einschätzen zu können. Ihr roter Mantel reichte ihr bis knapp unter die Knie, die Kapuze hatte sie sich tief ins Gesicht gezogen, doch man konnte trotzdem erkennen, dass sie ein wunderschönes Gesicht hatte. Ihre langen schwarzen Haare lugten zu den Seiten hervor. Sie zitterte am ganzen Leib und mir wurde bewusst, dass sie Angst vor uns hatte. Schlagartig änderte ich meine Haltung ihr gegenüber.

»Okay, du brauchst keine Angst zu haben, wir tun dir nichts. Hast du dein Auto in der Nähe?«

»Was tut ihr hier?« Gegenfragen? Wirklich? Das konnte ich leiden wie die Pest.

»Wir haben eine kleine Rechnung mit jemandem zu begleichen.«

»Ich kann euch helfen!« Ähm, was?

Auch von Levi ließ sie sich nicht abwimmeln. »Was soll das? Geh einfach, okay?«

»Okay, ich hab gelogen. Ich war nicht spazieren, sondern habe auf euch gewartet. Ich hab die Männer beobachtet, als sie um euren Wagen geschlichen sind, und hab gesehen, dass sie euch ausgeraubt haben. Ich möchte helfen. Als ich euch dann davon reden hörte, dass ihr es ihnen heimzahlen wollt, witterte ich meine Chance und hab den ganzen Abend auf euch gewartet. Ich wohne hier in der Nähe, gehe in diesem Wald immer Joggen. Vor einigen Tagen, haben auch sie mich ausgeraubt. Zum Glück konnte ich fliehen, wer weiß was sie sonst mit mir gemacht hätten.«

Wir waren alle zu perplex, um etwas zu sagen. Mir fiel die Frau in dem roten Mantel wieder ein. War das etwas *sie* gewesen? Anscheinend wollte das Schicksal uns Steine in den Weg legen. Und es hatte Erfolg. Unser Plan war so gut gewesen. Okay, war er nicht, aber das Mädchen machte alles nur noch komplizierter.

»Jetzt schaut doch nicht so, ich kann Krav Maga. Ich wollte nur nicht allein gegen sie vorgehen. Sie sind in der Überzahl. Und die Polizei glaubt mir nicht. Sie brauchen handfeste Beweise.«

Sie ließ ihren Korb fallen, sprang in Angriffsstellung und präsentierte uns einige Schläge und Tritte aus ihrem Repertoire. Sprachlos starrten wir sie an und keiner wusste, was er sagen sollte. Micah fing sich als Erster.

»Das ist schön und gut, aber wir kennen dich nicht und wir haben keine Zeit, um dich zu beschützen.«

»Ihr braucht mich nicht zu beschützen.«

»Hast du nicht eben gesagt, du wärst auch überfallen worden? Das sieht mir schon danach aus, als bräuchtest du Schutz«, warf Levi ein und ich stimmte ihm nickend zu.

»Ich weiß, was ihr seid.« Okaaaaay. Das Mädel hatte es faustdick hinter den Ohren.

»Ich bin wie ihr.«

Kriegsrat war angesagt. Wir steckten unsere Köpfe wie kleine Kinder zusammen und beratschlagten flüsternd.

»Wir können sie nicht mitnehmen«, sagte ich.

»Ich sehe das wie Kitty Kat«, stimmte Levi mir zu und ich schenkte ihm ein Lächeln.

Liz räusperte sich. »Also, wenn ihr mich fragt, rennt sie uns so oder so hinterher. Ob wir wollen oder nicht.« Berechtigter Einwand.

»Und was tun wir nun?«, fragte ich.

Micah war verdächtig still.

»Ich denke«, erklärte er. Er zog seinen Kopf zurück und wandte sich dem Mädchen zu. Die Würfel waren gefallen, die Entscheidung getroffen.

»Okay, anscheinend können wir dich nicht davon abhalten, uns zu begleiten. Du tust es so oder so. Aber es wird Regeln geben. Du lässt uns machen, versteckst dich und kommst erst dazu, wenn sie geflohen sind. Dann kannst du deine Sachen holen und wir sehen uns nie wieder«, versuchte Micah die Situation wieder ins Lot zu bringen. Wir waren alle nicht glücklich mit der Lage, aber was hätten wir sonst tun sollen? So spielte das Leben. Immer wenn man es am wenigsten brauchte, kam das Schicksal dazwischen und alles lief ganz anders, als es geplant war.

Wir gingen weiter und Micah und Liz ließen das Mädchen nicht aus den Augen. Levi und ich bildeten die Spitze unserer kleinen Gruppe. Mit halbem Ohr hörte ich dem leisen Gespräch der drei zu und versuchte in der Dunkelheit keinen Ast zu übersehen, über den ich stolpern konnte.

Langsam näherten wir uns der Hütte und der Gestank war selbst als Mensch unerträglich. Mir war wirklich schleierhaft, wie man eine kleine Hütte derart verdrecken konnte, dass so ein Geruch entstand.

Ich schlich mich langsam an eins der Fenster und sondierte noch mal die Lage. Die kleine Hütte bestand aus einem großen Raum und einem kleineren etwas weiter hinten. Das Badezimmer vermutlich. Drei Männer lümmelten auf dem Sofa vor einem kleinen Fernsehgerät und sahen sich irgendeinen alten Krimi an. Ein weiterer lag ausgestreckt auf dem Bett und schien zu schlafen.

So leise wie möglich ging ich zurück und berichtete.

»Ich verwandle mich und check mal die Lage von oben, ich denke, aufs Dach sollte ich es mit meinen Stummelflügelchen schaffen«, sagte Liz und entfernte sich.

Ich kratzte mich am Kopf. »Es gibt keine Dachrinne oder ähnliches, es wird schwierig, dort hinaufzukommen, zumindest für mich. So ganz ohne Flügel.«

»Wir helfen dir«, sagte Levi, kritisch die Hütte betrachtend. »Okay, das wird nicht einfach sein. Wir sind beide zu klein.«

»Ihr könntet euch in euren Tiergestalten aufeinander stellen«, kam es von hinten.

Mila, so hieß das Mädchen, schaute uns abwartend an.

»Das könnte klappen«, stellte Micah fest. »Gut, du bleibst hier, Mila. Versteck dich im Unterholz und warte, bis wir wiederkommen, verstanden?« Micah wartete nicht auf eine Antwort, sondern sprach gleich weiter. »Wir helfen dir aufs Dach und verfolgen dann Lizzys Plan. Okay?«

»Okay«, antworteten Levi und ich gemeinsam.

Wenige Minuten später befanden wir uns in unseren Tiergestalten vor der kleinen Hütte. Liz war noch nicht zurückgekehrt, aber ich würde sie auf dem Dach schon finden und ihr deutlich machen, was wir vorhatten.

Micah, der seinen Esel befreit hatte, stellte sich direkt vor der Tür in Position. Dort würde man uns am wenigsten sehen, der Rest der Hütte war von Fenstern gesäumt. Er ging leicht in die Knie und Levi sprang ihm auf den Rücken. Im ersten Moment schwankten die beiden ein bisschen und es hatte den Anschein, als hätte Micah Mühe, den großen Elchhund zu tragen. Dann drückte er die Beine durch und sie standen sicher. Ich tappte zu ihnen und setzte zum Sprung an. Sanft landete ich auf Micahs Hinterteil und fuhr vorsichtig die Krallen aus, um das Gleichgewicht nicht zu verlieren. Sobald ich es gefunden hatte und mich auf dem Rücken des großen Tieres sicher fühlte, setzte ich erneut zum Sprung an und stand wacklig auf Levis Rücken. Sein Fell war weich unter meinen Pfoten und ich stolzierte langsam und bedächtig über seinen Rücken. Am Hals angekommen hielt ich inne. Ich fuhr ihm mit der Schnauze das Nackenfell entlang und spürte, wie er schauderte. Tschaka, mission accomplished. So viel Zeit musste Frau haben.

Die Jungs waren nicht ganz so groß, wie ich erwartet hatte. Dennoch sollte es kein Problem sein, mit einem kräftigen Sprung das Dach zu erreichen. Ich ging vorsichtig rückwärts und nahm Anlauf. Meine Ohren signalisierten mir eine Warnung. Es knirschte von oben und mein Blick gefror. Liz stand direkt dort, wo ich gelandet wäre, das hätte einen bösen Zusammenprall gegeben. Zum Glück war ich noch nicht gesprungen. Sie beugte sich über die Kante, versuchte herauszufinden, was wir vorhatten. Als sie wieder zurückgehen wollte, rutschte sie mit ihrem rechten Fuß aus und verlor das Gleichgewicht. Sie flatterte, versuchte sich zu halten und stieß dabei Geräusche aus, die sich anhörten, als würden sie nicht von dieser Welt stammen. Wild mit den Flügeln flatternd glitt sie über die Kante des Dachs und stürzte direkt auf mich zu. Ich gab einen Laut des Erschreckens von mir. In dem Moment ging die Tür auf und die Räuber stoben aus dem Haus. Mit Knüppeln bewaffnet standen sie vor uns, doch ich konnte mich nicht um sie kümmern, ich war zu sehr damit beschäftigt, nicht von Levis Rücken zu fallen.

Liz hielt sich flatternd in der Luft und traf mich dabei immer wieder mit ihrem Flügel im Gesicht. Ich schwankte, was auch Levi und Micah aus dem Gleichgewicht brachte. Instinktiv fuhr ich meine Krallen aus, um mich festzuhalten, und bohrte sie Levi schmerzhaft in den Rücken. Er begann zu knurren und tippelte auf Micahs Rücken aufgeregt herum, was diesem wiederum gar nicht zu gefallen schien. Wir alle schrien los, völlig mit der Situation überfordert, und hörten uns an wie ein ungestimmtes Symphonieorchester, das durcheinander spielte. Wir mussten ein bizarres Bild abgeben. Ein Esel, der einen Hund und eine Katze trug, auf der eine Henne thronte.

Die Räuber erschreckten sich, schienen genauso überfordert mit der Situation zu sein und schauten uns gebannt zu.

Wir schwankten weiter und Micah versuchte, uns mit kleinen Schritten nach rechts und links im Gleichgewicht zu halten, es funktionierte nicht wirklich. Liz ließ sich an mir vorbei zu Boden gleiten und hüpfte herum. Aufgeregt wich sie einem Räuber aus, der nach ihr griff. Doch er stolperte über einen Ast und sie konnte ihm entkommen. Sie rannte zu ihren Kleidern und verschwand aus meinem Sichtfeld. Der erste Moment der Überraschung und des Schocks waren vorbei und ich konnte wieder klar denken. Ich fuhr meine Krallen ein, befreite Levi von seinen Schmerzen und sprang auf den Boden. Elegant landete ich auf meinen Pfoten, schwankte trotzdem. Eine Hand streckte sich nach mir aus, doch ich wich zur Seite aus. Ich schüttelte den Kopf und sah, wie Levi endgültig das Gleichgewicht verlor und zu Boden stürzte. Schockiert rannte ich auf ihn zu, doch er sprang sofort auf die Beine und warf mich fast um. Alles gut. Zum Glück. Die Räuber kreisten uns ein und ich schaute mich Hilfe suchend um.

Hinter uns knurrte es leise und plötzlich stoben die Räuber auseinander, schienen blind vor Angst zu sein und flohen anstatt ins Haus in den Wald.

Langsam drehte ich mich um und starrte einem Wolf direkt in die eisblauen strahlenden Augen. Ich versuchte den Geifer zu ignorieren, der ihm auf beiden Seiten des riesengroßen Maules herunterlief. Mit einem Happs würde ich in seinem Mund landen, so schnell wurde man vom KitKat zum Schokobon.

Es war ein schönes, großes Tier mit einer stolzen Haltung, die mir die Nackenhaare aufstellte. Ich unterdrückte den Drang zu flüchten und starrte dem Tier weiterhin in die Augen. Würden wir mal sehen, wer zuerst wegschaute.

8.

Da hatte ich endlich meinen Helden auf dem weißen Ross, oder eher im VW-Bus, gefunden und was geschah? Ich musste ihn retten. Da lief was schief.

Diesmal hatten wir Glück. Nicht der Wolf befand sich im Schafspelz, sondern das Schaf war von einem Wolfspelz umgeben.

Mila verwandelte sich vor unseren Augen zurück.

Mit einem triumphierenden Grinsen schaute sie in die Runde. »Jetzt schaut doch nicht so schockiert. Oder habt ihr etwa noch nie einen Wolf gesehen? Gebt zu, ihr habt mir nicht geglaubt. Ihr dachtet, ich würde lügen und wäre keine Wandlerin.«

Ich konnte mich weder rühren noch wusste ich, was ich darauf antworten sollte. Sie hatte recht. Irgendwie war ich wirklich davon ausgegangen, dass sie zwar wusste, was wir waren, aber nicht wirklich eine von uns war. Dabei hätte ich ihr nur in die Augen schauen müssen. Memo an mich: Menschen immer in die Augen schauen.

Liz war die Nächste, die plötzlich in Menschengestalt vor uns stand und im Gegensatz zu Mila angezogen war. Sie ergriff das Wort. »Das ist ziemlich cool. Wir haben es geschafft, sie sind weg. Lasst uns das Haus durchforsten.«

Plötzlich kam Leben in unsere Glieder, wir trotteten zu unseren Klamotten und verwandelten uns zurück. Angezogen machten wir uns auf den Weg ins Haus. Als Mensch war der Geruch zwar erträglicher, aber immer noch widerlich. Einfach abartig.

»Eine Prise Eau de Kloake gefällig?«, fragte Liz und ich schaute sie angewidert an. Sie wedelte mit ihrer Hand vor dem Gesicht und versuchte so den Gestank zu vertreiben. Es gelang ihr nicht.

Ich atmete flach durch den Mund, doch dem Gestank entkam auch ich nicht. Mein Magen fuhr Achterbahn und ich ließ meinen

Blick durch das Zimmer schweifen. Es roch nicht nur wie eine Kloake, es sah auch so aus. Auf dem Boden lagen überall Pizzakartons, Klamotten und viele andere Sachen, manche sogar undefinierbar. Man konnte kaum einen Schritt tun, ohne dass man über etwas steigen musste.

»Wie sollen wir hier nur unsere Taschen finden?«, fragte ich entmutigt.

»Das schaffen wir. Jeder nimmt sich eine Ecke des Zimmers vor.« Micah dirigierte uns in verschiedene Richtungen und wir begannen zu suchen.

Ich wühlte mich mit den Händen durch das Chaos und versuchte dabei gleichzeitig, so wenig wie möglich zu berühren.

Nach einer kleinen Ewigkeit erlöste Liz mich endlich. »Ich glaube, ich hab was gefunden.«

Sofort hielt ich in meiner Suche inne und trat hinter das kleine Küken. »Sieht wie Levis Boxershort aus.«

Ich brach in schallendes Gelächter aus. Besagte Boxershort war blau und hatte das Superman-Emblem vorne aufgedruckt.

»Haha, sehr witzig. Das ist nicht meine.« Levi war zu uns aufgeschlossen und schaute Liz säuerlich an.

»Nein, aber meine«, sagte Micah. Überrascht drehten wir uns zu ihm.

»Deine?«, fragte ich verblüfft.

»Ja. Mann muss doch zeigen, was Mann hat«, gab er zurück und zwinkerte mir zu. Levi grinste ihn anzüglich an und die beiden klatschten sich ab. Männer, was sollte man dazu sagen?

Micah nahm der verdatterten Liz die Unterhose aus der Hand und suchte weiter nach seinen Sachen. Verwundert schauten wir Mädels ihm dabei zu. Auch Levi hatte sich wieder auf die Suche nach seinen Klamotten gemacht. Ich betrachtete ihn dabei und bewunderte das Spiel seiner Muskeln. Lächelnd schaute er zu mir und legte eine Show für mich hin. Er war sich seiner Wirkung bewusst und spielte mit seinen Reizen. Hätte ich mich nicht so gut unter Kontrolle gehabt, wäre ich versucht gewesen, ihn abzulecken und ihm ein Schild auf den Hintern zu kleben mit der Aufschrift *Ich hab es angeleckt, also gehört es mir.*

»Nehmt euch ein Zimmer«, flüsterte Liz mir gespielt genervt zu.

»Was denn? So schlimm sind wir gar nicht!«

Das Küken lächelte mich an. »Du hast Herzchen in den Augen, Herzchen.«

Darauf wusste ich nichts zu erwidern. Hatte sie recht? Wahrscheinlich. Ich war bis über beide Ohren in Levi verliebt. Sicher wusste ich nicht, wie er das angestellt hatte, doch klammheimlich hatte er sich einen Platz in meinem Herzen ergattert. Das hatten sie alle. Die ganze Band, sie gehörten jetzt zu meinem Leben und ich würde sie nie mehr missen wollen.

»Ha. Ich hab auch was gefunden, das mir gehört«, rief Levi und durchbrach damit meine Gedanken.

Ich ging auf ihn zu. »Was denn?«

»Nichts, nichts«, antwortete er viel zu schnell und schürte meine Neugier damit umso mehr.

Blitzschnell umschloss er den Gegenstand mit seiner Hand. So schnell würde er mir nicht davonkommen, da kannte er mich aber schlecht.

»Jetzt sei keine Mimose und zeig mir, was du da versteckt hast«, sagte ich, während ich wie ein kleines Kind versuchte, seine Finger zu lösen. Doch er war stärker, als ich dachte.

»Nein. Du lachst mich aus.«

»Ach was, das würde ich niemals tun. Oder hast du da etwa eine Taschenvagina versteckt?«

»Eine was?«, fragte Levi schockiert und ich musste lachen.

»Gibt's das bei euch nicht? Bei uns gibt es in den Clubs in der Herrentoilette so Automaten, an denen man sich diese Seemannsbräute kaufen kann. Im Frauenklo gibt es Mini-Dildos.«

Entgeistert sah Levi mich an. »Du bist seltsam«, sagte er und lächelte mir entgegen.

»Erzähl mir was Neues und zeig mir endlich, was du versteckst.«

Langsam und zögernd öffnete er die Hand. Nachdem ich mir weiß Gott was vorgestellt hatte, war ich fast enttäuscht.

»Ein Labello«, stellte ich fest.

Ich nahm ihn an mich und betrachtete ihn. »Ein pinker Labello mit Erdbeergeschmack«, verbesserte ich meine Feststellung und begann doch zu lachen.

»Du hast gesagt, du würdest nicht lachen«, schmollte Levi. »Meine Lippen sind eben sehr trocken und der andere Labello schmeckt ekelig. Ich mag Erdbeeren«, fügte er hinzu und hörte sich dabei wie ein Fünfjähriger an. Alle Dämme brachen und ich lag fast auf dem Boden vor Lachen.

Levi drehte sich um und stürmte davon. Alle anderen sahen mich entsetzt an.

»Was denn? Das war doch lustig.«

Zögernd folgte ich Levi. Was war passiert? Was hatte ich angestellt? Richtig schuldig fühlte ich mich nicht, ich wusste ja noch nicht mal, was ich getan hatte. Okay ich hätte nicht über ihn lachen dürfen, aber das war nicht böse gemeint. Hoffentlich war er nicht allzu sauer auf mich. Nicht jetzt, wo alles so gut lief. Ich fühlte mich endlich wieder richtig gut und als Herr der Lage. Der Weg zur Tür kam mir endlos vor und als ich ihn endlich hinter mich gebracht hatte, sog ich die Luft gierig in meine Lungen. Levi entdeckte ich nirgends. Vielleicht war er in den Wald gegangen? Ich lief ein Stück vom Haus weg.

Keine Angst, du schaffst das schon. Irgendwie bekommst du das wieder hingebogen. Ich versuchte mir Mut zuzusprechen und musste an eine Szene aus einer Serie denken.

»Ich bin ein Macher«, flüsterte ich leise.

Egal, wie sauer Levi sein würde, ich würde einen Weg finden, um alles wiedergutzumachen. Wie ein Macher, der alles selber in die Hand nahm. Am Ende würde alles gut werden.

»Du schaust zu viel Grey's Anatomy«, sagte Levi hinter mir und ich drehte mich erstaunt um. Er lächelte mir entgegen, also konnte er nicht böse sein.

»Du offensichtlich auch«, gab ich zurück.

»Ich wäre sicher ein guter McSexy, findest du nicht auch?«, fragte er und schmiss sich in Pose. Ich brach schon wieder in Lachen aus, ging auf ihn zu und nahm sein Kinn in meine Hand.

»Bestimmt, aber du bist doch schon *mein* McDreamy, man kann nicht alles haben.«

»Damit kann ich leben.«

»Bist du noch böse?«, fragte ich.

»Ich war gar nicht böse, ich wollte nur kurz mit dir allein sein und dir eine Kostprobe des tollen Erdbeergeschmacks geben.« Er beugte sich zu mir und küsste mich mit seinen Erdbeerlippen.

»Pink steht dir, solltest deine Lippen öfters tragen«, sagte ich, nachdem wir uns voneinander gelöst hatten.

Levi schüttelte sich vor Lachen und kitzelte mich dabei mit seinen Haaren im Gesicht.

»Weißt du, eigentlich fände ich es nur fair, wenn du mir auch etwas Peinliches preisgeben würdest«, sagte Levi.

»Hä?«, fragte ich ganz undamenhaft.

»Na ja, du hast den pinken Labello entdeckt und weißt damit ein peinliches Geheimnis von mir. Doch ich, ich weiß noch keins von dir. Es wäre nur fair, würdest du mir nun eins deiner Geheimnisse verraten.«

Entrüstet sah ich ihn an. »Na gut. Ich überlege.« Fieberhaft dachte ich nach, doch alles, was mir einfiel, war viel zu peinlich, um es Levi auf die Nase zu binden.

»Na, Kitty, keine Leichen im Keller?« Er stupste mich mit seiner Nasenspitze an und ich glaubte, endlich etwas Geeignetes gefunden zu haben.

»Na gut, mit vierzehn hab ich in der Bravo gelesen, dass es Männer total scharf macht, wenn sie das Parfum eines anderen Mannes an einer Frau riechen. Das würde ihnen zeigen, dass jemand Interesse an der Frau hat und ihren Jagdinstinkt wecken. Was soll ich sagen, ich war jung und dumm und vor allem verzweifelt. Alle meine Freundinnen hatten einen Freund, nur ich saß allein da. Also ging ich in ein Geschäft, kaufte ein Männerparfum, ließ es als Geschenk einpacken, damit niemand merkte, dass es für mich war, und sprühte mich ab da jeden Tag damit ein.«

Mit großen Augen sah Levi zu mir herunter.

»Und, hat es geklappt?«, fragte er nach einer Weile.

»Nein, die Jungs aus meiner Klasse waren viel zu grün hinter den Ohren, um so was zu checken, und meinen ersten Freund hatte ich mit siebzehn«, gab ich zu.

Levi brach in Gelächter aus und ich stimmte mit ein.

»Mein Vater hat mir dann erklärt, dass ich mich viel eher rarmachen müsse. Jungs wollen immer das, was sie nicht haben können. Und er behielt recht.« Ich biss mir auf die Unterlippe und dachte an den Tag, als ich weinend nach Hause gekommen war, weil ich immer noch keinen Freund hatte und meine Freundinnen mich ausgelacht hatten. Gott, wie naiv war ich damals gewesen. Ich wünschte mich zurück in die Zeit, als das meine größten Probleme gewesen waren. Mein Vater hatte mich in den Arm genommen, meine Tränen getrocknet und sich mit mir auf das große Sofa gesetzt.

»Woran denkst du?«, stoppte Levi meine Gedanken.

»An meinen Vater.«

»Er muss ein toller Mann gewesen sein.«

Ich richtete meinen Blick wieder auf Levi. »Das war er. Ich vermisse ihn. Jeden Tag ein bisschen mehr. Es gibt noch so vieles, was ich ihm sagen wollte, was ich mit ihm erleben, ihm zeigen wollte. Doch jetzt ist er weg. Er hat mich immer beschützt, war immer für mich da. Auch als ich größer wurde, blieb ich doch immer sein kleines Mädchen und auch jetzt fühle ich mich so. Klein und hilflos und er ist nicht mehr da, um mir zu helfen.«

Ich war den Tränen nahe, versuchte sie wegzublinzeln. Langsam war ich das Weinen so leid. Ich wollte nicht dauernd heulen, wenn ich an meinen Vater dachte. So sollte das nicht sein.

Levi wischte mir mit seinem Daumen eine Träne weg, die sich auf meine Wange geschlichen hatte.

»Es muss schwer sein, einen geliebten Menschen zu verlieren.«

»Ja, das ist es.« Ich schniefte. »Es gibt so viele wunderbare Momente, die ich mit ihm verbinde. Er war viel unterwegs gewesen, weil sein Beruf das von ihm verlangt hatte, doch das Wochenende, vor allem der Sonntag, gehörte mir. Als ich klein war, ist er immer früh aufgestanden, hat Brötchen geholt, pinke Pfannkuchen gemacht und mich dann geweckt wie eine Prinzessin. Wir haben fast den ganzen Tag zusammen verbracht, sogar Angeln hat er versucht, mir beizubringen, jedoch habe ich es nie übers Herz gebracht, die Fische zu töten. Wir haben sie alle wieder freigelassen. Später wurde das weniger. Wir haben zwar immer noch zusammen gefrühstückt, doch dann sind wir unsere eigenen Wege gegangen. Mittlerweile bereue ich das. Man denkt immer, man hat noch so viel Zeit, doch jeder Moment ist kostbar, das vergessen wir leider viel zu oft.«

Levi umfasste mich mit seinen Armen und ich sank in seine Umarmung. Ich spürte, wie seine Brust sich hob und senkte, versuchte mich darauf zu konzentrieren und den Schmerz wieder zu verdrängen. Noch nie hatte ich mit jemanden so über meinen Vater gesprochen. Dazu war ich noch nicht bereit gewesen, doch Levi gab mir das Gefühl, mich zu verstehen, bei ihm war es irgendwie einfacher.

Levis Brust begann zu vibrieren und ich hörte, wie er leise anfing zu singen. Die Töne umfingen mich. Ich schloss die Augen und ließ mich von der Musik tragen. Seine Stimme war wunderschön, traf jeden Ton und minderte mein Leid ein wenig.

Nach einigen Minuten löste ich mich von ihm, stellte mich auf die Zehenspitzen und drückte meine Lippen auf seine.

»Darf ich dein neues Herrchen sein?«, fragte ich lachend.

»Ich brauche ziemlich viel Auslauf, Futter und Liebe. Ich bin kein einfaches Tier«, kam prompt die Antwort.

»Ich mag deine Tattoos«, sagte ich unvermittelt.

»Die Gitarre auf meiner Wade hab ich mir mit sechzehn stechen lassen. Sie war mein erstes Tattoo und stand für die Musik, die mein ganzes Leben bedeutete.«

»Was bedeutet die Wölfin auf deinen Schultern?«

Das Tattoo zog sich über beide Schulterblätter und zeigte ein wunderschönes rostbraunes Tier.

»Meine Oma. Ich hab es mir stechen lassen, nachdem sie gestorben war. Damals dachte ich, dass sie so für immer weiterleben würde. Heute weiß ich, dass sie das in meinem Herzen tut.«

Ich strich ihm über die Schulterblätter und stellte mir vor, das Tattoo unter seiner Jacke spüren zu können. Die feinen Konturen, die kräftige Farbe, das wunderschöne Tier. Seine Großmutter musste eine starke Persönlichkeit gewesen sein. Es tat mir leid, dass ich sie nie kennenlernen würde.

»Levi! Kat! Wir haben die Sachen gefunden. Kommt rein. Es stinkt auch nicht mehr. Na gut, ein bisschen noch, aber nicht mehr arg, versprochen. Außerdem müsst ihr euch ansehen, was wir noch gefunden haben. Das glaubt ihr nie«, unterbrach uns plötzlich Liz. Kurz genossen wir noch einige Augenblicke unsere Zweisamkeit, dann wollte Levi Lizzys Stimme folgen und mich an seiner Hand mit sich ziehen. Doch ich stellte mich dagegen und entwand ihm meine Finger. Fragend sah er mich an.

»Ich muss noch kurz für kleine Raubkatzen«, sagte ich und erntete ein Lachen. »Na gut, es ist nur fair, dass du mich jetzt auslachst.«

»Ich lache dich doch nicht aus, ich lache mit dir, Kitty Kat«, rief er mir über die Schulter zu und ging dann in die Hütte.

Schnell schritt ich in Richtung der Bäume und suchte mir einen geeigneten Busch, hinter den ich mich zurückziehen konnte. Der Teufel könnte mich holen, doch keine zehn Pferde würden mich in die Hütte und dort auf die Toilette bringen. Da war mir der gut riechende Wald um einiges lieber. Ich ließ mir etwas Zeit, egal, was Liz sagte, ich wollte nicht wieder da rein. Zwar gefiel mir die Lage der Hütte und auch das Leben im Wald reizte mich, doch der Zustand der Behausung war katastrophal. Das wir es überhaupt geschafft hatten, die Räuber zu vertreiben, erschien mir im Nachhinein wie ein Himmelfahrtskommando. Wäre Mila nicht da gewesen, hätten sie uns wahrscheinlich einfach verprügelt und wir würden verletzt auf dem Waldboden liegen. Ich musste der kleinen Wölfin unbedingt für ihre Hilfe danken.

Einen lustigen Haufen gaben wir ab.

Nachdenklich verließ ich den Wald, hielt plötzlich inne und spitzte die Ohren. Es war dunkel, viel konnte ich nicht sehen, doch ich hörte knackende Äste. Ganz eindeutig. Links von mir bewegte sich etwas und ich zog mich lautlos zwischen die Bäume zurück. Blitzschnell schlüpfte ich aus meinen Klamotten und rief meine Katze.

Leise tappte ich zur Hütte und schaute mich um. Am Fenster lugte einer der Männer, die geflüchtet waren, ins Haus. Hinter dem Rücken hielt er ein Messer verborgen.

Hatten sie immer noch nicht genug?

Was sollte ich tun? Erst mal abwarten, vielleicht würde er sich einfach wieder davonschleichen, wenn er merkte, dass er in der Unterzahl war. Doch damit lag ich weit daneben.

Bevor ich reagieren konnte, trat Levi aus der Tür und sah sich suchend um. Oh nein, er hielt Ausschau nach mir. *Geh wieder rein, bitte, bitte, geh wieder rein*, dachte ich und versuchte mich in Gedankenübertragung.

Es schien zu funktionieren, denn er drehte sich um und wollte wieder ins Innere gehen. Aber anscheinend hatte der Räuber seine Chance gewittert und fuhr mit gezücktem Messer in Levis Richtung herum.

Scheiße, dachte ich und gab ein schrilles Miauen von mir. Levi registrierte es, drehte sich um und erfasste die Situation in Sekundenschnelle. Dennoch war er zu langsam. Das Messer traf ihn, fuhr in seine Seite und er keuchte erschrocken auf. Ich bekam nicht mehr mit, wie schwer er verletzt war. Wutentbrannt rannte ich los, sprang dem Mann ins Gesicht und krallte mich fest. Das würde er bereuen! Ich versuchte ihm das ganze Gesicht zu zerkratzen. Er heulte auf, keuchte und ich ließ erst von ihm ab, als er in den Wald davonrennen wollte und dabei gegen einen Baum prallte. Er kippte zur Seite, schrie abermals vor Schmerzen, blieb kurz liegen und floh dann erneut.

Ich verlor keine Zeit und rannte zu Levi, verwandelte mich im Laufen und ließ mich nackt neben ihn auf die Knie sinken. Ich zog ihn in meine Arme. Die Tränen liefen mir über das Gesicht. Ich war nicht bereit, ihn zu verlieren. Wir hatten noch so viel vor. Wollten uns besser kennenlernen. Ich presste ihn noch enger an meine Brust, als würde ich versuchen, ihn so bei mir zu halten.

»Bitte, bitte, stirb nicht«, sagte ich.

»Doch nicht vor deinen Augen, Kitty Kat«, flüsterte er leise und ich atmete auf. »Ich muss ehrlich zugeben, ich hatte mir den Moment, in dem ich das erste Mal an deiner nackten Brust gelehnt daliege, etwas anders vorgestellt. Aber man kann nicht alles haben.«

Ich befreite ihn etwas aus meinem Klammergriff und sah ihm tief in die Augen.

»Geht's dir gut?«, fragte ich dann.

»Etwas lädiert, aber er hat mich nicht richtig erwischt, es ist nur eine Fleischwunde. Eine sehr schmerzhafte. Doch ich ertrage es wie ein echter Kerl.«

Ich musste lachen. »Du meinst, du meckerst rum, wie arm dran du bist?«

»Gar nicht wahr«, schmollte er und ich versuchte zu seiner Wunde zu spähen, konnte jedoch nicht viel erkennen. Immerhin lagen wir noch nicht in einer Blutlache, das war gut, oder? Wieso kam eigentlich niemand? Hatten sie uns nicht gehört? Ich sah mich um, doch Levi ächzte und zog meine Aufmerksamkeit wieder auf sich.

»Ich habe dich verteidigt. Wie ein echter Held«, fügte er schelmisch hinzu, wirkte jedoch müde.

»Du hast mich verteidigt?«, fragte ich gespielt entrüstet. »Also ich hab wohl eher dich verteidigt.«

»Stimmt, du hast ihm die Augen für mich ausgekratzt.« Levi streckte sich und küsste mich. Eine Gänsehaut breitete sich auf meinem Körper aus und ich wollte ihn am liebsten nie wieder loslassen, jede Sekunde mit ihm verbringen und für immer bei ihm sein. Ich wusste nicht, ob es Liebe war, jedoch war es etwas Großes. Größer als alles, was ich bisher gefühlt hatte. Die Zeit musste zeigen, was sich aus der Raupe entfalten würde. Vielleicht war es ein wundervoller Schmetterling. Vielleicht aber auch nicht. Wir würden es sehen.

Ich ließ meinen Blick seinen Körper hinabgleiten und verrenkte mir beinahe den Hals. Ein Stück der Einstichstelle konnte ich sehen und erschrak. Blut sickerte unaufhörlich aus der Wunde und mir stieg Gallensaft in den Mund. Oh mein Gott.

Levi sackte in meinen Armen zusammen und ich erschrak noch mehr. Ich schrie wie am Spieß und nach einigen Sekunden kam endlich Hilfe. Micah, Liz und Mila kamen aus der Hütte gerannt und starrten uns geschockt an.

»Habt ihr nichts gehört?«, fragte ich atemlos.

»Nein, wir waren gerade dabei, den Müll hinter das Haus zu tragen, der Gestank kam von vergammelten Lebensmitteln. Der hat wohl unsere Sinne benebelt«, versuchte Micah sich zu entschuldigen. »Was ist passiert?«

Nach einigen hastigen Erklärungen und der geistesgegenwärtigen Liz, die mir ihre Jacke überwarf, trugen wir Levi mit vereinten Kräften nach drinnen und Micah sah sich seine Wunde an.

Er gab Entwarnung. Eine Fleischwunde. Wahrscheinlich war Levi durch den Blutverlust und den Schock ohnmächtig geworden.

Dennoch, er musste ins Krankenhaus. Micah nahm ihn auf die Schultern, ich zog mich schnell an und wir liefen zum Auto. Ich rannte voraus und fuhr den Wagen so nah wie möglich an den Waldrand.

»Er ist wie ein kleines Mädchen einfach ohnmächtig geworden«, lachte Liz, nachdem Levi auf einer Liege in ein Krankenzimmer gebracht worden war. Man hatte sich im Krankenhaus sofort um ihn gekümmert.

»Das wirst du ihn niemals vergessen lassen, oder?«, fragte Mila grinsend.

»Niemals.«

Ich stimmte in ihr Lachen mit ein, verließ dann jedoch den Wartebereich.

Das Krankenhaus erinnerte mich an den Tod meines Vaters. Ich hasste es. Levi hier zu wissen, machte mich verrückt. Panik breitete sich in mir aus. Ich konnte ihn nicht verlieren, nein, ich wollte ihn nicht verlieren. Die Situation übermannte mich und ich brach in Tränen aus. Ihn zu verlieren, wäre schrecklich. Er gehörte so sehr zu meinem Leben, dass ohne ihn etwas Wichtiges fehlen würde. Und da war es egal, ob wir uns fünf Stunden, zehn Tage oder ein Leben lang kannten. Ich wusste, dass er mir wichtig war, ich wusste, dass er mir viel bedeutete. Wieso hatte ich ihm das nicht gesagt, als ich die Gelegenheit dazu gehabt hatte? Wovor hatte ich dumme Gans Angst? Verletzt zu werden? Das gehörte nun mal dazu! Ich erinnerte mich an die Worte meiner Mutter: *Die Angst sollte dich niemals davon abhalten, dein Leben zu leben. Sie darf dich begleiten, aber nicht lenken. Manchmal wird sie dir auch ein guter Ratgeber sein, manchmal wirst du sie aber auch verfluchen. Aber lass dich niemals von ihr aufhalten, das zu tun, was dir dein Herz sagt.* Endlich verstand ich, was sie damit meinte. Was hatte es für einen Sinn, auf die Liebe von jemandem zu verzichten, weil man Angst hatte, verletzt zu werden? Nur weil man dachte, man würde den Menschen noch nicht lange genug kennen? Man konnte sein Leben mit einem Menschen teilen und ihn doch nicht kennen. Bei uns war das anders. Wir spürten, dass wir zusammengehörten, uns kannten, als wären wir in einem vorherigen Leben schon einmal zusammen gewesen. Ohne Levi würde ich nur ein halber Mensch sein. Ich würde mich nicht von meiner Angst aufhalten lassen und das tun, was mir mein Herz schon seit Tagen versuchte klarzumachen: Ich liebte Levi.

Vielleicht würde es für uns kein Happy End geben, denn wer wusste schon, was der nächste Tag mit sich brachte? Aber das war okay, denn das, was wir hatten, würde einfach nie enden. Fertig. Aus.

Ich ging zurück und konnte meine Freunde nirgends sehen. Verwirrt hielt ich eine Schwester an und bat sie, mir Auskunft zu geben. Sie wies auf ein Zimmer und ich ging schnurstracks auf die Tür zu. Ohne zu klopfen trat ich ein.

Levi lag in einem weißen Kittel auf einem Krankenhausbett, seine Augen waren geschlossen, sein Atem ging ruhig. Das Zimmer war weiß und roch nach Desinfektionsmittel. Immerhin schien es ein Einzelzimmer zu sein. Um das Bett herum standen vier Stühle, drei davon besetzten Micah, Liz und Mila. Ich machte es mir in dem vierten gemütlich.

»Was sagt der Arzt?«, fragte ich in die Runde.

»Nicht viel. Er nuschelt dauernd, er darf uns nichts sagen. Aber anscheinend geht es ihm ganz gut«, antwortete Micah.

»Und jetzt?«

»Warten wir.«

Ich stand auf und schlich wie ein verloren gegangener Stubentiger im Zimmer umher. »Das macht mich aber wahnsinnig.«

»Du könntest etwas auf der Gitarre spielen, Micah«, schlug Liz vor.

»Gute Idee.« Micah holte das Instrument aus dem Auto und ich setzte mich zurück auf meinen Stuhl und lauschte seiner Melodie. Ich war immer noch total beeindruckt, dass Micah mehrere Instrumente spielen konnte. Meinereiner beschränkte sich da auf seine Stimme. Das reichte. Zu mehr Koordination war ich nicht fähig.

Ich summte leise mit, Liz sang ein paar Worte und Mila schaute zu.

»Vielleicht sollten wir Lizzy auch mal singen lassen«, ertönte Levis Stimme, nachdem das Lied beendet war.

Ich sprang aus meinem Stuhl und eilte zu Levi ans Bett. »Du bist wach!«

»Ja, mir geht es gut.«

Wir waren nicht überzeugt.

Ich nahm seine Hand. »Mir egal, was du sagst, ich glaub das erst, wenn ein Arzt uns das bestätigt.«

»Du bist also wie ein kleines Mädchen einfach ohnmächtig geworden?«, lachte Lizzy und die Stimmung hellte sich weiter auf.

»Wie ein kleines Mädchen?«, begann Levi empört. »Wohl eher wie ein Held. Ich hab Kat beschützt.«

Ich räusperte mich und Levi ruderte zurück. »Na gut, vielleicht hat sie mich gerettet, dann bin ich eben die Prinzessin, auch okay. Dann will ich aber auch wie eine behandelt werden. Wo ist mein Kuchen? Wo ist meine Fußmassage?«

Micah lachte und schlug Levi sanft auf den Oberschenkel. »Die Schmerzmittel steigen dir ganz schön zu Kopf, Alter.«

Wenig später kam der Arzt und versicherte uns, dass alles in Ordnung war. Levi hatte nur eine Fleischwunde, jedoch viel Blut verloren, deswegen war er ohnmächtig geworden. Es würde eine ganz dünne Narbe zurückbleiben.

»Ziemlich schade. Ihr Frauen steht doch auf Narben«, flüsterte er mir ins Ohr, als die anderen schon schliefen. Ich lag neben ihm auf der Liege und versuchte meine Augen offen zu halten.

»Wenn du magst, mach ich dir ein paar auf deinem Rücken. Meine Krallen sind ziemlich scharf«, gab ich zurück. »Dann bräuchte ich auch kein Schild mehr.«

»Was für ein Schild?«, fragte er amüsiert, doch ich hörte es kaum noch.

Auf dem steht, dass du mir gehörst, dachte ich und versank, gebettet in seinen Armen, in der Welt der Träume.

9.

Wäre ich eine Superheldin, hieße ich Fuchsia, die Fuchskatze. Oder so ähnlich. Jedenfalls würde ich kein Leder tragen, das war doch mittlerweile total out.

Nachdem wir die Nacht an Levis Seite im Krankenhaus verbracht hatten (nur unter sehr viel Protest der Krankenschwester), kehrten wir am Morgen zu der Hütte zurück. Levi hatte sich selbst entlassen, auch wenn wir anderen dagegen waren. Er war eben ein Streuner, man konnte ihn nie lange an einem Ort halten.

Micah stieß die Tür auf und wir folgten ihm ins Innere. Ich wollte nur meine Sachen holen und dann nichts wie raus. Endlich in ein weiches Bett und ein paar Stunden an meinen Freund gekuschelt schlafen. Eine Dusche wäre auch nicht schlecht.

»Das hatte ich völlig vergessen«, hörte ich Liz sagen, als ich gerade Levis Tasche huckepack nahm. Ich konnte ihm doch nicht zumuten, sie in seinem Zustand selbst zu tragen.

Ich ließ die Tasche wieder auf den Boden gleiten und wie die Lemminge versammelten wir uns um Liz.

»Ach du meine Güte«, sagte ich. »Ist das eine Pistole?«

Levi strich sich eine Strähne aus dem Gesicht. »Ein Revolver und dazu ein ganz besonderer. Micah hat ihn schon gestern hier beim Aufräumen gefunden, doch in dem Trubel haben wir ihn wohl alle vergessen.«

Verwirrt schaute ich von einem zum anderen. Ich hatte noch nie einen richtigen Revolver gesehen und doch sah er für mich aus wie jede andere Waffe.

»Was macht ihn zu etwas Besonderem?«, fragte ich.

»Er ist aus Messing. Es ist eine sehr alte Waffe, die ein besonderes Zeichen am Griff trägt«, antwortete Micah, blieb dabei jedoch geheimnisvoll.

»Aha«, gab ich ganz schlau von mir.

Levi half mir dann, das Ausmaß der Situation zu verstehen. »Diese Waffe gehört nicht irgendjemand. Sie trägt das Wappen der Jäger.«

»Der Jäger«, hauchte ich ungläubig.

Das Emblem erstreckte sich über den ganzen Griff. Es zeigte einen Mann, der den Kopf eines Hirsches in der Hand hielt.

»Das könnte zu jedem beliebigen Jagdverein gehören«, versuchte ich die Situation zu entschärfen.

»Nein«, begann Levi und zerstörte meinen Plan. »Ich hab dieses Zeichen schon mal bei meinem Onkel gesehen.«

»Ja, und?«

»Weißt du noch, wie ich erzählt habe, dass ich mal ein Gespräch zwischen ihm und einem anderen Mann belauscht habe? Dabei ging es um die Grimm. Später habe ich dieses Wappen auf seinem Schreibtisch liegen sehen. Als ich ihn darauf ansprach, hat er es schnell weggepackt und gemeint, dass ich zu jung dafür sei. Aber ich hatte den Zusammenhang erkannt. Dieses Wappen gehört eindeutig zu den Grimm.«

Verblüfft schaute ich in die Runde. »Jäger also.«

»So ist es«, bestätigte Liz.

Erschrocken trat ich einen Schritt zurück. »Das kann gar nicht sein. Ihr wart doch gestern dabei. Diese Männer können niemals Jäger gewesen sein. Die haben sich vor uns erschrocken wie kleine Kinder.«

»Bist du schon mal einem Jäger begegnet?«, fragte mich Micah.

»Nein.«

»Dann kannst du auch nicht wissen, wie sie kämpfen.«

Mila trat auf die Waffe zu und nahm sie in die Hand. »Ich stimme Kat zu, das ergibt keinen Sinn. Meine Großmutter hat mir Geschichten über die Jäger erzählt. Sie sollen große Kämpfer gewesen sein. Diese Männer gestern, die waren dagegen Hampelmänner.«

Ich nickte wie ein kleines Äffchen. Hoch. Runter. Hoch. Runter. Was passierte hier? Jäger? Das konnte nicht sein, oder? Auch meine Eltern hatten mir die Geschichten über die Jahre der Ausrottung und der Kämpfe erzählt. Doch die Jäger galten als ausgestorben, hatten Frieden mit den Wandlern geschlossen und waren verschwunden. Warum sollten sie nun zurückkehren? Es war nichts geschehen, dass jemanden dazu hätte veranlassen können, uns Wandler wieder zu jagen.

»Was ist der Unterschied zwischen einer normalen Waffe und dem Revolver der Grimm?«, fragte ich nervös.

Es bedurfte keines Silbers oder sonst etwas Spezielles, um uns zu töten. Das Einzige, was uns von normalen Menschen unterschied, war unser schneller funktionierender Stoffwechsel. Wunden heilten schneller, wir erholten uns leichter von Verletzungen und körperlichen Anstrengungen. Dem Mythos entgegen konnten wir keine verlorenen Gliedmaßen nachwachsen lassen, wir verwandelten uns auch nicht zurück, wenn wir in unserer tierischen Gestalt starben. Mit einem Schuss in den Kopf wurde jedoch schneller Prozess gemacht. Wir waren sofort tot. Alle Waffen verletzten uns gleichermaßen wie normale Menschen. Die Schmerzen waren dieselben.

Levi schaute mich nachdenklich an. »Eigentlich gibt es keinen Unterschied. Der Lauf und die Kugeln sind jedoch in ein Pflanzengift getaucht. Es schwächt uns, verlangsamt den Stoffwechsel.«

»Das heißt, diese Kugeln verletzen uns stärker als normale?«, versuchte ich dem Gesagten einen Sinn zu geben.

Micah nickte. »Genau. Sie schwächen uns, die Schmerzen müssen grausam sein.«

»Ist sie geladen?«, wollte ich wissen.

Micah hantierte mit dem Revolver herum und ich hoffte, dass er wusste, was er tat. »Nein, keine Kugeln.«

Erleichtert atmete ich auf.

»Wo haben sie den nur her?«, fragte Mila. »Ein Überbleibsel aus alter Zeit? Neu scheint er nicht zu sein.«

Ich betrachtete die Waffe genauer. Das Metall schien beschlagen, der Griff wirkte abgegriffen. Nichtsdestotrotz war das Wappen gut zu erkennen. Ich schüttelte mich und wollte niemals in den Genuss kommen, eine dieser Kugeln in mir zu haben. Das war alles viel schlimmer, als ich vor ein paar Minuten noch gedacht hatte.

Ein Schauer lief mir den Rücken hinunter. In mir erwachte eine Angst, die ich bisher nicht gekannt hatte. Vielleicht waren das meine Urinstinkte, vielleicht auch nur die Situation. Mein Herz schlug wie wild und drohte mich zu zerreißen. Ich begann in der Hütte herumzulaufen, um den Druck in meinem Inneren zu lindern. Die anderen standen immer noch beisammen und schienen zu diskutieren. Ich hörte nur das Blut in meinen Ohren rauschen.

Vor dem kleinen Fenster blieb ich stehen und schaute in den Wald. Würde ein weiterer Krieg ausbrechen? Würden wir in ständiger Angst leben müssen? Warum? Was hatten wir den Jägern getan?

Als sich eine Hand auf meine Schulter legte, zuckte ich zusammen. Levi schloss vorsichtig seine Arme von hinten um mich. »Ich bin's nur. Geht's dir gut?«

»Nein, nicht wirklich. Ich hab Angst. Wieso passiert das?«, fragte ich.

»Ich weiß es nicht. Vielleicht ist es nur ein Überbleibsel aus einer längst vergangenen Zeit, das diese Räuber irgendwo gestohlen haben, und wir machen uns völlig umsonst Gedanken.«, versuchte er mich zu trösten.

Ich drehte mich in seinen Armen zu ihm herum und schaute nach oben, direkt in seine Augen. »Glaubst du das wirklich?«

»Nein, aber ich wollte dich trösten. Irgendetwas ist im Busch und wir sollten herausfinden, was es ist.«

»Was tun wir jetzt?«

»Erst mal packen wir unsere Sachen, verlassen diese Hütte und fahren noch mal zurück zu Basti, dort können wir duschen und nachfragen, ob einer der Wandler etwas über diese Räuber und Pseudojäger weiß. Danach werden wir weiterfahren, immerhin wollen wir nach Bremen. Auf dem Weg dorthin können wir weitere Nachforschungen anstellen. Wir werden schon herausfinden, was es damit auf sich hat. Alles wird gut.«

»Das weißt du nicht«, sagte ich, gab ihm einen Kuss und befreite mich aus seinen Armen. »Dann nichts wie los, sammeln wir unsere Sachen zusammen und hauen ab.« Ich wollte so schnell wie möglich weg. Am besten gestern.

Zurück am *Schillers,* gingen wir in den Hinterhof, in dem sich die Haustür zur darüberliegenden Wohnung von Basti befand. Mila hatten wir vor ihrem Haus abgesetzt, weil wir ihr weder vertrauten, noch sie zu Basti mitnehmen wollten. Trotzdem verabschiedeten wir uns wie Freunde und tauschten Handynummern aus.

Levi klingelte und nach einigen Minuten der Stille öffnete uns der Barbesitzer verschlafen die Tür. Er trug eine alte Jogginghose und ein weißes ausgewaschenes T-Shirt, das seinen muskulösen Oberkörper betonte. Anscheinend war ich der einzige Wandler, der nichts von Fitnessstudios hielt. Oder er hatte gute Gene, ja, daran musste es liegen. Es war nicht meine Schuld, sondern Schicksal.

»Was wollt ihr denn hier? Hat es nicht geklappt?«, nuschelte er und gähnte herzhaft.

»Nicht so ganz. Können wir reinkommen? Wir haben dir einiges zu erzählen«, sagte Micah und Basti öffnete die Tür komplett, um uns Einlass zu gewähren. Wir stiegen eine schmale Treppe nach oben und gelangten schließlich in einen großen lichtdurchfluteten Raum, der genauso geschnitten war wie die Bar, die darunterliegen musste. Es gab keine Wände, Bastis Wohnung bestand aus einem Raum, der gemütlich eingerichtet war. Rechts an der Wand befand sich ein weißes Doppelbett, auf dem die Laken zerwühlt waren. Generell wirkte es unaufgeräumt. Mitten im Raum befand sich ein großer Holztisch aus hellem Holz, um den vier Stühle gereiht waren. Auf der linken Seite des Raumes war eine Küchenzeile, in deren Spülbecken sich das dreckige Geschirr stapelte. Neben der Küchenzeile erkannte ich eine Tür, die so unauffällig in die Wand eingelassen war, dass nur ihr Griff sie verriet. Dahinter musste sich das Badezimmer befinden.

Ich trat einen weiteren Schritt in das Zimmer, während Micah, Levi und Basti sich an den Tisch setzten. Ich folgte ihrer Unterhaltung nur mit halbem Ohr und streunte durch den Raum. Die Katze in mir wollte alles entdecken und jeden Winkel erkunden. Zuerst ging ich in Richtung Küche, während Liz eines der Fenster öffnete. Die frische Luft stieg mir sofort in die Nase und ich sog ihre Reinheit in mich. Am

Kühlschrank hingen einige Bilder und Postkarten. Auf den meisten war Basti in einer Gruppe von Männern zu erkennen, die in der Bar zu feiern schienen. Doch es gab ein Bild, auf dem er und eine Frau zu erkennen waren. Sie hatte lange braune Haare, die ihr in leichten Wellen über die Schultern fielen. Ihr Gesicht zierten unzählige Sommersprossen und ihr Lachen erreichte nicht nur ihre Augen, sondern steckte mich sofort an. Es wirkte so echt und herzlich, dass ich einfach lächeln musste. Basti hatte seinen Arm um ihre Schulter gelegt und sie schmiegte ihren Kopf in seine Halsbeuge. Die beiden wirkten sehr vertraut.

»Das ist seine Schwester, Ingrid. Sie starb vor einem Jahr bei der Geburt ihres Kindes. Seitdem hat Basti nie wieder über sie geredet. Zumindest nicht mit mir. Davor hat er ständig von ihr erzählt, sie waren wie Pech und Schwefel«, riss Liz mich aus meinen Gedanken.

»Oh mein Gott. Was ist mit dem Kind passiert? Ist es auch …« Es fiel mir schwer, den Satz zu beenden und so ließ ich ihn in der Luft hängen. Eine Gänsehaut breitete sich auf meinen Armen aus und lief auch meinen Rücken hinab. Wie schrecklich er sich fühlen musste, konnte ich mir gut vorstellen.

»Nein, es lebt, aber er erträgt den kleinen Jonah nicht. Ich denke, er gibt ihm irgendwie die Schuld für den Tod von Ingrid. Was natürlich Schwachsinn ist, aber verstehen kann ich ihn trotzdem.«

Ich strich mir eine Strähne aus dem Gesicht. »Ja, ich auch.«

»Jäger?«, hörte ich Basti ausrufen und drehte mich zu den Jungs um.

Liz ging zum Tisch und setzte sich. Ich tat es ihr gleich, doch aus Ermangelung an Stühlen stellte ich mich hinter Levi und legte meine Hände auf seine Schultern. Er hob seinen Blick, kreuzte kurz den meinen und lächelte mich an. Mir wurde sofort warm und ich hätte ihm so gern durch seine Haare gewuschelt, ihn einfach weiter berührt und vor allem geküsst. Wie war es möglich, dass ein einziger Blick so etwas auslösen konnte? So viel Glück und Zufriedenheit? So viel Heimat? Ich fühlte mich geborgen und wollte seinen Blick auf mir spüren, die ganze Zeit, immer und überall. Für immer.

»Niemals, das kann nicht sein. Ihr habt die Zeichen falsch gedeutet. Mit den Jägern wurde Frieden geschlossen, danach ist ihre Linie ausgestorben. Das wisst ihr genauso gut wie ich. Wieso sollten sie jetzt wieder auftauchen? Es ist nichts geschehen, wir Wandler leben friedlich unter den Menschen. Der Rat sorgt dafür«, sagte der Barbesitzer, stand auf und lief im Zimmer auf und ab.

Ich horchte auf. Der Rat? War es nicht eine Legende, dass er sich wieder formiert hatte? Nach der großen Ausrottung hatten sich die Wandler komplett unter den Menschen integriert, sie wollten überleben, nicht auffallen. Jegliche Herrscherstruktur, die es davor gegeben hatte, war aufgelöst worden. Auch der Rat, er hatte vorher für Ordnung gesorgt. Man hatte sich immer an ihn wenden können. Er war so etwas wie eine Mischung aus Bundestag und Polizei in unserer heutigen Welt gewesen. Seit einigen Jahren hielt sich das Gerücht, er würde sich wieder neu formieren.

Micah erhob sich ebenfalls und trat ans Fenster. »Das wissen wir. Wir können es uns auch nicht erklären. Sie waren viel zu erschrocken über unser Erscheinen, als dass sie gut ausgebildete Jäger hätten sein können. Wir dachten, vielleicht bist du besser im Bilde als wir.«

»Der Rat«, fuhr ich dazwischen, bevor Micah richtig zu Ende gesprochen hatte. »Er formiert sich wieder? Ich habe das für einen Witz gehalten.«

»Ja, im Untergrund heißt es, die Herrscherfamilien haben sich wieder zusammengetan und einen neuen Rat gebildet. Aber genaueres weiß ich nicht«, sagte Basti.

Meine Augen weiteten sich. Die Herrscherfamilien. Sie waren so etwas wie die Könige der Wandler und galten nach der Ausrottung als verschollen. Das durfte doch nicht wahr sein! Da arbeitete ich in einer Bar, in der sich Hunderte Wandler trafen, und hatte alles, was sie erzählt hatten, für Gerüchte gehalten. Anscheinend musste ich erst alles mit eigenen Augen sehen, um es zu glauben. Ich kam mir so dumm vor. Liz war aufgestanden und tigerte durch den Raum. Immerhin war nicht nur ich nervös.

»Gibt es denn niemanden, der sich damit besser auskennt? Der die Geschichte der Jäger genauer verfolgt hat? So etwas wie ein Archivar oder so?«, fragte ich in die Runde und setzte mich neben Levi. Meine

Hand fand sofort seine und ruhte von da an auf seinem Oberschenkel. Levi strich mir mit dem Daumen über den Handrücken und ein Schnurren bildete sich in meinem Hals. Nur mit Mühe konnte ich es unterdrücken.

»Zackary«, schoss es aus Basti heraus und wir sahen ihn erwartungsvoll an. »Aber natürlich! Er ist zwar kein Archivar, aber er kennt sich gut mit unserer Geschichte aus. Besser als jeder andere, den ich kenne. Vielleicht solltet ihr ihn aufsuchen? Ich weiß nicht, ob es Licht in die Sache bringt, aber unversucht sollte man es nicht lassen. Wenn ich an die Jäger denke, läuft es mir eiskalt den Rücken herunter.«

»Zackary? Du hast ihn noch nie erwähnt. Woher kennst du ihn?«, fragte Levi.

»Zack ist mit mir zusammen aufgewachsen, er hat sich schon immer für die Geschichte interessiert, vor allem für die der Wandler. Er ist einer meiner besten Freunde. Wieso habe ich nicht gleich an ihn gedacht? Ich weiß nicht mal genau, wo er sich gerade aufhält. Er ist wie ein Streuner. Nie lange an einem Ort, immer auf der Hut. Aber ich hab seine Nummer und kläre das mal ab.«

Basti zog sein Telefon aus der Innentasche seiner Jogginghose und tippte einige Augenblicke darauf herum.

»Und dann? Fahren wir weiter nach Bremen oder zu Zack?«, fragte Liz in die Stille hinein.

Bremen. Daran hatte ich gar nicht mehr gedacht.

Micah kam wieder an den Tisch und stützte sich mit beiden Händen auf der Tischplatte ab. Er sah das Holz an, als er zu sprechen begann. »Ich weiß es nicht. Bremen ist wichtig für uns. Dort werden viele Musikproduzenten sein. Doch wir können die Jäger nicht einfach ignorieren. Das ist zum Haare raufen. Gerade als alles gut lief und wir die perfekte Besetzung gefunden haben, muss so etwas kommen. Als würde uns das Schicksal mit Absicht ans Bein pinkeln.«

Ich verstand ihn gut. So viele Gefühle wechselten sekündlich in mir, dass ich gar nicht sagen konnte, welches gerade die Oberhand hatte. Wahrscheinlich die Angst und die Unsicherheit.

»Ich hab ihn gefunden. Er schrieb gerade, dass er momentan in England ist, aber in einer Woche wieder da sei. Er landet in Frankfurt. Dort könnt ihr ihn treffen. Donnerstag spätestens um 23:30 Uhr müsst ihr dort sein, danach zieht er weiter.« Basti schaute erwartungsvoll in die Runde.

Micah klatschte erfreut in die Hände. »Das könnten wir schaffen. Wir haben am Mittwoch einen Gig in Heidelberg, dann fahren wir Donnerstag nach Frankfurt und Samstag können wir in Bremen sein. So müssen wir uns nicht entscheiden. Wir erledigen einfach beides.«

»So wie du das sagst, klingt es wirklich machbar«, lachte Levi.

Ich saß einfach nur da. Wie bestellt und nicht abgeholt, während Liz wie angewurzelt im Raum stand. Ich konnte nicht sagen, wie es Liz erging, aber ich war einfach nur überfordert mit der Situation. Wie sollte es weitergehen? Was würden wir tun, wenn wir wirklich Jäger entlarven sollten? Würde ein Krieg ausbrechen? Musste ich wirklich einen miterleben? Ich stützte meine Ellenbogen auf meine Oberschenkel und vergrub meinen Kopf in den Händen. Die Luft schien plötzlich dünner geworden zu sein und nicht mehr richtig in meinen Lungen anzukommen. Je heftiger ich versuchte einzuatmen, desto mehr verschloss sich mir der Zugang zur Luft, bis ich schließlich das Gefühl hatte, gar keine mehr zu bekommen. Meine Haut begann zu prickeln und drohte mich zu sprengen. Plötzlich spürte ich eine Berührung an meiner Schulter. Panisch nahm ich meine Hände vom Gesicht und schaute in Levis Augen, die sich nur wenige Zentimeter vor meinen befanden.

»Ganz ruhig. Du musst atmen«, sagte er, während er meinen Blick gefangen hielt. »Wir gehen jetzt raus, okay?«

Ich erhob mich und bewunderte seine braunen Augen. »Okay.«

Den Weg nach unten nahm ich nur verschwommen wahr, mein Herz schlug rasend schnell, meine Haut kribbelte überall, als wäre ich in einen Ameisenhaufen gefallen, und gleichzeitig verschwamm die Welt vor meinen Augen. Unten angekommen sog ich gierig die frische Luft in meine Lungen und ließ sie stoßweise wieder entweichen.

Mein Herzschlag beruhigte sich jedoch nur unwesentlich, ich musste laufen, um die Energie loszuwerden, gleichzeitig hatte ich das Gefühl, keinen Fuß vor den anderen setzen zu können.

»Ich denke, du hast eine Panikattacke«, meinte Levi plötzlich.

»Panikattacke?«, kreischte ich hysterisch. »So ein Quatsch«, versuchte ich die Sache abzutun.

»Doch, ernsthaft. Ich habe nur leider keine Ahnung, wie wir dem entgegenwirken können.«

»Bist du jetzt plötzlich auch noch Arzt? Du brauchst mich nicht zu diagnostizieren, ich reagiere einfach ein kleines bisschen über, damit hat es sich. Geht gleich wieder.«

Ich stützte meine Hände auf meine Knie und atmete tief ein. Sollte man das nicht machen, wenn der Kreislauf absackte? War eine Panikattacke nicht so was Ähnliches? Keine Ahnung, es half jedenfalls nicht.

Levi beugte sich zu mir herunter. »Das bringt nichts, dein Kreislauf läuft gerade auf Hochtouren, vielleicht versuchen wir dich abzulenken? Lust, zu rennen?«

Ich weiß nicht, wieso, doch plötzlich war ich wütend. Ich richtete mich abrupt auf, schlug Levis Hand von meiner Schulter und funkelte ihn wütend an. »Ich brauche deine Hilfe nicht.«

»Weißt du was? Dann mach deinen Scheiß doch allein, ich hab auch ohne dich schon genug am Hals«, entgegnete er, drehte sich um und ging davon.

Geschockt starrte ich ihm hinterher. Wieso hatte ich so wütend reagiert? Wahrscheinlich lag Levi richtig. Ich steckte mitten in einer Panikattacke und hatte nicht die leiseste Ahnung, wie ich damit umgehen sollte. Vielleicht sollte ich seinen Rat befolgen und Laufen gehen? Irgendwie musste ich runterkommen, sonst würde ich keinen klaren Gedanken fassen können.

Gehetzt schaute ich mich um und erkannte ein paar Müllcontainer. Dahinter könnte ich meine Klamotten liegen lassen und mich verwandeln, hoffentlich würde das die Panikattacke mildern. Schnellen Schrittes ging ich auf sie zu, entledigte mich meiner Kleidung, verwandelte mich und rannte los. Keine Ahnung, wohin ich laufen sollte. Ich wusste nicht mal mehr den Weg zum Wald oder aus der Stadt heraus, doch ich musste einfach nur rennen. Rennen. Rennen. Rennen.

Nach ungefähr zehn Minuten wurde ich etwas langsamer und nahm meine Umgebung wieder bewusst wahr. Es glich einem Wunder, dass ich von keinem Auto angefahren worden war. Einmal hatte ich beinahe einen Passanten gerammt, hatte im letzten Moment jedoch noch ausweichen können. Gemächlich lief ich durch ein Wohngebiet. Links und rechts säumten Häuser die Straße, hier und da spielten Kinder im Vorgarten. Autos fuhren nur selten an mir vorbei und wenn doch, dann sehr langsam. Genau auf meine Umgebung achtend, trabte ich durch die Straßen. Je weiter ich kam, desto größer wurden die Häuser. Sie gingen von Reihenhäusern über Doppelhaushälften zu frei stehenden Häuschen über. Die Gärten um die Häuser wurden immer größer, genauso wie die Autos, die im Vorgarten parkten, und die Zäune, die alles abzuschirmen versuchten. Hinter einigen hörte ich einen Hund bellen und lächelte in mich hinein. Eine Verfolgungsjagd wäre jetzt genau das Richtige. Sofort musste ich an Levi denken. Wie hatten wir beide so überreagieren können? Wieso war er einfach gegangen? Das passte nicht zu ihm. Es machte mich traurig. Obwohl ich ihn angeschrien und abgewiesen hatte, hätte ich ihn gebraucht. Die ganze Situation war so verquer.

Toll gemacht, Kat, den Weg nach Hause findest du niemals, dachte ich und hätte mir dabei am liebsten mit meiner Pfote gegen den Kopf gehauen. Ich wurde noch einen Schritt langsamer und versuchte mich zu orientieren, bis ich schließlich stehen blieb und mich abermals umschaute. Verzweifelt versuchte ich irgendetwas zu erkennen. Resigniert ließ ich mich auf mein Hinterteil plumpsen und schaute den Kindern, die direkt im Garten mir gegenüber spielten, eine Weile zu. Ich hatte doch nichts anderes zu tun.

Mein Puls hatte sich verlangsamt und ich hatte das Gefühl, wieder normal Luft zu bekommen. Doch sobald ich an die Jäger und die Waffe dachte, beschleunigte sich mein Herzschlag sogleich. Also tat ich das einzig Sinnvolle. Ich verbannte sie aus meinen Gedanken. Darin war ich gut.

»Gib mir den Ball, du lässt mich nie mitspielen. Das ist voll gemein«, sagte das Mädchen, das ungefähr sechs Jahre alt war, gerade zu seinem Bruder.

Dieser, in etwa doppelt so alt, lächelte nur verschmitzt, trippelte um seine Schwester herum und warf den Ball in hohem Bogen in den Basketballkorb, der an der Garage befestigt war.

»Na komm, hol dir den Ball«, sagte er und hielt ihn so hoch, dass seine Schwester ihn niemals erreichen würde. Sie versuchte es trotzdem und sprang so hoch sie konnte. Während ich die Tränen in den Augen des kleinen Mädchens schon glitzern sah, hörte ich das Lachen ihres Bruders. Geschwisterliebe konnte so schön sein. Nicht. Am liebsten würde ich jetzt hinüberrennen und ihm das Gesicht zerkratzen.

Das kleine Mädchen begann heftig zu weinen und lief davon. Ich konnte nicht anders, ich hechtete hinterher. Sie rannte aus dem Vorgarten hinaus auf den Gehweg und noch ein paar Häuser weiter. Dort erkannte ich einen kleinen Spielplatz. Na ja, wenn man es so nennen mag, es war eher die Miniaturausgabe eines Spielplatzes. Das Mädchen saß auf einer Schaukel und schwang leicht hin und her. Ihr blonder Zopf wippte dabei im Takt. Hinter den Schaukeln erkannte ich eine Rutsche und einen Sandkasten, in den vielleicht zwei Kinder passten, aber nur mit viel Glück und Präzision. Oder mit besonderen Skills in Tetris.

Langsam ging ich auf sie zu. Da man nie wusste, wie Menschen reagierten und ich nicht scharf auf einen Tritt oder ähnliches war (auch wenn ich das bei diesem Mädchen, das wie ein Engel aussah, nicht glaubte, aber sicher ist sicher), blieb ich einige Schritte vor ihr stehen und schaute sie abwartend an. Sobald sie mich entdeckt hatte, stahl sich ein Lächeln auf ihre Lippen.

»Du bist ja schön. Hast du gar keine Angst?«, fragte sie, und um ihr das Gegenteil zu beweisen, ging ich auf sie zu. Ich strich ihr um die Beine und registrierte ihr leises Kichern mit Genugtuung.

»Hast du einen Namen?«, fragte sie und fuhr ehrfürchtig über meinen Rücken. Ich schnupperte an ihrer Hand und strich dann meinen Kopf an dieser.

»Ich nenne dich Fuchsia. Ich hab einen kleinen Kuschelfuchs und den hat Mama so getauft. Weil er so fuchsrot ist. Füchse sind toll. Mama und ich haben mal einen Film geschaut. Sie sind vielleicht klein, aber schnell und stark und sie kriechen in die kleinsten Höhlen. Du siehst aus wie ein kleiner Fuchs. Wie eine Fuchskatze.« Sie strich sich eine Strähne aus dem Gesicht. »Wäre ich eine Superheldin, dann würde ich mich Fuchsia nennen. Und ich wünschte mir, ich könnte mich in einen Fuchs verwandeln. Sich unsichtbar machen, wäre auch toll. Und fliegen, ich würde so gerne fliegen. Ich könnte ein Fuchs mit Flügeln sein. Das wäre toll.«

Am liebsten hätte ich laut losgelacht. Stattdessen begann ich zu schnurren und ließ mich weiter streicheln.

»Und mein Bruder würde kein Superheld sein. Weil er viel zu gemein ist. So.«

Ich miaute und lauschte andächtig ihren Worten. Manchmal waren die Worte eines Kindes so klar und rein, egal wie verworren sie für uns Erwachsene klangen.

»Lilly«, tönte es plötzlich über den Spielplatz.

Lillys Bruder trat zu uns und schaute zu mir herunter. Ich machte mich bereit, ihm ins Gesicht zu springen, sollte er noch mal etwas Gemeines zu seiner Schwester sagen.

»Was machst du hier?«, fragte er seine Schwester und ließ mich dabei nicht aus den Augen.

»Ich spiele mit meiner neuen Freundin, du lässt mich ja nicht mitspielen«, gab Lilly pampig zurück und fuhr mir abermals über den Rücken. Ich liebte es, gestreichelt zu werden. Außerdem waren wir nun Freundinnen, so einfach war das. Ich wünschte, ich wäre wieder sechs Jahre alt. Doch im Grunde hatte Lilly recht, so einfach war das. Wir mussten einfach zusammenhalten. Dann würde schon alles gut werden. Ändern konnten wir es doch nicht. Davonlaufen würde nichts bringen, wir mussten herausfinden, was es mit den Jägern auf sich hatte, sonst waren wir ihnen schutzlos ausgeliefert. Das durfte auf keinen Fall passieren.

»Es tut mir leid«, sagte der Junge plötzlich völlig unvermittelt. »Ich wollte eigentlich gar nicht gemein zu dir sein. Lass uns zusammen spielen, okay?«

»Können wir mit meinen Puppen spielen?«, fragte Lilly euphorisch, sprang von der Schaukel und lief zu ihrem Bruder.

»Na gut«, sagte dieser gespielt zerknirscht und nahm seine Schwester an der Hand. Diese riss sich plötzlich los, als hätte sie etwas vergessen, und kam zu mir zurück. Sie streichelte mir über den Kopf, den Rücken entlang bis zum Schwanz.

»Danke, Fuchsia. Ich hoffe, wir sehen uns ganz bald wieder«, sagte sie und rannte davon. »Du darfst auch ein Superheld sein, wenn du magst«, eröffnete sie dann ihrem Bruder.

Perplex setzte ich mich und starrte den Kindern hinterher. Vielleicht war Geschwisterliebe doch toll? Vielleicht hatte alles zwei Seiten? War nicht nur schwarz-weiß, sondern bunt.

Okay, und wie komme ich jetzt zurück zu den anderen? Dieses Problem hatte ich leider noch nicht gelöst und es würde wahrscheinlich auch nicht so einfach verschwinden. Ich erhob mich und ging einige Schritte auf die Rutsche zu. Vielleicht konnte ich von da oben irgendeinen Anhaltspunkt ausmachen? Ich glaubte nicht wirklich daran, dazu war die Rutsche viel zu niedrig, aber einen anderen Plan hatte ich auch nicht. Vorsichtig setzte ich eine Pfote auf die silberne Rutschbahn und merkte, dass das ganz schön spaßig werden würde. Wie sollte ich da, ohne dabei auf die Fresse zu fliegen, hochklettern? Sicher würde ich dauernd wieder runterrutschen. Denn dafür waren Rutschen schließlich da.

»Na, suchst du was?«, erklang eine mir bekannte Stimme hinter mir und ich war froh, dass ich die blöde Rutsche nicht hochkraxeln musste.

10.

Simba, Hulk oder King Kong. Für wen sollte man sich da entscheiden? Iron Man, ganz klar Team Iron Man. Das war immer die richtige Entscheidung.

Levi kniete sich zu mir und lächelte mich an.

»Hey, Kitty Kat, hat eine ganze Weile gedauert, bis ich dich gefunden habe«, sagte er und strich mir über den Kopf. »Ich dachte, eventuell willst du die hier wiederhaben.« Er hielt meine Klamotten in der Hand und ich miaute zur Bestätigung, dachte jedoch gar nicht daran, mich zu verwandeln. Gestreichelt zu werden, war eine Sache, von Levi gestreichelt zu werden, eine noch viel bessere. Er wusste genau, von welchen Stellen er besser die Finger ließ und welche ich besonders gerne mochte. Und das als Hund.

Ich schnurrte so laut ich konnte und strich um Levis Beine. Am liebsten wäre ich ihm in die Arme gesprungen. Als könnte er meine Gedanken lesen, nahm er mich hoch. Meine Beine baumelten einen Moment in der Luft, dann drückte er mich an seine Brust und strich mit seiner Wange sacht über meinen Kopf. Mit der anderen Hand stopfte er meine Klamotten in seine Tasche, hielt mich dabei aber sicher an seinem Körper.

»Seit wann bist du so eine Schmusekatze?«, fragte er und setzte sich in Bewegung. »Es tut mir leid. Wirklich. Ich hätte niemals abhauen dürfen. Aber mir ist einfach eine Sicherung durchgebrannt.«

Einige Momente schwieg er, überlegte, ob er weiterreden sollte und entschied sich schlussendlich dafür. »Früher, als ich noch klein war, da ging es meiner Mutter oft schlecht. Ich glaube, sie hat Drogen genommen. Gesehen habe ich es nie, aber so im Nachhinein würde es Sinn ergeben. Ich hab oft versucht, ihr zu helfen, wenn sie durch die Wohnung geschwankt ist.« Levi hielt für einen Augenblick inne und schaute nachdenklich zu mir herunter. Dabei kraulte er mir die ganze Zeit den Nacken, und ich versuchte das Schnurren zu unterdrücken, um seinen Worten lauschen zu können. Doch ein Katzenkörper wollte, was ein Katzenkörper eben wollte. Ich schnurrte munter weiter.

»Jedenfalls, sie hat mich nie gelassen. Sie wollte meine Hilfe nicht, hat sie immer ausgeschlagen. Als du meine Hand von deiner Schulter gewischt hast, da kamen die Erinnerungen hoch. Für eine Sekunde konnte ich dich nicht mehr von ihr unterscheiden, da bin ich einfach ausgetickt. Sobald ich wieder einen klaren Kopf hatte, bin ich umgekehrt, wollte zu dir zurück, doch du warst schon weg.« Levi schaute mir in die Augen und ich erkannte den hellbraunen Stern in ihnen. Mein Fell schmolz mir vom Körper und ich wurde zur Nacktkatze. Also im übertragen Sinne, versteht sich. Ich hatte ein total schlechtes Gewissen. Ein bisschen zumindest. Ich hätte ihn nicht so angehen dürfen, doch er hätte auch nicht gleich weglaufen sollen. Wir hatten uns beide falsch verhalten.

»Ich hab deine Klamotten gefunden und war mir nicht sicher, ob du den Weg zurückfinden würdest. Also …«, sagte er und hörte sich plötzlich verlegen an. »… hab ich deinen Geruch gewittert und bin dir hinterher. Du musst ganz schön schnell gerannt sein, um mit deinen kleinen Stummelbeinchen in der kurzen Zeit so eine weite Strecke zurückzulegen «, beendete er seinen Satz lächelnd. Ich tippte ihm mit meiner Pfote gegen die Wange und fuhr dabei leicht meine Krallen aus.

»Aua«, schrie er gespielt entsetzt, konnte sein Lachen aber nicht unterdrücken.

Ich wand mich und versuchte Levi dadurch zu zeigen, dass ich runter wollte. Ein paar Schritte weiter hatte ich ein paar Büsche entdeckt, hinter denen ich mich ungesehen verwandeln könnte.

Herr Manchmal-charmant-manchmal-nicht verstand, was ich wollte, und setzte mich auf den Boden. Er folgte mir hinter die Büsche, die eher ein undurchdringbares Gestrüpp waren, und legte meine Klamotten neben mich. Meine Pfoten wurden zu Händen und Füßen und ich zog mich schnell an, bevor mich noch jemand sah.

»Alles unter Kontrolle, niemand kommt«, ließ Levi mich wissen, als ich mich gerade in meinem Shirt verfangen hatte. Eleganz in allen Lebenslagen war mir eben in die Wiege gelegt worden.

Sobald ich meine Klamotten und Glieder richtig sortiert hatte, schlich ich mich an Levi heran. Kurz bevor ich ihn erreicht hatte, drehte er sich zu mir um und ich sprang ihm förmlich in die Arme.

»Mir tut es auch leid«, sagte ich und küsste ihn zuerst auf die Nasenspitze, dann auf den Mund. »Hätte ich das gewusst, hätte ich anders reagiert. Nein, vermutlich nicht. Aber leid tut es mir trotzdem.«

Levi küsste mich und ich versank in seinen Armen. Ich trieb in einem Meer von Glück, bekam keine Luft mehr und sank immer tiefer gen Grund, doch das war mir egal. Ich würde lieber ertrinken und ersticken, als mich von ihm zu trennen. Na ja, fast. Ich löste mich ruckartig und atmete heftig.

Levi lachte und ich stimmte mit ein. »Lass uns zurückgehen, okay?«

Zur Antwort streckte ich ihm meine Hand entgegen. Er ergriff sie und wir schlenderten zurück zum *Schillers*. Nahm ich jedenfalls an, denn den Weg kannte ich ja nicht.

»Darf ich dich was zu deiner Kindheit fragen?«, wagte ich mich vorsichtig aufs Glatteis und betete, nicht auszurutschen oder, noch schlimmer, einzubrechen.

»Ich denke, du darfst.«

»Du hast gesagt, deine Mutter hat dich rausgeschmissen. Wieso?«

»Das ist schwierig zu erklären. Jedenfalls war es für mich lange Zeit schwer zu verstehen. Sie gab mir die Schuld am Verschwinden meines Vaters.«

»Wie bitte?«, entfuhr es mir und ich schaute verschreckt zur Seite. Hoffentlich hatte ich das scheue Reh (dass ich ihn mal so bezeichnen würde, hätte ich selbst nicht gedacht. Hihi.) nicht erschreckt und es würde weiterreden. Ich hatte Glück.

»Ich bin mir nicht sicher, aber anders kann ich es mir auch nicht erklären.« Er fuhr sich mit der Hand durch seine verwuschelten Haare und sah auf den Boden. »Meine Mutter ist ein wunderschöner

Schwan, mit dem schönsten Gefieder, das ich je gesehen habe. Mein Vater hingegen ist der König der Tiere. Er hätte stolzer kaum sein können und wünschte sich natürlich, dass sein Sohn in seine Fußstapfen treten würde. Und dann kam ich. Ein schwedischer Elchhund. Du kannst dir seine Enttäuschung vorstellen. Daraufhin hat er uns verlassen. Ich hab ihn nur ein paar Mal gesehen, ihn aber nie an mich herangelassen. An meinem sechzehnten Geburtstag wollte er sich entschuldigen, doch ich konnte es nicht zulassen. Mittlerweile bereue ich es. Ein bisschen zumindest.« Levi fuhr sich mit der Hand durch die Haare und schaute stur geradeaus. »Sein Bruder, mein Onkel, hat oft versucht zu vermitteln. Doch auch ihm habe ich nicht zugehört. Ich kenne nicht mal seine Seite der Geschichte.«

Eine ganze Zeit lang sagte keiner etwas und wir hingen unseren Gedanken nach. Wie konnte man seinem Sohn nur die Schuld für so etwas geben? Die Vererbung der Wandler war ein großes Geheimnis. Sie machte aus genetischer Sicht keinerlei Sinn. Der Legende zufolge hatte sich die erste Tierseele aus Liebe mit einer Menschenseele verbunden. Ein Krieger drohte im Kampf gegen einen Drachen zu sterben. Sein bester Freund, ein Wolf, opferte sich daraufhin und Gott verband die beiden Seelen. Von da an konnte sich der Mensch in einen Wolf verwandeln. Die Tierseele, die uns zugesprochen wird, wurde also von Gott ausgesucht und orientierte sich an den Eigenschaften des jeweiligen, damit die beiden Seelen in Harmonie miteinander leben. Niemand hat Einfluss darauf. Es ist ein bisschen wie Wandlerroulette. Einmal drehen, bitte. Innerhalb einer Familie kam es oft vor, dass die Menschen ähnliche Tiere zugesprochen bekamen, da sie auch ähnliche Eigenschaften besaßen. Doch mit Sicherheit vorauszusagen, welche Seele der Wandler bekommen würde, war unmöglich.

»Aber die Chance war so verschwindend gering«, sagte ich in dem Versuch, meine Gedanken zu ordnen. Dasselbe Tier wie Mutter und Vater zu werden, war selten. Kinder unterscheiden sich in ihren Eigenschaften oft mehr von ihren Eltern, als es auf den ersten Blick sichtbar war.

»Ich weiß. Keine Ahnung, was in seinem Kopf vorging. Vielleicht war es Liebe, die durch mich ein jähes Ende fand. Ich glaube, zumindest meine Mutter denkt das.«

»Denkst du das auch?«, fragte ich vorsichtig.

»Ich weiß es nicht. Ich kenne ihn ja nicht. Wenn ich meiner Großmutter glaube, dann war er das größte Arschloch der Welt. Aber ich denke, sie sieht das nur so, weil sie ihn dafür verantwortlich macht, wie sich meine Mutter entwickelt hat. Er hatte es sicher auch nie leicht. Ein Teil seines Lebens immer geheim halten zu müssen, sich nie vor den Menschen als Tier zeigen können.« Levi sah mich an und ich wusste, auf was er anspielte. Wir hatten das große Los gezogen. Wir konnten ganz normal vor den Menschen herumspazieren, keiner würde sich etwas Böses denken. Bei einer herumstreunenden Katze noch weniger als bei einem herrenlosen Hund. Doch nicht alle Wandler hatten es so leicht.

»Dennoch, das ist vielleicht ein Grund, aber keine Ausrede.«

»Das stimmt, ich bin auch wirklich wütend auf meinen Vater. Andererseits finde ich es schade. Jetzt habe ich weder Mutter noch Vater. Aber wenn es alles stimmt und er wirklich daran schuld ist, dass meine Mutter Drogen genommen hat, dann hasse ich ihn.«

»Das verstehe ich. Aber egal, unter welchen Bedingungen man aufwächst oder was geschieht, man hat immer eine Wahl. Man kann das Richtige tun. Und euch zu verlassen, nur weil du nicht Simba geworden bist, ist garantiert nicht das Richtige«, echauffierte ich mich.

»Simba?«, lachte Levi. »Bei meiner Muskelmasse wohl eher der Hulk«, sagte er und begann, wie ein Verrückter mit seinen Fäusten gegen seine Brust zu hämmern.

»Das ist King Kong, du Idiot«, lachte ich und versuchte ihm durch die Haare zu wuscheln, doch er fing meine Hand ab und küsste sie. Dann gingen wir weiter.

Für heute hatte ich genug von der Vergangenheit, wir mussten in die Zukunft sehen, auch wenn wir nicht wussten, wie sie aussehen würde.

»Wir werden also zuerst zu Zack fahren und dann nach Bremen?«, fragte ich und mir wurde mulmig bei dem Gedanken.

Sowohl Bremen als auch dieser Zack waren eine große Sache. Ich wusste nicht, vor was ich mehr Angst hatte.

»Darauf wird es hinauslaufen«, bestätigte Levi meine Ahnung. »Wir werden es gleich erfahren.«

Ich schaute nach vorne in die Richtung, in die Levi gerade genickt hatte, und sah, dass Liz und Micah am Bus auf uns warteten.

»Da seid ihr ja wieder. Und ihr lebt noch, also Shakespeare wäre enttäuscht«, sagte Micah und ich schaute ihm dümmlich entgegen.

»Stimmt, Tragödie ganz ohne Tote überstanden«, bestätigte Levi. Jetzt hatte auch ich den Witz verstanden, ging der etwa auf meine Kosten?

»Dann habt ihr es also mitbekommen?«, fragte ich stattdessen verlegen lächelnd.

»Ja, wir waren gerade heruntergekommen, um mit euch zu gehen, als das Drama seinen Lauf nahm«, antwortete Liz und fuhr sich über die abrasierten schwarzen Haare. »Und jetzt sind wir fast am Verhungern. Können wir bitte endlich was essen gehen, sonst muss ich mir gleich selber Eier legen.«

Wir brachen in Gelächter aus. »Klar, habt ihr schon was ins Auge gefasst? Kennt ihr euch hier aus?«

Micah deutete nach links auf ein Haus am Ende der Straße. »Dort hinten sollte ein kleines Lokal sein, wir waren dort schon mal.«

»Dann los«, sagte Levi und wie zur Bestätigung knurrte mein Magen freudig. Ich hatte gar nicht gemerkt, dass ich hungrig war. Da fiel mir plötzlich Mila wieder ein. Ich schrieb ihr eine SMS und fragte sie, ob sie uns Gesellschaft leisten wolle. Sie sagte zu.

Einige Minuten später befanden wir uns in dem kleinen urigen Restaurant, das höchstens zehn Tische besaß und aus dem letzten Jahrhundert zu stammen schien. Die Karten waren in speckiges Leder gebunden und meine Finger klebten beim Anfassen daran fest. Ekelig. Hier sollte ich was essen? Igitt. Ich bestellte mir eine große Cola ohne Zitrone und einen Kaffee. Für die Essensauswahl brauchte ich noch etwas Zeit. Irgendwie fühlte ich mich total benommen. Da half nur Koffein, egal in welcher Form.

Als die Bedienung zum dritten Mal wiederkam, bestellte ich eine Portion Pommes, damit konnte man nicht so viel falsch machen, oder? Und Fett war immer gut. Genau wie Koffein. Wo war eigentlich mein Kaffee? Ach ja, den hatte ich wie eine Verdurstende hinuntergestürzt, noch bevor die Bedienung die Tasse richtig abgestellt hatte.

Ich nutzte den Gang zur Toilette, um mir noch einen Kaffee zu bestellen. Zum Glück verdienten wir mit unseren Auftritten so viel, dass ich meinen Kaffeekonsum finanzieren konnte. Lizzy wollte noch einen Eistee. Was für mich Kaffee war, war für sie der Eistee. Verrückt, oder? Als ich wieder zurück war, saß Mila auf meinem Platz und naschte von meinen gerade eingetroffenen Pommes. Der Kaffee war leider noch nicht da. Menno. War ich süchtig? Nein, niemals! Sagten das nicht alle Süchtigen?

»Hey«, sagte ich zu Mila.

»Wie geht's dir?«, fragte sie und erhob sich von meinem Platz. Micah organisierte ihr einen Stuhl und sie setzte sich zu uns.

»Danke, gut. Oder eher so lala. Ich fühle mich etwas überfordert«, gestand ich.

»Wer nicht?«, fragte Mila lächelnd. »Habt ihr schon etwas herausgefunden?«

Micah trank einen Schluck von seiner Cola. »Nicht viel. Wir treffen uns am Samstag mit einem Freund von Basti.«

»Weiß er mehr über die Jäger?«, fragte Mila mit gesenkter Stimme. Der Wolf in ihren Augen zappelte ungeduldig und ich bewunderte sie für ihre äußerliche Ruhe.

»Er weiß jedenfalls mehr über unsere Geschichte. Erstmal müssen wir unsere Vergangenheit kennen, um es in Zukunft besser zu machen. Es bringt nichts, wenn wir diese Männer einfach sinnlos abschlachten. Wir müssen einen kühlen Kopf bewahren«, sagte Micah. Auch seine Ruhe bewunderte ich. Irgendwie schienen alle viel besser mit der Situation klarzukommen als ich.

Liz mopste sich ebenfalls eine meiner Pommes und ich starrte sie finster an, woraufhin sie mir nur die Zunge rausstreckte. »Stimmt. Ich weiß kaum etwas über unsere Geschichte. Die Kindermärchen, die meine Eltern mir erzählt haben, kenne ich, aber das war's.«

»Ich kenne auch nur diese Märchen«, meinte Mila und senkte den Blick. Irgendwie verhielt sie sich komisch, aber ich konnte nicht genau benennen, wieso.

»Viel mehr weiß ich auch nicht. Niemand kennt wirklich alles, oder? Auch über die Jäger wissen wir nur etwas aus den Erzählungen unserer Familien«, sagte Levi.

»Wir können auch schlecht ›Geschichte der Wandler‹ googeln oder in die Bibliothek gehen«, warf Lizzy lächelnd ein.

Mein Kaffee kam und ich riss ihn der Bedienung förmlich aus der Hand. Doch es half nicht viel. Ich war müde, ausgelaugt und wollte einfach nur mit meiner Kuscheldecke in mein Bett und den ganzen morgigen Tag durchschlafen.

Ich gähnte herzhaft. Levi legte mir die Hand auf den Oberschenkel und beugte sich zu mir herüber.

»Müde, Kitty Kat?«, fragte er.

»Nein, kaum, fast gar nicht«, antwortete ich und gähnte abermals. »Na gut, ein bisschen vielleicht«, gestand ich und lehnte meinen Kopf an seine Schulter.

Als ich das nächste Mal die Augen öffnete, lag ich in Bastis Wohnung auf einer Matratze, die ich mir mit Lizzy teilte. Wie war ich nur hierhergekommen? Oh Gott, war ich etwa im Restaurant eingeschlafen? Ich hatte nicht genug Zeit, um auch nur ansatzweise peinlich berührt zu sein, denn meine Augen fielen schon wieder zu.

Wenig später wurde ich durch die Türklingel geweckt, ließ meine Augen aber geschlossen. Sollte doch jemand anderes aufstehen, mir egal. Nicht meine Wohnung. (Ja, wenn ich müde war, konnte ich ganz schön biestig sein.) Ich nahm Schritte und das Öffnen einer Tür wahr, dann lange Zeit nichts. In meine wohlig warme Decke gehüllt, genoss ich die erneute Stille, doch kurz bevor ich wieder wegdämmern konnte, drang Geschrei von der Eingangstür zu mir. Abrupt setzte ich mich auf und blieb für einen Moment verwirrt sitzen. Ich rieb mir den Schlaf aus den Augen und sah zur Tür, die in den Flur und nach unten führte. Immer noch drangen Stimmen zu mir, jedoch gedämpfter. Vorsichtig erhob ich mich von meiner Matratze und stellte fest, dass ich nur Unterwäsche trug. Peinlich berührt schaute ich mich um, doch ich war allein. Puh, zum Glück. Vorsichtig tapste ich zur Tür und öffnete sie einen Spalt. Ich war eben von Natur aus neugierig, die Katze kam nicht von ungefähr.

»Das meinst du nicht ernst, oder?«, fragte Levi und ich erschrak, stellte dann jedoch fest, dass er nicht mich und meine Lauschaktion meinte.

»Natürlich meine ich das ernst, was denkst du denn? Bitte, glaub mir.«

Ella. Ich sog scharf die Luft ein und hätte nur zu gern meine Krallen ausgefahren. Von meinem Standpunkt aus konnte ich leider kaum etwas erkennen, würde ich die Tür jedoch weiter öffnen, lief ich Gefahr, gesehen zu werden. Verdammt. So einen Mist am frühen Morgen und das vor dem ersten Kaffee, das Leben konnte so unfair sein.

»Wenn du wirklich denkst, ich komme zu dir zurück, nachdem ich dich in flagranti mit einem anderen Kerl erwischt habe, bist du noch wahnsinniger, als ich dachte«, sagte Levi. Eins zu null für den Mann mit den Pfoten. »Außerdem habe ich längst keine Gefühle mehr für dich. Mein Herz gehört einer anderen.«

Ich schmolz dahin.

»Das kannst du nicht ernst meinen! Was wir hatten, war so explosiv, so unverwüstlich. Levi, denk noch mal darüber nach. Es tut mir leid, was ich getan habe. Aber bitte, bitte, lass es uns noch einmal versuchen.«

Ella klang flehend, als wäre es ihr wirklich ernst. Vielleicht war es das auch. Ich musste unbedingt herausfinden, was Levi für sie empfunden hatte und was zwischen ihnen geschehen war. Mehr, als dass sie ihn betrogen hatte, wusste ich nicht.

»Lass mich los, Ella. Du tust mir weh.«

Meine Alarmglocken schrillten und ich musste meine ganze Selbstbeherrschung aufbringen, um nicht nach unten zu stürmen.

»Es tut mir leid, wieso hast du auch nicht angerufen? Ich wäre zu dir ins Krankenhaus gekommen.«

»Ich brauchte dich nicht. Woher hast du überhaupt davon erfahren?«

»Aber ich brauche dich. Erinnerst du dich?«, fragte sie und ihre Worte hatten schon wieder diesen bittenden Unterton.

»Von wem weißt du es?«, ging Levi nicht auf ihr Spiel ein.

»Von einem Freund.«

»Bullshit, du hast keine Freunde«, schmetterte Levi seiner Exfreundin entgegen. »Und jetzt geh, sonst weckst du noch Kat. Ich will dich nicht mehr sehen, lass mich in Ruhe, okay.«

»Kat. Kat. Kat. Kannst du eigentlich auch noch an was anderes denken?« Mit einem Schlag war ihr Tonfall scharf wie eine Klinge.

»Nein und das ist auch gut so. Sie macht mich glücklich. Was man von dir nicht behaupten kann«, gab Levi genauso schneidend zurück.

»Ha, dass ich nicht lache! Du meinst doch nicht etwa dein Flittchen da oben, oder?«

Flittchen? FLITTCHEN? Hatte sie mich da gerade wirklich Flittchen genannt? Um meine Selbstbeherrschung war es geschehen, dabei hatte ich so hart gekämpft, um sie aufrechtzuerhalten. Ich riss die Tür auf, verwandelte mich im Gehen und schlüpfte dabei aus meiner Unterwäsche. Wut war ein gutes Antriebsmittel. Leichtfüßig sprang ich die Stufen nach unten und landete direkt in Ellas Gesicht. Ich prallte ab, landete auf den Pfoten und nahm erneut Anlauf, um einen weiteren Angriff zu starten. Niemand nannte mich einfach so Flittchen! Mein Temperament und meine Wut kämpften um die Oberhand, dabei war es egal, wer gewinnen würde, denn beide wollten Ella bluten sehen. Na gut, eigentlich sterben, doch mein gesunder Menschenverstand flüsterte zurückgedrängt aus einer Ecke, dass auch schon ersteres reichen würde.

Dieses Mal landete ich in Höhe ihrer rechten Schulter und fuhr meine Krallen aus. Ich krallte mich fest und ließ die Schwerkraft für mich arbeiten. Schön langsam glitt ich ein gutes Stück an ihren Körper geheftet Richtung Boden und genoss ihren Aufschrei.

Da packte mich jemand von hinten und zog mich von meiner Beute weg. Ich fauchte und wehrte mich, doch es hatte keinen Sinn. Levis Griff glich dem eines Schraubstocks.

»Verschwinde«, sagte er zu Ella gewandt, schmiss die Tür vor ihr ins Schloss und trug mich die Treppe hoch in Bastis Wohnung.

»Bist du übergeschnappt? Was ist nur in dich gefahren?«, fragte er, als ich mich gerade zurückverwandelte.

»Hast du nicht gehört, was sie gesagt hat? Sie hat mich Flittchen genannt. Ich musste mich verteidigen. Außerdem sind die paar Kratzer spätestens heute Abend komplett verheilt«, pampte ich zurück und zog mir eine Jeans und einen dünnen grauen Pullover über.

»Natürlich habe ich das gehört, ich wollte ihr gerade die Tür vor der Nase zuschlagen, da bist du wie eine Furie die Treppe hinuntergestürzt.«

Wie ein wildes Tier im Käfig lief ich auf und ab. Das Adrenalin schoss immer noch durch meine Adern, während Wut und Temperament in einer Ecke schmollten. Der gesunde Menschenverstand hatte wieder die Oberhand. Was hatte ich getan? Das war gar nicht meine Art. Okay, das war gelogen, aber ich konnte versuchen, es mir einzureden, oder?

»Ich werde mich nicht entschuldigen. Sie hat es verdient«, sagte ich.

»Ich stimme dir zu«, sagte Levi und ich drehte mich überrascht zu ihm. »Aber«, schob er schnell hinterher, »du kannst nicht einfach ausrasten, wenn dir etwas nicht passt.«

»Wenn mir etwas nicht passt? Bist du bescheuert? Sie hat mich Flittchen genannt! Da ist etwas ganz anderes«, sagte ich und spürte die Katze überall in mir. Ich wusste, dass er recht hatte. Irgendwie.

»Vielleicht. Trotzdem musst du lernen, dich zu beherrschen. Und wir sollten an deiner Technik arbeiten, du bist ganz schön unkontrolliert rumgehopst. Von deiner Kondition will ich gar nicht erst reden.«

Geschockt starrte ich Levi an. Meinte er das ernst? »Pff, sicher nicht«, sagte ich und trat ans Fenster. Ich schlang meine Arme um mich und schaute auf die Straße hinab. Fand er mich etwa zu dick? Zu unsportlich? Wenn er das wirklich dachte, würde ich ihn fressen müssen. So.

Mein Freund trat hinter mich und legte seine Arme um meine Taille, sein Kopf ruhte auf meiner Schulter. »Ach, komm schon. Das war nicht böse gemeint, aber in Anbetracht der Dinge müssen wir aufpassen. Wir müssen uns wappnen. Ich will nicht, dass du unvorbereitet auf einen Jäger triffst.«

Ach so, das meinte er, ich atmete erleichtert auf. Er fand mich nicht zu dick. Ich spürte seine Lippen an meiner Halsbeuge, sein Atem kitzelte und meine Wut war gänzlich verraucht. Das Feuer, das in mir brannte, hatte sie ausgelöscht, zurück blieb das Verlangen. Ich wollte Levi berühren. Seine Hände, seine Wärme überall spüren. Stürmisch drehte ich mich in seiner Umarmung zu ihm und küsste ihn. Eine Flamme der Leidenschaft schlug von meinem Mund ausgehend in alle Richtungen, entzündete jeden Fleck meines Körpers, den Levi berührte, ließ keinen Zweifel mehr zu.

Die Tür flog auf und Liz stand mitten im Raum. Als sie uns sah, täuschte sie einen Würgereiz vor und sah uns erst belustigt, dann angefressen an. »Wirklich? Während wir uns den Arsch abtrainieren, turtelt ihr hier rum? Wieso muss eigentlich nur ich mich an den Trainingsplan halten?«

Während ich nur Bahnhof verstand, stapfte sie wütend ins Badezimmer und knallte die Tür hinter sich zu.

Verwirrt schaute ich ihr nach. »Trainingsplan?«

»Ja, nachdem du eingeschlafen warst, haben wir beschlossen, dass wir uns vorbereiten wollen. Trainieren, wie ich vorhin schon zu dir gesagt hatte. Wir haben überlegt, jeden Morgen Laufen zu gehen und Micah bringt uns eine japanische Kampftechnik bei, deren Namen ich weder denken noch aussprechen kann.«

»Du findest mich also nicht zu dick?«, flüsterte ich. Ich brauchte Gewissheit, sonst würde der Gedanke mich zerfressen.

»Wie kommst du denn darauf, Kitty Kat?«, fragte Levi lächelnd. »Niemals. Mir gefällt alles an dir.« Er bekräftigte seine Worte mit einem Kuss.

Ich löste mich sanft von ihm, bevor Liz aus dem Bad kam und einen erneuten Würgereiz vortäuschte.

»Das heißt, ich muss jetzt jeden Morgen aufstehen und Laufen gehen?«, wollte ich schockiert wissen, als mir die ganze Tragweite des Trainingsplans bewusst wurde.

Levi lachte. »Nein, nachdem du mich heute Morgen fast gebissen hast, als ich dich um sieben aufwecken wollte, haben wir umdisponiert. Wir gehen jetzt abends laufen. Da Liz aber lieber morgens laufen will, gehen sie und Micah ohne uns.«

»Ich habe was?«, fragte ich und der Mund blieb mir offen stehen.

»Ja, die kleine Katze hat nach mir geschnappt. Zum Glück konnte ich ausweichen«, lachte er. Anscheinend nahm er es mir nicht übel. Auch wenn ich mich in Grund und Boden schämte. Auch von Mila hatte ich mich nicht verabschieden können. Wie schade. Ich beschloss ihr später, wenn ich mein Handy gefunden hatte, eine Nachricht zu schreiben. Vielleicht konnten wir auf dem Rückweg wieder einen Stopp hier einlegen? Levi umfasste meine rechte Wange mit seiner Hand und fuhr mir mit dem Daumen über die Haut. Mir fielen seine Worte wieder ein und ich lächelte verlegen.

»Ich kann mich an nichts erinnern. Das tut mir so leid. Ich würde ja behaupten, normalerweise bin ich zahm, aber das wäre gelogen«, gab ich zu und brachte Levi zum Lachen. Seine Augen leuchteten, als er seinen Daumen über meine Wange gleiten ließ und mein Gesicht dann mit beiden Händen umfasste. Sanft drückte er mir einen Kuss auf die Lippen. Und ich konnte nicht wiederstehen, ihm durch die Haare zu wuscheln.

»Schon verziehen, Kitty Kat.«

11.

Und wenn sie nicht gestorben sind, dann leben sie noch heute. Im Kaffeesee, zusammen mit Einhörnern und Feen. Als ob es so einfach wäre …

Heidelberg war eine große Stadt. Sie lag direkt an einem Fluss und wurde von ihm in der Mitte geteilt. Es gab sogar eine Schlossruine. Das kleine Lokal, in dem wir gespielt hatten, war voll bis unter die Decke gewesen und hatte zu platzen gedroht, wäre auch nur ein Gast mehr gekommen. Wir spielten und sangen uns durch die Nacht, ich hatte viel an meinen Vater gedacht, ihn in jedem zweiten Gast gesehen. Die Band hatte mich aufgefangen und in die Realität zurückgeholt.

Der Tag, die ganze Zeit war viel zu schnell vergangen. Es fühlte sich an, als wäre es nur ein Wimpernschlag gewesen. Nun saßen wir in Frankfurt am Flughafen und warteten. Seit drei Stunden. Wir wollten Zack auf keinen Fall verpassen, daher kamen wir lieber zu früh. Es war kurz vor 23 Uhr. Ich hatte noch genau eine halbe Stunde, um mich zu beruhigen und nicht durchzudrehen.

Z-E-I-T. Buchstabierte ich.

W-A-R-T-E-N.

J-Ä-G-E-R.

Danach las ich alle ankommenden Flüge von der Tafel ab, die über unseren Köpfen hing. Hongkong. London. Berlin. Sydney.

Doch es half nichts, meine Gedanken rasten. Alle durcheinander. Hin und her. Ich stellte es mir bildlich vor. Wie kleine Zettel, auf denen meine Gedanken standen und die durch die Luft flogen, keinem System folgten und nie zum Stillstand kamen.

»Ich muss aufs Klo«, sagte ich.

Micah sah von seiner Gitarre, die er gerade stimmte, hoch und schon wieder bewunderte ich ihn für seine Ruhe und Gelassenheit.

Nur ein Fünkchen davon würde mir helfen. Na gut, wem machte ich hier eigentlich etwas vor, ich brauchte ein ganzes Fass, ach was, eine Lkw-Ladung davon, um auch nur ansatzweise so ruhig zu sein wie er. Levi war in einen Artikel irgendeiner Zeitschrift vertieft, schaute aber ebenfalls hoch und lächelte mich kurz an, bevor er sich wieder dem Heft in seiner Hand widmete.

»Ich komme mit«, sagte Liz und erhob sich.

Zusammen gingen wir von dem Wartebereich aus, in dem wir gesessen hatten, nach rechts Richtung Toilette. Die Bewegung half meinen Gedanken, sich zu ordnen. Auf dem Klo las ich die Werbung, die an der Tür klebte, immer und immer wieder, wiederholte sie, bis ich sie fast auswendig konnte und mein Kopf einigermaßen frei war.

Lizzy schaute mir im Spiegel entgegen. »Geht es dir gut?«

»Aber ja doch«, gab ich etwas schroff zurück und fühlte mich sogleich mies. »Es tut mir leid. Ich bin etwas nervös«, gab ich zu. Was die Untertreibung des Jahres war.

»Damit bist du nicht allein«, sagte Liz und legte mir tröstend die Hand auf die Schulter. Ich fühlte mich sofort besser und lächelte sie dankbar an.

Als wir zurück in den Wartebereich vor dem Ankunftsterminal kamen, waren gerade mal schlappe zehn Minuten vergangen. Doch jetzt kam Leben in die Ankunftszone, anscheinend war gerade ein Flug angekommen. Die Leute strömten durch die Schranken, vorbei am Zoll und hinaus in die Freiheit. Einige hatten es eilig, andere wurden erwartet und herzlich begrüßt. Ich folgte dem bunten Treiben und war dankbar für die willkommene Ablenkung. Einige Minuten später stellte Micah seine Gitarre weg. Synchron folgten wir seinem Blick zur Anzeigetafel. Zacks Flug war gelandet. Es würde nur noch ein paar Minuten dauern. Meine Anspannung wuchs wieder. Würde dieses Gespräch etwas bringen? Würde er mit uns reden? Und was hatte er zu erzählen? Wollte ich die Wahrheit überhaupt erfahren?

»Ich glaube, er kommt«, sagte Levi nach weiteren Minuten des Wartens und erhob sich. Er ging auf einen blonden Mann zu, der ganz normal wirkte. Seinen Rollkoffer zog er hinter sich her, während er mit festen Schritten auf uns zumarschierte. Er sah genauso aus wie auf dem Bild, das Basti uns gezeigt hatte.

»Bastis Freunde?«, fragte er knapp und seine tiefe Stimme wollte so gar nicht zum Rest seines Erscheinungsbildes passen. Er trug eine verwaschene Jeans und ein hellblaues Hemd, dessen Knöpfe offen waren, darunter ein schwarzes T-Shirt. Ich hatte alles erwartet, nur keinen Surferboy. Überrascht starrte ich ihn an.

Levi reichte Zack seine Hand. »Die sind wir.«

Micah tat es ihm gleich, während Liz und ich uns auf ein Handheben beschränkten.

Zack stellte seinen Koffer ab und betrachtete uns eingehend. »Hi, ich bin Zack, hab nicht viel Zeit, muss weiter zu einem Termin in der Innenstadt. Wie kann ich euch helfen?«

»Vielleicht sollten wir da drüben ins Café gehen und uns setzen?«, schlug Micah vor und ich war dankbar für diesen Vorschlag. Eine Portion Koffein, die durch meine Blutbahn tanzte, würde mir helfen, einen klaren Kopf zu bewahren.

»Nun, wir wüssten gern mehr über die Geschichte der Wandler. Über den Kampf gegen die Jäger und den Pakt des Friedens«, sagte Micah ohne Umschweife. Wir hatten alle einen Pappbecher dampfenden Kaffee vor uns und ich umklammerte meinen Hilfe suchend.

»Das ist ganz schön viel, was ihr wissen wollt. Wieso?«, fragte er.

Levi richtete sich auf. »Wir haben einen Revolver gefunden, der das Wappen der Jäger trägt.«

»Wo?«

»Im Versteck einer Räuberbande, die uns ausgeraubt hat. Ihr Verhalten war sehr fahrig und unkontrolliert, wir glauben, die Jäger formieren sich vielleicht neu.«

»Unmöglich, es wurde Frieden geschlossen. Damit brechen sie den Pakt. War es das Wappen der Grimm?«, fragte Zack und zückte sein Handy.

»Wissen wir nicht genau. Unser Wissen über die Jäger ist minimal«, antwortete Levi und ich schaute ihn überrascht an. Ich dachte, er wäre sicher, dass es das Wappen der Grimm war.

Zack schaute auf. »Der Rat muss informiert werden, sie müssen sich darum kümmern.«

»Der Rat«, fragte ich. »Er hat sich also wirklich wieder formiert?«

Ich konnte es kaum glauben. Zwar hatte ich mich mittlerweile an den Gedanken gewöhnt, dass es naiv gewesen war, es für ein Gerücht zu halten. Trotzdem, der Gedanke war gleichzeitig beruhigend und angsteinflößend. Würde sich etwas ändern? Würde der Rat etwas ändern?

»Schon seit Jahren arbeitet der Rat wieder verdeckt. Er kümmert sich um Ausnahmefälle«, sagte Zack und widmete sich dann seinem Handy.

Langsam ging mir dieses Unwissen auf den Geist. »Ausnahmefälle?«

Wieso hatte ich mich nicht mehr für die Welt der Wandler interessiert? Vielleicht, weil es für mich nie zwei verschiedene Welten gegeben hatte? Ich war ein Mensch, der sich in eine Katze verwandeln konnte, das war meine Welt.

Zack sah von seinem Handy hoch. Im Blau seiner Augen schwamm ein Delfin und wartete darauf, gerufen zu werden. Ein außergewöhnliches Tier. Vielleicht war er deswegen so oft unterwegs, hier konnte er sich kaum verwandeln. Dafür musste er ans Meer.

»Böse Buben, Kriminelle, Abtrünnige. Nenne sie, wie du willst. Was hast du denn gedacht, wieso unser Zusammenleben mit den Menschen und untereinander so friedlich ist? Selbstbeherrschung? Mitnichten. Die Herrscherfamilien sind nie wirklich zerstört worden. Sie haben ihre Arbeit nur in den Untergrund verlegt.«

»Aber das widerspricht dem Pakt mit den Jägern«, entfuhr es Micah und ich hatte schon wieder keine Ahnung, wovon er redete. Langsam wurde das mehr zur Regel als zur Ausnahme. Ich befand mich in einem schwarzen Loch der Unwissenheit und sah kein Licht, das mich herausführen würde.

Zack legte sein Handy zur Seite. »Nicht unbedingt.«

»Was soll das denn heißen?«, fragte Levi.

»Ich kann dazu nicht viel sagen, da müsst ihr euch an eine höhere Stelle wenden. Ich will keinen Ärger, am wenigsten mit dem Rat. Das solltet ihr übrigens auch vermeiden«, sagte Zack. »Am besten beginne ich von vorne. Ich erzähle euch, was ich kann, außerdem werde ich eure Information an den Rat weitergeben. Ich brauch den Revolver.«

Micah betrachtete ihn skeptisch und wir anderen warteten gespannt auf seine Reaktion.

»Woher wissen wir, dass du wirklich mit dem Rat in Verbindung stehst?«

»Das könnt ihr nicht wissen, aber was wollt ihr sonst tun?«, fragte Zack ohne jeden Hohn oder ähnliches in der Stimme.

Ich mochte ihn und er war ein Freund von Basti, trotzdem vertraute ich eher auf Micahs Entscheidung.

»Na gut. Erzähl uns, was du weißt, und danach gebe ich dir die Waffe«, sagte er schließlich. Den Revolver aus den Händen zu geben war im Prinzip kein Problem. Aber er war im Moment unsere einzige Verbindung. Sozusagen das einzige Beweismittel, das wir hatten.

»Der Legende zufolge begann alles mit einem großen Krieger. Er wohnte in einem Dorf, das sehr gottesfürchtig war. Als er aus einer Schlacht zurückkehrte, hatte er den Glauben an Gott verloren. Er hatte Freunde qualvoll sterben sehen, nur damit ihr Herrscher sein Land vergrößern konnte. Der Dorfpfarrer riet ihm, in den Wald zu gehen, zur Ruhe zu kommen und zu beten. Er solle erst zurückkommen, wenn er zu Gott gefunden hatte. Der Krieger hörte auf den Pfarrer und ließ alles hinter sich. Auf seiner Reise fand er nicht nur zu Gott, sondern er rettete auch einem verletzten Wolf das Leben. Sie wurden beste Freunde. Nach Jahren der Einsamkeit kehrte der Krieger wieder in sein Dorf zurück, doch es wurde angegriffen von einem Drachen«, erzählte Zack, legte eine kleine Pause ein, um einen Schluck von seinem Kaffee zu nehmen.

»Ein Drache?«, höre ich Liz neben mir gebannt flüstern.

Nachdenklich schaute ich in die Runde. »Das muss eine Ewigkeit her sein.«

»Jahrhunderte, um genau zu sein«, fuhr Zack fort. »Das Dorf kämpfte gegen den Drachen, doch gegen sein Feuer und seine Größe war es machtlos. Todesmutig stürzte sich der Krieger auf den Drachen. Für sein Dorf, seine Familie und seine Freunde war er bereit zu sterben. Und genau danach sah es aus. Er schlug sich tapfer, gegen den Drachen kam er jedochnicht an. An seiner Seite kämpfte sein Freund, der Wolf, aber auch er vermochte es nicht, den Drachen zu töten. Als der Krieger sich abermals auf den Drachen stürzte, abgeschüttelt wurde und auf dem Boden liegen blieb, wollte das große Tier mit seinen scharfen Zähnen nach ihm schnappen. Doch der Wolf warf sich selbstlos dazwischen und landete im Maul des Drachen, der den leblosen Körper kurz darauf zu Boden fallen ließ.«

Ich sog scharf die Luft ein. Das klang wie eine Gruselgeschichte. Meine Eltern hatten mir nur die abgeschwächte Variante erzählt. Was ich kannte, hatte wie ein Disney Film und nicht wie Van Helsing geklungen.

»Als der Krieger sich aufrappelte, sah er seinen toten Freund am Boden liegen. Er rannte zu ihm und weinte bitterlich um ihn. Es wird erzählt, dass dieser Anblick Gott zu Tränen gerührt hat. Ein Gewitter zog auf, der Wind peitschte durch die Bäume, der Donner grollte und der Blitz schlug in den Drachen ein. Dieser fiel sofort tot um, doch damit nicht genug. Der Wind wurde immer heftiger, prallte gegen den Krieger und drohte ihn mitzureißen, in tiefer Trauer hielt er sich an seinem Freund fest. Er war es leid, schon wieder ein geliebtes Wesen zu verlieren. Irgendwann war der Wind so stark, das der Krieger und sein Wolf in die Luft gehoben wurden. Sie schwebten für einen Moment, dann traf sie der Blitz. Der Krieger wurde bewusstlos und fiel zu Boden.«

»Was?«, rief ich dazwischen. »Was soll das denn für eine Legende sein? Jetzt sind sie tot. Das kann nicht dein Ernst sein.« Ich sprang auf und verschüttete dabei meinen Kaffee. Er breitete sich über dem kompletten Tisch aus und formte sich zu einem See.

»Ist sie immer so?«, fragte Zack den Rest der Gruppe.

Levi lächelte und nickte.

Pff. Idioten.

»Jetzt setz dich wieder, es geht ja weiter. Es gibt ein Happy End«, informierte mich Zack.

»Ich bin gespannt. Vorher brauche ich aber noch einen neuen Kaffee«, brummte ich und ging Richtung Tresen, dabei wurde mir bewusst, wie dumm mein Ausbruch gewesen war. Sie konnten ja gar nicht tot sein, sonst würde es die Wandler nicht geben. Außerdem kannte ich die Geschichte eigentlich, auch wenn sie nur noch in ihrer Essenz übereinstimmte.

»Na, du kannst ihn ja vom Tisch auflecken«, rief mir Zack hinterher und riss mich aus meinen Überlegungen. Wäre kein neuer Kaffee in Sicht gewesen, wäre ich versucht gewesen, aber das musste er nicht wissen.

»Sehr witzig, ich kann mich kaum halten vor Lachen«, meinte ich trocken, als ich mit einem neuen dampfenden Becher zum Tisch zurückkehrte.

Liz war gerade damit beschäftigt, den Kaffeesee zu beseitigen und ich lächelte dankbar. Kaum dass ich saß, fuhr Zack fort.

»Als der Krieger wieder erwachte, war der Körper seines Freundes verschwunden, doch er spürte ihn in sich. Gott hatte die beiden Seelen verbunden und von da an konnte sich der Krieger in seinen Freund verwandeln, der nun für immer bei ihm bleiben würde.« Zack trank abermals einen Schluck seines Kaffees und schaute mich dann an. »Zufrieden, Prinzessin?«, fragte er.

»Einigermaßen. Mir fehlt noch der Feenstaub und das Einhorn«, sagte ich patzig und legte meine Hände um meinen Becher.

Die Geschichte nahm den ganzen Platz in meinem Kopf ein und ich versuchte sie zu verarbeiten. Sie war viel größer und eindrucksvoller als das, was ich bisher gekannt hatte.

»Wie ging es dann weiter?«, fragte Levi neugierig. Anscheinend war sein Hirn schneller, was das Verarbeiten von neuen Informationen anging.

»Der Krieger heiratete die Tochter des reichsten Mannes der Stadt und bekam Kinder mit ihr. Und wenn sie nicht gestorben sind, dann leben sie noch heute«, antwortete Zack und fing an, über seinen eigenen Witz zu lachen. Konnte man schon mal machen, musste man aber nicht.

»Waren seine Kinder ebenfalls Wandler?«, fragte Micah ruhig.

»Ja. Jeder seiner Nachkommen bekam eine Tierseele. Dabei war kein erkennbares Muster einer Vererbung ersichtlich. Deswegen gehen wir davon aus, dass jeder seine Tierseele von Gott zugewiesen bekommt.«

Na endlich, DAS war mal nichts Neues. Tschaka.

»Theoretisch müssten doch dann irgendwann alle Menschen Wandler sein«, mischte Liz sich zum ersten Mal in die Unterhaltung ein.

»Das ist richtig. Doch schnell hatten sich Jäger formiert. Die Menschen bekamen Angst vor den Wandlern, hielten sie für eine Bedrohung und versuchten sie auszurotten. Viele Jahre wurden die Wandler verfolgt, kämpften gegen die Jäger, gewannen jedoch fast immer. Dann plötzlich begannen ganze Familienlinien, sie systematisch zu jagen und machten es zu ihrer Lebensaufgabe.« Zack fuhr sich durchs Haar und schaute jedem von uns in die Augen. Ich liebte es, seinen Delfin in ihnen schwimmen zu sehen. Das war etwas ganz Außergewöhnliches.

Nach einer Weile fuhr er fort. »Dazu gehörte auch die Familie Grimm. Sie waren mit die erfolgreichsten Jäger, jeder dritte Wandler wurde von einem Grimm getötet. Aber auch die Wandler gaben sich nicht kampflos geschlagen. Die Herrscherfamilien, die damals die Wandler führten, bildeten ihre Kinder zu Kriegern aus und schickten sie fort, um die Jägerfamilien zu töten. Das endete in einem großen Krieg, bei dem fast beide Linien völlig ausgelöscht wurden. Kurz bevor dies geschah, traf man sich während eines Waffenstillstandes und verhandelte.« Abermals trank er einen Schluck Kaffee und zerknüllte den Becher danach. Auch ich trank meinen aus und spielte dann unruhig mit dem leeren Becher.

»Die Wandler schworen, nie einer Menschenseele etwas zu tun, was sie, bevor die Jäger aufgetaucht waren, auch nie getan hatten. Im Gegenzug schworen die Jäger, ihre Waffen niederzulegen und nie wieder grundlos einen Wandler zu jagen. Der Krieg war beendet und beide Parteien schlossen einen Pakt. Aber um noch mal auf deine Frage einzugehen: Die meisten Wandler tun sich mit einem Wandler zusammen. Nur er versteht es, was es bedeutet, sich in ein Tier zu verwandeln. Das ist eben Schicksal«, endete er.

Neugier überkam mich. »Was passiert, wenn ein Wandler mit einem Menschen ein Kind bekommt? Ist das Wandler-Gen immer dominant?«

»Ein Wandler-Gen in dem Sinne gibt es nicht. Unsere komplette DNA ist anders. Sie ähnelt der des Menschen und der des Tieres, das wir beherbergen, doch lässt sie sich nicht eindeutig zu einem zuordnen. Die Chancen stehen fünfzig zu fünfzig. Das Kind kann sowohl als Mensch als auch als Wandler geboren werden. Nur Gott allein bestimmt das.«

»Niemand hat herausgefunden, wie genau das vonstattengeht? Unter welchen Bedingungen ein Wandler entsteht und unter welchen ein Mensch?«, fragte ich nach.

»Nein, woran willst du forschen? An Wandlern? Das geht nur, solange diese nicht verletzt oder getötet werden. Wir sind schließlich keine Unmenschen. Auch an Tieren zu forschen gliche Kannibalismus. Würdest du das über dich bringen?«

»Nein«, antwortete ich wahrheitsgemäß.

So weit hatte ich nicht gedacht. Ohne Forschungsmaterial gab es auch keine Forschung. Und in dem Fall war das gut so. Ich wollte keinen Wandler oder ein Tier sterben sehen, nur damit ich Antworten bekam. Da tappte ich lieber in der Dunkelheit.

»Und seit damals gibt es keine Jäger mehr?«, fragte Micah.

»Dazu kann ich nichts sagen«, antwortete Zack und mir lief es eiskalt den Rücken hinunter.

»Worum ging es in dem Pakt? Du hast ihn vorher schon erwähnt und ich höre davon nicht zum ersten Mal, doch ich dachte immer, dass es darum ging, dass die Jäger ihre Waffen niederlegten und keine Wandler mehr jagten. Außerdem sollten die Herrscherfamilien sich zerschlagen und die Wandler sich unter die Menschen mischen.«

»Auch dazu kann ich nichts sagen«, wiederholte Zack seine Worte.

»Was soll das heißen? Es gibt sie also wirklich noch?«, fragte ich aufgebracht.

»Dazu kann ich nichts sagen«, wiederholte Zack emsig und sah auf die Tischplatte.

»Kannst oder willst du nicht?«, brummte Levi.

»Ich will nicht. Das sind geheime Informationen des Rates. Und wie gesagt, mit dem Rat will ich mich nicht anlegen.«

»Okay, so kommen wir nicht weiter«, sagte Micah und fuhr sich durch die Haare. »Wie können wir den Rat erreichen?«

Zack schaute Micah mit großen Augen an. »Wie ihr den Rat erreichen könnt? Bist du übergeschnappt? Gar nicht. Ich habe dem Rat mitgeteilt, dass ihr Jäger gesichtet habt und werde ihnen den Revolver übergeben. Das war es für euch. Haltet euch aus der Sache raus.«

»Wir sollen uns raushalten?«, wütete ich. »Da draußen sind Jäger, die vielleicht gerade auf einen unschuldigen Wandler Jagd machen und du sagst, wir sollen uns raushalten? Uns haben sie überfallen, wir stecken da mit drin.«

»Nein, tut ihr nicht«, fuhr Zack mich an. »Das ist jetzt nicht mehr eure Angelegenheit. Wenn ihr euch einmischt, macht ihr die Sache nur schlimmer und behindert die Arbeit des Rates.«

»Kat hat recht. Sie sind irgendwo da draußen, waren es vielleicht schon immer, nur dass wir es nicht wussten. Wie sollen wir uns da raushalten? Unser Leben ist bedroht«, half mir Levi und bekräftigte meine Worte.

Zack erhob sich. »Euer Leben ist nicht bedroht. Bisher habt ihr doch auch friedlich auf diesem Planeten gelebt. Wie gesagt, der Rat kümmert sich darum. Macht euch keine Sorgen. Und jetzt gebt mir den Revolver. Ich muss weiter.«

Micah kramte in seiner Tasche und legte die Waffe, die wir in ein Tuch gewickelt hatten, auf den Tisch. Das konnte er nicht machen! Er konnte ihm nicht einfach den Revolver übergeben. Nicht nachdem er uns am Ende so im Regen hatte stehen lassen.

Zack nahm die Waffe vom Tisch und steckte sie in seinen Rucksack.

»Es war schön, euch kennengelernt zu haben. Ich muss jetzt weiter. Auf bald«, sagte der Surferboy und ging davon, als wäre nichts gewesen.

Hatte ich mir die Unterhaltung vielleicht nur eingebildet?

»Wieso hast du ihm den Revolver gegeben?«, murrte Levi und bewies mir, dass das Gespräch nicht meiner Fantasie entsprungen war.

»Weil ich zu meinem Wort stehe. Er hat uns erzählt, was er weiß, ich habe ihm dafür die Waffe versprochen.«

»Nein, er hat uns nicht erzählt, was er weiß, er hat uns nur das gesagt, von dem er wollte, dass wir es wissen«, keifte ich und schlug die Fäuste auf den Tisch.

Levi legte seine Hand beruhigend auf meinen Oberschenkel, doch die Wut war noch nicht gänzlich verpufft. Das hier konnte nicht wahr sein! Jetzt wussten wir auch nicht wirklich mehr als vorher. Er war einer von uns und stellte sich gegen uns? Vor die Jäger. Um was? Sie zu beschützen?

»Das war wohl ein Schuss in den Ofen«, sagte ich und ließ mich in meinen Stuhl fallen.

»Wieso? Wir haben wichtige Informationen bekommen«, erwiderte Micah und lächelte mich an.

Überrascht richtete ich mich auf. »Was meinst du?«

»Na, wir wissen jetzt genau, was die Legende besagt, außerdem haben wir erfahren, dass der Rat nie wirklich verschwunden war. Genauso wenig wie die Jäger. Vielmehr haben sie einen Pakt geschlossen, von dem heute nur die Herrscherfamilien wissen. Mit der Zeit ist es wahrscheinlich aus dem Gedächtnis der anderen Wandler verschwunden, weil es nicht mehr von Bedeutung war.«

»Und wie hilft uns das?«, murrte ich und nahm Levis Hand in meine. Ich fuhr die Konturen seiner Finger nach, um nicht durchzudrehen. Es fühlte sich an, als würden wir uns im Kreis drehen.

Überraschenderweise war es nicht Micah, der mir antwortete, sondern Levi. »Das könnte heißen, dass der Rat mit den Jägern zusammenarbeitet.«

Abermals überlief meinen ganzen Körper eine Gänsehaut. »Sie arbeiten zusammen? Wandler und JÄGER arbeiten vielleicht zusammen?«, kreischte ich laut. Deswegen hatte Zack nichts über sie sagen wollen. Wem konnten wir jetzt noch vertrauen?

»Psst. Beruhige dich. Es wäre möglich«, sagte Levi und streichelte beruhigend mit seinem Daumen über meinen Handrücken.

»Ich kann das nicht glauben. Sie sind Feinde, oder nicht?«, wisperte ich und schaute in die Runde. Liz hatte ihren Blick immer noch auf die Tischplatte gerichtet, während Levi und Micah sich nachdenklich anschauten.

Nach einer Weile wandte mir Micah den Blick zu. »Ich weiß es nicht, Kat. Ich war damals nicht dabei. Aber was Zack sagt, macht Sinn. Wieso leben wir so friedlich zusammen? Auch unter den Wandlern müsste es Mörder und Straftäter geben.«

»Die gibt es bestimmt auch«, sagte ich.

»Und was geschieht dann mit ihnen? Wo kommen sie hin? Wer kümmert sich um sie?«, fragte mich Levi und ich zuckte ergeben mit den Schultern.

In meinem Kopf drehte sich alles.

»Und wie helfen uns die ganzen Informationen nun weiter?«, wollte ich nach einer Weile, in der wir unseren Gedanken nachgehangen hatten, wissen. »Ich meine, außer dass ich jetzt gar nichts mehr weiß und völlig verwirrt bin.«

»Jetzt können wir die Lage besser einschätzen. Wir wissen zwar immer noch nicht, ob es ausgebildete Jäger waren oder nicht, doch alles spricht für Dilettanten«, sagte Micah.

»Welche Lage? Heißt das, wir geben nicht auf?«, erkundigte ich mich hoffnungsvoll.

»Natürlich nicht. Wie du richtig gesagt hast, stecken wir da mit drin. Da draußen laufen Jäger rum, von denen der Rat nichts weiß. Ich will mir gar nicht vorstellen, was die alles anrichten können. Doch jetzt müssen wir uns erst mal sammeln und an weitere Informationen kommen«, antwortete Micah und machte Anstalten, aufzustehen.

»Macht die Sache eigentlich nur mir Angst?«, wisperte Liz und veranlasste Micah dazu, sich wieder zu setzen. »Wir wissen nichts über diesen Rat und das, was Zack gesagt hat, klang auch nicht gerade vertrauensvoll. Vielleicht wäre es besser, wenn wir die Finger davon ließen?«

»Wir können die Finger nicht davon lassen«, erwiderte Micah sanft. »Lizzy, wir stecken da schon mittendrin. Ich fände es schrecklich, zu erfahren, dass ein Wandler von einem der Jäger getötet worden ist, nur weil wir nichts unternommen haben. Du nicht?«

»Doch, natürlich. Aber willst du dich wirklich mit dem Rat anlegen? Wir wissen nichts über ihn«, gab Liz zurück und ich stimmte ihr zu. Doch auch Micah hatte recht. Die Situation war mehr als verzwickt.

Micah stand auf und setzte sich neben Liz. »Egal, welchen Weg wir gehen, er wird nicht einfach. Doch ich könnte es nicht über mich bringen, nichts zu tun.«

»Und was ist, wenn es gefährlich wird? Wir könnten alle sterben«, bemerkte Liz leise.

»So ist das Leben. Es ist gefährlich und unberechenbar. Keiner kann dir vorhersagen, was morgen sein wird. Doch nur wenn wir für das kämpfen, an das wir glauben, haben wir auch wirklich gelebt. Nur dann, wenn wir für unsere Überzeugungen und andere einstehen, können wir von uns behaupten, wir haben alles getan«, antwortete Micah und Tränen sammelten sich in meinen Augen. In dem Moment hatte er sich so sehr wie mein Vater angehört, dass der Schmerz des Verlustes auf einen Schlag zurückgekehrt war. Ich vermisste ihn und hätte ihn in dieser Situation gerne bei mir gehabt. Gedankenverloren zog ich mein Handy aus der Tasche. Das Display zeigte mir an, dass es 00:45 Uhr war. Meine Mutter schlief sicher schon, doch ich wollte so gern ihre Stimme hören.

»Alles okay?«, hörte ich Levi fragen.

»Ja, ich hab nur gerade an meinen Vater gedacht und würde gerne meine Mutter anrufen.«

»Dafür ist es ein bisschen spät, oder? Sie wird schlafen.«

»Vermutlich. Ich werde es einfach morgen früh versuchen«, brummte ich, öffnete WhatsApp und schrieb meiner Mama, wie lieb ich sie hatte.

Ich hob meinen Blick und schaute zu Liz. Sie umarmte gerade Micah, sah nicht mehr so klein und hilflos aus wie vor einigen Minuten noch.

»Alles in Ordnung?«, hakte ich nach.

Sie sah mich nachdenklich an. »Ja, es geht schon.«

Levi und Micah hatten sich erhoben und holten noch mal eine Portion Kaffee, also wenn das so weiterging, würde bald nicht nur das Koffein in meiner Blutbahn, sondern auch ich auf dem Tisch tanzen.

»Ich habe auch eine Heidenangst«, gab ich zu und Liz musterte mich erstaunt.

»Dabei bist du immer so stark und lässt dir von niemandem etwas sagen«, meinte sie und ich lächelte.

»So fühle ich mich gar nicht. Okay, ich lasse mir wirklich nicht gerne etwas sagen, aber stark fühle ich mich dabei nicht. Meist vertraue ich den Menschen einfach nicht genug, um das zu tun, wozu sie mir raten. Doch diese Sache mit dem Rat, und vor allem mit den Jägern, lässt mir den Arsch wirklich auf Grundeis gehen.«

Liz brach in schallendes Gelächter aus und auch mein Gesicht zierte ein Lächeln. Ha, ich hatte sie wieder zum Lachen gebracht, mission accomplished.

»Gut zu wissen«, lachte sie und nahm Micah den Becher dampfenden Kakao ab.

Bald wird sie einen Zuckerschock erleiden, dachte ich und nahm Levi seinen Kaffeebecher weg. *Und ich einen Koffeinschock.*

»Extra stark«, meinte er.

»Was? Willst du, dass ich die ganze Nacht auf dem Tisch tanze?«, entfuhr es mir.

»Wenn du dabei für mich strippst, habe ich nichts dagegen«, entgegnete er mit einem vielsagenden Lächeln auf den Lippen.

Ich lachte und knuffte ihn in die Seite. »Das hättest du wohl gerne, Idiot.«

»Können wir gehen?«, fragte Micah. »Ich glaube, ihr habt heute noch etwas zu erledigen.«

Verwirrt sah ich ihn an.

»Na ja, wenn mich nicht alles täuscht, wart ihr noch nicht laufen. Gerade jetzt solltet ihr kein Training auslassen und euch penibel an den Plan halten«, erklärte er und ging mit Liz voran Richtung Parkdeck.

Geschockt klappte mir der Mund auf. Das konnte er doch nicht ernst meinen, oder?

»Deswegen der extra starke Kaffee. Wir wollen doch nicht, dass du beim Laufen einschläfst«, flüsterte Levi mir ins Ohr und folgte Micah. Anscheinend meinten sie es ernst. Ich atmete tief ein und nahm einen großen Schluck Kaffee. Das Lebenselixier breitete sich in meinem Körper aus und insgeheim musste ich den beiden zustimmen. Es wäre töricht, jetzt mit dem Training nachlässig zu sein. Ich straffte meine Schultern, nahm mein Schicksal an (ja, heute war ich wieder dramatisch) und ging den anderen nach. Das würde noch eine lange Nacht werden, deswegen klammerte ich mich an meinen Koffeinspender und versuchte in meinem Geiste, schon mal ein paar Kilometer zu joggen.

12.
Wenn man mit dem Suchen von Synonymen für das Wort Kaffee Geld verdienen könnte, wäre ich reich.

Am nächsten Morgen erwachte ich mit dem schlimmsten Muskelkater meines Lebens. Na gut, nicht wirklich, schlimmer war der, nachdem Levi mich das erste Mal gezwungen hatte zu Joggen. Doch anscheinend wollten sich meine Sehnen nicht an das tägliche Training gewöhnen. Jeden Tag erwachte ich aufs Neue mit Schmerzen. Das war wirklich grausam, als würde mir das abendliche Laufen nicht schon reichen.

Ich rollte mich von meinem Bett, der Wecker zeigte mir, dass es schon kurz vor Mittag war. Es fühlte sich an, als hätte ich nur ein paar Minuten geschlafen. Höchstens eine halbe Stunde. Meine Knochen knackten, als ich ins Badezimmer schlurfte. Dort drehte ich die Musik ganz laut und stieg unter die Dusche. Liz war nicht im Zimmer gewesen, also würde es sie auch nicht stören. Wir hatten in Frankfurt in ein Hotel eingecheckt und die Zimmer waren wirklich total schön. Alle Möbel waren modern und wirkten neu. Viel Platz bot es nicht, aber es reichte für ein Bett, einen Schreibtisch und einen kleinen Sessel. Außerdem hatte es ein eigenes Bad. Was wollte man mehr? Am Nachmittag wollten wir weiter nach Bremen fahren. Immerhin waren es gut viereinhalb Stunden Fahrt und morgen früh würde schon der Contest beginnen. Allein bei dem Gedanken krabbelten Ameisen durch mich hindurch. Das warme Wasser spülte sie zum Glück schnell weg und ich versuchte nicht daran zu denken, dass am Ende des Wettbewerbes ein Plattenvertrag wartete. Vorher musste ich sowieso noch Micahs Training überstehen und die Chancen lagen gut, dass ich dabei draufging.

Ich stieg aus der Dusche und wickelte mich in ein großes Handtuch. Meine Haare fielen mir nass um die Schultern und hinterließen kleine Tropfen auf meinem Weg zum Bett. Ich zog meine Tasche unter diesem hervor und kramte frische Unterwäsche heraus. Nachdem ich mich abgetrocknet und mein Höschen und den BH angezogen hatte, wickelte ich mir das Handtuch um die Haare.

An der Tür ertönte das Klicken der Magnetkarte.

»Auch schon wach, Dornröschen?«, fragte Levi mich lächelnd.

»Hallo? Weißt du, wann ich ins Bett gekommen bin? Wie lang hab ich geschlafen? Eine halbe Stunde höchstens«, gab ich zurück und streckte ihm die Zunge raus. Das hatte er verdient. Er hatte es immer verdient.

»Ich bin seit neun Uhr wach, du hast also drei Stunden länger geschlafen als ich.«

»Pff, na und? Eine Prinzessin braucht ihren Schönheitsschlaf«, brummte ich und hüpfte wild in der Gegend herum, um in meine Jeans zu kommen. Frisch geduscht war das nicht so einfach.

»Du hast recht, ich bin schon schön, da brauche ich nicht mehr so viel Schlaf«, sagte Levi und grinste mich breit an. Ich schmiss das Nächstbeste nach ihm, hatte dabei jedoch nicht bedacht, dass es genau das Shirt war, das ich anziehen wollte. Verdammt! Also ging ich zurück zu meiner Tasche und kramte nach einem neuen.

»Wieso ziehst du eigentlich eine Jeans an? Micahs Training beginnt in einer halben Stunde«, erinnerte mich Levi und ich sah ihn mit aufgerissenen Augen an.

»Das ist ein Scherz, oder?«, fragte ich, ließ ihn aber nicht antworten. »Wieso habt ihr mich nicht aufgeweckt? Ohne Frühstück und Kaffee gehe ich zu keinem Training. Außer ihr wollt mich umbringen.«

»Heute sind wir aber theatralisch«, lachte Levi und kam auf mich zu.

Er legte seine Arme um meine Taille und zog mich zu sich.

»Das Training ist wichtig, das weißt du, oder? Es bleibt keine Zeit für ein ausgiebiges Frühstück. Außerdem würde dir das schwer im

Magen liegen«, flüsterte er in mein Ohr und ich konnte ihm kaum zuhören. Überall, wo sein Atem meine Haut streifte, begann diese zu prickeln. Ich neigte meinen Kopf leicht zur Seite und gab ihm damit mehr Platz. Er küsste meine Halsbeuge und fuhr sie mit seinen Lippen sanft entlang. Ich schauderte.

»Mh«, brummte er und holte mich damit zurück.

»Ja, okay«, sagte ich leise. »Ich verzichte auf Frühstück, doch ohne Kaffee bekommt ihr mich in keine Jogginghose.«

»Ich weiß etwas Besseres«, gab Levi sich geheimnisvoll, löste sich abrupt von mir, ergriff meine Hand und zog mich mit sich aus dem Zimmer.

»Meine Haare sind ganz nass«, empörte ich mich und blieb stehen.

»Binde sie zusammen, du musst nachher sowieso wieder duschen. Micah wird uns ordentlich einheizen.«

Widerwillig folgte ich ihm dann zum Aufzug. »Ich hoffe, der Kaffee ist gut dort, wo wir hingehen«, brummte ich, nahm aber trotzdem wieder seine Hand.

Levi führte mich aus dem Hotel zu einem kleinen Café. Es lag direkt auf der anderen Straßenseite und sobald er die Tür geöffnet hatte, stieg mir der Duft von frischen und selbst gemachten Backwaren in die Nase. Hier wollte ich einziehen. Ein Klappbett direkt zwischen der Kaffeemaschine und dem Ofen würde mir reichen. Ich würde auch Miete bezahlen. Oder spülen. Hauptsache, ich bekam was vom Kaffee und den süßen Stückchen, die sich wunderschön drapiert in der Auslage befanden.

»Ich hätte gern einen großen Cappuccino zum Mitnehmen, einen Muffin, ein Croissant und eines der Dinger, die Pudding obendrauf haben«, bestellte ich, als wir drankamen. Am liebsten hätte ich alles bestellt. »Ich nehme den Rest mit, ich esse das nicht alles auf einmal«, sagte ich zu Levi, damit er zufrieden war.

Er lachte. »Dir wird nur schlecht von all dem süßen Zeug.«

»Niemals. Da kennst du meinen Magen nicht«, gab ich zurück und nahm die Tüte mit den köstlichen Leckereien entgegen.

Ich wollte gerade zahlen, als Levi sich an die Verkäuferin wandte. »Ich hätte auch gerne einen Kaffee.«

»Oh, entschuldige«, wisperte ich schnell, wartete geduldig (mehr oder weniger) und bezahlte dann, nachdem auch Levi seinen Becher in der Hand hielt.

»Wo wollen wir eigentlich trainieren?«, fragte ich Levi schmatzend, als wir uns auf den Weg zurück ins Hotel machten. Wie versprochen hatte ich nur vor, das Croissant zu essen. In einem Punkt hatte Levi recht, würde ich zu viel essen, würde es mir schwer im Magen liegen und das Training behindern.

»Das Hotel verfügt über einen kleinen Fitnessraum, wir haben ihn für eine Stunde gemietet. Aber komm jetzt, du musst dich noch umziehen und wir haben nur noch zehn Minuten.«

Kauend zog ich mich um, leerte meinen Kaffee dann mit einem Zug und spürte, wie mich das schwarze Gold belebte. Levi trieb mich zur Eile und ich angelte mir meine Turnschuhe, streifte sie über und salutierte dann vor ihm.

»Ich bin bereit, Sir«, rief ich und versuchte mein Grinsen zu unterdrücken.

Nur wenige Minuten später war mir dieses gründlich vergangen. Nach den Aufwärmübungen, die ich erfolgreich hinter mich gebracht hatte, zeigte Micah uns einen Schlag nach dem anderen. Dann verschiedene Kombinationen, die wir schnell hintereinander ausführen sollten. Wenn er uns diese langsam zeigte, verstand ich sie, doch ab einer bestimmten Geschwindigkeit hatte mein Gehirn Probleme damit, die verschiedenen Schläge auszuführen. Aber ich gab nicht auf, kämpfte mich mehr schlecht als recht durch die Stunde und konnte kaum erwarten, dass sie vorbei war. Micah korrigierte mich gefühlt alle drei Minuten und kratzte so an meinem Selbstbewusstsein. Ich versuchte es mit Würde zu tragen, scheiterte jedoch kläglich. In dem Moment bestand mein Leben viel mehr aus hätte, wäre und könnte als aus Würde. Gegen Ende der Stunde war ich den Tränen nahe. Wieso kapierte ich diese Schlagkombinationen nicht? Ich war doch nicht dumm. Normalerweise konnte ich schwierige Rätsel innerhalb von wenigen Minuten lösen, doch die verschiedenen Schläge brachten mich an meine Grenzen.

Als Micah das Training beendete, war ich nicht gewillt aufzugeben.

»Zeigst du mir bitte noch einmal die Kombinationen?«, bat ich ihn, während die anderen zu ihren Trinkflaschen gingen und einen Schluck tranken. Liz sah mindestens genauso fertig aus wie ich, nicht aber mein Halbgott in Jogginghose, der kaum schwitzte. Ich hasste ihn dafür. Zumindest ein bisschen.

»Kat, es reicht«, flüsterte Micah sanft.

»Nein, das tut es erst, wenn ich es verstanden habe. Bitte«, flehte ich und Micah sah mich nachdenklich an.

»Es ist keine Schande, etwas nicht zu können.«

»Ach wirklich, Mister Ich-kann-alles-und-bin-perfekt«, pampte ich zurück.

»Hey, das bin ich doch schon«, meinte Levi und grinste zu uns.

»Ich will es einfach nur verstehen«, wisperte ich und Micah gab sich geschlagen.

Zusammen gingen wir noch mal die letzten Übungen durch und nach weiteren fünfzehn Minuten hatte ich das Gefühl, sie mir zumindest halbwegs eingeprägt zu haben.

»Danke«, sagte ich atemlos und trank gierig meine Flasche leer.

Er reichte mir mein Handtuch. »Sehr gern. Du hast dich gar nicht so schlecht angestellt, wie du glaubst. Übung ist der Schlüssel.«
»Vielleicht, es ärgert mich trotzdem, dass ich nicht mitkomme«, gab ich niedergeschlagen zu.

»Lass den Kopf nicht hängen und mach weiter. Das wird schon, du hättest mich sehen müssen, als ich damit angefangen habe. Ich sah aus wie ein Elefant im Porzellanladen«, lachte er.

Misstrauisch musterte ich ihn. »Das fällt mir wirklich schwer zu glauben.«

Bei der Vorstellung konnte ich mir mein Grinsen jedoch nicht verkneifen.

»Jetzt erst mal duschen«, sagte Micah und wir gingen auf unsere Zimmer.

Am späten Nachmittag saßen wir alle im Auto und fuhren Richtung Bremen. Ich hinter dem Steuer, Levi neben mir, der Rest auf der Rückbank. Micah hatte seine Gitarre auf dem Schoß und Levi und ich sangen dazu, während Lizzy mit ihren Fingern auf dem Sitz trommelte.

Meine Gedanken schweiften immer wieder ab. Ich konnte das Gespräch mit Zack nicht vergessen. Die anderen sicher auch nicht, aber anscheinend konnten sie besser damit umgehen. Wobei Liz für ihre Verhältnisse wirklich still war. Vielleicht war der Contest genau die richtige Ablenkung?

»Wo bist du mit deinen Gedanken?«, fragte mich Micah, als ich schon wieder den falschen Text sang.

»Bei den Jägern, dem Rat und allem, was uns Zack gestern erzählt hat«, antwortete ich wahrheitsgemäß. »Es gibt noch so viele offene Fragen, die mir nicht aus dem Kopf gehen.«

»Auch wenn du ewig darüber nachdenkst, wirst du keine Antworten finden. Wir müssen einfach weiterfragen. Ich kenne noch ein paar Leute, die ich anrufen kann. Vielleicht bringt uns das weiter«, beruhigte Micah mich.

»Manchmal habe ich das Gefühl, du bist Meister Yoda«, merkte Liz an.

»Wie kommst du denn darauf?«, lachte Micah.

»Du weißt immer einen Rat, bleibst bei den noch so komplizierten Situationen ruhig und bedacht. Außerdem kannst du kämpfen wie ein Jedi-Meister.«

Ich verstand nur die Hälfte von dem, was Liz sagte, da ich keinen einzigen der Filme gesehen hatte (war es Star Wars oder Star Trek? Sheldon Cooper würde mich für diese Frage steinigen). Wie das kleine grüne Männchen, das mir dennoch bekannt war, sah Micah aber nicht aus.

»Dann will ich Luke Skywalker sein«, meinte Levi lachend.

»Und ich Elizabeth Bennett, doch das wird nicht geschehen«, raunte ich.

»Du willst nur Mister Darcy«, gab Liz zurück und überraschte mich damit. Ich hätte nicht gedacht, dass auch nur einer der Anwesenden wusste, wovon *ich* gesprochen hatte.

»Du hast mich durchschaut«, gestand ich lachend.

»Was ist denn ein Mister Darcy?«, fragte Levi. »Kann man das essen?«

Liz und ich verpassten ihm gleichzeitig einen Schlag und er kreischte gespielt auf. Wir brachen in Gelächter aus und so ging das fast die ganze restliche Fahrt weiter. Wir sangen alle Lieder, die wir morgen spielen wollten und diskutierten über diverse Serien. Ich war glücklich, als ich hörte, dass Levi Dean Winchester genauso sehr liebte wie ich. Jetzt konnte ich ihn heiraten.

Meine Gedanken über die Jäger und den Rat waren vertrieben und hatten Platz gemacht für schönere.

Am späten Abend kamen wir in Bremen an und fuhren zu einem Freund von Micah. Er nahm uns für die nächsten Tage bei sich auf. Frank war ein großer braunhaariger Mann, der ungefähr in Micahs Alter sein musste. Er trug eine ausgewaschene Jeans und ein weißes T-Shirt, als er uns begrüßte. Ich schüttelte ihm die Hand und erkannte überrascht, dass er kein Wandler war. Seine Augen waren rein, sie beherbergten keine Tierseele.

»Kommt rein«, sagte er, nachdem er alle begrüßt hatte, und wies uns den Weg ins Innere. Seine Wohnung befand sich in einem Mehrfamilienhaus. Er wohnte hier zusammen mit seiner Frau, die Krankenschwester war und die Nachtschicht übernommen hatte. Die Wohnung war nicht groß, zwei Zimmer, Küche, Bad, doch es reichte. Im Wohnzimmer hatte Frank uns ein Matratzenlager aufgebaut und ich ließ mich sofort auf eine von ihnen fallen. Ich war wahnsinnig müde. Die Fahrt hatte mich mehr angestrengt als gedacht.

»Nicht einschlafen, Kitty Kat. Wir haben noch was vor uns«, hielt Levi mich zurück, als ich es mir bequem machen wollte.

»Wirklich?«, brummte ich. Ich hatte schon damit gerechnet, wollte jedoch nichts unversucht lassen. »Ist es nicht viel sinnvoller, sich jetzt auszuruhen? Immerhin ist morgen ein wichtiger Tag.«

»Netter Versuch, doch das Joggen beeinträchtigt wohl kaum deine Stimme, oder?«, durchschaute Levi meinen Plan. Verdammt. Wieso hatte ich mir nur einen so intelligenten und attraktiven Mann als Freund ausgesucht?

Ich gab mich geschlagen. »Na gut.«

Ich schnappte mir meine Jogginghose und ein bequemeres Oberteil und verschwand ins Bad. Es war klein, hatte keine Badewanne, nur eine Dusche. Wie konnte man nur so leben? Ich würde mich mit vielem arrangieren können, aber eine Badewanne war unverzichtbar.

»Ich bin bereit«, sagte ich, als ich das Wohnzimmer betrat. Erst jetzt fiel mir auf, wie viele Möbel vorhanden waren. Es wirkte fast schon vollgestellt, machte den Raum gleichzeitig aber auch wohnlich und sympathisch. Aus diversen Bücherrealen verschiedenster Größe, quollen Bücher hervor und selbst auf dem Boden vor den Regalen stapelten sie sich. Der Tür gegenüber wurde die Wand durch zwei Fenster geteilt. Links neben der Tür stand eine große beigefarbene Eckcouch, deren Ecke in den Raum ragte.

Levi legte mir eine Hand auf die Schulter. »Na, dann los.« »Kennst du dich hier überhaupt aus? Wenn wir uns verlaufen, werde ich ungemütlich, das kann ich dir jetzt schon versprechen«, merkte ich an.

»Das glaube ich dir sofort, Kitty Kat. Zum Glück habe ich einen guten Orientierungssinn. Wäre deine Kondition nicht so schlecht, könntest du dich ebenfalls auf den Weg konzentrieren, anstatt damit beschäftigt zu sein, nicht zu ersticken.«

Empört schaute ich zu ihm. »Das ist gemein.«

Doch die Worte erfüllten ihren Zweck. Ich strengte mich mehr an, versuchte gleichmäßiger zu atmen, ließ mir Tipps von Levi geben und zu meiner Überraschung halfen sie mir.

Das letzte Stück legten wir gehend zurück, damit meine Muskeln mich morgen nicht zerreißen würden.

»Ich hab Angst«, keuchte ich irgendwann in die Stille.

»Wovor?«

»Morgen.«

»Wieso?«

»Wieso?«, fragte ich sarkastisch. »Was ist, wenn ich meinen Text vergesse, mich versinge und uns vor allen blamiere?«

»Nichts«, antwortete Levi gelassen.

»Nichts?«, gab ich empört zurück. »Nichts? Natürlich, das wäre total peinlich.«

»Na und?«

»Na und?«, wiederholte ich seine Worte und kam mir vor wie ein Papagei.

»Ja, na und? Was passiert, wenn du dich versingst, uns blamierst und wir nicht gewinnen?«

War das sein Ernst? Ich musterte ihn von der Seite und er erwiderte meinen Blick. Anscheinend meinte er es wirklich so. Ich blieb für einen Moment stehen und dachte über seine Frage nach.

»Dann habe ich alles kaputt gemacht«, sagte ich schließlich.

Levi nahm meine Hand und zusammen gingen wir weiter.

»Und was ist, wenn ich mich verspiele oder an der falschen Stelle einsetze?«, wollte er wissen.

»Nichts«, antwortete ich sofort.

»Genau.«

»Aber das ist etwas anderes«, behauptete ich.

Levi lächelte. »Ach wirklich?«

Als ich nicht darauf antwortete, fuhr er fort. »Es geht nicht ums Gewinnen. Natürlich, es wäre schön, aber die Welt geht nicht unter, wenn eine andere Band besser ist als wir. Wir kommen auch so gut zurecht, oder?«

»Ja schon, aber sind wir nicht hier, um zu gewinnen?«

»Doch.«

»Und da sag noch mal, dass meine Worte keinen Sinn ergeben. Du redest wirr, mein Lieber.«

»Nein, gar nicht. Wir sind zwar hier um zu gewinnen, aber wenn wir verlieren, dann ist es eben so. Wir spielen, weil die Musik ein Teil unseres Lebens ist«, meinte er und blieb stehen. Er betrachtete die Sterne und ich tat es ihm gleich. »Das wird sie auch noch sein, wenn du dich versingst, ich mich verspiele oder Micah plötzlich auf der Bühne beginnt, sich in Yoda zu verwandeln. Selbst wenn Liz vor allen Augen ein Ei legt, sind wir noch dieselben Menschen. Dieselbe Band, nur darauf kommt es an.«

Levi zog mich plötzlich zu sich und drückte seine Lippen auf meine. Das Training, der Contest, selbst der Schweiß, der von meinem Körper tropfte, war vergessen und nur unsere Lippen zählten. Ich vergrub meine Hände in Levis Haaren und brachte sie durcheinander, während er seine Hände an meinem Rücken hinuntergleiten ließ. An meiner Taille kamen sie zur Ruhe, ganz im Gegensatz zu mir. In mir wurde das Feuer geschürt und brannte lichterloh. Kurz bevor es mich zu verbrennen drohte, löste ich mich von Levi.

»Wir sollten schlafen gehen«, meinte ich, obwohl es falsch klang. Ich hätte am liebsten Stunden damit verbracht, ihn zu küssen, seine Wärme auf meinem Körper zu spüren. Doch morgen würde es ein anstrengender Tag werden und wir beide konnten eine Portion Schlaf dringend gebrauchen.

13.

Manchmal fühlte ich mich wie ein Glücksbärchi auf Drogen. Ich war natürlich der gelbe Bärchi, was sonst?

Morgens halb zehn in Deutschland und ich machte mir vor Nervosität fast in die Hose. Seit fünf Minuten saßen wir im Auto auf dem Weg zur Halle. Ich saß mit Liz hinten, während Micah fuhr und Levi auf dem Beifahrersitz darüber philosophierte, ob er nicht doch besser die hellblaue Jeans angezogen hätte. Immerhin war ich damit nicht die Einzige. Ich hatte extra noch ein Ersatzoutfit eingepackt, man wusste ja nie. Gestern Abend hatten wir bereits unsere Klamotten aufeinander abgestimmt, Der erste Eindruck war ja meist ausschlaggebend. Alle trugen schwarze oder dunkle Sachen, nur ich nicht. Ich hatte ein weißes Kleid aus Spitze an, dazu dunkelbraune Stiefel und eine Jeansjacke. Meine Haare fielen mir in Locken um die Schultern. Ich hatte protestiert, schwarz war viel schmeichelhafter für meine Figur, aber Micah und Levi hatten darauf bestanden. Da ich die meiste Zeit sang, sollte ich hervorstechen und ein Blickfang sein. Ganz plötzlich waren sie zu Modeexperten mutiert und hatten an fast allen meiner Klamotten rumgemeckert. Das Spitzenkleid hatte ihnen zum Glück sofort gefallen. Die Jeansjacke war von Levi und zu groß, doch mit hochgekrempelten Ärmeln wirkte es richtig gut.

Wir erreichten die Halle, die mich eher an ein Stadion erinnerte. Micah parkte das Auto und wir luden das Equipment aus. Ich nahm Levis Gitarre und noch diverses Kleinzeug. Die Jungs luden Micahs Schlagzeug auf Rollen und schoben es Richtung Eingang. Lizzy schnappte sich ihre Violine und zusammen trotten wir den Jungs hinterher. Das große Gebäude stand mitten im Industriegebiet. Außen herum erspähte ich mehrere Firmen- und Werkstattgebäude. Auf dem Parkplatz herrschte ein reges Treiben. Verschiedene Instrumente wurden von A nach B transportiert, von überall drang Musik an meine Ohren. Ich fühlte mich wie im Himmel und der Hölle gleichzeitig.

Am Eingang war ein Tisch aufgestellt, hinter dem eine gelangweilte Blondine gerade ihre Nägel studierte.

»Hey, Name und Geld bitte«, murrte sie, ohne aufzusehen.

»Night Circus«, sagte Micah und zog seine Geldbörse aus der Hosentasche.

Um beim Contest zugelassen zu werden, musste man vorher ein Video einschicken und eine Vorauswahl bestehen. Ich war damals noch nicht bei der Band gewesen, aber wir sangen die gleichen Songs, vielleicht würden die Juroren gar nicht merken, dass eine andere Sängerin vor ihnen stand.

Micah legte einen Fünfzigeuroschein auf den Tisch, die Blondine gab uns zuerst unsere Backstage Pässe und winkte uns dann durch.

Innen war der Weg durch Pfeile gekennzeichnet. Wir folgten ihnen und bogen nach rechts ab. Dort ging es nach einigen Metern wieder links in eine große Halle. Ein muskulöser Mann mit Headset erwartete und begrüßte uns. Er wies uns einen Platz zwischen zwei anderen Bands zu, wir sollten uns warm spielen. Man würde uns aufrufen, dann hatten wir fünfzehn Minuten, um aufzubauen und weitere fünfzehn Minuten, um unsere Songs zu performen. Viel Zeit war das nicht, um zu überzeugen, aber wir hatten bereits eine Playlist zusammengestellt und waren alles der Reihe nach durchgegangen.

Alles würde gut werden, ich wusste es! Es musste einfach. In der Jury saßen Plattenproduzenten, Mitglieder erfolgreicher Bands und Professoren internationaler Musikschulen. Bisher hatte ich nicht mal gewusst, dass es solche Contests in Deutschland gab. Jetzt war ich froh, dabei sein zu können, auch wenn ich mir fast in die Hose machte vor Aufregung.

Die Halle war gar nicht so groß wie gedacht. Musik lag in der Luft, eine Bühne sah ich jedoch nicht. Der eigentliche Wettbewerb würde also nicht hier stattfinden. Ich konnte Basketballkörbe an beiden Enden der Halle sehen und (ich hätte nie gedacht, dass ich das jemals sagen würde) am liebsten hätte ich eine Runde gespielt, um das überschüssige Adrenalin abzubauen. Mein Herz pumpte in wilden Fahrten mein Blut durch meine Adern und das ganz ohne Kaffee. Je länger ich mich umsah, desto mehr Bands erkannte ich, die professioneller und seriöser aussahen als wir.

»Erzähl mir noch mal, wie das abläuft«, bat ich Levi, um nicht durchzudrehen.

G-I-T-A-R-R-E.

B-A-S-K-E-T-B-A-L-L-K-O-R-B.

B-A-N-D-S. Buchstabierte ich, bis Levi endlich antwortete. Er war gerade damit beschäftigt, seine Gitarre zum millionsten Mal zu stimmen.

»Es gab eine Vorauswahl, die wir erfolgreich bestanden haben. Gestern und heute spielen alle Bands fünfzehn Minuten, danach heißt es erst mal warten. Heute Nachmittag um circa sechzehn Uhr werden dann zehn Bands erneut gegeneinander antreten. Der Gewinner bekommt einen Plattenvertrag und 10.000 Euro. Wir wollen gewinnen. Wir werden gewinnen«, endete er und ich war mir nicht sicher, ob er noch mit mir redete oder sich eher selbst überzeugen wollte.

»Wie lange müssen wir jetzt warten?«, fragte Liz.

Micah schraubte an ein paar Schlagzeugteilen. »Keine Ahnung. Stelle dich auf eine lange Wartezeit ein.« Immer wieder kamen Bands in die Halle, während andere sie verließen. Ich setzte mich auf eine Box und beobachtete das Treiben. Die Stimmung war angespannt, hier und da durchbrach ein Lachen (mal mehr, mal weniger hysterisch) das Rauschen der vielen verschiedenen Stimmen.

Ich drehte mich wieder zu den anderen. »Gehen wir ein letztes Mal die Songs durch?«

Jeder saß still für sich und hing seinen Gedanken nach. Das mussten wir ändern. Die Nervosität durfte nicht siegen.

»Gute Idee«, lobte Micah.

Die meisten Lieder hatte Levi komponiert und geschrieben. Ein neueres stammte aus meiner Feder. Die Musik dazu hatte Levi geschrieben. Ich sang es nicht zum ersten Mal, aber es war ein ganz anderes Gefühl, seine eigenen Songs zu singen. Ich musste den Text nicht lernen, er kam direkt aus meinem Herzen und flog in die Freiheit.

Plötzlich, und viel schneller als erwartet, stand der muskulöse Mann vor uns und sagte, wir seien an der Reihe. Wie in Trance folgte ich ihm. Zusammen trugen wir die Geräte hinter ihm her und auf der Bühne wusste jeder, was er zu tun hatte. Gerade als einer der Juroren uns zur Eile antreiben wollte, war endlich alles aufgebaut und wir konnten starten. Vor meinen Augen lag ein milchiger Schleier. Ich sah nur die Hälfte der Halle. Sie war kleiner als die, in der wir gewartet hatten. Die Bühne war an einem Ende aufgebaut, und ich starrte direkt auf den Basketballkorb, der mir gegenüber hing. Links von mir konnte ich geschlossene Tore entdecken, hinter denen sicher die Sportgeräte, Matten und Bälle verstaut waren. Die Wände waren blau gestrichen, im oberen Drittel gewährten längliche Fenster den Blick nach draußen. Die Sonne schien und blendete mich kurz, als ich direkt in das helle Licht schaute. Schnell gewöhnte sich mein Blick wieder an die vergleichsweise dunkle Halle. Vor der Bühne waren Stühle und Tische aufgestellt, dort saßen Leute, die gespannt nach oben schauten. Einige musterten mich freundlich, andere skeptisch. Manche sahen genervt aus. Ich hatte nicht mit so vielen Juroren gerechnet. Es mussten um die zwanzig sein, erwartet hatte ich fünf, höchstens sieben. Allerhöchstens. Es waren zu viele. Sie starrten mich an und warteten darauf, dass ich etwas anderes tat, als nur dumm in der Gegend herumzustehen. Dabei fühlte ich mich gerade sehr wohl dabei.

Levi positionierte sich neben mir. »Alles gut?«

»Nein«, antwortete ich wahrheitsgemäß und schaute weiterhin die gefühlten Millionen Menschen, die uns gleich bewerten und vielleicht auch aus dem Wettbewerb werfen würden, an.

Er nahm meine Hand. »Du schaffst das. Weißt du noch, was ich dir gestern Abend gesagt habe? Nichts passiert, wenn wir verlieren. Nichts. Überhaupt gar nichts. Wir sind weiterhin die, die wir sind.«

Ich nickte und ging Richtung Mikro. Immer noch lag alles im Nebel. Ich blinzelte und versuchte wieder klar zu sehen, doch es funktionierte nicht.

»Sie können beginnen«, dröhnte es von unten.

Ich starrte geradeaus und versuchte fieberhaft meine Stimme zu finden. Irgendwo musste sie doch stecken, ich konnte sie nicht verloren haben.

Hinter mir stimmte Liz das Lied an. Micah und Levi folgten und die ersten Töne erklangen. Sie drangen durch mein Ohr, in meine Gehirnwindungen und bahnten sich einen Weg zu meiner primären Sehrinde. Der Nebel verschwand, mein Blick klärte sich und ich konnte wieder alles erkennen. Wie von allein öffnete sich mein Mund und der Text drang mir direkt aus der Seele. Ich sang, ich sang wirklich. Hier vor all diesen Juroren, die unsere Zukunft maßgeblich beeinflussen konnten.

Levi hatte recht. Ich war ich, er war er und wir blieben wir. Egal, wie es ausgehen würde. Ich liebte ihn und das konnte mir niemand nehmen. So einfach war das. Zumindest im Moment und den wollte ich festhalten, solange es ging.

Nach einigen Sekunden (zumindest gefühlt, in Wahrheit waren es drei Minuten zwanzig), war der Song vorbei. Der nächste folgte, es war meiner. Ich löste das Mikro vom Ständer, nahm es in die Hand und wiegte mich im Takt. Immer schneller hüpfte ich über die Bühne und schmetterte den Text direkt aus meiner Seele.

Ich sang es für mich, für meinen Vater, für alle Menschen auf der Welt, die jemanden verloren hatten. Und ich versang mich nicht, traf jeden Ton und wusste, welches Lied als Nächstes kommen würde.

Alles klappte einwandfrei und ich wollte eigentlich gar nicht von der Bühne runter. Es war egal, ob wir gewinnen würden oder nicht. Wir hatten es geschafft, hatten vor all den einflussreichen Menschen gespielt und es überlebt. Dabei waren wir über uns hinausgewachsen und ich hatte mein eigenes Lied zum ersten Mal vor Publikum performt. Ich umarmte alle stürmisch, wir bedankten uns und bauten die Geräte ab. Das Adrenalin tanzte durch mich hindurch, gründete einen Night Circus Fanclub und warf Feenstaub und Konfetti durch die Gegend.

»Wir waren so gut«, blubberte es aus mir heraus, sobald wir die Bühne verlassen hatten und wieder an unserem Platz waren. »Und wir haben es geschafft. Wir gewinnen ganz bestimmt. Ihr habt so gut gespielt. Das war das beste Konzert, das wir je gegeben haben. Und uns haben keine Jäger dabei abgestochen. Die Welt ist so schön.«

»Was hast du denn eingeworfen?«, fragte Levi lächelnd, zog mich in seine Arme und drückte seine Lippen sanft auf meine.

Ich liebte das Gefühl seiner Wärme, aber das tanzende Adrenalin ließ mich kaum eine Minute still stehen, also löste ich mich von ihm und zog ihn hinter mir her.

Es war gerade mal kurz nach ein Uhr, wir hatten mindestens noch drei Stunden, bis wir die Entscheidung erfuhren. Ich wusste selbst nicht, wohin ich wollte, aber ich musste mich bewegen, frische Luft in meine Lungen saugen und der ganzen Welt zeigen, wie glücklich ich war.

Wir verließen die Halle und die Musik wurde immer leiser und trat in den Hintergrund. Die frische Luft tat mir gut und versetzte dem Adrenalin einen kleinen Dämpfer. Mein Grinsen konnte es aber nicht vertreiben.

»Ich hab Hunger«, brummte ich, nachdem mein Magen lautstark verkündet hatte, wie leer er war.

»Dann lass uns wieder reingehen.« Auch er grinste über beide Ohren. Wir waren wie zwei Glücksbärchis auf Drogen.

»Nein, ich will noch nicht wieder rein«, gab ich zu. »Und ich glaube nicht, dass das Essen in der Halle schmeckt. Lass uns hier etwas suchen.«

»Glaubst du, wir finden etwas?«

Guter Einwand, wir befanden uns mitten im Industriegebiet. Unsere Chancen standen schlecht. Mein Grinsen verblasste ein klein wenig, dann hatte ich eine Idee und mutierte sofort wieder zum Glücksbärchi. Würde ich jetzt meinen flauschigen Bauch rausstrecken, würden Sonnen aus ihm fliegen und den Tag noch schöner machen. Ich war natürlich der gelbe Bärchi, was sonst?

»Wir bestellen uns Pizza«, teilte ich Levi meinen genialen Einfall mit.

Er betrachtete mich skeptisch. »Und von wo?«

»Wozu leben wir denn im einundzwanzigsten Jahrhundert?«, sagte ich stolz und zückte mein Handy.

Ich gab Pizzalieferservice in das Suchfenster des Internetbrowsers ein und wartete, bis dieser mir die Ergebnisse ausspuckte. Nachdem ich einige Seiten angeklickt hatte, entschied ich mich für den Lieferservice, dessen Internetauftritt am seriösesten war.

»Was willst du?«, fragte ich Levi und setzte mich auf die Kante des Bordsteins. Da wir im Industriegebiet waren, fuhren kaum Autos.

»Schinken, Pilze, Peperoni und extra Käse. Micah nimmt dasselbe.«

Ich wählte die Nummer, bestellte Micahs und Levis Pizzen und noch zwei weitere mit Pilzen und Artischocken für Lizzy und mich. Dazu Tiramisu zum Nachtisch. Man gönnte sich ja sonst nichts.

»Ich hoffe, er findet das«, bemerkte ich. Mein Magen knurrte zustimmend.

Levi setzte sich neben mich. »Es sind so viele gute Bands hier.«

Ich nickte zustimmend.

»Wir sind eine davon«, sagte ich zuversichtlich.

Wir waren wirklich gut gewesen. Ich hatte alles in meine Stimme gelegt. Jede Empfindung, jedes Gefühl. Mehr konnte ich nicht tun.

»Aber das reicht vielleicht nicht.«

Ich legte meine Hand auf Levis Oberschenkel. »Wir schaffen das.«

»Woher kommt plötzlich die Zuversicht?«

»Von dir. Von der Band. Ich weiß es nicht. Ist doch egal. Wir haben eine super gute Leistung hingelegt. Wenn es nicht reicht, dann ist das eben so. Die Welt geht nicht unter. Wir haben immer noch uns, richtig?«

»Ich habe das Gefühl, wir haben die Rollen getauscht«, lachte Levi.

Ja, irgendwie schon. Gestern Abend war ich diejenige gewesen, die gezweifelt und nicht mehr weiter gewusst hatte. Levi hatte mich aus den Tiefen meiner Gedanken befreit.

»Anscheinend ergänzen wir uns ganz gut«, bemerkte er nachdenklich. »Du vertreibst meine schlechten Gedanken, ich deine.«

»So soll das sein«, meinte ich und küsste den wunderschönen Mann, der neben mir saß. »So ist das. Es gibt vieles, das vor uns liegt, dass wir herausfinden müssen. Doch wir sind zusammen. Und das kann uns kein verlorener Wettbewerb nehmen.«

Levi lachte. »Ich wiederhole deine Worte in knapp drei Stunden, wenn die Juroren das Ergebnis verkünden und du wieder am Durchdrehen bist.«

Ich verpasste Levi einen Klaps auf den Hinterkopf, stimmte aber in sein Lachen mit ein. Später auf der Bühne werden wieder meine Gefühle mit mir durchgehen und ich würde jedes Wort vergessen haben, dass ich gerade gesagt hatte.

Vor uns hielt ein Auto und ich sprang freudig auf, zog Levi mit mir und fiel dabei fast um.

»Pizza?«, fragte der Mann, der kaum älter war als ich, aus dem Auto heraus.

Ich nickte wie blöd und riss ihm fast die Kartons aus der Hand, als er sie durch das Fenster reichte. Hungrig öffnete ich den obersten, schnappte mir ein Stück und biss herzhaft hinein. Es war eins von Levis Pizza, doch das war mir egal … bis sich die Schärfe einen Weg von meinem Mund in meinen Hals bahnte und mich schließlich zum Husten brachte.

»Scheiße«, keuchte ich und versuchte verzweifelt die Schärfe wegzuatmen. Natürlich funktionierte das nicht. Auch mein Rumgehopse von einem Bein auf das andere half nichts (was mich nicht daran hinderte, damit weiterzumachen).

»Zu scharf?«, lachte Levi, nachdem er gezahlt hatte.

»Nein, überhaupt nicht«, brummte ich sarkastisch, als ich endlich wieder richtig Luft bekam.

Ich hob den Deckel des nächsten Kartons an, es war meine. Ich nahm sie und gab Levi den Rest. Er hatte mich ausgelacht, zur Strafe konnte er jetzt die Pizza hineintragen.

»Pizzzzzzzzzza«, verkündete ich lauthals, als wir wieder zum Rest der Band stießen.

»Ihr seid meine Lebensretter«, entfuhr es Liz und sie nahm einen der Kartons von Levi entgegen. »Artischocke und Pilze, yummi.«

Wir aßen genüsslich und Levi gab meine Pizza-Geschichte zum Besten. Er schmückte sie etwas aus und alle lachten. Sogar ich. Es musste wirklich komisch ausgesehen haben. Lachen war bekanntlich die beste Medizin. Für alles. Nervosität. Angst. Ungewissheit. All diese Worte schwebten irgendwo über uns. Doch die Pizza und die Fröhlichkeit schoben sie weit zurück und rückten sie in den Hintergrund. Wir vertrieben uns die Zeit mit lustigen Geschichten, die alle damit endeten, dass wir über einen von uns lachten. Es tat so gut.

Um halb fünf wurden wir gebeten, auf die Bühne zu kommen. Es war total eng. Erst jetzt wurde mir richtig bewusst, wie viele Kandidaten in den letzten beiden Tagen gegeneinander angetreten waren.

Ich nahm Levis Hand in meine und angelte mit der anderen nach Lizzys. Zusammen standen wir vor der Bühne und warteten darauf, dass die Juroren auftauchten.

»Es war ein anstrengender Tag«, ertönte plötzlich eine männliche Stimme über die Lautsprecher.

Ich sah mich um und versuchte, den dazugehörigen Körper zu entdecken, doch ich war zu klein. Vor mir standen zu viele Leute, die größer waren als ich und so sah ich nur Schultern und Köpfe.

»Wir mussten eine Entscheidung treffen und das ist uns nicht leichtgefallen«, dröhnte es weiter. Die Stimme war tief und ich stellte mir einen alten grauhaarigen Mann in einem schönen schwarzen Anzug vor. »Zehn von Ihnen werden gleich noch mal auftreten und um den Plattenvertrag und das Preisgeld kämpfen. Den Rest müssen wir leider nach Hause schicken.«

Ich klammerte mich an Levi und Liz fest, doch der Juror ließ uns weiter zappeln. »Werten Sie das jedoch nicht als Zeugnis dafür, dass Sie schlecht sind. Dieser Wettkampf hat dieses Jahr ein Niveau erreicht, bei dem Sie fast alle einen Plattenvertrag verdient hätten. Leider kann nur einer gewinnen. Ich nenne nun die Finalisten.«

Hui, jetzt wurde es spannend. Mein Herz pumpte so schnell das Blut durch meine Adern, dass es in meinen Ohren rauschte.

»The123«, verkündete der Mann den ersten Finalisten.

Mein Körper spannte sich noch mehr an. Das waren wir nicht, ich atmete aus, hatte gar nicht gemerkt, dass ich die Luft angehalten hatte.

»Morgenröte. Black Symphonie. Killmich«, fuhr er fort und das Rauschen in meinen Ohren wurde immer lauter. »Du, er und ich. Hellboy. Gravity.«

So langsam sank mein Mut. Sieben Bands hatte ich jubeln und ins Finale einziehen sehen. Unsere Chancen wurden immer geringer.

»Traxit. Night Circu…«, ertönte unser Name und ich nahm kaum noch etwas wahr. Liz und ich sprangen wie wild durch die Gegend. Wir hüpften im Kreis, jubelten und ließen unserer Freude freien Lauf. Dann wurde der nächste Bandname verkündet und wir wurden still, gönnten ihnen ihren Moment und bahnten uns einen Weg durch die Menge.

UNGLAUBLICH! Wir hatten es geschafft! Wir waren ins Finale eingezogen. Doch die Freude währte nur kurz.

»Was spielen wir?«, fragte Micah aufgeregt. Ich konnte das Glitzern in seinen Augen sehen. Der Esel (bei ihm klang das immer so seltsam) tanzte in seiner Iris.

»Fliegen«, riefen Levi und ich wie aus einem Mund.

»Wir haben nur drei Songs, wir sollten weise wählen«, gab Micah zu bedenken.

Liz nickte. »Ich denke, Fliegen ist eine gute Wahl. Und Shadowhunter, das ist mein Lieblingslied.«

»Jaaaaa«, sagte ich fröhlich.

»Straßensymphonie«, meinte Micah.

»Aber das ist ganz neu«, gab ich schockiert zurück. »Wir haben es noch nicht mal geübt.«

Es war eins der Lieder, die ich geschrieben hatte. Aber im Gegensatz zu dem von heute Morgen hatten wir es bisher nur einmal gespielt. Und das war an dem Tag, als ich ihnen den Song präsentiert hatte. Wir hatten an der Melodie gefeilt, alle zusammen daran gearbeitet.

»Aber das ist unser Lied. Du hast es für uns geschrieben. Wir müssen es spielen. Ich glaube, jeder von uns kann die Noten, wir haben sie schließlich zusammen geschrieben. Kannst du den Text?«, wollte Micah wissen.

»Natürlich, ich vergesse doch nicht meinen eigenen Text. Ich habe ihn schließlich verfasst«, gab ich zurück. »Was meint ihr? Sollen wir?«

»Ja«, meinte Liz nach einigen Augenblicken. »Das ist der erste Song, an dem wir alle mitgearbeitet haben. Das sind wir.«

Levi nahm meine Hand. »Wenn nicht jetzt, wann dann?«

Ich holte tief Luft. »Okay, wagen wir es.«

Innerlich ging ich schon den Text durch. Ich kannte jedes Wort, wie könnte ich auch nur eins vergessen. Es beschrieb uns, die Band, was sie aus mir gemacht hatten.

Nachdem sich auch die letzte Finalistenband zu uns an die Seite gesellt hatte, verabschiedete sich der Juror von allen anderen und schickte uns wieder in den Nebenraum. Die erste Band durfte gleich bleiben.

Dieses Mal verging die Zeit wie im Flug. Kaum hatte ich mich hingesetzt, wurden wir auch schon aufgerufen.

»Mit was fangen wir an?«, fragte ich, nachdem wir abermals aufgebaut hatten.

»Fliegen«, sagte Levi. »Das ist sicheres Terrain und wir singen zusammen.«

»Okay«, lächelte ich. »Los geht's.«

Wir sangen, formten Worte und entließen sie in die Freiheit, wo sie für unseren Sieg kämpfen sollten. Ich vergaß die Juroren und sang mit Levi zusammen auch den nächsten Song. Dann stimmte Liz die Straßensymphonie an und die ruhigen Töne trugen mich, ließen mich schweben.

»Es war dunkel«, begann ich.

»*Stand auf der Straße meines Lebens und konnte nichts sehen. Umschlossen von der Dunkelheit saß ich fest. Sah Sterne, doch nahm sie nicht wahr. Verlor mich, fand euch. Begann ein neues Buch, auf einer neuen Straße.*

Wir sind wie Instrumente.

Jedes für sich ist einsam.

Allein und schweigsam.
Doch zusammen setzen wir Akzente.
Geh die Straße nicht mehr allein, sondern mit meiner Symphonie. Kann sie immer hören.«

Ich fühlte jedes Wort, sang weiter, kam noch mal zum Refrain zurück. Alles beschrieb meinen, unseren Weg, der noch lange nicht zu Ende war. Wir würden ihn weiterhin zusammen gehen.

»Danke, Sie können wieder in den Warteraum zurück«, sagte einer der Juroren, es war eine blonde Frau, und beendete damit unseren Auftritt.

»Das war großartig«, freute sich Liz. »Spürt ihr das? Spürt ihr das?«

»Ja«, flüsterte ich glücklich und genoss noch eine Weile mein Hochgefühl. Es würde schnell genug wieder verschwinden, dann konnte ich mich noch eine Weile darin baden.

Nachdem wir ein paar Minuten unseren Gedanken nachgehangen hatten, straffte Liz ihren Rücken und schaute uns an. »Was glaubt ihr, wie lange lassen sie uns dieses Mal warten?«

»Ich hoffe, es dauert noch ewig«, gab ich ehrlich zu. »Dann kann ich mir bis dahin einbilden, wir hätten gewonnen.«

Micah räusperte sich. »Ich denke eine, vielleicht zwei Stunden dauert es sicher noch. So eine Entscheidung trifft man nicht in fünf Minuten.«

»Das ist noch so lange, was machen wir jetzt?«, fragte Liz. Sie verbarg ihr Gesicht in ihren Händen, die sie auf ihre Knie gestützt hatte.

»Assoziationsketten bilden?«, schlug ich vor. Meine Eltern hatten das immer auf langen Autofahrten mit mir gespielt. Gut, da war ich acht gewesen, aber was ich als Kind toll gefunden hatte, konnte doch jetzt auch nicht schlecht sein.

Neugier huschte über Lizzys Gesicht. »Was ist das?«

»Der Erste sagt ein Wort und jeder sagt dann ganz schnell hintereinander, was ihm dazu einfällt, so geht es der Reihe nach. Da kommen meist sehr lustige Sachen dabei heraus«, erklärte ich und strich mein Kleid glatt.

Levi beugte sich nach vorne. »Vogel.«

»Hä?«, gab ich total intelligent von mir.

»Das Erste, das dir bei Vogel einfällt, ist hä?«, meinte er amüsiert. »Ich hätte ein bisschen mehr erwartet.«

Ach, er hatte schon begonnen. »Idiot.«

»Schon besser, das klingt eher nach dir«, sagte Levi und wir stimmten alle in sein Lachen ein.

»Schokolade«, begann Liz von Neuem.

»Kuchen«, reagierte Micah darauf.

»Kaffee«, führte Levi die Kette weiter und ich schaute ihn empört an.

»Das wollte ich sagen«, echauffierte ich mich.

»Tja, Pech, Kitty Kat. Wer zuerst kommt, mahlt zuerst.«

»Aber Kaffee ist eindeutig mein Wort. Jeder, der das Wort hört, denkt sofort an mich. Es gehört zu mir.«

Levi beugte sich zu mir und küsste mich, unterbrach so meinen Redeschwall und brachte mich zum Schweigen.

»Glaubst du, ich vergesse, dass du mir mein Wort geklaut hast, nur weil du mich küsst? VERGISS ES«, merkte ich an, nachdem ich mich wieder sortiert hatte. »Ich insistiere.«

»Insistiere, so viel du willst, ich habe Kaffee zuerst gesagt«, beharrte Levi.

»Sag einfach etwas anderes«, schlug Liz vor.

Ich zog eine Schnute. »Aber zu Kaffee fällt mir nur noch mehr Kaffee ein.«

Micahs Handy klingelte und unterbrach damit die Diskussion. Wir schauten ihn gespannt an.

»Ich muss mal rangehen, diskutiert ruhig weiter«, meinte er lächelnd und verließ die Halle mit dem Handy am Ohr.

Vielleicht war das einer der Freunde, die Micah anrufen und zu den Jägern befragen wollte? Wenig später betrat Micah den Raum wieder und unsere Blicke hingen an ihm. Er ließ sich Zeit und setzte sich. Ich hielt es kaum noch aus und rutschte vor Ungeduld auf meinem Stuhl hin und her.

»Das war mein Freund Erik. Ich hatte mir erhofft, von ihm Informationen über den Rat zu bekommen«, erlöste Micah uns endlich.

»Er hat sich erst jetzt gemeldet, weil er Angst hat. Über den Rat spricht man wohl nicht.«

»Das erklärt, wieso sie schon so lange im Untergrund agieren können. Sie verbreiten Angst und deswegen wird ihre Existenz als Gerücht abgetan«, sagte ich und drehte eine Strähne meiner Haare um den Finger.

Niedergeschlagen schaute er in die Runde. »Er will sich nicht mit uns treffen.«

»Irgendwie kann ich ihn verstehen«, gestand ich.

Micah nickte. »Ja, ich auch. Er ist mein Freund.«

Er musste sich schrecklich fühlen. Sein Freund hatte sich gegen ihn gewandt. Zumindest musste es sich für Micah so anfühlen. Wer stand jetzt noch auf unserer Seite? Wem konnten wir vertrauen, wenn unsere eigene Rasse sich gegen uns stellte?

»Es wird Zeit, ihr könnt euch wieder auf der Bühne versammeln«, rief plötzlich einer der Juroren und schaute auf uns herunter.

Schockiert zog ich die Augenbrauen hoch. »Jetzt schon?«

Er nickte und ging zur nächsten Band weiter.

Wir machten uns auf den Weg zur Tür, die in die Nebenhalle führte, und betraten dann die Bühne. Nervöses Geflüster erfüllte den Raum, schien ihn komplett auszufüllen. Die Luft war dünn und es fiel mir schwer zu atmen. Die Nervosität hatte wieder Besitz von mir ergriffen und meine Nerven waren zum Zerreißen gespannt.

»Nun ist es so weit. Wir haben uns entschieden. Wir wollen Sie gar nicht mehr lange auf die Folter spannen«, raunte derselbe Juror, der auch zuvor schon die Finalisten verkündet hatte. Dieses Mal konnte ich ihn sehen. Seine dunkle Stimme wollte nicht zu ihm passen. Er hatte keine grauen, sondern blonde Haare und konnte kaum älter sein als ich. Anstatt des Anzuges trug er eine Jeansjacke und viel zu enge Jeans.

»Die Entscheidung fiel uns nicht leicht, doch gewonnen hat Gravity.«

Wir waren es nicht. Wir waren es nicht. Wir waren es nicht. Es war nicht unser Name, den der Juror genannt hatte. Während neben uns gejubelt und gekreischt wurde, breitete sich in mir Enttäuschung aus.

»Schade«, flüsterte Liz.

Ich nahm sie in die Arme.

»Nicht schlimm«, sagte ich und wusste nicht, ob ich damit Liz oder mich selbst überzeugen wollte.

Zusammen verließen wir die Bühne und gingen wieder zu unserem Equipment.

»Dabei sein ist alles«, wisperte Micah, doch keiner von uns glaubte seinen Worten. Wahrscheinlich nicht mal er selbst. »Na gut, wir sind enttäuscht. Aber wir waren gut, dass wir nicht gewonnen haben, ändert nichts daran. Wir machen weiter wie bisher und irgendwann kommt unsere Zeit.«

Ja, wir waren gut gewesen, dass es nicht gereicht hatte, war schade, aber Micah hatte recht. Wie immer, langsam ging mir das auf den Keks. Er war einfach zu perfekt, wirklich. Zum Glück konnte ich ihn meinen Freund nennen. Er würde immer hinter mir stehen. Egal, was ich verbocken würde.

»Night Circus?«, ertönte eine tiefe Stimme und ich drehte mich um.

Vor mir stand ein kleiner Mann, den ich auf Mitte vierzig schätzte. Er trug ein schwarzes Hemd und eine hellgraue Weste, darunter Jeans und schwarze Lederschuhe. Auf seinem Kopf prangte eine Sonnenbrille.

Als keiner von uns antwortete, redete er einfach weiter. »Ich saß heute in der Jury, ich bin Dirk Mezkowki, mir gehört ein Studio hier in der Nähe und ich bin Produzent. Ihr habt zwar nicht gewonnen, aber ich würde trotzdem gerne mit euch arbeiten.«

Alles begann sich zu drehen und mir wurde kurz schwarz vor Augen.

14.

Wenn sogar Mister-ich-bin-perfekt-und-reagiere-immer-richtig-Micah nicht weiß was er sagen sollte, dann ist es ernst.

»Mit uns arbeiten?«, echote Micah, während ich mich an Levis Arm krallte und versuchte, mein Gehirn wieder zum Arbeiten zu bringen.

»Ich würde euch gern in mein Studio einladen und ein paar Probeaufnahmen machen«, eröffnete der Mann uns und wir schauten ihn alle geplättet an. »Also, wenn ihr Lust habt?«, fügte er an, nachdem wir eine Weile geschwiegen hatten.

Ich begann wie wild (und sehr wahnsinnig) mit dem Kopf zu nicken, während der Rest noch in Schockstarre verweilte. Sogar Mister-ich-bin-perfekt-und-reagiere-immer-richtig-Micah.

»Ich gebe euch meine Karte und ihr meldet euch bei mir, okay? Aber überlegt nicht zu lange, ich fliege in einigen Tagen in die USA und würde gern euer Tape mitnehmen und es dort einigen Freunden zeigen«, erklärte Dirk und ich glaubte, in Ohnmacht zu fallen.

»Ähm … also … ehrlich gesagt weiß ich nicht, was ich dazu sagen soll«, erwachte Micah und mir fiel Mary Poppins ein. Denn wenn man nicht wusste, was man sagen sollte, dann war superkalifragilistischexpialigetisch genau das richtige Wort. Ich fand das gut, am liebsten hätte ich es in die Welt geschrien, weil ich beim besten Willen nicht wusste, was ich sagen sollte. Und ich war mir im Moment auch nicht sicher, ob ich es jemals wissen würde. Ich war sprachlos. Und fertig. Und überwältigt. Und glücklich. Unbeschreiblich glücklich. Mein Hirn tanzte das Wort, sang es und schmiss abwechselnd Feenstaub und Konfetti in die Luft. Ich krallte mich immer noch an Levi, der Dirk genauso sprachlos anstarrte wie Liz, die sich auf eine Box hatte fallen lassen.

»Sagt nichts, nehmt meine Karte und ruft mich an, wenn ihr euch besprochen habt«, damit ging der Musikengel davon und ließ uns zurück.

Ich wollte ihm hinterherrennen und den Boden vor seinen Füßen küssen. Hätten mir meine Glieder gehorcht, hätte ich es wahrscheinlich getan. Langsam löste ich mich von Levi, drehte mich zu Micah und Liz um und öffnete den Mund. Nur um ihn gleich wieder zu schließen.

»DAS war abgefahren«, keuchte Levi und drehte sich mit einem Ruck zu uns. Er schien zu vibrieren. Seine Augen funkelten und ich erkannte die gleiche Aufregung, die durch meine Adern tanzte. »Sagt mir, dass das gerade echt war und ich nicht halluziniert habe.«

»Ich bin mir noch nicht sicher«, sagte Micah. Er taumelte einen Schritt zurück und fasste sich an den Kopf.

Meine Muskeln zitterten, ich schien das Adrenalin nicht richtig verarbeiten zu können. Ich ließ mich neben Liz auf die Box plumpsen. »Also wenn, dann haben wir heute Morgen wohl alle dieselben Drogen genommen.«

»Dann will ich nie wieder aufhören, sie zu nehmen«, lachte Liz und plötzlich war der Bann gebrochen. Wir stimmten alle in ihr Lachen mit ein und befreiten uns von dem Stress des Tages. Wir lachten ihn einfach weg, genossen den Moment und ich versuchte ihn mir für immer einzuprägen. Jede Einzelheit wollte ich in mich saugen und einschließen.

»Wir haben ganz schön dumm geglotzt«, bemerkte Micah und wir lachten noch lauter.

Wir mussten ein ganz schön lächerliches Bild abgegeben haben. Zum Glück hatte er uns vorher schon spielen hören, denn an unserem Auftreten vor Musikproduzenten mussten wir wohl noch arbeiten.

»Lasst uns feiern gehen«, schlug ich vor und erntete von allen Seiten Zustimmung.

Wir packten unsere Siebensachen ins Auto, Micah schmiss sich hinters Lenkrad, Liz auf den Beifahrersitz. Ich kuschelte mich auf der

Rückbank an Levi und bekam das Dauergrinsen nicht mehr aus dem Gesicht.

Nach einigen Minuten schaute Micah in den Rückspiegel. »Wo fahren wir hin?«

»Keine Ahnung. Gib irgendetwas ins Navi ein«, antwortete Levi und ich drückte mich noch enger an ihn. Ich wollte seine Wärme überall auf meiner Haut spüren.

»Und was wäre irgendetwas deiner Ansicht nach?«, wollte Liz nach einigen Sekunden wissen, nachdem sie ihr Handy aus der Tasche gekramt hatte.

»Irgendwas zum Feiern oder so. Was weiß ich«, nuschelte mein Freund in meine Haare.

»McDonalds?«, schlug Liz vor.

Ich räusperte mich. »Etwas mehr Klasse dürfte es schon haben. Immerhin sind wir angehende Chartstürmer.«

»Nordsee also«, meinte Liz grinsend.

Ich lachte. »Das passt. Genau nach meinem Geschmack.«

»Wir fahren also zurück zu Frank und schauen erst mal?«, lächelte Micah, er hasste Fisch.

»Ja«, sagten wir synchron.

Die ganze Fahrt über saß ich an Levi gekuschelt auf der Rückbank und malte mir unsere glänzende Zukunft aus. Wie wir ganze Hallen füllten und vor einem Millionenpublikum spielten. Die Leute würden uns zu Füßen liegen und unsere Liedtexte auswendig können. Oder so ähnlich. Mir würde es schon reichen, weiterhin Songs zu schreiben und mit der Band rumreisen zu können. Aber wieso kleine Ziele setzen, wenn man auch größenwahnsinnig sein konnte?

Bei Frank angekommen, stiegen wir aus dem Auto und ich war mir sicher, ich ging auf Wolken. Es fühlte sich zumindest so an. Oder als ob ich auf einem Einhorn durch den Regenbogenwald reiten würde. Vielleicht hatten wir doch Drogen genommen?

»Hey, wie ist es gelaufen?«, wollte Micahs Freund wissen, als er uns die Tür öffnete.

»Wir haben verloren«, grinste ich.

Frank betrachtete mich skeptisch. »Und wieso lachst du dann wie ein Honigkuchenpferd auf Speed?«

Micah umarmte seinen Freund. »Weil wir trotzdem so etwas Ähnliches wie einen Plattenvertrag bekommen haben.«

»Klasse. Abgefahren«, freute sich Frank und folgte uns dann ins Wohnzimmer, welches er sogleich wieder verließ. »Das müssen wir feiern«, ließ er dann verlauten und streckte eine Flasche Sekt in die Luft.

»Wuhuuuu«, kicherte ich und sprang auf. »Wo sind die Gläser?«

Frank deutete Richtung Küche und ich machte mich auf die Suche. Erfolgreich. Mit den Gläsern kehrte ich zurück, stellte sie auf den Tisch und wartete, dass Frank einschenkte. Ich nahm mein Glas, prostete den anderen zu und trank es auf einmal leer. Sofort begann meine Haut zu prickeln und der Alkohol erarbeitete sich seinen Weg durch meinen Körper.

Enthusiastisch streckte ich Frank mein Glas entgegen und er schenkte nach.

»Was machen wir jetzt? Ich will feiern gehen«, ließ ich verlauten. Ich musste mir die ganze Freude, das Adrenalin und das überschwängliche Glück aus der Seele tanzen. Sonst würde es mich unter sich begraben.

»Hier um die Ecke gibt es einen tollen Club. Er ist zu Fuß zu erreichen. Wollen wir noch auf Linda warten? Der Besitzer ist ein enger Freund, sie will sicher mit«, schlug Frank vor.

»Klingt gut«, freute ich mich und ließ mich wieder aufs Sofa fallen.

Still sitzen fiel mir schwer. Während Micah und Levi Frank die Geschehnisse des Tages schilderten, schnappte ich mir Liz und wir durchwühlten unsere Koffer nach der passenden Abendgarderobe.

Ich bevorzugte Schwarz. Es ließ mich einfach schlanker aussehen.

»Du kannst doch nicht zu einem schwarzen Rock eine schwarze Strumpfhose und einen schwarzen Pulli anziehen. Das sieht aus, als würdest du zu einer Beerdigung gehen«, belehrte mich Liz.

»Wie nett«, nuschelte ich und ließ den schwarzen Schal, den ich gerade noch zu meinem Outfit legen wollte, wieder in den Koffer fallen.

Liz zog eine weiße Bluse, die mit blauen kleinen Schwalben bedruckt war, aus meinem Koffer. »Wie wäre es damit? Du könntest ein schwarzes Top darunterziehen und es in den Rock stecken. Dazu eine durchsichtige Strumpfhose und voilà. Zieh mal an. Ich will sehen.«

»Das könnte gehen«, gab ich zu, schnappte mir die Klamotten und eilte ins Bad.

Ich zog mir alles über und freute mich, dass Liz recht gehabt hatte. Die Kombination sah gut aus. Und durch den schwarzen Rock, der meine Kurven betonte (genau im richtigen Maß), sah ich sexy aus.

Glücklich verließ ich das Bad.

»Hey, Schönheit, zu wem gehörst du denn?«, fragte Levi, dem ich direkt in die Arme gelaufen war.

»Na, zu dir«, antwortete ich und küsste ihn. »Aber jetzt muss ich dem Küken bei der Kleiderauswahl helfen«, meinte ich, nachdem ich mich von ihm gelöst hatte. Er verschwand ins Badezimmer und ich ging wieder zu Liz.

Sie hatte sich in der Zwischenzeit für ein kurzes braunes Kleid mit roten Kringeln entschieden und gerade, als wir die Schuhauswahl besprachen, betrat Linda das Wohnzimmer. Es war mittlerweile kurz vor acht Uhr und wir beschlossen, vorher noch eine Kleinigkeit essen zu gehen. Mit vollem Magen tanzte es sich schließlich besser.

»Pizza?«, fragte ich und gähnte herzhaft. Langsam machte sich der lange Tag doch bemerkbar. Gleichzeitig belebten aber auch die Glückshormone meinen Geist.

»Schon wieder? Wir hatten doch erst Pizza«, nuschelte Liz, während sie Lipgloss auftrug.

»Pizza kann man nie genug haben«, empörte ich mich und schaute sie mit großen Augen an. Sie reichte mir ihren Lipgloss und auch ich bepinselte meine Lippen damit.

Levi räusperte sich. »Ich wäre auch lieber für etwas anderes. Bald kommt mir die Pizza zu den Ohren raus.«

Ich schnappte nach Luft. »Wieso bin ich mit euch befreundet?«, keuchte ich gespielt entsetzt. »Ich habe das Gefühl, euch nicht zu kennen.«

Levi lächelte mir entgegen und sofort wurde mir bewusst, wieso ich ihn liebte. Sobald ich ihn ansah, hatte ich das Gefühl, wertvoll zu sein. Nicht nur ich zu sein, sondern mehr. Ich fühlte mich nicht einfach nur wie Kat, nein, ich fühlte mich wie eine begehrenswerte, wunderschöne und liebenswerte Kat.

Micah stand auf und ging ans Fenster. Irgendetwas beschäftigte ihn, aber er wollte es uns nicht sagen. Und wir fragten ihn nicht. Er würde es uns sowieso nicht erzählen, bevor er es nicht für nötig hielt.

»Wie wäre es mit Chinesisch?«, schlug er vor.

»Damit kann ich leben«, meinte ich und auch der Rest stimmte zu.

Wir warteten, bis auch Linda fertig war, und folgten dann den beiden Bremern, die uns das beste chinesische Restaurant der Stadt versprochen hatten.

To Wok war ein kleines vietnamesisches (sah nur ich den Unterschied? Es war vietnamesisch, nicht chinesisch!!!!) Restaurant, ein paar Straßen von Franks Wohnung entfernt. Dennoch war es kein Chinese, da es aber niemanden außer mir zu stören schien, hielt ich meine Klappe. Meist waren die Karten ja sowieso ähnlich. Die Restaurants hatten sich eben an uns Europäer angepasst.

Wir betraten einen großen Hauptraum, in dem zehn Tische standen. Rechts neben der Eingangstür war der Tresen, hinter dem eine Vietnamesin stand und uns anlächelte. Sie brachte uns zu einem runden Tisch, der ziemlich zentral im Raum stand. Die Wände waren bis zur Hälfte in dunklem Rot gestrichen, daran grenzte eine goldene Bordüre und trennte den roten vom weißen Teil der Wand. Überall standen große grüne Topfpflanzen und verstaubten. Ich setzte mich zwischen Frank und Liz und steckte meine Nase in die Karte, die zu meiner Überraschung nicht klebte, sondern richtig edel aussah.

Ich bestellte mir Huhn in Erdnusssoße mit Gemüse und Reisbeilage, dazu eine große Cola. Das Essen kam schnell und wir fielen wie ausgehungert darüber her. Micah und Frank unterhielten sich derweil über den heutigen Tag, während Liz, Levi und Linda über irgendeine neue Serie sprachen, die gerade in den USA gestartet war. Ich folgte beidem nur mit halbem Ohr und dachte für einen Moment an zu

Hause. Papa und ich hatten oft nach der Schule Essen beim Chinesen geholt und Mama damit auf der Arbeit überrascht. Sie fehlten mir, beide. Zum Glück hatte ich erst am Morgen mit meiner Mutter telefoniert. Sie wollte mir unbedingt Glück für den Tag wünschen und ich war den Tränen nahe gewesen. Ich vermisste sie und hatte mir fest vorgenommen, sie viel öfter anzurufen.

Mein Handy vibrierte in meiner Hosentasche, doch ich ignorierte es. Nichts stellte sich zwischen mich und mein Essen, außerdem gehörte es zum guten Ton und ich hatte eine gute Erziehung genossen.

»Alles okay?«, wollte Liz wissen, nachdem unsere Teller leer und die Bäuche voll waren.

»Ja, ich hab nur Heimweh. Ich vermisse meine Mama und die Bar«, gab ich ehrlich zu.

Sie nickte wissend. »Das verstehe ich.«

»Aber hier passiert auch gerade so viel Spannendes und ich will auf keinen Fall die Chance von diesem Dirk Irgendetwas-Russisches-oder-so verpassen.«

»Musst du auch nicht. Ich meine, wir haben noch gar nicht darüber diskutiert, was nun passiert. Und du hast gehört, er geht in die USA, dann können wir doch der *schwarzen Katz* einen Besuch abstatten, meinst du nicht?«, meinte sie lächelnd.

»Ja, stimmt. Trotzdem vermisse ich meine Heimat. Das ist auch nicht schlimm, ich muss nur einen Weg finden, besser damit fertig zu werden«, gab ich zu und schielte zu Levi. »Karten auf den Tisch«, fuhr ich dann fort, um mich abzulenken. »Wann rufst du diesen Musikproduzenten an? Jetzt? In zwei Minuten? In fünf? Oder sind wir uns nicht einig, dass wir alle in sein Studio wollen?«

Es herrschte Schweigen und ich wusste es nicht zu deuten.

»Ich hab Angst, dass alles nur ein Versehen war«, gestand Liz und durchbrach die quälende Stille.

»Ach Quatsch«, riefen Micah und ich gleichzeitig und lachten dann. Auch das verhext kam synchron und brachte uns noch mehr zum Lachen.

»Manchmal seid ihr wie kleine Kinder«, lachte Levi.

Ich schmiss eine Plastikblume der Deko nach ihm. »Das sagt der Richtige.«

»Erwischt.«

»Also, wir wollen alle ins Studio versicherte Micah sich und sah jedem von uns nacheinander in die Augen. Ich nickte so heftig, dass ich Angst hatte, mein Gehirn würde gleich durch die Schädeldecke brechen.

»Gut, dann tue ich es«, meinte er, nachdem alle ihre Zustimmung bekundet hatten.

Das Adrenalin schoss durch meine Adern und ich konnte kaum noch still halten. Micah erhob sich und ging nach draußen, dort war es ruhiger und eignete sich besser zum Telefonieren. Frank hatte irgendetwas gefragt, doch ich konnte dem Gespräch nicht folgen. Wie eine Katze (haha) folgte mein Blick Micah, den ich durch die Glastür erkennen konnte. Er sprach einige Minuten angeregt in sein Telefon, lachte dann und legte auf.

»Morgen also«, bemerkte er, als er wieder zu uns an den Tisch getreten war und wir alle schauten ihn leicht schockiert an. Okay, eigentlich nur ich.

Meine Augen wurden groß. »So schnell?«

»Ja, wie gesagt, er will unser Tape mit in die USA nehmen. Jetzt oder nie«, antwortete Micah.

»Jetzt«, sagte ich dann mit fester Stimme. Wir waren bereit.

»Sehr gut«, meinte Levi und stand auf. »Dann lasst uns feiern gehen.«

Wir erhoben uns, zahlten und verließen das Restaurant. Frank und Linda führten uns in eine kleine Eckkneipe. Von außen sah das Lokal unscheinbar aus, doch schon als die Tür sich öffnete, schlug uns laute Musik entgegen. Es war ein Mix aus modernen Liedern und Ballermann-Party-Hits. Die Musik fuhr mir sofort in die Glieder und ins Herz. Ich wollte mir das Glück und den Tag von der Seele tanzen, sonst würde ich platzen, ganz sicher.

Ich betrat als Vorletzte den Raum und spürte, wie Levi hinter mir seine Arme um meine Hüften schlang. Mein Körper reagierte sofort auf ihn und schmiegte sich an seinen.

»Ich will tanzen«, forderte ich und inspizierte das Innere. Im hinteren Teil der Kneipe konnte ich eine kleine Tanzfläche ausmachen, die durch gähnende Leere glänzte, doch das war mir egal. Ich schnappte mir Levi und Liz und zog sie hinter mir her. Einer meiner Lieblingssongs lief gerade und ich bewegte mich zur Musik von Mark Forster und Felix Jaehn. Der Bass dröhnte in meinen Ohren, ich kannte kaum ein schöneres Gefühl. Liz jedoch verließ sofort wieder den Tanzbereich und eilte zu Micah und den anderen zurück, die sich mittlerweile an die Bar gesetzt hatten.

»Lass sie, sie braucht immer etwas Zeit für sich. Sie mag die Aufmerksamkeit nicht«, erklärte Levi und bestätigte, was ich sowieso schon wusste. Mittlerweile kannte ich Liz, Micah und vor allem Levi besser, als ihnen wahrscheinlich lieb und auch bewusst war. Die Zeit, die wir bisher miteinander verbracht hatten, kam mir vor wie mein halbes Leben und ich bereute keine Sekunde.

Die Kneipe war gut besucht und die Leute starrten Levi und mich an, doch das war mir egal. Ich schloss meine Augen und ließ mich von der Musik führen. Auf meiner Haut spürte ich Levis Hände, seine Haut, seinen Körper, der sich im Gleichklang mit meinem bewegte, auch er ließ sich von der Musik tragen und zusammen schwebten wir über den Boden.

Das Lied wechselte, der Bass dröhnte immer noch in meinen Ohren und die klare Stimme von Sarah Connor sagte mir, wie schön ich war. Wie schön wir beide waren. Ich nahm Levis Hände in meine, küsste sie, ohne meine Augen zu öffnen, und konnte nicht aufhören, mich zu bewegen. Der Stress des Tages, die Ungewissheit und all die Angst fielen von mir ab und verloren sich im Nichts.

»Ich brauch was zu trinken«, holte mich Levi aus meiner Trance und ich öffnete meine Augen.

»Okay«, rief ich und sah, wie Liz sich endlich auf die Tanzfläche traute.

Als würde die Musik sie bestätigen wollen, dröhnte *Girls just wanna have fun* von Cindy Lauper aus den Boxen. Wir sangen lauthals mit und hüpften wie wild durch die Gegend. Ich versang mich, wir lachten und wackelten weiter. Machten schräge Tanzschritte nach, die wir mal irgendwo gesehen hatten, und ich war mehr als glücklich, dass ich keine hohen Schuhe, sondern meine Adidas angezogen hatte.

Nach einigen Liedern gesellte sich auch Levi wieder zu uns und nun kannten wir kein Halten mehr.

»Okay, okay. Ich kann nicht mehr«, brachte ich irgendwann atemlos hervor und ließ mich auf den nächstbesten Stuhl fallen.

Lizzy war ebenso außer Atem wie ich. »Lass uns zu den anderen zurückgehen.«

»Macht ihr etwas schlapp, Mädels?«, rief Levi, setzte sich aber neben mich.

»Ich geh schon mal vor und bestelle uns was zu trinken«, meinte Liz und ging davon.

Wie tot hing ich in meinem Stuhl. »Gib mir noch ein paar Sekunden, dann hieve ich mich hoch.«

»Trägst du mich?«, fragte Levi und ich prustete los.

»Bitte was?«, lachte ich und sah ihn amüsiert an.

»Ich kann nicht mehr, du hast da gerade ein Tempo vorgelegt, mit dem ich kaum mithalten konnte. Wir sollten das Joggen an den Nagel hängen und lieber jeden Abend tanzen gehen. Du gehst ja ab wie Nachbars Lumpi.«

»Nachbars Lumpi?«, entfuhr es mir immer noch belustigt. »Wirklich? Du vergleichst mich mit einem Hund? Ich sollte mich gedemütigt fühlen, aber ich bin viel zu müde.«

»Auf drei«, meinte Levi und reichte mir seine Hand.

Ich nickte und er zählte langsam bis drei. Gemeinsam stemmten wir uns hoch und ich fühlte die Müdigkeit in jeder Faser. Plötzlich zog Levi mich an sich, vergrub seine Hände in meinen Haaren und drückte seine Lippen sanft auf meine. Die Erschöpfung war schlagartig verschwunden und mein Körper fühlte sich wie elektrisiert an. Sachte Stromschläge durchzuckten mich im Gleichklang mit meinem Herzen. Ich strich sanft über Levis Wange, fühlte die Bartstoppeln und ließ meine Hand dann über seinen Hals auf seine Brust gleiten. Dort ruhte sie direkt über seinem Herzen und ich konnte jeden Schlag spüren.

Er löste sich von mir und ich war noch nicht in der Lage, meine Augen zu öffnen. Meine Hormone protestierten und packten die *Wir wollen Levi küssen* – Schilder aus.

»Lass uns gehen«, sagte er und meine Hormone legten die Schilder glücklich wieder zur Seite.

Benebelt stolperte ich hinter ihm her und erst als mir die frische Luft ins Gesicht schlug, kam ich richtig zu mir. »Halt«, rief ich. »Wo wollen wir hin?«

»Spazieren.«

»Spazieren?«

»Ja, du kleiner Papagei.«

Irritiert blieb ich stehen. »Und was ist mit den anderen?«

»Die wissen Bescheid. Ich hab sogar Lindas Schlüssel, falls wir nicht mehr hierher zurückfinden«, erklärte Levi und ich war noch verwirrter.

»Wann hast du den anderen denn Bescheid gesagt?«, fragte ich.

»Als ich mir was zu trinken geholt habe.«

»Dann ist das also eine von langer Hand geplante Entführung«, keuchte ich gespielt empört und versuchte damit meine Unsicherheit zu überspielen. Wo würde dieser Abend hinführen? Wollte ich, dass dieser Abend uns irgendwo hinführte? War ich bereit? Konnte man überhaupt bereit sein? Levi war nicht der erste Mann, mit dem ich zusammen war, trotzdem fühlte ich mich wie ein kleines, unsicheres Mädchen.

Levi zog leicht an meiner Hand, die immer noch in seiner ruhte. »Können wir?«

Mein Blick verfing sich in seinem und verflocht sich mit den hellbraunen Sternen in seiner Iris. Ich erkannte den Hund in seinen Augen und bemerkte, dass auch er unsicher war. Plötzlich war ich erleichtert, hatte das Gefühl, wieder normal atmen zu können und konnte die Zukunft auf mich zukommen lassen. Es war egal, wo dieser Abend hinführen würde. Ich war hier, wir waren zusammen und genau so sollte es sein. Das wusste ich in dem Moment, in dem ich es erkannt hatte. Es würde kommen, was kommen würde und wir würden es zu nehmen wissen.

»Wir können«, bestätigte ich mit fester Stimme und ging neben Levi in die Dunkelheit.

Die Kneipe befand sich in einer ruhigen Gasse. Wir trafen kaum auf andere Menschen, hörten nur wenige Autos, obwohl wir uns mitten in der Stadt befanden. Nachdem wir einige Minuten schweigend nebeneinander hergegangen waren, entdeckte ich eine Bank und zog Levi zu ihr. Wir setzten uns und ich fröstelte.

»Ist dir kalt?«, fragte Levi und machte Anstalten, aus seiner Jacke zu schlüpfen.

»Unterstehe dich, deine Jacke auszuziehen«, lachte ich.

Verwirrt schaute er zu mir. »Was? Wieso?«

»Dann frierst doch du. Und wage es jetzt nicht, nein zu sagen. Du hast genauso ein Kälteempfinden wie ich. Nimm mich lieber in die Arme und wärme mich so«, schlug ich vor.

Ich hatte nie verstanden, wieso Frauen einfach zuließen, dass Männer für sie froren. Das ging einfach nicht in meinen Kopf und ich fand das kein bisschen romantisch.

»Du bist ganz schön dickköpfig«, brummte Levi. »Nicht mal ein Gentleman kann man in deiner Gegenwart sein.«

Er schlang seine Arme um mich. Ich kuschelte mich in seine Umarmung und drapierte die Jacke so, dass sie uns beide wärmte.

»Dieser Tag hätte kaum schöner sein können«, schwärmte ich und lächelte. Allein der Gedanke, dass wir morgen im Studio stehen und Songs einspielen würden, belebte mich und vertrieb die Müdigkeit.

Levi küsste meinen Scheitel. »Nein, hätte er wirklich nicht.«

Ich drehte mich zu ihm und kletterte halb auf seinen Schoß. Mir fiel nur eine Sache ein, die den Tag noch schöner machen könnte, und das war, Levi hier und jetzt zu küssen. Umgeben von seinen Armen, seiner Wärme und Geborgenheit. Ich senkte meine Lippen auf seine, knabberte leicht an seiner Unterlippe und küsste ihn dann leidenschaftlicher als zuvor. Seine Jacke rutschte von mir und ich fröstelte erneut.

»Dir ist kalt, lass uns zurückgehen«, meinte Levi und ich schüttelte den Kopf.

Plötzlich schien mir die Kneipe zu eng, zu laut und zu voll.

»Ich will nicht zurück. Lass uns nach Hause gehen«, schlug ich vor. Dort könnten wir immerhin da weitermachen, wo wir aufgehört hatten.

Levi lächelte mir entgegen. »Wie du willst.«

Ich stand auf und nahm seine Hand. »Sag mir, dass du weißt, wo wir sind.«

Mein Freund küsste meine Hand. »Natürlich weiß ich, wo wir sind.« Er ging mit festen Schritten voraus. Nach einigen Atemzügen drehte er sich um und schaute verwirrt zurück. »Warte. Ich glaube, wir müssen doch da lang.«

Ich brach in schallendes Gelächter aus und hielt mir den Bauch. »Das haben wir toll hinbekommen«, brummte ich und schaute zu Levi, der sich immer noch planlos in der Gegend umsah.

»Kann es sein, dass wir von da vorne gekommen sind?«, spekulierte ich und versuchte mich zu orientieren.

»Ja, ich glaube auch«, stimmte Levi mir zu. »Das heißt, wir müssen da lang.«

Zusammen gingen wir die Straße entlang und ich erkannte ein paar Häuser wieder. Hier mussten wir richtig sein. Der Weg war nicht weit und nachdem wir in Franks Straße eingebogen waren, begann meine Haut wie wild zu kribbeln. Ich konnte es kaum erwarten, Levis Lippen wieder auf meinen zu spüren. Seine Nähe, meinen Körper von ihm wärmen zu lassen, mich in seiner Geborgenheit zu verlieren. Meine Hormone feierten eine wilde Party und ich vermochte es nicht, ihnen Einhalt zu gebieten. Na gut, ich versuchte es gar nicht und feierte mit ihnen. Der Mann an meiner Seite gehörte zu mir und ich war unendlich dankbar, dass er in mein Leben getreten war. Schon an der Haustür konnte ich es nicht mehr erwarten und wollte ihn küssen. Ich ließ ihm nicht die Zeit, aufzuschließen, sondern zog seinen Kopf zu mir herunter und drückte meine Lippen auf seine. Überrascht verlor er das Gleichgewicht und prallte gegen die Wand hinter sich. Einen Moment lang tat es mir leid, doch es schien ihn nicht zu stören, denn er erwiderte meinen Kuss genauso stürmisch, wie ich ihn überfallen hatte. Irgendwie gelang es Levi trotzdem, die Tür aufzuschließen und er bugsierte uns nach drinnen.

Mir war nie bewusst gewesen, wie viele Möbelstücke oder anderer Kram im Weg herumstanden. Doch wir stießen gefühlt gegen alles, was auch nur irgendwie in unserer Reichweite war. Es war uns egal. Hauptsache, wir mussten uns nicht voneinander trennen, das wäre undenkbar gewesen. Im Wohnzimmer lagen noch unsere Matratzen auf dem Boden. Ich hakte meinen Finger in die Gürtelschlaufe von Levis Jeans und ließ mich einfach fallen. Dabei zog ich ihn mit und spürte seinen wundervoll warmen Körper auf mir.

»Was machen wir, wenn jemand kommt?«, fragte ich atemlos zwischen zwei Küssen.

»Keine Ahnung.« Seine Stimme klang rau und … Moment mal …?

»Was?«, quietschte ich.

»Ganz ruhig, Kitty Kat, ich geh die Tür abschließen«, sagte Levi und ich spürte, wie er aufstand.

Ich lauschte in die Dunkelheit, konnte aber kaum etwas hören. Alles in mir schrie. Mein Körper vermisste seine wohltuende Wärme. Schneller als gedacht, konnte ich sein Gewicht wieder auf mir spüren.

Wo auch immer seine Hände, seine Haut oder seine Lippen mich berührten, hatte ich das Gefühl mit ihm zu verschmelzen. Ich spürte ihn so deutlich, als wären wir eins. Als unsere Lippen abermals miteinander verschmolzen, stöhnte ich. Ein Knistern ließ mich zusammenfahren, doch ich erkannte das Kondom in Levis Händen und entspannte mich wieder.

»Alles gut?«, flüsterte Levi völlig außer Atem in mein Ohr.

Ich nickte und zog seinen Kopf zu mir herunter, um ihn zu küssen. *Alles wunderbar,* dachte ich und verlor mich, nur um eine neue Version von mir wiederzufinden. Eine, die immer noch ich war, aber anders. Nicht besser, nur frischer, lebendiger und endlich wieder richtig glücklich.

15.
Die Qual der Wahl oder doch die Wahl der Qual?

Ich lag neben Levi und sah aus dem Fenster zu den Sternen, sie leuchteten hell und hoben sich deutlich vom dunklen Nachthimmel ab. Kassiopeia konnte ich erkennen und fuhr immer und immer wieder das W mit den Augen nach. Mein Kopf war völlig leer und ich lächelte den Sternen entgegen, während ich mich in Levis Arme kuschelte. Er war kurz zuvor eingeschlafen, doch ich war viel zu aufgedreht. Am liebsten wäre ich Laufen gegangen, doch bewegen wollte ich mich auch nicht. Also lag ich weiter da und betrachtete den Sternenhimmel.

Ich musste kurz eingenickt sein, denn ein lautes Klopfen weckte mich. »Macht die verdammte Tür auf«, hörte ich Micah schreien.

Benebelt richtete ich mich auf und versuchte mich zu orientieren. Wo war ich? Was war geschehen?

»Was ist denn los?«, fragte ich Levi neben mir.

Schläfrig rieb ich mir die Augen und meine Gedanken klärten sich. Es schien immer noch mitten in der Nacht zu sein, denn draußen war es noch dunkel und auch Kassiopeia konnte ich entdecken.

»Verdammt, macht auf«, rief Micah und ich tastete nach meiner Unterwäsche.

»Moment. Komm mal runter«, warf Levi ihm säuerlich entgegen und zog sich ebenfalls an. »Fertig?«

Ich nickte und er ging zur Tür, während ich gerade meine Bluse über den Kopf zog.

»Wozu habt ihr eigentlich Handys, wenn ihr nicht drangeht?«, regte Micah sich auf.

Jemand schaltete das Licht an und ich musste blinzeln. Meine Augen gewöhnten sich an die Helligkeit und ich konnte Micah, Liz, Frank und Linda erkennen. Alle starrten uns an und ich wurde rot.

Irgendwie hatte ich das Gefühl, sie konnten mir bis auf die Seele sehen, dann betrachtete ich Micah genauer. Er sah nicht so ruhig aus wie sonst, eher gehetzt und unsicher. Lizzys Augen waren rot und ihre Gesichtsfarbe unnatürlich weiß.

»Was ist geschehen?«, fragte ich alarmiert.

Micah betrachtete mich. »Hast du nicht auf dein Handy geschaut?«

»Nein, ich war beschäftigt«, sagte ich, während ich nach meinem Handy suchte. »Wo ist das verdammte Ding? Levi?«

Ich durchsuchte meine Taschen, es musste herausgefallen sein. Nacheinander hob ich die Decken hoch, auch dort war es nicht.

Gehetzt fuhr ich mir durch die Haare. Das ungute Gefühl, etwas Schlimmes war passiert, ließ mich nicht los. »Ich kann es nicht finden.«

Gerade als ich mich auf den Boden fallen lassen wollte, um unter den Möbeln nachzuschauen, reichte mir Levi wortlos mein Telefon.

Es zeigte sechzehn Anrufe in Abwesenheit und vierzig Nachrichten bei WhatsApp an. Die Anrufe kamen fast alle von Sascha und Trixi.

»Was ist passiert, Micah?«, fragte ich, weil mein Handy mir den Dienst verweigerte und die Nachrichten nicht öffnen wollte.

»Die Bar«, sagte Micah leise.

»Was?«, brachte ich mühsam hervor.

»Sie wurde überfallen.«

Sie wurde überfallen. Sie wurde überfallen. Sie wurde überfallen, hallte es in meinem Kopf wider. Die Worte ergaben keinen Sinn, hörten sich sinnlos aneinandergereiht an und wollten nicht richtig bei mir ankommen.

»Ist jemandem etwas passiert?«, fragte ich, als mir die ganze Tragweite seiner Worte bewusst wurde.

»Ich weiß es nicht genau«, antwortete Micah und sah mir traurig in die Augen.

»Was soll das heißen?«, rief ich aufgebracht. »Wie kannst du das nicht wissen? Woher weißt du dann, dass sie überfallen worden ist?«

»Sascha hat mich angerufen. Weil weder du noch Levi auf seine Anrufe reagiert habt. Doch die Leitung brach ab und ich erreiche ihn jetzt nicht mehr.«

»Was?«, schrie ich schockiert, obwohl ich seine Antwort genau verstanden hatte.

Wieso erreichte er ihn nicht? Wieso war die Leitung abgebrochen? Und wieso war ich nicht an mein beschissenes Handy gegangen? Natürlich wusste ich die Antwort, aber es tat weh, zu wissen, dass ich sie im Stich gelassen und nicht auf ihre Anrufe reagiert hatte.

»Du hättest nichts ändern können, selbst wenn du ans Telefon gegangen wärst«, beruhigte mich Levi und nahm meine Hand.

Ich hob meinen Blick und sah ihm in die Augen. Der Hund sah mir aufmerksam entgegen und wartete auf eine Reaktion.

»Ich weiß, aber trotzdem …«, wisperte ich leise. »Ich muss sie anrufen. Sofort.«

Es kam wieder Leben in meine Glieder und endlich ließ sich mein Handy richtig entsperren, doch anstatt die Nachrichten zu lesen, wählte ich sofort Saschas Nummer, es meldete sich nur die Mailbox. Verdammt! Danach versuchte ich es bei Trixi. Gerade als ich wieder auflegen wollte, hörte ich ihre aufgeregte Stimme.

»Trixi?«, entfuhr es mir.

»Kat, endlich! Du musst herkommen. Die Bar, sie wurde überfallen. Es brennt. Alles brennt. Das ganze Gebäude. Die Feuerwehr schafft das irgendwie nicht. Und ich weiß nicht, was ich tun soll. Sascha ist weg und hier laufen überall Wandler und Menschen herum«, schluchzte sie und ich hörte, dass sie zu weinen begonnen hatte.

»Okay, beruhig dich, Süße. Alles wird gut, ganz sicher. Ist dir was passiert? Ist irgendjemand sonst was passiert? Was heißt, Sascha ist weg? Wo ist er?«

Trixi wimmerte. »Maike. Sie hat einen heftigen Schlag auf den Kopf bekommen. Sascha ist ins Krankenhaus mitgefahren, er hat einige Kratzer, aber nichts Ernstes. Dem Rest geht es ganz gut.«

»Gut. Hauptsache, es geht euch allen soweit gut. Weißt du was Neues von Maike?«, fragte ich vorsichtig.

»Nein, Saschas Handyakku ist leer. Warte, er kommt gerade zurück.«

»Kat?«, hörte ich nach kurzem Knistern Saschas Stimme.

»Sascha! Es tut mir so leid. Hätte ich gewusst, dass was passiert ist … ich weiß gar nicht …«, meine Stimme brach und nun liefen auch mir Tränen über die Wange. Meine geliebte Bar brannte. Sie war überfallen und angezündet, meine Freunde verletzt worden. Und ich war nicht da gewesen.

»Alles gut, Kleines. Uns geht's gut. Maike hat einen Schlag abbekommen, sie behalten sie heute Nacht im Krankenhaus und machen einige Untersuchungen. Die Bar brennt, aber wir sind alle sicher rausgekommen.«

»Es tut mir leid«, brachte ich kraftlos hervor und tigerte langsam auf und ab, während der Rest gespannt meinen Worten lauschte.

»Es war doch nicht deine Schuld.«

»Wer tut so etwas?«, gab ich meiner Fassungslosigkeit Raum.

»Keine Ahnung, aber es waren Menschen.«

»Menschen«, echote ich und begriff in dem Moment, was das bedeutete. »Jäger.«

»Ja.«

»Wir kommen. Jetzt. Ich muss dir alles erzählen. Und wir müssen etwas unternehmen«, erklärte ich.

»Kat, was ist los?«, flüsterte Sascha.

»Das ist eine lange Geschichte. Wir fahren sofort los. Passt auf euch auf, okay? Und sag allen anderen Bescheid. Verlasst am besten nicht das Haus.«

»Kat?«

»Nicht jetzt, Sascha. Wir sind so schnell wie möglich bei euch«, versprach ich und legte auf. »Wir müssen los.«

Die anderen nickten.

Wie in Trance packte ich meine Sachen. Wie hatten die Jäger von der Bar erfahren? Waren es dieselben, die wir verjagt hatten, oder gab es mehrere Gruppen? War der Rat daran beteiligt gewesen?

Es war still im Raum. Linda war in die Küche verschwunden, während wir unsere Klamotten zusammensuchten. Ich hatte das Gefühl, keine Luft mehr zu bekommen.

G-E-L-B.

S-C-H-W-A-R-Z.

B-R-A-U-N. Buchstabierte ich die Farben der Kleidungsstücke, die ich aufsammelte.

»Ich hab euch etwas zu essen gemacht und eine Kanne Kaffee gekocht, ihr habt eine lange Fahrt vor euch«, hörte ich Lindas Stimme plötzlich neben mir. Sie hatte einen vollgepackten Korb in den Händen und ich staunte. So viel Mitgefühl hatte ich nicht erwartet und ich war ihr sehr dankbar.

Ich wollte sie anlächeln, doch meine Lippen bewegten sich nicht. Alles, was ich tun konnte, war, sie anzustarren.

»Danke«, lächelte Micah und nahm ihr den gepackten Korb ab.

Levi legte seine Hand auf meinen Rücken. »Fertig?«

»Ja«, hauchte ich.

Er nahm mich in den Arm und ich merkte, dass mir die ganze Zeit lautlos Tränen über die Wangen gelaufen waren.

»Alles wird gut«, flüsterte er mir ins Ohr und ich begann hysterisch zu kichern.

»So ein bescheuerter Satz«, entgegnete ich, obwohl ich ihn gerade eben zu Trixi gesagt hatte. »Man weiß nie, ob alles gut wird. Wir können die Zukunft weder voraussehen noch beeinflussen. Wir sind ihr hilflos ausgeliefert und am Ende wird nicht alles gut. Niemals. Es wird immer nur schlimmer.«

»Nein«, sagte Levi bestimmt und umschlang mich noch fester mit seinen Armen. »Es wird nicht schlimmer. Es wird gut.«

»Das kannst du nicht wissen«, versuchte ich es erneut.

»Doch.«

»Woher?«

»Weil alles gut werden muss. Was für einen Sinn hätte sonst das alles?«

»Sinn?«, fragte ich ungläubig. »Sinn? Gar keinen. Das ist das Leben.«

»Genau. Leben ist der Sinn. Egal, ob es gut wird oder nicht, wir müssen weitermachen. Es ist, wie es ist. Auch wenn nicht alles gut wird. Aber so will ich nicht leben. Ich will daran glauben, dass die

Geschehnisse einen Sinn haben und wir nicht umsonst auf dieser Welt sind«, meinte Levi. In dem Moment erinnerte er mich ein bisschen an Micah.

»Ja, du hast recht«, gab ich nach einer kleinen Weile in seinen Armen zu. Meine Tränen waren getrocknet, meine Verzweiflung geschrumpft, meine Gedanken wieder klar. »Lasst uns gehen.«

Ich löste mich aus Levis Umarmung und verabschiedete mich von Frank und Linda.

»Die erste Strecke fahre ich. Solange könnt ihr schlafen«, bestimmte ich, während mein Gepäck unsanft im Kofferraum landete.

Levi stieg auf der Beifahrerseite ein. »Ich bleib mit dir wach.«

»Nein«, versuchte ich ihm das auszureden.

»Doch.«

»Nein.«

»Doch.«

»Ich halte das auch für eine gute Idee«, fiel Micah mir in den Rücken und ich tötete ihn über den Rückspiegel mit meinem Blick. »Wir sind alle müde, haben nicht geschlafen. Zu zweit ist es einfacher, wach zu bleiben. Die Fahrt wird lang.«

Ich wusste, dass Micah recht hatte. Sieben Stunden Fahrt waren, vor allem, wenn man müde war, sehr lange.

»Na gut«, gab ich mich geschlagen, legte den ersten Gang ein und fuhr auf die Straße.

Ein Blick auf die Uhr verriet mir, dass es vier Uhr morgens war. Nach meiner Rechnung hätte es viel später sein müssen. Vor allem die letzte Stunde hatte sich wie Kaugummi gezogen und die Minuten waren nur schleichend an mir vorbeigerauscht. In dieser einen Nacht war viel zu viel passiert. So hätte das alles nicht laufen sollen. Aber anscheinend interessierte das das Schicksal nicht besonders.

»Wie geht es dir?«, hörte ich Levi leise, als wir gerade auf die Autobahn fuhren. Die A1 war ziemlich leer und ich hoffte, das würde für den Rest der Fahrt so bleiben.

»Geht so«, gab ich ehrlich zu.

»Alles wird gut.«

»Hatten wir das nicht schon?«, wollte ich wissen und sah im Rückspiegel, dass Liz und Micah schliefen oder zumindest die Augen geschlossen hatten.

»Ja, und es stimmt, du wirst sehen«, beschwor Levi mich und reichte mir einen Kaugummi. »Kauen hilft dabei, wach zu bleiben.«

Dankend nahm ich ihn entgegen und steckte ihn in den Mund. Vor uns bog ein Lkw auf die Autobahn und ich setzte zum Überholvorgang an.

»Es müssen die Räuber gewesen sein«, sprach ich meine Gedanken aus. »Alles andere wäre ein riesengroßer Zufall, oder?«

Levi fuhr sich übers Kinn. »Ich weiß es nicht. Es wäre wirklich ein komische begebenheit, würden jetzt plötzlich überall Jäger auftauchen.«

»Wie haben die Jäger die Bar gefunden?«, flüsterte ich.

»Ich weiß es nicht. Aber es spielt auch keine Rolle. Es ist geschehen. Punkt.«

»Ja, trotzdem. Die Bar liegt nicht in der Nähe der Hütte, an der wir sie zum ersten Mal getroffen haben. Und doch haben sie genau *diese* Bar überfallen. Das muss Absicht gewesen sein«

Levi schüttelte den Kopf. »Ich weiß es nicht. Wenn sie schon so organisiert sind, dass sie wissen, wo sich möglichst viele Wandler aufhalten, dann sind sie länger im Geschäft, als wir dachten.«

»Oder sie haben einen Informanten«, sagte ich trocken.

»Einen Informanten?«

»Ja, denk doch mal nach. Es macht Sinn.«

»Nein, das will ich nicht glauben«, entgegnete Levi bestimmt und ich schwieg.

Ich wusste nicht, was ich denken sollte. Es war die einzige Möglichkeit, wie die Jäger, die wir als unerfahren empfunden hatten, an so eine wichtige Information gelangt sein konnten. Irgendjemand musste ihnen von der Wandlerbar erzählt haben. Und dieser Jemand konnte nur ein Wandler sein. Aber wieso sollte einer von uns so etwas tun? Es machte keinen Sinn und gleichzeitig doch. Es war verwirrend.

»Du musst hier runter«, drang Levis Stimme zu mir und ich lächelte ihm dankbar zu.

Die A5 war befahrener und ich schlängelte mich zwischen Lkws nach vorne. Wir kamen trotzdem gut voran. Gerade, als Levi und ich abgemacht hatten, dass wir Micah wecken würden, um die Plätze zu tauschen, bremsten die Autos vor uns plötzlich und ich sah nur noch ein Meer aus roten Lichtern. Instinktiv trat auch ich voll auf die Bremse und schaute in den Rückspiegel. Geistesgegenwärtig drückte Levi den Knopf für die Warnblinker. Erleichtert stellte ich fest, dass auch das Auto hinter uns rechtzeitig hatte bremsen können und nicht auf uns aufgefahren war. Wir standen mitten auf der Autobahn. Die Uhr im Armaturenbrett zeigte fünf Uhr an.

»Was ist los?«, nuschelte Liz verschlafen. Sie und Micah waren durch mein Bremsmanöver aufgewacht und schauten neugierig aus dem Fenster.

»Keine Ahnung«, gab ich zu und versuchte über die Autos vor uns zu schauen. Vergebens.

Micah gähnte. »Warum stehen wir?«

»Wissen wir nicht. Von jetzt auf nachher haben die Autos gebremst und plötzlich standen wir«, antwortete Levi.

Micah gähnte abermals. »Mitten auf der Autobahn?«

»Ja«, sagte ich und streckte mich, bis mein Kopf an das Dach des Busses stieß. Sehen konnte ich trotzdem nichts.

»Raucht da etwas?«, kreischte Liz plötzlich aufgeregt.

Ich verrenkte mir fast den Hals, und dann sah ich ihn.. »Fuck.«

Sofort öffnete ich meine Tür und stieg aus, doch die Fahrzeuge vor uns versperrten mir immer noch die Sicht.

»Wir müssen da hin«, sagte ich und lief los.

Schnellen Schrittes ging ich nach vorne. Vielleicht war es keine besonders gute Entscheidung, mitten auf der Autobahn herumzuspazieren, aber die Autos standen und irgendetwas rauchte. Falls ein Unfall passiert war, mussten wir helfen.

Levi trat an meine Seite und auch Liz und Micah konnte ich neben mir sehen.

Wir gingen einige Schritte, bis sich das Unheil direkt vor uns offenbarte. Mitten auf der Straße lag ein umgekippter Lkw-Anhänger. Die

Planen an der Seite waren aufgerissen und kaputte Coca Cola-Flaschen ergossen ihren Inhalt auf die Straße.

»Ach du Scheiße«, hörte ich Levi neben mir. Einige Sekunden standen wir wie festgefroren da. Keiner sagte etwas, keiner von uns bewegte sich. Ein paar andere Leute stiegen ebenfalls aus ihren Autos und traten zu uns. Doch bei Weitem nicht alle.

Der Rauch stieg vom Motor her auf und mein Blick fiel in Richtung der Fahrerkabine. »Wo ist der Fahrer?«, hauchte ich.

Bevor jemand antworten konnte, rannte ich los. Er musste noch da drin sein.

»Hallo?«, rief ich, als ich beim Fahrerhaus angekommen war. »Hallo? Sind Sie noch da drinnen?«

Auch der Motorwagen war umgekippt, die Scheiben zersplittert. Ich trat an die Frontscheibe und sah suchend hinein. Der Fahrer saß in seinem Sitz und hing in den Gurten fest. Seine Glieder baumelten in der Luft und ich erkannte eine Platzwunde an seinem Kopf. Bei Bewusstsein war er nicht, doch ich sah, dass sich seine Brust gleichmäßig hob. Der Gurt hatte ganze Arbeit geleistet und seinem Schützling wahrscheinlich das Leben gerettet. Kaum auszudenken, was mit dem Lkw-Fahrer passiert wäre, hätte der Gurt nicht gehalten.

»Hallo?«, rief ich erneut und bemerkte, dass Micah neben mich trat.

»Scheiße«, entfuhr es ihm.

Ein paar andere kamen dazu, doch ich nahm sie kaum wahr, konzentrierte mich voll und ganz auf den Verletzten.

»Hallo, können Sie mich hören?«, versuchte ich es noch mal. Ich wusste nicht genau, ob es sinnvoll war, ihn abzuschnallen oder ihn erst mal da zu lassen, wo er war. Vorsichtig beugte ich mich durch die kaputte Frontscheibe in die Fahrerkabine und fühlte den Puls des Mannes. Bum bum bum. Ich spürte den kräftigen Herzschlag unter meinen Fingern und atmete erleichtert auf. Puh.

»Hat jemand den Notruf gewählt?«, fragte ich aufgeregt.

»Ja, sofort, als wir den Anhänger kippen gesehen haben«, antwortete mir ein braunhaariger Mann mittleren Alters. »Da ist so ein Verrückter einfach auf die Autobahn geschossen und hätte beinahe den

Lkw gerammt. Dieser ist ausgewichen und ins Schleudern geraten. Wir konnten gerade noch bremsen, aber …«

Mir war egal, was er zu erzählen hatte und ich blendete ihn aus. Wir mussten uns um den Fahrer kümmern.

»Kat, was tun wir?«, überraschte mich Micah. Wenn er nicht wusste, was zu tun war, wer dann? Er wusste es doch immer.

»Ich weiß nicht«, gab ich zu. »Aber ich glaube, es ist nicht sinnvoll, ihn abzuschnallen. Der Rauch kommt aus dem Motor und hat schon nachgelassen. Die Rettungskräfte sollten gleich hier sein. Solange er nicht bei Bewusstsein ist, lassen wir ihn am besten so, oder?«

Wir schauten ratlos in die Kabine. Ich wollte helfen, doch ich wusste nicht, was zu tun war. »Ist ein Arzt hier?«, rief ich. Ich ging einige Schritte von der Fahrerkabine weg und schrie meine Frage den Leuten entgegen, die neben ihren Autos standen.

Levi hatte sich mit Liz an den Straßenrand gestellt. Sie sah aus, als würde sie gleich umkippen, und mein Freund stützte sie. Er nickte zu mir herüber und ich ging wieder zu Micah.

Zum Glück konnte ich genau in dem Moment die Sirenen hören. Das Polizeiauto fuhr auf dem Seitenstreifen an den wartenden Fahrzeugen vorbei und kaum dass es zum Stehen gekommen war, sprangen die Polizisten aus dem Auto und rannten zu uns.

Sie verloren keine Worte, sondern kümmerten sich sofort um den Fahrer.

»Hallo? Können Sie mich hören? Hallo?«, sprach einer der beiden Männer in Blau.

Als der Krankenwagen eintraf, kam der Mann gerade zu Bewusstsein. Wir traten zurück und machten Platz, damit die Rettungskräfte ihre Arbeit machen konnten.

Ich ging zu Liz und Levi. »Geht's euch gut?«

»Ja, Liz ist nur ein bisschen schwindelig«, erklärte mir Levi, während ich zu Liz nach unten sah. Sie hatte sich hinter der Leitplanke ins Gras gesetzt.

»Hast du was getrunken?«, wollte ich wissen.

»Ja. Cola. Aber es hilft nicht so gut«, nuschelte sie leise.

»Komm mit, ich hab im Auto Rescue-Tropfen. Die helfen bei allem«, sagte ich und streckte ihr meine Hand entgegen.

Ich zog sie hoch und zusammen gingen wir zum Auto. Levi ließen wir zurück, er wollte auf Micah warten, der noch mit einem der Polizisten sprach.

»Wie geht's dem Fahrer?«, erkundigte sich Liz.

»Ich denke, es geht ihm ganz gut. Äußerlich hat er kaum Verletzungen. Er wird jetzt erst mal ins Krankenhaus gebracht«, berichtete ich und zog die Tür des Busses auf.

Immer wenn man etwas suchte, fand man es nicht. Dabei war meine Handtasche gar nicht groß. Trotzdem musste ich ewig kramen, bis ich das kleine braune Fläschchen mit dem gelben Etikett gefunden hatte.

»Hier«, sagte ich zu Lizzy und sie öffnete ihren Mund.

Ich tröpfelte drei Tropfen hinein und gab ihr dann die Wasserflasche. Sie nahm einen großen Schluck und ließ sich in ihren Sitz fallen.

»Also lebt er?«, fragte sie mit geschlossenen Augen.

»Natürlich. Alles gut. Es sieht bestimmt viel schlimmer aus, als es ist«, versuchte ich sie zu beruhigen und stieg ebenfalls ins Auto.

Mittlerweile war es kurz nach fünf Uhr und ich war froh, dass die Polizei schnell eingetroffen war.

»Zum Glück«, sagte Liz nach einigen Minuten.

»Ja, zum Glück.«

Liz blieb im Auto sitzen und lehnte ihren Kopf mit geschlossenen Augen nach hinten. Eine Weile betrachtete ich sie, dann schloss ich leise die Tür und ging zur Frontseite des Busses. Ich lehnte mich daran und wartete, dass die Männer zurückkamen, nebenher versuchte ich Sascha zu erreichen, doch ich kam nicht durch. Bei Trixi hatte ich zum Glück mehr Erfolg. Sie ging sofort ran und ich erzählte ihr aufgeregt, was geschehen war. Es tat mir leid, nicht bei ihr sein zu können. Trixi versicherte mir, dass alles okay sei und ich nichts dafür konnte. Es änderte nichts. Als wir aufgelegt hatten, schrieb ich Sascha eine Nachricht, erhielt jedoch keine Antwort.

Immer wieder liefen aufgeregte Menschen an mir vorbei, fragten, was passiert sei und liefen dann neugierig weiter. Hatten sie keine eigenen Probleme? Mussten sie das Schauspiel aus der Nähe betrachten? Schaulustige hatte ich noch nie verstanden. Wenn man nicht helfen konnte, sollte man sich aus dem Staub machen und den Rettungskräften nicht im Weg stehen. Das war ziemlich einfach, oder?

Kurz darauf sah ich Micah und Levi zum Bus trotten. ihnen ging es gut, trotzdem rannte ich auf sie zu und fiel beiden gleichzeitig um den Hals.

»Ich bin froh, dass es euch gut geht«, wisperte ich.

»Bei euch auch alles okay?«, erkundigte sich Levi.

»Ja, Liz schläft im Bus, aber ich bin viel zu aufgeregt.«

Levi fuhr sich durch seine Haare. »Geht mir ähnlich.«

»Wie lange wird das dauern?«, überlegte ich, während Micah Richtung Bus ging.

»Die Polizei meinte, es dauert mindestens zwei Stunden, eher drei. Sie müssen nicht nur den Lkw wegräumen, sondern auch das ganze Glas von der Fahrbahn entfernen.«

»Werden sie uns umleiten?« Jetzt, da die Situation unter Kontrolle war, konnte ich nur noch an die Bar denken. Ich musste dort hin. So schnell wie möglich.

»Jaein. Sie werden alle Autos, die vor der vorherigen Ausfahrt stehen, umleiten. Wir müssen leider warten.«

»Verdammt«, entfuhr es mir. Das hatte ich definitiv nicht hören wollen. »Verdammt. Verdammt. Verdammt. Das kann doch nicht sein. Irgendeine höhere Macht hasst mich, oder? Eine andere Erklärung habe ich für diese Verkettung von Ereignissen nicht.«

»Wir leben. Uns geht es gut«, sagte Levi und strich mir eine Strähne hinters Ohr.

Ich sah ihm in die Augen und atmete tief durch. »Du hast recht. Wir leben. Uns geht es gut«, wiederholte ich seine Worte wie ein Mantra. Trotzdem war es nur ein kleiner Trost. Ich hatte meine Freunde nicht nur bei dem Überfall alleingelassen, ich konnte auch jetzt nicht bei ihnen sein. Dabei brauchten sie mich dringend. Es war zum Mäuse melken. Wie lange würde ich brauchen, wenn ich jetzt losgehen würde? Das war Irrsinn, der Bus würde mich irgendwann wieder einholen und schneller sein als ich. Zumal ich nicht mal den Weg kannte.

»Wollen wir Laufen gehen? Ich muss mich jetzt beschäftigen, sonst bringen mich meine Gedanken um«, sagte ich dann zu Levi, der mich neugierig, aber auch besorgt musterte.

Er nickte. »Gute Idee, sagen wir den anderen Bescheid? Vielleicht will einer mit.«

Ich zog Levi mit mir zum Bus und schielte vorsichtig hinein. Micah saß neben Liz, beide hatten die Augen geschlossen, ihr Atem ging gleichmäßig. Ich hatte ein Déjà-vu.

Unwillkürlich begann ich zu kichern. »Das letzte Mal, als wir sie so zurückgelassen haben, wurden wir ausgeraubt und das Unheil nahm seinen Lauf.«

»Du hast recht«, lachte auch Levi. »Sagen wir ihnen dieses Mal lieber, dass wir weggehen.«

Er öffnete die Tür und Micah schaute müde auf. »Mh?«

»Wir gehen Laufen. Schließ bitte die Tür hinter uns, nicht, dass wir euch wieder ausgeraubt vorfinden.«

Micah lächelte, schloss dann aber die Tür ab, nachdem Levi sie zugemacht hatte. Ich nahm seine Hand und zusammen gingen wir zur Leitplanke, stiegen drüber und erreichten nach ein paar Metern eine Ansammlung von größeren Büschen. Wir entledigten uns unserer Kleider und begannen mit der Verwandlung. Ich streckte meine Pfoten zuerst nach vorne, danach machte ich einen Buckel, um meine Muskeln zu entspannen und schüttelte zum Abschluss meinen Kopf. Es fühlte sich wunderbar an, das Gras ohne etwas dazwischen direkt auf der Haut zu fühlen und ich roch den Wald in einiger Entfernung. Meine Augen brauchten nur einen winzigen Moment, um sich an das dunkle Morgenlicht zu gewöhnen.

Levi stupste mich mit seiner riesigen Schnauze an und ich schaute zu ihm hoch. In seinen Augen saß der Schalk und bevor er auf dumme Ideen kommen konnte, spurtete ich los. Ich folgte dem Geruch nach Moos, Bäumen und feuchtem Waldboden und versuchte Levi abzuhängen. Es gelang mir schon ganz gut. Meine Kondition war deutlich besser und ich somit viel schneller. Doch immer noch nicht schnell genug. Levi schoss an mir vorbei und erreichte den Wald vor mir. Ich war nur eine Nasenlänge hinter ihm (na gut, seine Nasenlänge, nicht meine). Jetzt war er es, der versuchte, mich abzuhängen, doch ich gab mir alle Mühe, an ihm dranzubleiben. Er schlängelte sich durch die Bäume, rannte von links nach rechts und wieder nach links. Doch so schnell verlor ich ihn nicht aus den Augen. Dachte ich zumindest. Dann war er plötzlich weg.

Verwirrt blieb ich stehen.

Ich streckte meinen Kopf in die Höhe, witterte.

Zu langsam. Levi kam von hinten, steckte seine Schnauze unter meinem Bauch hindurch und warf mich von den Pfoten. Ich landete sanft auf dem weichen Waldboden, rappelte mich sofort wieder auf und rannte weiter. Pfff. Gemein. Eine Dame fegte man doch nicht einfach so um. Dann sollte er mich jetzt erst mal fangen. Aber so einfach würde ich es ihm nicht machen. Im Rennen suchte ich nach einem geeigneten Versteck und hatte Glück. Links von mir erspähte ich einen ausgehöhlten, umgekippten Baum, zögerte nicht lange und sprang hinein. Innen hielt ich die Luft an und lauschte. Levi huschte zuerst an dem Baumstamm vorbei, stoppte dann jedoch. Er hatte mich aus den Augen verloren. HA! Jetzt wusste er, wie sich das anfühlte. Ich war auch nur ein gaaaaanz kleines bisschen schadenfroh. Leise sog ich die Luft ein und versuchte sie genauso leise wieder entweichen zu lassen. Ich hörte Levi näher kommen, linste durch ein kleines Loch im Stamm und erkannte ihn. Seine Nase wanderte am Boden wild hin und her. Anscheinend hatte er meine Witterung noch nicht gefunden. Tchacka. Dann war jetzt der richtige Zeitpunkt für den zweiten Teil meines Planes, ja, ich hatte wirklich einen. Ich wollte den Stamm verlassen, mich von hinten anschleichen und ihn erschrecken. Vorsichtig und vor allem leise ging ich rückwärts. Bis ich gegen etwas Feuchtes stieß und wie von der Tarantel gestochen versuchte, mich in dem Baumstamm umzudrehen, um sehen zu können, gegen welches ekelige Getier ich gelaufen war. Der Baum war nicht ganz so groß, wie ich gedacht hatte, und ich hing fest. Ich war eine Katze, es konnte doch nicht sein, dass ich es nicht schaffte, mich innerhalb des Stammes zu drehen! Ich passte schließlich überall hinein, Knochen waren beinahe ein Fremdwort. Ich drehte und wendete mich und meine Glieder so lange, bis ich es tatsächlich geschafft hatte. HA! Ich sagte ja, eine Katze schaffte alles.

Anstatt ein ekeliges Getier zu sehen, starrte ich in die belustigten braunen Augen eines riesengroßen schwedischen Elchhundes. Na toll. Jetzt hatte er den Spieß schon wieder umgedreht. Wie gemein.

Eine ganze Weile starrte ich den Stern in seiner Iris an, dann ging ich auf ihn zu und rieb meinen Kopf an seiner Nase. Levi zog sein Haupt aus dem Stamm und ich folgte ihm. Die frische Luft ließ mich niesen. Dann ging ich wieder auf Levi zu und strich ihm um seine Beine. Es fühlte sich wunderbar an. Als Katze liebte ich es genauso sehr wie als Mensch, seinen warmen Körper an meinem zu fühlen.

Levi stupste mich an und deutete mit seinem Kopf in die Richtung, aus der wir gekommen waren. Ich nickte und zusammen trotteten wir zurück, verwandelten uns und zogen unsere Klamotten wieder an.

»Besser?«, fragte er und nahm meine Hand.

»Besser«, antwortete ich und wir machten uns auf den Weg zurück.

Ich wusste nicht, warum, doch als Katze dachte ich nicht so viel nach. Die meiste Zeit genoss ich einfach das Gefühl meiner Pfoten auf dem nackten Boden. Deswegen ging ich gerne Laufen, wenn meine Gedanken drohten, mich zu ersticken. Aber eben nur als Katze. Als Mensch hätten mich keine zehn Pferde dazu gebracht, in so einer Situation joggen zu gehen. Danach waren meine Probleme zwar nicht kleiner oder gelöst, aber ich hatte nicht mehr das Gefühl, von ihnen erdrückt zu werden.

Die Autos standen noch genau wie zuvor, nichts hatte sich verändert. Wir gingen zum Bus und Levi klopfte leise ans Fenster, bis Micah aufschloss.

»Danke«, flüsterte er, um Liz nicht zu wecken. Micah nickte und schloss die Augen wieder. Levi öffnete die Tür, doch ich wollte nicht in den Wagen.

Am Horizont konnte ich einen kleinen orangefarbenen Faden erkennen. Er zog sich von einem Ende bis zum anderen und tauchte die ganze Straße in sanftes Licht.

»Wie wunderschön«, schwärmte ich. »Schade, dass wir keinen besseren Blick haben. Die Lkw versperren das Beste.«

»Ich hab eine Idee. Komm.« Levi bedeutete mir, zu ihm zu kommen und ich hatte keine Ahnung, was er vorhatte. »Wir können auf das Dach klettern. Von dort dürften wir besser sehen.«

»Wie sollen wir denn da hochkommen?«, fragte ich verständnislos.

»Ich helfe dir. Wir machen eine Räuberleiter und du hilfst mir danach.«

Skeptisch schaute ich meinen Freund an. »Das wird niemals funktionieren.«

»Sei doch nicht so pessimistisch, das klappt schon. Jetzt komm.«

Ich hatte keine Lust, mit ihm zu diskutieren, also stieg ich in seine verschränkten Finger und hoffte, dass er unter meinem Gewicht nicht zusammenbrechen würde.

»Halte dich oben fest und zieh dich hoch. Das Dach müsste relativ stabil sein«, sagte Levi, während er mich hochhob.

»Relativ?«, quiekte ich.

»Jetzt mach schon.«

Ich gehorchte und Levi bugsierte meinen Fuß nach hinten aufs Dach, sodass ich plötzlich bäuchlings auf dem Auto lag. Keine Ahnung, wie wir das geschafft hatten. Erleichtert atmete ich aus.

»Rutsch mal weiter rüber, ich glaube, ich komme allein hoch«, hörte ich Levis Stimme von unten und ich tat, wie mir geheißen.

Sein Kopf erschien neben mir und er zog sich aus eigener Kraft aufs Auto. Ich war beeindruckt und starrte ihn mit offenem Mund an.

»Mund zu, es zieht«, lachte er und setzte sich hin.

»Ach du meine Güte«, entfuhr es mir, als auch ich mich auf meinen Hintern hatte gleiten lassen.

Vor uns wurde der Himmel hell erleuchtet. Die Sonne hatte sich gerade ein kleines Stück über den Horizont gearbeitet und verbreitete gelb-oranges Licht. Es sah wunderschön aus und ich schaute der glühenden Kugel gebannt zu, wie sie aufging. Noch nie hatte ich den Sonnenaufgang so gut gesehen. Levi legte seinen Arm um mich und ich lehnte mich an ihn.

»Es ist wunderschön«, sagte ich nach einiger Zeit. Die Sonne war schon fast komplett zu sehen und verhieß einen schönen Tag.

»Ja, das ist es.«

»Hey, was macht ihr da?«, fragte Liz von rechts und versuchte aufs Dach zu spähen, war jedoch zu klein dafür.

»Wir bewundern den Sonnenaufgang«, antwortete ich.

»Ich will auch.«

Levi nahm seinen Arm von meiner Schulter und reichte Liz seine Hand. »Na dann, rauf mit dir.«

»Micah, hilf mir mal«, hörte ich sie sagen, dann saß sie auch schon neben uns. Wenig später hievte sich auch Micah nach oben.

»Ob uns das Dach wohl aushält?«, dachte ich laut, doch ich hätte für nichts auf der Welt meinen Platz aufgeben. Da müsste ich schon durch das Dach ins Innere des Autos fallen.

Still saßen wir da und betrachteten das Spektakel. Noch mehr Menschen waren aus ihren Autos gestiegen und schauten zum Horizont. Es war total friedlich, nur die Autos links neben uns zischten vorbei und verursachten Geräusche.

Mir fiel auf, dass wir von hier oben sogar die Unfallstelle sehen konnten. Der Krankenwagen war weg, nur noch Polizeiautos und die Feuerwehr standen um den Lkw. Sie versuchten gerade, ihn von der Straße zu ziehen. Gespannt folgte ich dem Geschehen. Überall um das Fahrzeug herum lagen zerbrochene Flaschen, der Boden war immer noch nass von der Cola. Irgendwie wirkte die Szene absurd. Der Lastwagen lag völlig verdreht und zerbeult auf der Straße. Um ihn herum standen Autos, deren Blaulichter blinkten und sich zusammen mit dem leichten Sonnenlicht in den Scherben auf dem Boden spiegelten. Ein Feuerwerk aus bunten Lichtern entstand. Lichter und Farben zuckten wie wild umher und verliehen der Szene noch mehr Absurdität.

Mein Handy brummte und ich kramte es aus meiner Tasche. Eine Nachricht von Sascha.

»Maike geht es besser und Sascha ist froh, dass uns nichts passiert ist«, teilte ich den anderen mit. »Wir sollten dort sein«, sagte ich nach einer Weile. »Ich sollte dort sein. Hätte gestern schon dort sein sollen.«

Liz nahm meine Hand. »Du hättest nichts ändern können.«

»Vielleicht nicht, aber ich wäre für meine Freunde, meine Familie dagewesen«, meinte ich mit hängenden Schultern.

Niemand wusste etwas zu erwidern und so hingen wir unseren Gedanken nach.

»Wir sollten versuchen, zu schlafen«, bemerkte Levi nach einer Weile.

Ich nickte und zusammen stiegen wir nach unten. Levi und Micah sprangen lässig vom Bus und halfen dann uns Mädels.

»Geht nach hinten«, bestimmte Micah, als ich mich hinters Steuer setzen wollte. »Liz und ich hatten eine gute Portion Schlaf. Jetzt seid ihr dran.«

Müde nickte ich und ließ mich auf den Rücksitz fallen. Levi setzte sich neben mich und bedeutete mir, meinen Kopf auf seinen Schoß zu legen. Kaum lag ich dort, da fielen mir auch schon die Augen zu.

16.
Wie ich Prinz Charming und Cruella De Vil am selben Tag traf und mich sofort verliebte. (Halt, das war ich ja schon. ;))

»Hey. Aufwachen«, hörte ich Micahs Stimme und öffnete die Augen. Es war gar nicht so einfach, wie es sich anhörte. Meine Lider waren schwer und fielen sofort wieder nach unten. Ich blinzelte und versuchte den Schlaf zu vertreiben. Orientierungslos sah ich mich um. Ich befand mich im Tourbus. Neben mir saß Levi und betrachtete mich.

»Wie geht's dir?«, fragte er und ich setzte mich aufrecht hin.

»Gut, denke ich. Was ist los?«

»Ich brauch was zu essen, habt ihr auch Hunger?«, fragte Micah und stieg aus.

Die Erinnerungen kehrten zurück und ich sah aus dem Fenster. Wir standen nicht mehr auf der Autobahn, sondern auf einem Rasthof.

»Wie lang habe ich geschlafen? Wann sind wir weitergefahren? Und wie spät ist es?«, flossen die Fragen aus meinem Mund.

»Vor etwa einer Stunde konnten wir endlich weiter. Es ist kurz nach zehn und du hast ungefähr zwei Stunden geschlafen«, beantwortete Levi nacheinander die Fragen. »Hast du Hunger?«

Mein Magen knurrte und ich lachte. »Großen.«

»Na, dann komm.«

Zusammen betraten wir das Restaurant und ich roch sofort das wohlduftende Essen. Mein Magen gab noch einmal kund, wie leer er war, und ich nahm mir ein Tablett vom Stapel. Hinter den anderen ging ich die Selbstbedienungstheke entlang und schaufelte alles auf mein Tablett, was gut aussah und noch besser roch. Am Ende hatten sich ein Muffin, Rührei mit Speck, eine Brezel und eine große Tasse Kaffee angesammelt. Ich war zufrieden mit meiner Ausbeute und setzte mich lächelnd an einen Tisch. Mit einem vollen Magen war alles gleich viel weniger schlimm.

»Ich hole mir noch einen Kaffee to go, noch jemand?«, ließ ich verlauten, nachdem ich mein Essen verputzt hatte.

Micah hob wortlos die Hand und ich watschelte dem Lebenselixierzubereiter aka Kaffeemaschine entgegen.

»Kat, wir sind schon aufgestanden«, rief mir Levi entgegen, als ich mit den Bechern in der Hand wieder zurück zu unserem Tisch laufen wollte. Ich änderte meine Route und steuerte auf den Ausgang zu, wo mein Freund auf mich wartete.

»Wo ist der Rest?«, fragte ich auf dem Weg nach draußen.

»Klo, musst du auch?«

»Nö, ich war ja vorhin.«

Levi ließ seinen Kopf und seine Schultern immer wieder kreisen.

»Alles okay?«, fragte ich.

»Ich glaube, ich hab mir beim Schlafen irgendetwas eingeklemmt oder so. Mein Nacken und meine Schultern tun höllisch weh«, antwortete er.

»Das kenne ich. Schlafen im Auto ist gar nicht so rückenfreundlich und gesund, wie man denkt«, stellte ich fest und platzierte die Kaffeebecher neben dem Bus auf den Boden. »Dreh dich mal. Ich massiere dich.«

Levi tat, wie ihm geheißen und ich knetete seine Schultern, dann fuhr ich sanfter seinen Nacken hoch und runter und versuchte auch ihn durch meine Bewegungen zu entspannen.

»Besser?«, fragte ich, als ich Micah und Liz auf uns zukommen sah.

Er drehte sich zu mir, um mir einen Kuss auf die Stirn zu drücken. »Ja, danke«,

»Immer wieder gerne.«

»Ich kann jetzt eine Weile fahren«, sagte Levi.

»Glaubst du, das ist eine gute Idee mit deinen Rückenschmerzen?«, fragte ich besorgt.

»Schon gut, ich kann den Rest des Weges fahren«, kam Micah mir zu Hilfe und zwinkerte mir zu. Ich lächelte ihm zwar dankbar entgegen, jedoch entsprach seine Vorstellung nicht meinem Plan.

»Kann ich fahren? Ich brauche Ablenkung. Wenn ich einfach nur im Auto sitze, werde ich wahnsinnig. Bitte«, flehte ich.

»Natürlich. Wenn du willst, dann gerne«, meinte Micah.

»Ich sitze vorne«, bestimmte Liz sofort und ich lächelte sie an.

»Gut, dann nichts wie los.« Wir stiegen ein und die Reise ging weiter.

Am Nachmittag fuhr ich endlich von der Autobahn runter und wir erreichten meinen Heimatort. Ich steuerte den Bus sofort zur Bar. Zwar war ich mir nicht sicher, ob jemand dort sein würde, doch ich musste sehen, was diese verdammten Jäger getan hatten.

Ich parkte direkt vor dem Gebäude und stieg aus. Dabei nahm ich kaum Notiz von den anderen, die es mir gleich taten. Die Bar war kaum noch als solche zu erkennen und fast bis auf die Grundmauern niedergebrannt. Um das Haus war ein gelb-schwarzes Absperrband gespannt, doch das hielt mich nicht auf. Ich stieg darüber und trat durch die Eingangstür oder das, was von ihr übrig war. Viel war es nicht. Innen war nichts mehr von der eigentlichen Einrichtung zu erkennen. Überall lag Schutt, das, was einmal Tische und Stühle gewesen waren. Mittendrin saß eine Gestalt mit dem Rücken zu mir. Sascha hatte die Beine angewinkelt und seinen Kopf in die Hände gestützt. Vorsichtig ging ich zu ihm und setzte mich neben ihn. Er sah mich kurz an, wandte seinen glasigen Blick dann wieder ab. Es war eines seiner ungeschriebenen Gesetze, dass er keine Schwäche zeigte, und auch jetzt wollte er das nicht. Ich lehnte meinen Kopf gegen seine Schulter und mir liefen die Tränen über die Wange.

Die Jäger hatten ganze Arbeit geleistet, die *schwarze Katz,* unser Zuhause, war kaum noch zu erkennen. Sie lag in Trümmern und im Moment wusste ich nicht, wie ich damit umgehen sollte.

»Ich bin froh, dass du da bist«, flüsterte Sascha nach einiger Zeit mit fester Stimme. Er wandte sich mir zu und legte seinen Arm um mich.

»Es tut mir leid«, brachte ich hervor und die Tränen liefen einfach weiter.

»Muss es nicht. Es war doch nicht deine Schuld.«

»Trotzdem, die Jäger sind zurück«, ließ ich die Bombe platzen.

»Was?«, entfuhr es Sascha schockiert, aber auch müde.

»Ja, ich hab dir viel zu erzählen.« Ich startete mit dem Überfall, unserer Rache und ließ auch das Treffen mit Zack nicht aus. Als ich geendet hatte, saßen wir eine ganze Weile still da. Ich fühlte mich leer, wusste nicht, was ich sagen sollte. Für all das gab es keine Worte.

»Wie geht es Maike?«, fragte irgendwann Levi hinter uns, ich hatte jegliches Zeitgefühl verloren.

Langsam standen wir auf und wandten uns ihm zu. Überrascht sah ich, dass nicht nur er, sondern auch Micah und Liz am Eingang saßen und zu uns rüberschauten. Waren sie schon die ganze Zeit da? Ich hatte sie nicht bemerkt, doch es fühlte sich gut an.

»Besser. Sie hat wohl eine leichte Gehirnerschütterung, aber nichts Ernstes. Keine bleibenden Schäden«, informierte Sascha uns und begrüßte die anderen. Levi drückte ihn fest und auch die anderen taten es ihm gleich. Ich war so stolz, sie meine Freunde nennen zu dürfen.

»Wie geht es jetzt weiter?«, fragte ich in die Runde.

Micah kratzte sich am Kopf. »Irgendwie müssen wir doch den Rat erreichen können? Sie müssen erfahren, was hier geschehen ist.«

»Wir könnten Zack anrufen«, schlug Liz vor.

»Genial. Er hat ja keinen Hehl daraus gemacht, dass er Kontakt zum Rat hat. Vielleicht bekommen wir etwas aus ihm raus. Zumindest müssen wir es versuchen«, bestätigte ich. »Wer hat seine Nummer?«

Betretenes Schweigen.

»Na gut, dann rufen wir Basti an und fragen danach, okay? Bitte sag mir, dass du seine Nummer hast, Levi«, flehte ich.

Levi nickte und ich atmete erleichtert aus.

»Gib mir einen Moment«, sagte er und ging nach draußen, um zu telefonieren.

Ich stellte mich neben Sascha und schlang meine Arme um seine Mitte. Wie gewohnt legte er seinen Arm um meine Schulter. Ich versuchte ihm Trost zu spenden und hoffte, dass es funktionierte.

»Wer passt eigentlich auf die Kinder auf? Und wie geht es Trixi?«, erkundigte ich mich.

»Trixi passt auf sie auf. Sie meinte, sie würde verrückt werden, wenn sie jetzt allein wäre. Die Kinder sind eine gute Ablenkung. Es geht ihr den Umständen entsprechend. In einer Stunde muss ich Maike abholen«, sagte Sascha dann nach einem Blick auf die Uhr.

Levi kam zurück und wir schauten ihn gespannt an. Er trug immer noch die Klamotten von gestern, seine Haare waren wirr und sein Gesicht gezeichnet von der Müdigkeit, trotzdem begannen seine Augen zu strahlen, als ich ihn anlächelte. Mein Herz hüpfte und schlug schneller.

»Ich hab die Nummer, lasst es uns gleich versuchen«, meinte Levi, wählte die Nummer und stellte dann den Lautsprecher an.

»Ja?«, ertönte Zacks Stimme nach dem zweiten Klingeln.

»Zack?«, fragte Levi.

»Wer ist da? Woher haben Sie die Nummer?«, wetterte Zack.

»Von Basti. Erinnerst du dich noch? Wir haben dich am Flughafen getroffen. Die Band, die mehr über die Geschichte erfahren wollte?«, erklärte Micah.

»Oh, ja, hey. Entschuldigt, aber die Nummer haben eigentlich nur enge Freunde. Was ist los? Wo brennt's?«, fragte Zack.

Beinahe hätte ich bei seinen Worten gelacht. »Witzig, dass du fragst. Es hat wirklich gebrannt.«

»Die Jäger, sie haben die *schwarze Katz* überfallen und niedergebrannt. Wir wollen den Rat informieren. Irgendetwas muss doch getan werden«, sagte Micah.

»Ah, ja. Das wissen wir schon. Der Rat ist informiert, sie kümmern sich darum, macht euch keine Sorgen. Ich muss jetzt weiter. War schön, von euch zu hören«, offenbarte Zack und beendete einfach das Gespräch. In der Leitung knackte es, dann war nur noch das Besetztzeichen zu hören.

»Ernsthaft?«, entfuhr es mir nach einer Minute, in der wir uns entsetzt angeschwiegen hatten. »Der Rat weiß Bescheid? Wie? Woher? Und wieso machen sie nichts? Wieso kommt niemand und beschützt uns?«

»Wir sollen uns keine Sorgen machen, meinte er das ernst?«, echauffierte sich Liz.

»Ich hab keine Ahnung. Irgendwie hatte ich mir mehr von diesem Telefonat erhofft«, gab Micah zu und wir nickten alle.

Sascha schnaubte. »Das bedeutet, dass irgendjemand in unserem Umfeld mit dem Rat in Kontakt steht.«

So weit hatte ich nicht gedacht. Er hatte recht. »Dann können wir jetzt wirklich niemandem mehr vertrauen«, bemerkte ich.

Sascha sah mich verwirrt an. »Wieso?«

»Weil wir nichts über den Rat wissen. Uns wird zwar gesagt, dass er uns beschützt, doch können wir darauf vertrauen? Wir vermuten, dass der Rat in Verbindung mit den Jägern steht. Und Jäger bedeuten nichts Gutes. Wem sollen wir also glauben? Jemandem, den wir gar nicht kennen?«, kam Levi mir zuvor.

Er hatte mir die Worte aus dem Mund genommen und ich war froh, dass nicht nur ich so dachte.

»Und was tun wir jetzt?«, fragte Liz.

»Wir müssen uns selber helfen«, meinte Sascha. »Na, wir stellen einen Trupp zusammen. Wir suchen diese Mistkerle und bringen sie hierher.«

»Und dann?«, fragte ich.

»Und dann … Keine Ahnung. Ich will sie sehen. Ich will ihnen in die Augen sehen und sie fragen, was ich ihnen getan habe«, antwortete Sascha.

Ich löste mich von ihm und sah zu ihm hoch. »Das wird keinen Unterschied machen. Trotzdem wirst du dich mies fühlen. Glaub mir.«

Vorsichtig gab ich ihm einen Kuss auf die Wange. »Aber du hast recht, wir sollten etwas tun, um uns zu schützen. Zumindest solange wir nicht wissen, ob sie noch hier sind.«

»An was denkst du?«, wollte Levi wissen.

Die Sonne stand mittlerweile hoch oben am Himmel und ich entledigte mich meines Pullovers. Es war total warm geworden und durch das eingestürzte Dach schien sie uns direkt auf die Köpfe.

»Ich weiß auch nicht genau. Aber zuerst müssen alle informiert werden. Die Kinder sollten nicht mehr allein aus dem Haus gehen und vielleicht stellen wir Gruppen auf, die nachts durch die Straßen patrouillieren. Wie eine Nachbarschaftswache oder so«, ich hielt inne und dachte nach. Doch mehr fiel mir nicht ein.

»Finde ich gut«, meinte Micah. »Klingt vernünftig.«

Stolz lächelte ich ihn an, alle anderen nickten zustimmend.

»Ich muss jetzt Maike abholen, danach wollte ich hier anfangen mit aufräumen und nachschauen, was sich noch retten lässt. Und du solltest deiner Mutter sagen, dass du hier bist«, erinnerte mich Sascha und verließ die *schwarze Katz.*

»Verdammt! Wie konnte ich das vergessen?«, entfuhr es mir. »Schnell, wir müssen zu Mami.« Ich flitzte hinaus, stieg in den Bus und ließ ihn an.

Wenige Minuten später parkte ich vor meinem Elternhaus und betrachtete es andächtig. Es sah noch genauso aus wie an dem Tag, an dem ich es verlassen hatte. Langsam stieg ich aus und blieb direkt vor dem Tor stehen. Keine Ahnung, wieso, aber ich hatte Angst, hineinzugehen. Vielleicht hatte sich alles verändert? Vielleicht war alles ganz anders geworden? Dabei war es doch mein sicherer Anker. Solange ich nicht hineinging, würde ich das Bild in meinem Kopf nicht zerstören. Es war wie mit Schrödingers Katze. Ich durfte die Kiste einfach nicht öffnen.

Meine Mutter nahm mir die Entscheidung ab, sie kam aus der Haustür gerannt und fiel mir stürmisch um den Hals.

»Wieso hast du nicht gesagt, dass du kommst? Ich hab es mir schon gedacht, aber trotzdem. Na ja, egal, ich freue mich «, lachte sie, gab mir einen Kuss auf die Wange und löste sich dann von mir. Jedoch nur, um den anderen um den Hals zu fallen und sie mindestens genauso herzlich zu begrüßen wie mich.

»Kommt rein, kommt rein. Ich hab vorsorglich schon mal Kuchen gebacken. Will jemand?«, fragte meine Mutter, wartete die Antwort jedoch nicht ab, sondern machte sich auf den Weg ins Haus.

»Willkommen zu Hause«, flüsterte ich und folgte ihr.

Die Kiste war geöffnet und ich atmete erleichtert aus. Nichts hatte sich verändert. Okay, meine Mutter hatte die Blumen ausgewechselt und es war aufgeräumter als sonst (was eindeutig an meiner Abwesenheit lag, machen wir uns nichts vor), doch es war immer noch mein Zuhause. Die Möbel standen an ihrem Platz und es roch nach Kaffee und Kuchen.

Hinter mir betraten auch die anderen mein Elternhaus.

»Lecker«, wisperte Liz, und in dem Wissen, dass sie alle mir folgen würden, ging ich in die Küche.

»Mama«, entfuhr es mir verblüfft. Mit *vorsorglich einen Kuchen gebacken* meinte meine Mutter ungefähr vier Blechkuchen, drei verschiedene Sorten Cupcakes und Muffins sowie diverse Torten. Die ganze Küche stand voll mit köstlichen Leckereien. »Willst du, dass ich fett werde und nicht mehr mit der Band auf Tour gehen kann, weil man mich sonst rollen müsste?«, fragte ich, immer noch staunend.

»Verdammt, du hast mich erwischt«, antwortete meine Mutter lachend und füllte den Kaffee in Tassen.

Wir setzten uns um den Küchentisch, Mama stellte einen dampfenden Becher vor jeden (Liz bekam Kakao, was sonst?) und schneller als sie auch nur *bedient euch* sagen konnte, plünderten wir das Kuchenbuffet.

»Wie lange bleibt ihr?«, erkundigte sie sich nach einigen Minuten, die wir schmatzend verbracht hatten.

Ich schluckte den letzten Bissen hinunter und betrachtete meine Mutter aufmerksam. Sie sah gut aus. Ein wenig müde, aber das war okay. »Keine Ahnung, eigentlich sollten wir heute … Scheiße, Micah, wir sollten heute im Studio stehen!«, sagte ich und schaute schockiert in die Runde. Das hatte ich völlig vergessen.

Micah ließ seine Gabel fallen und schaute mich mit großen Augen an. »Fuck, wie konnten wir das nur vergessen?«

Ich schüttelte den Kopf, immer noch zu geschockt, um zu antworten.

»Ruf ihn an«, meinte Levi.

Mama schaute verwirrt in die Runde. »Was ist denn los?«

»Ich hatte dir doch geschrieben, dass wir zwar nicht gewonnen, aber ein anderes großartiges Angebot bekommen haben«, sagte ich, während Micah die Küche verließ, um mit dem Produzenten zu telefonieren. Meine Mutter nickte und ich fuhr fort. »Ein Plattenproduzent hatte uns angeboten, Aufnahmen in seinem Studio zu machen, die er dann mit in die USA nimmt, um sie dort zu präsentieren. Der Termin wäre heute gewesen. Ich weiß nicht genau, wie er auf unsere Abwesenheit reagieren wird.«

Ich lehnte mich in meinem Stuhl zurück und hielt Ausschau nach Micah, konnte ihn jedoch nicht sehen. Wahrscheinlich war er ins Wohnzimmer gegangen.

»Könnt ihr den Termin nicht verschieben?«, fragte meine Mutter und schob sich ein Stück Kuchen in den Mund. Wie konnte sie jetzt essen? Wir anderen hatten unsere Gabeln sinken lassen und warteten gespannt auf Micahs Bericht.

»Ich weiß es nicht. Er ist nicht auf uns angewiesen. Wir haben nicht mal abgesagt. Wahrscheinlich hat er zehn Bands an jedem Finger, die unseren Platz liebend gern einnehmen«, erkläre ich und stocherte meinen Cupcake zu Tode.

»Das wird schon«, versuchte meine Mutter uns zu trösten.

»Wie konnten wir das nur vergessen?«, wispere ich immer noch ungläubig.

»Es ist einfach so viel passiert«, bemerkte Levi und ein sanftes Lächeln zierte sein Gesicht.

Sofort musste ich an die letzte Nacht denken. Bevor ich rot werden konnte, betrat zum Glück Micah das Zimmer und teilte uns die Hiobsbotschaft mit.

»Also, erfreut war er nicht«, begann er. »Erst mal möchte er uns nicht wiedersehen. Er hält nichts von Leuten, die Termine nicht einhalten. Was ich durchaus verstehen kann. Gegebenenfalls wird er sich aber wieder bei uns melden. Jedoch erst nach seiner Amerika-Reise.«

Betretenes Schweigen. Nur das Kauen meiner Mutter war zu hören.

»Wir leben. Uns geht es gut«, wiederholte ich Levis Mantra von heute Morgen und sah ihm dabei in die Augen. Es half ein bisschen. Ich brach nicht in Tränen aus, was ich durchaus für angebracht und verständlich gehalten hätte. Niedergeschlagen saßen wir da und starrten auf unsere halb leer gegessenen Teller.

»Na kommt schon. Das bringt nichts. Esst noch ein Stück Kuchen. Das macht glücklich«, sagte meine Mutter und deutete auf ihren Schokoladenkuchen. Ich begann zu lachen und bewunderte sie dafür, dass sie glaubte, ein Stück Kuchen würde alles besser machen. Wir hatten gerade die Chance unseres Lebens verpasst, wer wusste schon, ob wir so eine Gelegenheit je wieder bekommen würden. Dass der Produzent sich in einigen Wochen wieder bei uns melden würde, hielt ich für unwahrscheinlich. Nichtsdestotrotz nahm ich mir ein Stück Kuchen und lud auch den anderen noch etwas auf ihren Teller. Schaden konnte es nicht.

»Wo wollt ihr denn schlafen?«, fragte meine Mutter.

»Ähm, auch darüber haben wir noch nicht nachgedacht«, gab ich ehrlich zu.

»Ich will mich euch nicht aufdrängen, doch ich würde mich freuen, wenn ihr alle hier schlaft«, lud Mama uns ein und ich lächelte sie dankbar an. Mich hätte sowieso nicht aus dem Haus bekommen. Ich wollte in meinem eigenen Bett schlafen.

»Sehr gerne«, sagte Micah und nahm ein Stück Kuchen in den Mund.

»Dann lasst uns die Sachen ins Haus bringen. Danach will ich Sascha beim Aufräumen helfen«, sagte ich, nachdem mein Bauch so voll war, dass ich das Gefühl hatte zu platzen. Doch dann müsste ich das wieder saubermachen, also ließ ich es besser.

»Gute Idee. Wo soll was hin?«, erkundigte Levi sich und ging Richtung Haustür.

Ich folgte ihm. »Schläfst du bei mir?«, fragte ich hoffnungsvoll.

Er zwinkerte mir zu. »Es gibt nichts, was mich davon abhalten könnte.«Gut, dann war das schon mal abgehakt. »Micah kann auf der

Couch schlafen und Liz bekommt das Gästezimmer. Oder sie schlafen beide im Gästezimmer. Was glaubst du ist ihnen lieber?«

Levi deutete zur Haustür. »Frag sie.«

»Wollt ihr beide im Gästezimmer schlafen oder einer auf der Couch und einer im Gästezimmer?«, erkundigte ich mich, als sie uns entgegenkamen.

»Ist mir gleich«, sagte Micah und Liz nickte.

»Mir auch. Macht das unter euch aus«, schob ich die Entscheidung von mir. »Das Gästezimmer ist im ersten Stock die erste Tür links. Wo das Wohnzimmer ist, wisst ihr ja. Bringt eure Sachen einfach da hin, wo ihr schlafen wollt.«

Ich schnappte mir eine meiner Taschen und schleppte sie die Treppe hoch in mein Zimmer. Beim Betreten atmete ich tief ein und sog den Duft meiner Kindheit in mich. Es war wundervoll, wieder hier zu stehen. Meine Mutter hatte nichts verändert und das würde sie auch nicht. Ich stellte meine Tasche neben der Tür ab und schmiss mich auf mein Doppelbett. Mama hatte es frisch bezogen, mit meiner Lieblingsbettwäsche.

»Blümchen? Ist das nicht ein bisschen zu girly für dich?«, stellte Levi fest, als er das Zimmer betrat.

»Hey, hast du etwa was gegen meine Lieblingsbettwäsche? Dann kannst du gleich zu Micah auf die Couch gehen«, teilte ich Levi mit und genoss das Gefühl, in meinem Bett zu liegen.

Er legte sich neben mich und zusammen starrten wir an die Decke. Direkt über dem Bett befand sich eine Dachschräge, die ich mit Leuchtsternen beklebt hatte. Neben dem Bett, in der Schräge, waren rechts und links Fenster eingelassen, unter denen ich Bücherregale aufgestellt hatte. Auf der linken Seite quetschte sich mein Schreibtisch unter ein weiteres Fenster, das den Vorgarten zeigte. Gegenüber standen mein Kleiderschrank und ein weiteres Bücherregal, das ich mit einer Lichterkette dekoriert hatte. Zwischen Schrank und Regal thronte ein kleiner Fernseher auf einem Hocker, darüber waren ganz viele Fotos an die Wand gepinnt. Es waren Erinnerungen aus meiner Kindheit, meiner Schulzeit und der Bar.

»Schön hast du es hier«, meinte Levi.

Ich lachte. Kurz nachdem ich die Band kennengelernt hatte, waren alle zum Essen bei uns eingeladen. Dabei hatte ich ihnen das Haus und auch mein Zimmer gezeigt. »Du bist doch nicht zum ersten Mal hier.«

»Nein, aber ich sehe es zum ersten Mal aus dieser Perspektive. Gefällt mir«, erklärte er und beugte sich zu mir. Seine Lippen fanden meine und ich genoss es, seine Wärme auf mir zu spüren.

»Hey, Turteltäubchen«, unterbrach Liz uns viel zu schnell. »Glaubt ihr, wir tragen das restliche Zeug allein nach oben?«

»Oh, Mist«, entfuhr es mir und ich sprang auf.

Ich lief zum Bus, griff mir eine von Lizzys und eine meiner Taschen und ging wieder nach oben. Im Gästezimmer stellte ich fest, dass Liz und Micah sich dazu entschlossen hatten, beide im Gästezimmer zu schlafen. Genug Platz gab es. Es war genauso groß wie mein Zimmer und verfügte ebenfalls über ein Doppelbett sowie eine Ausziehcouch.

»Glaubst du, aus den beiden wird was?«, fragte ich Levi, der eine von Micahs Taschen neben mich stellte.

»Niemals. Liz ist für Micah wie eine kleine Schwester«, lachte er und ging kopfschüttelnd an mir vorbei. Ich zuckte mit den Schultern und folgte ihm.

Schnell saßen wir wieder im Auto Richtung *schwarze Katz*. Meine Mutter hatte uns ein leckeres Abendessen versprochen, auch wenn ich ihr tausendmal gesagt hatte, sie solle sich keine Umstände machen.

Auf dem Parkplatz der Bar standen einige Autos und ich stieg neugierig aus. Sascha kam uns entgegen.

»Schön, dass ihr hier seid. Danke. Es sind mehr Leute gekommen, als ich je erwartet hatte«, erklärte er und ging zu seinem Auto. Dort holte er ein paar Schaufeln aus dem Kofferraum, reichte Levi eine und zusammen gingen wir ins Innere. Wenn man es denn so bezeichnen wollte.

Die Menschen standen zwischen den Trümmern, schafften Steine und anderen Schutt aus dem Weg. Viele kannte ich, andere hatte ich noch nie gesehen.

»Seamus«, schrie ich plötzlich freudig und fiel meinem alten Schulfreund um den Hals. Ich gab ihm einen Kuss auf die Wange. »Was machst du hier? Ich habe dich schon ewig nicht mehr gesehen.«

Seit er in Berlin studierte, sahen wir uns kaum noch. Wir versuchten aber, den Kontakt über das Internet zu halten, was sich einfacher anhörte, als es war. Unsere Leben entwickelten sich in zwei verschiedene Richtungen, ohne dass der andere daran beteiligt war. Dabei waren wir sehr gute Freunde gewesen, hatten viel miteinander unternommen und uns in- und auswendig gekannt.

Er strubbelte mir durch die Haare. »Semesterferien«, sagte er stolz. »Wie geht es dir? Alles gut? Ich hab gehört, du wirst jetzt berühmt? Du weißt noch, dass du mich dann heiraten musst?«, witzelte er und ich lachte.

»Pakte, die man mit fünfzehn schließt, sind nicht bindend«, sagte ich. »Oh, das sind meine Freunde. Ich spiele zusammen mit ihnen in einer Band. Micah, Liz und Levi«, stellte ich sie vor. »Das ist Seamus, wir sind zusammen zur Schule gegangen.«

»Hey«, sagte Micah und reichte Seamus die Hand. »Schön, dich kennenzulernen.«

»Gleichfalls«, antwortete Seamus lächelnd.

»Wie lange bist du hier?«, beendete ich die Begrüßung unhöflich, doch es war mir egal. Ich freute mich viel zu sehr, um auf mein gutes Benehmen zu achten.

»Noch vier Wochen ungefähr«, meinte mein Schulfreund.

»Cool, lass uns mal was machen.«

»Super gern. Vielleicht können wir sonst noch jemand aus der alten Clique mobilisieren«, schlug Seamus vor.

Ich fuhr mir durch die Haare. »Gute Idee, aber eher schwierig. Es ist kaum noch jemand hier, die sind alle ausgeflogen.«

»Was können wir tun?«, unterbrach uns Levi und schaute ungeduldig zu uns rüber.

»Sascha meinte, wir sollen versuchen, den Schutt rauszubringen und das Brauchbare vom Unbrauchbaren zu trennen«, sagte Seamus und jeder nahm sich einen Besen, eine Schaufel oder eine Schubkarre. Dann machten wir uns an die Arbeit.

Wir kamen gut voran, weil wir so viele waren. Bald lagen nur noch große Teile im Raum, die man zu zweit oder zu dritt raustragen musste.

»Hey, Kat, hilf uns mal«, rief mir Sascha zu, der mit Seamus versuchte, einen Balken, der sich unter einem Stück der eingestürzten Seitenwand verkeilt hatte, herauszuziehen.

»Wartet«, rief ich und rannte zu ihnen. Zusammen zogen wir, doch der Balken bewegte sich kaum.

»Okay, so wird das nichts. Zieht ihr weiter, ich versuche, das, was auf dem Balken liegt, anzuheben«, sagte Sascha und ich spürte sofort, nachdem er losgelassen hatte, dass der Balken schwerer war als gedacht.

»Warte, meine Finger, ich rutsche ab«, keuchte Seamus, doch es war zu spät. Das Holz rutschte ihm aus den Händen und fiel mir direkt auf den Fuß.

Der Schmerz explodierte und trieb mir die Tränen in die Augen. Ich zog meinen Fuß sofort unter dem schweren Stamm hervor, doch es half nichts. Es pochte heftig und ich ließ mich auf den Boden fallen, um meinen Fuß zu halten. Dann zog ich mir den Schuh und den Socken aus. Alles noch dran, puh. Mein großer Zeh wurde schon blau und man konnte bereits erkennen, dass er anschwoll. Na toll.

»Oh mein Gott, das tut mir unglaublich leid. Ich wollte doch … Geht es? Kann ich …«, stammelte Seamus.

»Nicht schlimm«, flüsterte ich, was eine klare Lüge war. Doch es war nicht seine Schuld gewesen und er sollte sich deswegen nicht schlecht fühlen.

Vorsichtig zog ich den Socken wieder über meinen Fuß und sog scharf die Luft ein. Das war wohl keine gute Idee, also ließ ich den Socken wieder fallen und starrte meinen Zeh böse an. Er pochte heftig und die Schmerzen strahlten in mein komplettes Bein aus. Am besten blieb ich erst einmal sitzen, bis ich nicht mehr das Gefühl hatte, dass mir bei der kleinsten Bewegung meines Zehs die Luft aus den Lungen gepresst werden würde.

Auch Sascha war sofort an meiner Seite gewesen. »Geht es?«

»Ja, ich brauche nur noch einen Moment«, keuchte ich und atmete tief ein.

»Okay, warte, ich versuche mal, ein Kühlpack oder zumindest kaltes Wasser aufzutreiben.« Dann verschwand er, während Seamus auf meinen blau werdenden Zeh starrte.

»Lass das«, rief ich barsch, bereute es aber sofort. Der Schmerz hatte aus mir gesprochen.

»Es tut mir wirklich leid«, sagte er abermals.

Levi rauschte zu mir, ging in die Knie und schaute sich meinen Fuß an. »Geht's dir gut?«

»Ja, es war ein Unfall.«

Er betastete meinen Fuß kurz, stand dann ruckartig auf und schleuderte Seamus herum.

»Was hast du dir dabei gedacht?«, tobte Levi und schüttelte meinen Schulfreund ordentlich durch. »Du hast sie verletzt.«

»Levi!«, schrie ich entsetzt. »Bist du bescheuert? Hör auf. Was tust du denn?«

»Er hat dich verletzt. Es hätte weiß Gott was passieren können«, sagte Levi und hielt Seamus am Kragen gepackt. Dieser bewegte sich kaum und schaute mit aufgerissenen Augen zwischen mir und meinem Freund hin und her. Auch sonst war es in der Bar still geworden und die Anwesenden folgten gespannt unserem Schauspiel.

»Lass ihn sofort los, hörst du! Was fällt dir eigentlich ein? Ich hab gesagt, dass es mir gut geht und es gar nicht so schlimm ist. Wo nimmst du dir das Recht her, so auszuticken?«, fragte ich immer lauter werdend. »Wenn du ihn nicht sofort loslässt, rede ich nie wieder ein Wort mit dir.« Ja gut, wir waren nicht mehr vier Jahre alt, doch mir fiel auf die nichts anderes ein.

Levi sah mich entgeistert an, stieß Seamus von sich, sodass dieser auf seinem Hintern landete, und stampfte davon.

»Na wunderbar«, sagte ich und schüttelte ratlos den Kopf. Was war das denn gewesen? »Es tut mir wirklich leid«, entschuldigte ich mich bei Seamus. »Normalerweise ist er nicht so. Ich weiß überhaupt nicht, was in ihn gefahren ist.«

»Vielleicht der Stress«, versuchte Seamus, Levi halbherzig zu verteidigen.

»Lass das«, sagte ich. »Verteidige ihn bloß nicht, das hat er im Moment nicht verdient.«

Sascha kam mit einer Flasche Wasser wieder und drückte sie mir auf den Fuß. »Das ist das Einzige, das ich auf die Scnelle finden konnte.«

»Das wird schon gehen«, sagte ich und registrierte, dass die Kälte meinen Fuß und auch den Schmerz betäubte.

Die Menschen um uns herum bewegten sich wieder, arbeiteten weiter, trotzdem kochte die Wut in mir. Er konnte nicht einfach abhauen. Erst eine Szene machen und mich dann stehen – na gut, sitzen – lassen. Das war total unfair.

»Hilf mir mal hoch«, keuchte ich und streckte Sascha meine Hand hin. Er zog mich hoch und ich versuchte auf einem Bein zu balancieren, traute mich noch nicht, Saschas Hand loszulassen. Dann trat ich vorsichtig auf meine Ferse und stellte fest, dass der Schmerz aushaltbar war. Erleichtert atmete ich auf, dann humpelte ich mit meiner Socke und meinem Schuh in der Hand Richtung Ausgang. Ich wollte Levi hinterhergehen und ihm die Meinung sagen. Was war nur in ihn gefahren? Okay, die Situation war nicht leicht, in den letzten Tagen war viel passiert und er wollte mir nur helfen, doch seine Reaktion war genau das Gegenteil davon gewesen.

»Hey, Kat, wo willst du hin? Kannst du überhaupt richtig laufen? Gesund sieht das nicht aus. Soll ich dir helfen?«, fragte Seamus und nahm meinen Arm, um mir Halt zu geben.

»Geht schon«, beteuerte ich, nahm seine Hilfe aber dankend an. Es war eine ganz schön wackelige Angelegenheit, mit nur einem funktionierenden Fuß voranzukommen.

Wir traten durch den zerstörten Eingang und befanden uns wieder auf dem Parkplatz. Auf der Straße dahinter konnte ich Levi erkennen. Er stand vor einem kleinen Weg, der in den Wald führte. Seine Hände hatte er in die Taschen seiner Lederjacke gesteckt, die er aus dem Auto geholt haben musste. Ich liebte sie und hatte sie mir das ein oder andere Mal ausgeliehen. Meine Wut verrauchte langsam und ich rief mir in Erinnerung, dass es nicht leicht war, sein Seelentier und dessen Temperament zu beherrschen. Wahrscheinlich, war ich die falsche um den Moralapostel zu spielen, immerhin hatte ich Ella fast das Gesicht zerkratzt. Aber darüber reden, was vorhin geschehen war, wollte ich trotzdem.

Sein Blick traf mich und ich sog erschrocken die Luft ein. Traurig glänzten seine Augen in der Sonne, dann drehte er sich um und ging. Einfach so. Verdammt! Das war wieder eine dieser Situationen, die ich einfach nicht verstand. Wieso reagierte er so? Warum war manchmal alles kompliziert, während es sonst total einfach war?

Ich entriss Seamus heftiger als gewollt meinen Arm und er strauchelte. Der Arme. »Sorry«, sagte ich. »Ich muss da hinterher.«

»Schon okay«, flüsterte er und ging wieder in die Bar.

Ohne meinen Zeh zu berühren, versuchte ich meinen Socken anzuziehen, was mir gehörig misslang, und ich verzog schmerzverzerrt mein Gesicht. Aber ich hörte nicht auf und zwängte meinen Fuß auch noch in den Schuh, der sich viel enger anfühlte als vorhin. Ich atmete tief durch und lief Levi hinterher, immer darauf bedacht, nicht den Zeh zu belasten, sondern nur die Ferse.

Er ging zum Glück langsam, hatte sich die Kapuze seines Pullis über den Kopf gezogen und hielt den Kopf gesenkt. Ein bisschen erinnerte er mich an einen geschlagenen Hund.

»Hey, du Idiot, warte wenigstens auf mich«, schrie ich ihm meine Wut, aber vor allem meine Verzweiflung hinterher.

Abrupt blieb er stehen, als wüsste er nicht, ob er richtig gehört hatte.

»Ja, du hast mich schon verstanden, du bist ein Idiot«, rief ich noch mal.

Levi drehte sich um und blickte mir direkt in die Augen. Sie waren so traurig, gleichzeitig glänzte aber Freude und Verwunderung in ihnen. Zumindest interpretierte ich es so.

»Was war das denn?«, fragte ich und ließ mich dann auf meinen Hintern fallen. Mein Zeh schmerzte unglaublich. Ich musste aus dem Schuh raus, sonst würde er explodieren, ganz sicher. Langsam und ganz vorsichtig streifte ich erst meinen Schuh, dann den Socken ab. Der Zeh war fast doppelt so dick und ganz blau. Das war wirklich schnell gegangen.

Levi trat vor mich und starrte zu mir herunter.

»Und?«, forderte ich eine Antwort auf meine zuvor gestellte Frage.

»Ich weiß es nicht«, druckste er rum, dann ging er in die Knie und war fast auf Augenhöhe mit mir. »Ich bin ausgetickt.«

»Ja, *das* hab ich mitbekommen«, bestätigte ich. »Aber warum?«

»Als ich gesehen habe, dass das Ding auf deinen Fuß gefallen ist, da ist was in mir durchgebrannt. So musst du dich gefühlt haben, als Micah uns erzählt hat, was mit der Bar passiert ist.« Verlegen fuhr er sich durch seine Haare, ließ mich aber nicht aus den Augen. »Ich hatte dir nicht helfen, dich nicht beschützen können. Und so dumm das klingt, aber das Einzige, was ich noch tun konnte, war, dich zu rächen.«

»Mich zu rächen?«, ich lachte. »Wer bist du? Prinz Charming? Mich muss man nicht rächen. Schon gar nicht, wenn es ein Unfall war«, sagte ich, konnte ihn aber irgendwie verstehen.

»Meine Gedanken waren wirr, und schneller, als ich hatte gucken können, hatte ich Seamus auch schon gepackt und angeschrien.«

»Nicht gerade die feine englische Art dem Schulfreund seiner Freundin gegenüber«, stellte ich nüchtern fest.

»Ja. Du hast recht. Ich muss mich entschuldigen.«

»Wieso bist du weggelaufen? Du hast mich doch da stehen sehen?«

»Eigentlich hatte ich gerade beschlossen, reinzukommen und vor dir zu Kreuze zu kriechen, da bist du rausgekommen und dieser Seamus hatte seinen Arm halb um dich gelegt, außerdem hattest du ihn vorher auch noch verteidigt, obwohl er dir wehgetan hatte. Und du hast mich dir nicht helfen lassen, da …«, er ließ den Rest des Satzes in der Luft hängen und es war auch gar nicht nötig, dass er ihn vollendete.

»Mister, sind Sie etwa eifersüchtig?«, fragte ich ihn lächelnd.

»Ein bisschen vielleicht«, log er. Ich konnte es ihm an der Nasenspitze ansehen. Ohne nachzudenken, zog ich ihn zu mir und küsste ihn. Es war die einzig logische Reaktion, oder nicht? Irgendwie verlor Levi das Gleichgewicht und fiel halb auf mich drauf, mein Zeh blieb Gott sei Dank verschont. So lagen wir auf dem weichen Waldboden und küssten uns. Er löste sich von mir und strich mir eine verwaiste Strähne aus dem Gesicht.

»Ich finde es wirklich süß, dass du denkst, du musst mich beschützen. Und die meiste Zeit genieße ich das Gefühl, aber wie du vorhin reagiert hast, das hat mir nicht geholfen. Das hat alles nur noch schlimmer gemacht«, meinte ich irgendwann. Ich hatte das Gefühl, das noch einmal klarstellen zu müssen.

»Jetzt, wo ich wieder normal denken kann, sehe ich das wie du. Aber in dem Moment war es für mich die einzig denkbare Reaktion«, erklärte er und legte seine Hand an meine Wange. Mich überlief eine Gänsehaut und ich vergaß fast den Schmerz in meinem Zeh. Aber nur fast. Als er mich dann küsste, trat alles andere in den Hintergrund. Der Kuss war so intensiv und ich fühlte seine Verzweiflung, seine Angst und seine Wut. Die Wut über sich selbst. Liebevoll fuhr ich ihm über die Wange und versuchte ihm dieses Gefühl zu nehmen. Ich fühlte sein Lächeln an meinen Lippen und eine Woge des Glücks breitete sich in mir aus.

Er löste sich von mir und sah mich mit strahlenden Augen an. Ich liebte es, wenn er mich so ansah. Als wäre ich das Glück seiner Welt, als könne er nicht ohne mich leben und wollte es auch gar nicht. Ich genoss das Gefühl, von ihm geliebt und begehrt zu werden, und strubbelte ihm durch die Haare.

»Und wie kommen wir jetzt zurück?«, fragte ich dann, Levi sah mich nur fragend an. »Na, laufen kann ich nicht«, erklärte ich und zeigte auf meinen Zeh.

»Verdammt. Und damit bist du mir nachgelaufen?«, wollte er schockiert wissen. »Du hast es noch viel schlimmer gemacht. Was hast du dir nur gedacht?«

»Was ich mir gedacht habe? Hallo? Was hast du dir gedacht? Ich musste dir doch hinterher«, echauffierte ich mich.

Levi schwieg und sah mich eine Weile an, dann stand er auf und nahm mich auf den Arm. Erschrocken sog ich die Luft ein.

»Du willst mich doch nicht tragen?«, quiekte ich und begann zu zappeln.

»Nach was sieht es denn aus?«, fragte Levi und ging einfach weiter. »Und jetzt hör auf zu zappeln, sonst rutscht du mir noch aus den Armen.«

Ich ergab mich der Situation und lehnte meinen Kopf an Levis Schulter. Die Art der Fortbewegung gefiel mir. Ab sofort würde ich mich immer und überall von ihm hintragen lassen. Ich kicherte und Levi gab mir einen Kuss auf die Stirn. Manchmal war er wirklich Prinz Charming. Liebenswürdig und hilfsbereit. In glänzender Rüstung brachte er mein Herz zum Schmelzen und ritt auf seinem Schimmel mit mir in den Sonnenuntergang. Und manchmal war er wie Cruella De Vil. Er brachte kleine Welpen (damit meinte ich mich) zum Weinen und lachte grausam dabei. Ich mochte beide Seiten, war ich jetzt ein Masochist?

17.

Freund oder Feind? Das war hier die Frage.

Vier Tage später saß ich immer noch in meinem Zimmer und lagerte meinen Fuß hoch. Der Zeh war gebrochen und tat höllisch weh, wenn ich auftrat. Trotz Wandlergen hatte ich keine Superkräfte und so würde es noch einige Tage dauern, bis er verheilt war. Also blieb mir nichts anderes übrig, als still zu sitzen. Eine meiner Lieblingsbeschäftigungen. Nicht. Es war halb zehn und ich war seit drei Stunden wach, weil ich schon früh zu Bett gegangen war. Und auch genau seit drei Stunden langweilte ich mich. Das Buch, das neben meinem Bett gelegen hatte, war ausgelesen und die Fernbedienung lag auf Levis Seite. Jedoch wollte ich nicht riskieren, ihn aufzuwecken, also blieb ich schön brav und vor allem ruhig liegen. Was war ich nicht für eine nette Freundin.

Irgendwann, gerade als ich an die Decke starrte und ein neues Lied im Kopf hatte, stupste Levi mich an.

»Hey, du bist ja schon wach, das ist ja mal was ganz Neues«, nuschelte er verschlafen. »Alles gut?«

»Alles gut!«

»Ich konnte nicht mehr schlafen«, sagte ich und Levi rappelte sich auf. Dann legte er seine Hand auf meine Stirn und beäugte mich kritisch.

»Bist du sicher, dass du nicht krank bist? Seit wann kannst du denn nicht mehr ausschlafen?«, fragte er gespielt ernst. Ich schlug seine Hand von meiner Stirn.

»Lass mich in Ruhe, du Idiot«, lachte ich und gab ihm einen Kuss. »Und jetzt mach dich nützlich und geh mir Kaffee holen.« Ich gab es zu, ich genoss es, bedient zu werden. Doch wenn die Band aus dem Haus war, langweilte ich mich schrecklich. Sie versuchten zwar abwechselnd bei mir zu sein, doch ich scheuchte sie immer in die

Bar oder zum Wachdienst. Ich hatte ein furchtbar schlechtes Gewissen, weil ich nicht helfen konnte, sondern bloß faul im Bett lag. Da wollte ich nicht auch noch die anderen davon abhalten. Auch meine Mutter war die meiste Zeit außer Haus. Entweder war sie bei der Arbeit oder hütete Saschas Kinder, damit Maike sich noch etwas erholen konnte.

»Jawohl, Ma'am«, sagte Levi und riss mich damit aus meinen Gedanken. Er gab mir einen Kuss und machte sich auf den Weg in die Küche. Ich hörte Gelächter und bereute es, nicht selbst gegangen zu sein. Wahrscheinlich konnte ich schon wieder laufen, doch der Arzt hatte gesagt, ich sollte mindestens eine Woche das Bett hüten und ich vertraute ihm.

Einige Minuten später kam Levi wieder nach oben.

»Hier, dein Kaffee. Ich hab dir auch was zu essen mitgebracht«, meinte er, reichte mir meine Tasse und einen Teller mit einer Butterbrezel.

»Mh, danke, wie lieb von dir«, säuselte ich und balancierte meine Tasse, weil Levi sich aufs Bett geschmissen hatte und die braune Brühe dabei fast über den Rand geschwappt wäre.

»Hast du keinen Hunger?«, schmatzte ich mit vollem Mund. Levi hatte den Fernseher angeschaltet und zappte durch das Programm.

»Nein, noch nicht. Gib mir noch einen Moment, um richtig wach zu werden«, erklärte er und lächelte mich an. Ich zuckte mit den Schultern und biss herzhaft in meine Brezel.

Ich hatte die letzten Tage sehr viel Zeit zum Nachdenken gehabt und vor allem ein Thema lag mir schwer auf der Seele. Wir waren zu Hause bei meiner Mutter und Levi verstand sich super mit ihr, sie waren toll zusammen. Ich wusste, dass Levi niemanden mehr hatte außer seinem Onkel. Okay, seine Mutter war auch noch da, aber das Verhältnis zu ihr war wohl irreparabel zerstört. Bei seinem Onkel sah das anders aus. Seit Tagen wollte ich ihn darauf ansprechen, doch ich traute mich einfach nicht. Eine ganze Weile schaute ich Levi dabei zu, wie er ziellos durch die verschiedenen Kanäle schaltete, immer mal wieder innehielt, kurz zuhörte und dann doch weiter zappte. Jetzt oder nie. Den perfekten Zeitpunkt würde es sowieso nie geben. Auch wenn ich noch Wochen wartete, würde ich seine Reaktion nicht vorher kennen und mich deswegen davor fürchten. Also, auf in die Schlacht.

»Sag mal«, versuchte ich es, nachdem ich meine Brezel vertilgt und meinen Kaffee ausgetrunken hatte. »Dein Onkel …«

Levi horchte auf, ließ die Fernbedienung sinken und sah mich an. »Hm?«

»Na ja, du meintest doch, du traust dich nicht, ihm unter die Augen zu treten. Wieso?«, fragte ich vorsichtig.

»Das ist eine lange Geschichte, Kitty Kat«, flüsterte er. Doch damit wollte ich mich nicht zufriedengeben, bisher hatte er mir den Kopf noch nicht abgerissen, also traute ich mich einen weiteren Schritt nach vorne.

»Ich hab eigentlich ziemlich viel Zeit, hatte sowieso vor, den ganzen Tag hier rumzuliegen«, meinte ich und lächelte ihn an.

»Kat, ich will wirklich nicht darüber reden, okay? Können wir das bitte lassen?«, fragte er und wandte sich dem Fernseher wieder zu.

»Gut«, gab ich nach, während ich *fürs Erste,* dachte. »Ich gehe duschen.«

Vorsichtig setzte ich mich auf und belastet ganz vorsichtig meinen Fuß. Aushaltbar.

»Soll ich dir helfen?«, bot Levi an, doch ich wollte gerade nicht mit ihm reden. Anscheinend hatte er das Gefühl, mir nicht erzählen zu können, was damals mit seinem Onkel passiert ist und das fuchste mich. Tierisch. Im wahrsten Sinne des Wortes.

»Nein, danke«, lehnte ich ab. Der Schmerz war nichts gegen den, als es gerade erst passiert war. Und da war ich Levi durch den halben Wald gefolgt, also konnte ich jetzt wohl zur Dusche laufen.

Das warme Wasser tat gut auf meiner Haut. Ich fühlte mich lebendig, als würde alles gut werden. Ich durfte nur nicht die Dusche verlassen. Kurz war ich versucht, dann drehte ich das Wasser ab und stieg hinaus in die Kälte. Der Spiegel war beschlagen, ich wischte mit meiner Hand darüber. Meine Mutter hasste es, wenn ich das tat, deshalb lächelte ich dabei. Ich war ein böses Kind, ich wusste es ja. Aber was konnte ich dafür, dass die verbotenen Dinge am meisten Spaß machten?

Dann sah ich in den Spiegel und wünschte mir, ich hätte ihn nicht frei gewischt. Meine Haare hingen nass zu beiden Seiten meines Gesichts hinunter und wirkten farblos. Unter meinen Augen zeichneten sich tiefe Ringe ab und ich fragte mich, woher die kamen, immerhin schlief ich mehr als sonst. War das ein Zeichen? Sollte ich wieder weniger schlafen? Und dann, als wäre das nicht schon genug gewesen, entdeckte ich einen Pickel, direkt auf meinem Kinn. Es sah aus, als würde mir ein Horn aus dem Gesicht wachsen, na gut, ich übertrieb, trotzdem, es fühlte sich so an. Langsam, um mit meiner nackten Haut nicht ans Waschbecken zu stoßen, beugte ich mich vor, um näher an den Spiegel zu kommen. Dann drückte ich so lange an meinem Kinn herum, bis es ganz rot war und ich somit alles nur noch schlimmer gemacht hatte. Ich stampfte mit dem Fuß auf und kreischte schmerzerfüllt auf. Mein Zeh. Er pochte und mir schossen Tränen in die Augen. Wunderbar. Wirklich wunderbar.

Wütend über den Pickel, die Situation und alles andere, schnappte ich mir ein Handtuch und wickelte mich darin ein. Dann nahm ich ein zweites, kleineres und trocknete damit meine Haare. Zumindest versuchte ich es, gab nach einigen Minuten jedoch auf und lief halb humpelnd in mein Zimmer. Es war leer. Der Fernseher war aus und so schmiss ich mich erst mal auf mein Bett.

Dann zappte ich mich durch das Fernsehprogramm und versuchte irgendetwas zu finden, bei dem ich keine Angst hatte zu verblöden. Ich scheiterte. Grausam. Also beschloss ich, mich anzuziehen und etwas aufzuhübschen. Vielleicht bekam ich die Augenringe ja weggeschminkt. Einige Minuten später stand ich unschlüssig vor meinem Schrank. Er war voller Klamotten, trotzdem hatte ich das Gefühl, nichts zum Anziehen zu haben. First World Problems. Nach einer gefühlten Ewigkeit entschloss ich mich für eine enganliegende schwarze Jeans, die ich ein wenig umkrempelte, immerhin war es draußen warm. Meine Knöchel kamen zum Vorschein und ich befand, dass das genug Haut sei. Ich mochte meine Beine nicht, das war einfach mein Tick. Für das Oberteil brauchte ich noch mal ungefähr eine halbe Stunde. Ich probierte zwanzig verschiedene an, bis ich ein schlichtes weißes wählte. Dafür holte ich noch einen braunen Ledergürtel mit einem bunten Blumenaufdruck aus dem Schrank und probierte, ob er noch passte. Er tat es. Perfekt.

Gerade als ich die Augenringe mit zehn Tonnen Make-up abgedeckt hatte und unter so viel Künstlichkeit kaum noch atmen konnte, klingelte es. Kurz darauf streckte Trixi ihren Kopf zur Badezimmertür herein.

»Ui, bist du in eine Douglas-Filiale gefallen?«, fragte sie mich amüsiert.

»So viel Schminke und Parfüm ist es gar nicht«, versuchte ich es herunterzuspielen, öffnete dann jedoch das Fenster und griff nach einem Abschminktuch.

Trixi lachte und setzte sich auf den Badewannenrand.

»Wie geht's dir?«, erkundigte sie sich.

»Gut. Viel besser. Und dir?«, wollte ich wissen und sah im Spiegel, dass ihr Blick zu meinem Zeh wanderte.

Als ich das Abschminktuch in den Mülleimer neben dem Waschbecken pfefferte, war es komplett braun. Ich hatte es wirklich übertrieben. »Den Umständen entsprechend«, sagte sie und lehnte mich mit dem Rücken oder besser gesagt mit dem Po gegen das Waschbecken.

Die Vögel zwitscherten zum Fenster herein und ich sog die sommerliche Luft tief in die Lungen. »Lass uns in den Garten gehen«, schlug ich vor. »Oder hast du gar nicht so viel Zeit?«

»Doch, doch, ich hab mir den ganzen Tag freigehalten. Ich dachte, wir könnten einfach mal reden.«

Ich freute mich, den ganzen Tag mit Trixi verbringen zu können und ging voraus, immer darauf bedacht, meinen Zeh nicht zu sehr zu belasten. Im Garten fegte ich mit meiner Hand ein paar Blätter von den Stühlen und wir setzten uns. »Oh Mann, wie unhöflich.

Kann ich dir was zu trinken anbieten?«, fragte ich nach einigen Minuten.

»Ich hole uns was«, sagte sie und ich lächelte ihr dankbar zu.

»Sag mal, das mit dir und Levi, das ist was Ernstes, oder?«, quetschte Trixi mich aus, als sie zurückkam. Ich war überrascht und sagte das Erste, was mir einfiel. Nichts.

Ja, es war was Ernstes. Oder? Ich war mir ziemlich sicher. Aber darüber geredet hatten wir nicht. Mussten wir das? Reichte nicht unser Tun? Doch!

»Ja«, bestätigte ich und lächelte verträumt.

»Das sieht man. Ich mochte ihn von Anfang an. Seine Art ist so fröhlich. Er bringt Licht in jeden Raum, den er betritt, und schafft es, jedes Herz, mag es auch noch so dunkel sein, wieder zum Leuchten zu bringen«, plauderte sie und ich starrte sie mit offenem Mund an. Warum waren auf einmal alle so weise? Vielleicht sollte ich mir von Micah Nachhilfe geben lassen? Immerhin war er Mister-Weise in Person.

»Sieh dich an«, fuhr Trixi fort. »Du lächelst nur noch. Bist glücklich und das nach all den Tagen voller Traurigkeit.«

Nachdenklich nickte ich und nahm einen Schluck von der Cola, die meine Freundin vor mich hingestellt hatte. War es so? War ich glücklich? Trotz all der widrigen Umstände, wie die Jäger und der Überfall, war ich es wirklich. Ich hatte das Gefühl, den Menschen getroffen zu haben, der mit mir alles durchstehen würde, egal, was es sein würde.

»Stimmt«, gab ich zu und lächelte in meine Cola. »Was ist mit dir? Ich hab mich nicht wirklich gut benommen die letzten Wochen. Tut mir leid«, sagte ich kleinlaut und schaute zu Trixi.

»Du hattest viel zu tun. Das ist okay. Zuerst habe ich mich etwas zurückgestellt gefühlt, auch wenn ich dir das alles von Herzen gönne. Doch jetzt geht es. Ich glaube, unsere Freundschaft ist nicht davon abhängig, wie oft wir uns beim anderen melden. Wenn ich dich brauche, dann weiß ich, egal, wo du bist, du kommst, so schnell es geht. Und andersrum gilt das genauso.«

»Du bist erwachsen geworden«, erkannte ich. Wann war das denn passiert? Ich war so stolz auf sie, auch wenn ich ein wenig traurig war, dass ich es anscheinend verpasst hatte.

»Schockierend, aber wahr«, lachte sie und ich stimmte mit ein.

Wir unterhielten uns den ganzen Nachmittag und irgendwann kam auch noch Liz dazu. Die Jungs hatten die erste Wache übernommen und zogen durch die Straßen. Es waren insgesamt sechs Leute unterwegs, immer in Zweierteams. Ich hatte die Zeit im Bett nämlich sinnvoll genutzt und die letzten Tage einen Plan entworfen.

Kurz vor sieben Uhr schauten die Jungs kurz vorbei. Meine Mutter hatte etwas vom Abendessen auf zwei Teller verteilt und in den Ofen gestellt. Sie patrouillierten die ganze Nacht durch die Straßen zu unserem Schutz. Da wollten wir sie wenigstens gut versorgen.

»Hungrig?«, fragte ich und beide nickten synchron.

Ich ging vorsichtig zum Ofen, holte die Teller raus und stellte einen nach dem anderen in die Mikrowelle.

»Es tut mir leid wegen heute Morgen«, flüsterte Levi mir plötzlich von hinten ins Ohr und sein Atem auf meiner Haut löste eine Gänsehaut aus. Ich lehnte mich gegen ihn und er schlang seine Arme um mich.

»Schon okay. Ich will nur, dass du mir alles sagen kannst«, erklärte ich mit geschlossenen Augen und ignorierte das Piepsen der Mikrowelle.

»Das weiß ich. Aber es ist schwer, seine eigenen Fehler den Menschen zu gestehen, die man liebt«, antwortete Levi und ich drehte mich in seinen Armen, sodass ich ihm in die Augen sehen konnte.

»Das akzeptiere ich«, sagte ich und küsste ihn.

Levis Magen knurrte und ich löste mich lächelnd von ihm, um den dampfenden Teller aus der Mikrowelle zu holen.

»Danke«, flüsterte er, nahm ihn entgegen und ging an den Tisch. Ich beobachtete alles eine Weile, dann ging ich lächelnd zu der verrückten Meute und setzte mich dazu.

Irgendwann in der Nacht, ich hatte schon einige Zeit geschlafen, wurde das Licht angemacht und ich legte meinen Arm über meine Augen. Seit wann machte Levi das Licht an? Normalerweise schlich er im Dunkeln ins Bett und ich schmiegte mich dann an ihn.

»Kat? Kat? Bist du wach?«, fragte meine Mutter.

»Nein, natürlich nicht«, murmelte ich und drehte mich auf die andere Seite.

»Komm schon, du musst aufwachen«, versuchte sie es weiter und rüttelte sanft an meiner Schulter.

Genervt setzte ich mich auf und stieß sie dabei ungewollt weg. »Was ist denn los?«, motzte ich, es klang viel härter, als ich es eigentlich wollte. Mann, ich konnte ein ganz schöner Stinkstiefel sein, wenn man mich mitten in der Nacht aufweckte.

»Micah hat gerade angerufen«, begann sie zaghaft.

»Ja?«, fragte ich. »Haben sie einen erwischt?«

»Nicht direkt«, wich meine Mutter aus.

»Bitte, es ist mitten in der Nacht, komm zum Punkt«, sagte der Stinkstiefel in mir und ich fuhr mir frustriert durch die Haare.

»Einer der Jäger hat sie überrascht und sie wurden verletzt …«, begann meine Mutter, doch ich unterbrach sie sofort und schwang meine Beine über die Bettkante.

»Wo sind sie?«, wollte ich aufgeregt wissen. »Leben sie?«

»Ja, Sascha meinte, Micah hat relativ schnell Hilfe gerufen. Sie wurden ins Krankenhaus gebracht.«

»Gut«, meinte ich und zog meine Klamotten, die chaotisch im Zimmer verteilt waren, an. »Ich fahr da sofort hin. Wo ist Liz? Hast du sie schon geweckt?«, fragte ich ernst. Ich wusste, dass sie dabei sein wollte, ich konnte sie nicht hierlassen. Falls was passieren sollte, würde ich mir das nie verzeihen und im Moment wusste ich noch nicht, wie es um die Jungs bestellt war.

»Nein, als Sascha mich angerufen hat, wollte ich es erst dir sagen.«

»Okay. Willst du mit?«, wollte ich wissen.

»Nein, ich kann nicht«, antwortete meine Mutter traurig und ich nickte verstehend. Wir hatten alle schon mal jemanden im

Krankenhaus verloren. Es würde nie zu einem meiner Lieblingsorte werden.

»Lizzy«, versuchte ich das kleine Küken sanft zu wecken. Ich kniete neben ihrem Bett und schaute direkt in ihr Gesicht. »Komm, wir müssen los. Die Jungs haben's mal wieder verbockt«, sagte ich dann leicht lächelnd.

Nur nicht durchdrehen, Kat. Du schaffst das, sagte ich zu mir selbst und atmete tief ein.

»Hm?«, machte Liz und sah mich fragend an.

»Irgendetwas ist passiert«, versuchte ich es ihr schonend beizubringen. So gut das eben ging.

»Was passiert?«, wiederholte sie verwirrt, setzte sich auf und ich hielt ihr ihre Klamotten hin.

»Ja, wir müssen ins Krankenhaus.«

»Krankenhaus?«, fragte sie alarmiert und schien auf einen Schlag vollkommen wach zu sein.

»Im Auto«, sagte ich und ging vor.

Wenig später trafen wir im Krankenhaus ein, ich war gefahren wie eine Irre, was zum Glück um die Uhrzeit kein Problem gewesen war, uns war kaum ein Auto entgegengekommen.

»Wo sind sie?«, erkundigte ich mich bei Sascha, sobald ich ihn in der Notaufnahme entdeckt hatte.

»Hier«, hörte ich Micah plötzlich neben mir und ich fiel ihm erleichtert um den Hals. Mir liefen die Tränen über die Wangen und ich versuchte erst gar nicht, sie aufzuhalten.

Micah hatte einen Kratzer über dem Auge, der seine Augenbraue teilte, und seine Nase schien geblutet zu haben.

Verzweifelt fuhr er sich durch die Haare. »Da war plötzlich ein Typ, der ist direkt auf uns zugekommen und wir blödelten noch herum, dass kein Jäger der Welt so dumm sei, direkt auf uns zuzukommen. Plötzlich zog er eine Waffe und schoss.«

»Er schoss?«, echote Liz schockiert.

»Ja«, antwortete Micah. »Er hat keinen von uns getroffen, anscheinend konnte er nicht zielen, doch bei dem anschließenden

Gerangel hat er Levi mit dem Lauf auf den Kopf geschlagen und er ging bewusstlos zu Boden …«

»Halt«, unterbrach ich Micah und sah mich hektisch um. Bisher hatte ich angenommen, Levi würde hier auch irgendwo rumspringen, doch Micahs Worte ließen mich zweifeln. »Wo ist Levi?«, fragte ich, als ich ihn nicht entdecken konnte.

»Ich hab, sobald ich den Kerl überwältigt hatte, den Notarzt gerufen. Wirklich. Aber er ist nicht aufgewacht. Er ist einfach nicht aufgewacht«, versuchte Micah zu erklären, was passiert war.

»Wie meinst du das? Was heißt, er ist einfach nicht aufgewacht? Du willst doch nicht sagen …«, ich konnte es nicht aussprechen. Meine Mutter hatte gesagt, sie würden beide leben. Die Tränen waren versiegt, ich war in einer Schockstarre.

»Nein, oh Gott, nein«, ging Sascha dazwischen und ich merkte, dass ich die Luft angehalten hatte. Gierig atmete ich ein. »Er lebt, Kat, alles gut.«

»Alles gut? Verdammt, kann mir mal jemand sagen, was passiert ist?«, schrie ich fast.

»Er ist bewusstlos und sie wissen noch nicht genau, ob sein Gehirn irgendeinen Schaden von dem Schlag genommen hat«, sagte Micah endlich.

»Er lebt, er lebt, er lebt, er lebt«, flüsterte ich immer wieder vor mich hin und versuchte mich selbst zu beruhigen.

»Dann warten wir jetzt also?«, erkundigte sich Liz nach einiger Zeit des Schweigens.

»Ja, wir warten«, bestätigte Sascha und wir setzten uns in den Warteraum.

»Ihr habt also einen geschnappt«, fragte ich nach einer Ewigkeit, konnte Micah aber nicht in die Augen schauen. Irgendwie gab ich ihm die Schuld, dass Levi verletzt worden war, was natürlich unsinnig war. Jetzt musste es nur noch mein Gehirn und vor allem mein Herz begreifen.

»Ja, wir haben ihn geschnappt und glaub mir, er hat bekommen, was er verdient hat«, erklärte Micah dann in einem Ton, den ich noch nie gehört hatte. Irgendwie böse, gleichzeitig aber auch traurig.

»Was meinst du denn damit?«, fragte Liz verwirrt.

»Sagen wir so: Nicht nur Levi muss im Moment behandelt werden«, sprang Sascha ein.

Überrascht schaute ich zu Micah. »Du hast ihn vermöbelt?« Irgendwie passte das überhaupt nicht zu ihm.

»Ja«, gab er tonlos zu.

»Aber ihr habt ihn geschnappt«, flüsterte ich. »Dann nimmt das hier jetzt endlich ein Ende, oder?«

»Was wird mit ihm passieren?«, fragte Liz mit gesenktem Blick.

Lange antwortete niemand. Mir war es im Moment ziemlich egal. Ich wollte einfach nur, dass endlich eine Schwester oder ein Arzt kam und mir sagte, dass es Levi gut ging. Doch nichts passierte. Stattdessen antwortete Sascha nach einer Weile.

»Ich würde den Rat benachrichtigen.«

Micah setzte sich kerzengerade auf. »Wahrscheinlich müssen wir das nicht mal«, sagte er trocken. »Laut Zack wissen sie ja sowieso, wo was passiert.«

»Wahrscheinlich hast du recht«, gab ich zu. »Vielleicht sollten wir dem Jäger vorher noch mal einen Besuch abstatten? Immerhin wissen wir nicht, was der Rat mit ihm macht.«

»Wie stellst du dir das vor?«, wollte Micah wissen.

Ich strich mir eine Strähne aus dem Gesicht. »Wir sollten versuchen, aus ihm herauszubekommen, was hier läuft. Ich bezweifle, dass der Rat uns in seine Geheimnisse einweihen wird.«

»Damit könntest du allerdings recht haben«, gab Micah zu. »Jedoch sollten wir erst mal warten, bis seine Wunden verheilt sind.«

Die Uhr tickte so penetrant laut, dass ich das Gefühl hatte, sie würde alle anderen Geräusche übertönen. Auch meinen Atem. Atmete ich überhaupt? Ich hatte das Gefühl, schon seit einigen Minuten nicht mehr richtig Luft zu bekommen. Erschrocken stand ich auf und lief hin und her. Versuchte tief einzuatmen und die Luft durch meinen Körper wandern zu lassen. Das Laufen beruhigte mich und da ich nicht tot umgefallen war, musste ich wohl noch atmen. Setzen wollte ich mich trotzdem nicht. Um meinen Kreislauf weiter in Schwung zu bringen, ging ich auf die Suche nach einem Getränkeautomaten. Der in dem Warteraum, in dem wir saßen, war natürlich außer Betrieb. Was sonst? Außerdem hatte ich nicht das Gefühl, dass wir in den nächsten Minuten zu einer Entscheidung kommen würden, ob wir dem Jäger nun einen Besuch abstatteten oder auf den Rat warten würden. Immer wieder brachte jemand ein neues Argument, das es zu bedenken und besprechen galt. Alles schien so groß und kompliziert. Mein Verstand wollte es nicht begreifen.

Das Krankenhaus glich einem Irrgarten. Überall waren Gänge und ich war mir ganz sicher, dass sie sich wie die Treppen in *Harry Potter* bewegten, sobald ich ihnen den Rücken zugekehrt hatte. Egal, wie oft ich schon hier gewesen war, ich verlief mich jedes Mal aufs Neue. Deswegen hatte ich meine Cola auch schon fast leer, als ich wieder zurück in den Warteraum fand.

»Hast du die Cola etwa selbst gemacht? Oder wo warst du so lange?«, fuhr mich Micah regelrecht an, sobald er mich gesehen hatte.

»Ähm, ich hab mich verlaufen, sorry«, sagte ich verwirrt. »Was ist denn los?«

»Er ist jetzt auf einem Zimmer«, informierte mich Liz, sprang auf und zog mich am Arm mit sich. Micah und Sascha blieben zurück, wahrscheinlich wollten sie mir etwas Zeit mit Levi geben. Ich klammerte mich an Liz. So gern ich mit Levi allein war, jetzt brauchte ich jemanden an meiner Seite. Der mich hielt, mir Kraft gab, einfach da war.

»Wart ihr schon bei ihm? Ist er aufgewacht? Geht es ihm gut?«, blubberten die Fragen aufgeregt aus mir.

»Ja. Nein. Sie glauben schon.«

»Sie glauben schon?«, kreischte ich, während ich abrupt stehen blieb. Wir waren vor der Tür, die offensichtlich in ein Krankenzimmer führte, angekommen. Ich war mir nicht sicher, ob ich diese Tür wirklich durchschreiten wollte. Natürlich wollte ich. Irgendwie. Aber dann auch nicht. Die Situation war zu groß und sie drohte mich zu erdrücken. Ich brauchte Levi. Er wusste, wie ich reagierte, er wusste, was zu tun war. Aber er war nicht da. Richtig, er lag hinter der Tür in einem Bett und brauchte mich. Und was tat ich? Stand hier draußen und dachte nur an mich. Ich straffte meine Schultern, nickte Liz zu, die gewartet hatte, bis ich so weit war, und wir gingen zusammen ins Zimmer.

Innen war es total still. Levi lag allein im Zimmer, neben seinem stand noch ein unbenutztes Bett. Der Raum war nicht sonderlich groß, aber funktionsmäßig. An der rechten Wand standen die Betten, gegenüber ein kleiner Tisch mit zwei Stühlen. Außerdem erkannte ich eine Tür, die vermutlich ins Badezimmer führte. Die Wände waren weiß und es roch stark nach Desinfektionsmittel. Typisch Krankenhaus. Levi wirkte in seinem Bett richtig klein. Er hatte nicht mehr seine normale Kleidung, sondern ein Krankenhaushemd an. Seine Augen waren geschlossen, ein Tropf hing an seinem Arm.

Langsam ging ich zu ihm, blieb eine Sekunde unsicher vor seinem Bett stehen, nahm dann seine Hand in meine.

»Was hast du nur angestellt?«, flüsterte ich und eine Träne rollte mir über die Wange. »Was haben die Ärzte gesagt?«

Liz stellte sich auf die andere Seite des Bettes und betrachtete Levi eine Weile. »Nicht viel. Wir sind nicht seine Angehörigen. Anscheinend dürfen sie uns nichts sagen.«

»Klingt nach einem aber«, sagte ich hoffnungsvoll.

»Aber nachdem ich behauptet habe, ich sei seine Schwester, hat uns der Arzt zumindest so viel verraten, dass er wohl keine bleibenden Schäden davontragen wird.«

»Das klingt schon wieder nach einem aber.«

»Aber sie wissen nicht, warum er nicht aufwacht.«

Ich ließ die Worte ganz langsam in mein Bewusstsein rieseln. *Sie wissen nicht, warum er nicht aufwacht.*

»Was heißt das?«, fragte ich.

»Keine Ahnung. Mehr hat er nicht gesagt.«

»Und jetzt? Wie bekommen wir mehr aus den Ärzten raus?«

»Das habe ich schon geregelt«, sagte plötzlich eine tiefe Stimme hinter mir. Ich drehte mich um, ohne Levis Hand loszulassen.

Im Türrahmen stand ein hochgewachsener muskulöser Mann im Anzug. Sein Gesicht wirkte ernst, die kurzen schwarzen Haare begannen bereits zu ergrauen. Ich schätzte ihn auf Anfang fünfzig. Vielleicht älter. Er trat neben mich und legte seine Hand auf Levis Knie, das sich deutlich unter der Decke abzeichnete.

»Junge, was machst du?«, fragte er leise.

»Wer sind Sie?«, flüsterte ich. Ich wusste nicht, warum, doch ich traute mich nicht, lauter zu sprechen, als der Mann es getan hatte. Alles an ihm strahlte Autorität und Stärke aus, hatte fast schon etwas Einschüchterndes.

»Eliah Fiening, sein Onkel«, stellte der Mann sich vor, während er mich kurz musterte, seinen Blick dann wieder zu seinem Neffen wandern ließ.

Mit offenem Mund starrte ich Levis Onkel an. Ich hatte etwas anderes erwartet. Ich wusste nicht mal genau, was, aber nicht das. Der Mann vor mir wirkte wie ein Anwalt oder ein Politiker. Organisiert, bestimmt und ich war mir sicher, er bekam immer das, was er wollte. Was natürlich nicht schlecht war. Ich hatte es nur nicht erwartet.

»Schön, dass Sie hier sind«, sagte ich nach einigen Sekunden, in denen ich versucht hatte, mich zu sammeln. Es war mir mehr schlecht als recht gelungen, aber irgendwann musste ich etwas sagen. Ich wollte nur eins, wissen, wie es Levi ging und wie es um ihn stand. »Was haben die Ärzte gesagt?«, fragte ich deshalb. Ich war mir zwar nicht sicher, ob er mir antworten würde, doch ich musste es versuchen.

»Kat, Liz, es ist auch schön, euch kennenzulernen, auch wenn es unter solchen Umständen ist«, sagte Levis Onkel und schenkte zuerst mir, dann Liz ein kleines Lächeln, bevor er fortfuhr. »Die Ärzte haben mir wahrscheinlich nicht mehr erzählt als euch. Sein Gehirn hat keinen Schaden davongetragen. Warum er nicht aufwacht, wissen sie nicht. Sie glauben, sein Körper braucht die Erholung und er wird aufwachen, wenn er bereit dazu ist.«

Ich atmete auf. Sein Gehirn war unverletzt. Und wer konnte es ihm verdenken, dass er seine Ruhe wollte? Am liebsten würde ich mich jetzt neben ihn legen und die Welt für einige Tage ausschalten.

»Zum Glück sind Sie gekommen. Ich hätte diese Ungewissheit nicht länger ertragen«, dankte ich.

»Bitte hör auf, mich zu siezen. Okay? Ich bin Eliah. Das gilt für euch beide. Ich werde jetzt versuchen, noch etwas aus den Ärzten herauszubekommen«, sagte er und ging davon.

»Okay«, antworteten Liz und ich gleichzeitig.

Ich widmete mich wieder voll und ganz Levi, strich ihm über seine linke Wange und versuchte, ihn wissen zu lassen, dass ich hier war.

Es ist okay, wach auf, wann es für dich richtig ist, dachte ich. *Lass mich aber nicht zu lange warten, du weißt doch, wie ungeduldig ich bin,* schob ich lächelnd hinterher.

»Ich geh schauen, ob Micah und Sascha noch draußen sitzen«, unterbrach Liz meine Gedanken. »Falls ja, frag ich sie auch gleich, ob sie schon wissen, wer hier ist.«

Ich nickte und zog mir einen Stuhl an Levis Bett. Kaum hatte Liz den Raum verlassen, betrat Eliah ihn wieder.

»Anscheinend wissen sie wirklich nicht mehr«, sagte er und zog sich den anderen Stuhl ans Bett. »In der Akte steht auch nichts anderes.«

»Sie haben dir die Akte gezeigt?«, entfuhr es mir überrascht. Es fühlte sich komisch an, einen Mann, den ich kaum kannte, zu duzen.

»Jaein. Ich hab sie mir selber gezeigt. Sie lag auf dem Tresen und die Schwestern waren gerade alle damit beschäftigt, Patienten zu versorgen. Also habe ich einen schnellen Blick riskiert«, antwortete er lächelnd und erinnerte mich damit ein wenig an Levi. Mir fiel auf, dass die beiden dieselbe Mundform hatten, filigran und doch männlich.

Ich fuhr mir durch die Haare, während ich mit der anderen Hand immer noch Levis hielt. »Wie haben sie dich erreicht?«

»Gar nicht.«

»Gar nicht?«, fragte ich verwirrt.

»Ich war sowieso auf dem Weg hierher. Gerade als ich angekommen war, hatte man mir erzählt, was passiert ist und hier bin ich.«

»Du warst auf dem Weg? Hierher? Wieso?« Ich verstand nur Bahnhof. Irgendwie hatte ich das Gefühl, eine wesentliche Information verpasst zu haben und kam mir total dumm vor.

»Gleich nachdem ihr Zackary angerufen habt, hat er mich informiert. Mir war gar nicht wohl bei dem Gedanken, dass ihr und vor allem Levi hier allein wart mit diesen Möchtegern-Jägern. Da bin ich kurz entschlossen hergefahren.« Er strich sich verlegen durchs Haar und fuhr dann fort: »Eigentlich wollte ich mich im Hintergrund halten und nur im Notfall einschreiten. Doch alles kommt anders, als man es erwartet, nicht?«

Ich nickte dümmlich und versuchte die Informationen zu erfassen. Es misslang mir gründlich. Was hatte Eliah mit Zack zu tun? Woher kannten sie sich? Und wieso hatte er ihn informiert? Wollte er nicht dem … Oh Gott, bei mir fiel der Groschen und ich starrte Levis Onkel mit aufgerissenen Augen an. War es möglich? Nein. Oder? Das konnte doch nicht sein. So nah vor unserer Nase und keiner hatte es gewusst. Na gut, eigentlich nur vor Levis Nase, aber wie hatte er es nicht wissen können? Oder war er gar eingeweiht? Nein, das konnte nicht sein. Er war einer von uns, er hätte uns doch niemals so an der Nase herumgeführt, oder?

»Du bist ein Ratsmitglied«, platzte es aus mir heraus und ich starrte den Mann im Anzug immer noch mit großen Augen an. Ehrfurcht, Respekt und Angst strömten abwechselnd durch meinen Körper und ich war mir noch nicht sicher, wer die Oberhand hatte.

Eliah erhob sich, deutete eine Verbeugung an und grinste mich an. »Ich beiße nicht«, lachte er. »Du siehst aus, als hättest du gerade den bösen Wolf gesehen, Rotkäppchen.«

»Witzig, genauso fühle ich mich«, gab ich zurück und versuchte angestrengt, meine Fassung wiederzuerlangen.

»Bist du hier, um uns zu helfen?«, stellte ich dann die für mich wichtigste Frage. Denn eigentlich wussten wir immer noch nicht, auf welcher Seite wir standen. Oder besser gesagt auf welcher Seite der Rat stand. Gut? Böse? Freund? Oder doch der Feind, der mit den Jägern zusammenarbeitete?

»Natürlich«, sagte Eliah ernst. »Was denkt ihr denn?«

»Ehrlich? Wir haben keine Ahnung. Es gibt kaum Informationen über den Rat. Zack hat uns auch nicht weitergeholfen und wir fühlten uns auf uns allein gestellt. Deswegen wussten wir nicht, auf welcher Seite ihr steht.«

»Unfassbar«, entfuhr es Eliah schockiert. »Auf eurer natürlich. Wir sind der Rat der Wandler. Wir beschützen sie.«

»Aber ihr arbeitet mit den Jägern zusammen«, ließ ich die Bombe platzen. Zurückhaltung und Besonnenheit waren noch nie meine ausgeprägtesten Eigenschaften.

»Ja, um den Frieden und die Sicherheit der Wandler zu garantieren. Oder hast du dich in den letzten Jahren bedroht gefühlt?«

»Nein«, gab ich ehrlich zu und fuhr mir verwirrt mit der Hand übers Gesicht. »Aber was geht dann hier vor? Wieso passiert das alles? Wieso greifen sie uns an?«

»Wir wissen es nicht«, antwortete Eliah ehrlich, aber vor allem müde. Er gähnte herzhaft und streckte seine Arme, bis es knackte und ich das Gesicht angeekelt verzog. Ich hasste dieses Geräusch, es klang ungesund.

»Willst du dich hinlegen, du hast sicher eine lange Fahrt hinter dir?«, fragte ich.

»Das stimmt, aber ich will Levi auch nicht allein lassen.«

Ich grinste. »Tust du nicht, ich weiche nicht von seiner Seite. Und die anderen sind bestimmt auch noch hier. Du kannst beruhigt gehen.«

Er nickte, sah zu Levi und erhob sich.

»Wo wirst du schlafen? Ich kann meine Mutter anrufen«, rief ich ihm hinterher, als er gerade hinausgehen wollte.

»Nein, schon gut, ich hab ein Zimmer in einer kleinen Pension gemietet. Sobald ich wach bin, komme ich wieder, okay?«

»Natürlich, wann immer du willst«, sagte ich. »Wie kann ich dich erreichen? Nur für den Notfall?«

»Micah hat meine Nummer. Ich hab ihn vorhin kurz gesehen und mich mit ihm unterhalten«, informierte Eliah mich, nährte meine Verwirrung, aber auch das Gefühl, dass hier etwas vorging, von dem ich nichts wusste. Hatten Micah und Levi vielleicht doch gewusst, das Eliah ein Ratsmitglied war und Liz und mich an der

Nase herumgeführt? Aber wieso hätten sie so etwas Hinterhältiges tun sollen? Das machte irgendwie keinen Sinn, oder?

»Kannst du mir die anderen hereinschicken?«, rief ich, bevor er verschwunden war.

Er nickte und schloss die Tür hinter sich. Ich wandte mich wieder Levi zu und sah in sein Gesicht. Er wirkte friedlich. Als würde er schlafen und in einer wundervollen Traumwelt schweben, in der es kein Unrecht, sondern nur Einhörner und Feenstaub gab. Na ja und wahrscheinlich lauter heiße Ladys im Bikini oder so. Von was auch immer Männer träumten.

Ich ließ die Geschehnisse der letzten Wochen noch mal Revue passieren und sah alle Momente, die wir zusammen erlebt hatten. Hörte alle Sätze, die er zu mir gesagt hatte. Spürte jedes einzelne Mal, als er mich berührt hatte, erneut. Es konnte einfach nicht sein. Levi hätte mich niemals so sehr belogen. Auch Micah nicht. Es musste etwas anderes dahinterstecken. Und ich würde herausfinden, was. Mein zweiter Vorname war nicht umsonst Sherlock.

Levis Haar stand ihm wirr vom Kopf und etwas Speichel lief ihm aus dem Mund. Ich lächelte, dann legte ich mich zu ihm ins Bett. Es war nicht besonders groß und auch eindeutig nicht für zwei Personen ausgelegt, aber ich wollte so nah bei ihm sein, wie es ging, also drängte ich mich an ihn und versuchte ihn ein wenig zur Seite zu schieben. Ich scheiterte und so hing mein Po über die Bettkante. Doch es war mir egal, solange ich nicht herunterfiel, war alles okay.

»Hey«, flüsterte Levi plötzlich leise. Ich erschrak so sehr, dass ich das Gleichgewicht zu verlieren und doch rückwärts aus dem Bett zu fallen drohte. Ich ruderte wie wild mit den Armen und konnte mich gerade noch festhalten.

»Mann, hast du mich erschreckt«, lächelte ich. »Du bist aufgewacht«, benannte ich das Offensichtliche.

»Hast du was anderes erwartet?«, fragte er und strich sich mit der rechten Hand durch die Haare, während er versuchte, die andere um mich zu legen, um mir Halt zu geben.

»Ich hatte Angst«, gestand ich.

»Ich auch«, gab Levi zu und ich küsste ihn auf die linke Wange, die mir zugewandt war.

»Wieso bist eigentlich immer du derjenige, der im Krankenhaus landet?«, hauchte ich, um die drückende Stimmung zu vertreiben.

»Na, weil ich den sterbenden Schwan am besten spielen kann, ist doch logisch«, sagte Levi lächelnd und ich warf ihm einen tadelnden Blick zu.

Ich strich ihm eine Strähne hinters Ohr. »Wie geht es dir?«

»Ist mein Kopf noch dran? Ich bin mir nämlich nicht sicher. Ich kann zwar sehen, hören und reden, aber es fühlt sich so an, als hätte jemand versucht, ihn abzureißen.«

»Nein, der ist noch dran. Sieht etwas lädiert aus. Aber wo nichts drin ist, kann auch nichts kaputt gehen, oder?«, scherzte ich.

»Hey, sei nicht so gemein. Ich bin krank«, sagte Levi gespielt beleidigt und zog eine Schnute. Ich brach in schallendes Gelächter aus und er zuckte zusammen.

»Mist. Das tut mir leid. So schlimm? Ich klingle nach einer Schwester, vielleicht kann sie dir was geben.«

»Das Schmerzmittel hat er gar nicht verdient, immerhin hat er sich einen Revolver auf den Kopf knallen lassen. Und das nach all dem harten Training bei mir«, ertönte Micahs Stimme von der Tür.

Ich rutschte vom Bett und drückte die Klingel.

»Der Schüler ist nur so gut wie sein Lehrer«, konterte Levi und ich atmete auf, er war wieder ganz der Alte.

Micah, Liz und Sascha kamen lächelnd näher. Zuerst erkundigten sie sich nach seinem Befinden, kurz darauf verabschiedete sich Sascha. Er wollte zurück zu Frau und Kindern, was ich verständlich fand. Nachdem die Schwester Levi ein Schmerzmittel gegeben und das Zimmer verlassen hatte, blödelten wir eine Weile herum. Es schien, als hätte keiner Lust, sich der Realität zu stellen.

»Eliah ist hier«, unterbrach Micah plötzlich die ausgelassene Stimmung und mit einem Mal war es so still in dem Krankenzimmer, dass ich hören konnte, wie sich die Patienten im Nachbarzimmer unterhielten. Ich fühlte mich fehl am Platz, wie Schnee im Juli, und wäre am liebsten geschmolzen.

»Wieso?«, fragte Levi fast tonlos. »Woher wusste er …?«

»Ich hab ihn angerufen«, offenbarte Micah und mir klappte die Kinnlade herunter. Hatte Eliah nicht gesagt, dass Zack ihn informiert hatte? Und dann wurde mir bewusst, dass keiner im Raum wusste, was ich in den letzten Minuten erfahren hatte.

Ich räusperte mich verlegen und alle Blicke wanderten schlagartig zu mir. Meine Haut prickelte unangenehm und das Geheimnis drohte mich zu erdrücken, deswegen offenbarte ich es. »Das stimmt so nicht ganz«, begann ich. »Als du ihn angerufen hast, war Eliah schon längst auf dem Weg hierher.«

Micah sah mich neugierig an. »So etwas hatte ich mir schon gedacht. Er war viel zu schnell im Krankenhaus.«

»Was läuft denn hier?«, fragte Liz verwirrt.

»Zack hat Eliah angerufen«, ließ ich die Bombe platzen. Vielleicht war es mit schlechten Neuigkeiten wie mit einem Pflaster, je schneller man es abriss, desto weniger tat es weh. Ich irrte mich, denn egal, wie langsam oder schnell man etwas erfuhr, die Nachricht wog gleich schwer. Levi sah mich mit großen Augen an und schien die neuen Erkenntnisse nicht verarbeiten zu wollen. Dann blitzte Verstehen in seinen Augen auf und er sog scharf die Luft ein.

»Verdammt, wie hatte ich das nicht wissen können?«, flüsterte er verwirrt.

»Kann mich mal jemand aufklären? Ich verstehe kein Wort«, sagte Liz und sah uns genervt an.

Ich begann die ganze Geschichte von vorne zu erzählen und mit jedem Wort kam es mir so vor, als würde es noch stiller im Raum werden. Bis die Stille sich wie eine schwere Decke um mich legte, doch anstatt mich zu wärmen, bekam ich eine Gänsehaut.

»Das kann nicht wahr sein!«, entfuhr es Micah, nachdem ich geendet hatte.

Doch Levi schien etwas anderes zu beschäftigen, dass ich schon völlig vergessen hatte.

»Du hast gesagt, du hast ihn angerufen«, sagte Levi und sah Micah enttäuscht an.

»Ich konnte nicht anders. Wir wussten nicht … Wärst du … Er hätte hier sein sollen«, stotterte Micah und sah verlegen zu Boden.

»Woher hattest du seine Nummer?«, wollte ich wissen.

»Vor einigen Jahren hat mich ein Mann nach unserem Konzert angesprochen. Es war Eliah. Er hat mir sofort erzählt, wer er ist und was er möchte. Dann gab er mir seine Handynummer und sagte, dass ich ihn kontaktieren solle, würde dir etwas passieren«, endete Micah.

Levi fuhr sich schwerfällig mit der Hand durch die Haare. Es war deutlich zu erkennen, wie schwer ihm die Bewegung fiel und wie sehr ihn Micahs Worte trafen. »Ich glaube das einfach nicht.«

»Ich denke, wir sollten jetzt gehen«, warf ich ein. Es war zwar genau das Gegenteil von dem, was ich wirklich wollte, jedoch würde es das Beste für Levi sein. Er war müde, hatte Schmerzen und das Letzte, was er jetzt gebrauchen konnte, war noch mehr Aufregung.

»Das ist eine gute Idee«, unterstützte Liz mich und zu meiner Überraschung schien sie die Einzige zu sein, die mit der Situation richtig umgehen konnte.

»Ich will nicht, dass du gehst«, flüsterte Levi mir ins Ohr, als ich ihm einen Kuss auf die Wange drückte.

»Und ich will nicht gehen.«

»Dann bleib.«

»Ich weiß nicht, ob das möglich ist«, sagte ich.

»Das ist mir egal«, antwortete Levi genauso rebellisch wie immer. Dabei fielen ihm die Augen zu und auch wenn er versuchte, sie mit aller Gewalt offen zu halten, musste er sich geschlagen geben.

»Wenn du bleiben willst, dann regle ich das«, sagte Micah leise, doch ich winkte ab.

»Nichts lieber als das, doch ich glaube, es tut ihm ganz gut, sein Bett für sich allein und vor allem Ruhe zu haben«, meinte ich, strich ihm seine wirren Haare aus dem Gesicht und verließ dann als Erste leise den Raum. Würde ich mich jetzt umdrehen, würde ich nicht gehen können. Also lief ich, den Blick strikt nach vorne gewandt, weiter und blieb erst stehen, als ich kalte Luft auf meiner Haut spürte. Wie hatte ich nur so schnell den Weg nach draußen gefunden? Es war mir egal, ich wollte einfach nur noch nach Hause, mich in meinem Bett verkriechen und den Tränen endlich freien Lauf lassen.

Ich wusste nicht, wie lang ich einfach nur dagestanden und gewartet hatte, doch dann spürte ich, wie sich eine starke, warme Hand auf meine Schulter legte.

»Ich fahr euch nach Hause«, bestimmte Micah und mir wurde bewusst, dass auch Liz neben mir stand. Die Tränen hatten schon längst zu fließen begonnen und ich warf mich in Micahs Arme. Er drückte mich, ehe ich mich von ihm löste und ihm die Autoschlüssel zuwarf. Ich setzte mich auf die Rückbank, zog die Beine auf den Sitz und legte mein Kinn auf die Knie. Erst jetzt wurde mir richtig bewusst, was heute alles geschehen war.

18.

Und dann wurde mir das Einzige genommen, in dem ich wirklich gut war: das Schlafen. Grausames Leben.

Nach ein paar Stunden, in denen ich mehr die Decke angestarrt als geschlafen hatte, schüttete ich nun den dritten Kaffee in mich. Der Vormittag war ereignislos an mir vorbeigezogen, trotzdem zuckte ich zusammen, als sich eine Hand auf meine Schulter legte.

»Alles okay bei dir?«, fragte Micah und setzte sich neben mich auf das Sofa.

»Nein, nicht wirklich. Und bei dir?«, entgegnete ich und streckte ihm meine Tasse flüssiges Heilmittel entgegen. Er nahm mir den Kaffee aus der Hand und trank einen großen Schluck.

»Auch nicht wirklich. Das Ganze nimmt Ausmaße an, die ich nie für möglich gehalten hätte. Und es wächst uns definitiv über den Kopf.«

Ich nahm Micah den Becher wieder ab und trank selbst einen Schluck. »Ja, allerdings. Wir sind da in etwas hineingeraten, mit dem wir rein gar nichts zu tun haben sollten. Ich wünschte mir, wir könnten die Zeit zurückdrehen.«

»Und dann? Würdest du einfach alles ignorieren? Ich glaube, ich könnte das nicht.«

Ich lehnte mich zurück und versuchte mich noch tiefer in die Sofakissen zu drücken. Eine Gänsehaut überzog meinen Körper und ich erschauerte.

»Nein, ich vermutlich auch nicht. Aber es war eindeutig leichter, als ich den Rat für ein Hirngespinst einiger Verschwörungstheoretiker und die Jäger für tot gehalten hatte«, gab ich zu.

»Einfacher, definitiv«, stimmte Micah mir zu. »Aber es ist, wie es ist. Wir können es nicht mehr ändern, müssen es nehmen, wie es kommt.«

Er hatte recht. Und eines wusste ich sicher, wir hatten uns, egal, was kommen mochte. Egal, wer uns jagen mochte. Egal, was passieren würde, wir würden es überstehen und wie der Phoenix aus der Asche steigen. Nur um dann noch härter zu kämpfen und diesen Mistkerlen in den Arsch zu treten. Ich würde den Jäger, die Levi verletzt hatten, am liebsten in der Luft zerreißen, meine Krallen in seine Haut bohren und so tiefe Kratzer hinterlassen, dass er mich niemals vergessen würde.

»Doch eines hat sich geändert«, sagte Micah und ich sah ihn neugierig an. »Wir haben jetzt endlich jemanden, der uns sagen kann, was hier abgeht.«

»Glaubst du, Eliah wird das tun? Zack hat schließlich auch geschwiegen wie ein Stein«, gab ich zu bedenken.

»Stimmt, aber ich glaube nicht, das Zack ein direktes Mitglied des Rates ist, eher ein Mittelsmann oder so was. Er hatte nicht die Befugnis, uns etwas zu sagen. Doch wenn ich Eliah richtig einschätze, dann kann er uns Antworten auf all unsere Fragen geben.«

»Dann nichts wie los«, sagte ich und erhob mich schwerfällig. Schwindel übermannte mich und machte mir bewusst, wie wenig ich in den letzten Tagen auf meinen Körper geachtet hatte. Ich musste unbedingt mehr trinken. Und damit meinte ich ausnahmsweise keinen Kaffee. Micah griff nach meinem Arm und gab mir Halt. Geduldig wartete ich, bis der Fußboden nicht mehr schwankte (was hätte ich auch sonst tun sollen?), wankte dann zum Kühlschrank, nahm mir eine Wasserflasche und trank in großen Schlucken. Das eiskalte Wasser wirkte wie eine Ohrfeige und breitete sich wie ein Stromschlag in mir aus.

»Geht's wieder?«, fragte Micah, der im Türrahmen lehnte und mich skeptisch musterte.

»Klar, muss nur mehr trinken.«

»Und mehr schlafen.«

»Willst du mich jetzt ins Bett stecken?«, amüsierte ich mich.

»Sicher nicht, du bist alt genug. Es war eher ein Rat, von dem ich hoffe, dass du ihn annimmst. Leg dich noch ein paar Stunden hin.«

»Ich kann nicht schlafen. Meine Gedanken kreisen die ganze Zeit. Ohne Levi kann ich sie nicht abschalten«, gab ich kleinlaut zu. Das war gemein. Und ich fühlte mich abhängig. War ich doch sonst immer so stark und unabhängig gewesen. Was war nur los mit mir? Und wenn er gestorben wäre? Dann wäre ich jetzt völlig hilflos, wie ein kleines Kind. Wann war es so weit gekommen? Wann hatte ich aufgehört, selbständig zu sein? Mich ganz in ihm verloren? Ich musste etwas dagegen tun. Aber was?

»Hey, alles okay?«, fragte Micah und durchbrach damit meine Gedanken, die immer noch von einer Gehirnhälfte in die andere und wieder zurück rasten.

»Ja, ja, natürlich. Lass uns gehen. Wir sollten mit Eliah reden«, meinte ich. Ich musste mich ablenken, sonst würde ich wirklich durchdrehen.

»Gut, wie du willst«, sagte Micah und machte Anstalten, zur Haustür zu gehen.

»Was ist mit Lizzy?«, entgegnete ich verwirrt.

»Wir lassen sie schlafen und erzählen ihr später alles. Sie wird uns nicht böse sein«, antwortete Micah und trat durch die Tür ins Freie.

»Da wäre ich mir nicht so sicher«, flüsterte ich, schnappte mir eine neue Wasserflasche und lief ihm hinterher.

Auch auf den Fluren des Krankenhauses fanden meine Gedanken keine Ruhe. Ich musste mich von Levi distanzieren. Ich liebte ihn, keine Frage, dessen war ich mir sicher, aber das änderte nichts an der Tatsache, dass ich zu abhängig von ihm war. Das Leben war vergänglich, Menschen starben, ich durfte mich nicht zu sehr an eine Person binden. Noch einen Tod würde ich nicht überleben. Alle Ängste, die ich nach dem Verlust meines Vaters gehabt hatte, flammten wieder auf und entbrannten zu einem Feuer, das mich zu verschlingen drohte. Ich nahm einen großen Schluck Wasser und versuchte, so meinen Körper zur Ruhe zu zwingen, doch diesmal half die Kälte nicht. Die Flammen der Angst waren zu groß.

»Hey, endlich. Ich dachte schon, ich müsste hier vor Langeweile sterben«, sagte Levi, als wir sein Zimmer betraten.

Mein Herz machte einen Sprung, als ich sah, dass sein Zustand viel besser war als noch vor einigen Stunden. Gleichzeitig wollte ich meinen Plan durchsetzen. Ich würde mich etwas distanzieren. Die Dinge nicht mehr zu sehr an mich heranlassen. Reiner Selbstschutz.

»Wie geht's dir, Mann?«, fragte Micah und ich war ihm dankbar, dass ich die Frage nicht hatte stellen müssen.

»Besser, viel besser, jetzt, wo ich euch sehe«, lachte Levi und streckte seine Hand nach mir aus. Er rutschte zur Seite und ich wusste, dass er erwartete, dass ich mich neben ihn kuschelte, doch das war im Moment unmöglich. Distanz. Ich musste Distanz wahren. Doch nicht zu ihm zu gehen, brachte ich nicht übers Herz, also ließ ich mich neben ihn auf einen Stuhl sinken und nahm seine Hand in meine. Verdutzt schaute Levi zwischen mir und Micah hin und her, der nur die Schultern hochzog.

»Ähm«, machte mein Freund verwirrt, doch ich fiel ihm ins Wort.

»War Eliah schon hier?«, wollte ich wissen. Wir waren vor allem hier, um Antworten zu bekommen, sagte mein Kopf, während mein Herz sich einfach freute, Levi zu sehen. Mieser, fieser Verräter.

»Ähm«, wiederholte Levi abermals verwirrt. »Nein.«

Er versuchte mir in die Augen zu sehen, doch ich wich seinem Blick aus, musterte seine Hand in meiner. Ich klemmte mir die Wasserflasche zwischen die Beine und schraubte den Deckel mit der freien Hand ab. Dann nahm ich einen großen Schluck und wünschte mir dabei, es wäre Kaffee. Kaffee machte einfach alles besser. ALLES. Er war wie Schokolade. Mein Freund und Helfer. In den schwersten Zeiten immer an meiner Seite.

»Okay, was ist hier los?«, fragte Levi irgendwann in die Stille, die mir bis eben noch nicht mal aufgefallen war. Ich war zu sehr mit meinen eigenen Gedanken beschäftigt.

»Ich geh dann mal«, flüsterte Micah und verschwand schnellen Schrittes aus dem Zimmer.

»Was soll los sein?«, wich ich aus.

Levi betrachtete mich mit einem Blick, den ich nicht deuten konnte, und ich blickte zu Boden. »Ist das dein Ernst? Was ist mit dir passiert?«

»Mit mir? Nichts«, antwortete ich lahm und glaubte mir nicht einmal selbst.

»Nichts? Nichts? Das glaubst du doch selbst nicht. Du sitzt hier wie ein Häufchen Elend, lässt mich nicht an dich ran und wenn man dich anspricht, reagierst du nicht einmal«, sagte Levi aufgebracht, wurde dabei aber nicht laut. Er hatte mich angesprochen? Das hatte ich gar nicht mitbekommen. Verdammt, meine Gedanken waren einfach zu laut gewesen.

»Gar nicht wahr«, wehrte ich halbherzig ab und wusste nicht, wie ich aus der Nummer rauskommen sollte.

»Rede doch mit mir«, flehte Levi, doch ich schwieg. Was hätte ich auch sagen sollen? Ich wusste selbst nicht, was gerade los war. Ich fühlte mich elend und wollte mich in ein dunkles Loch ganz tief unter der Erde verziehen. Da das unmöglich war, vergrub ich meinen Kopf in Levis Decke und kniff meine Augen ganz fest zu.

»Wer hat dich gebrochen?«, flüsterte er und ich spürte einen Kuss auf meinem Scheitel.

»Wer mich gebrochen hat?«, echauffierte ich mich und richtete mich abrupt auf, wobei ich fast gegen Levis Kopf gestoßen wäre. Meine Lebensgeister waren plötzlich wieder quicklebendig und wach, dabei hatte ich nicht einmal bewusst wahrgenommen, dass sie eingeschlafen waren.

»Ja, wer?«, fragte Levi nun ebenfalls lauter.

»Du, du Idiot«, schrie ich und sprang dabei auf. Ich bahnte mir einen Weg zum Fenster, während Tränen meine Sicht verschleierten.

»Ich?«, flüsterte Levi und klang dabei wie ein geschlagener Hund, was mich nur noch wütender machte.

»Ja, du wärst fast gestorben. Schon wieder. Und ich bin völlig abhängig von dir. Ohne dich drehe ich durch, kann nicht schlafen und alles ist irgendwie unscharf. Das geht doch nicht«, sagte ich und drehte mich zu ihm um. Verzweifelt fuhr ich mir durch die Haare.

»So kann das nicht weitergehen. Ich muss das wieder abstellen. Ich kann mich nicht so sehr an dich binden. Die Jäger, sie lauern überall, könnten jederzeit wieder zuschlagen und noch einen Tod verkrafte ich nicht. Ich kann das einfach nicht, das geht nicht, ich … ich … ich …« … war einfach völlig fertig mit den Nerven. Levi erhob sich aus seinem Bett und kam langsam auf mich zu. Ich registrierte, dass er kein Krankenhaushemd mehr trug, sondern dunkle Jeans und ein weißes Shirt. Doch je näher er kam, desto schlimmer wurde alles. Ich konnte die Tränen überhaupt nicht mehr zurückhalten, sie kullerten mir über die Wangen und landeten auf dem Boden. Ein Schluchzer verließ meine Kehle und ich hatte das Gefühl zu ersticken. Die Luft fand einfach nicht ihren Weg in meine Lungen, egal, wie gierig ich versuchte, sie einzusaugen. Levi legte seine Arme um mich und ich brach zusammen. Meine Knie gaben nach, waren plötzlich viel zu weich, um mein Gewicht zu halten, und Levi landete mit mir auf dem Boden. Zusammen lehnten wir uns gegen die Heizung, die unter dem Fenster befestigt war, und ich weinte. Und weinte. Und weinte. Irgendwann zog ich meine Nase geräuschvoll hoch, so wie es sich für eine richtige Dame eben gehörte, und wischte mir mit dem Ärmel meines Pullis über die Augen. Die Tränen hatten meinen Blick ein wenig geklärt und ich begriff, dass ich einfach nur Angst gehabt hatte. Angst, ihn zu verlieren, Angst, das nicht noch mal zu verkraften. Im Moment war er mein Felsen und ich hatte mich so sehr daran gewöhnt, dass ich nicht gewusst hatte, was ich ohne ihn tun sollte. Es war nicht schlimm, andere Menschen zu lieben. Sie um sich haben zu wollen. Das hieß nicht, dass ich weniger selbstständig war. Ich erinnerte mich an die Worte, die meine Mutter mir mit auf den Weg gegeben hatte. Ich durfte mich von der Angst nicht beherrschen lassen.

»Geht's wieder?«, fragte Levi und küsste zum tausendsten Mal meinen Scheitel. Ich genoss das Gefühl und kuschelte mich tiefer in seine Arme.

»Ein bisschen, ich glaube, es geht wieder bergauf«, gab ich zu.

»Ich würde trotzdem gern darüber reden«, meinte er und ich seufzte. Das hatte ich mir schon gedacht.

»Gut, dann reden wir.« Von meiner Position aus musste ich ihm nicht in die Augen sehen und darüber war ich froh. Ich schämte mich ein bisschen für meinen Zusammenbruch und meine Gedanken.

»Hast du das ernst gemeint?«, wollte Levi wissen und ich wusste nicht, was ich darauf antworten sollte.

»Irgendwie schon, ja. Aber irgendwie auch wieder nicht«, gab ich nach einer Weile zu.

Levi lachte auf. »Präzise Antwort.«

»Das kann ich gut, oder?«, versuchte ich zu witzeln.

»Besonders hilfreich war das nicht.«

»Ich weiß doch auch nicht.«

»Ich liebe dich«, sagte er völlig unvermittelt und mir stockte der Atem. »Ich liebe es, wie wir uns ergänzen. Ich liebe es, dass ich es schaffe, dich zu beruhigen, wenn deine Gedanken wieder einmal rasen, und ich liebe es, dass du mich zur Vernunft bringst, wenn der Hund in mir die Kontrolle übernehmen will. Vielleicht bedeutet das, dass ich abhängig von dir bin, vielleicht aber auch nicht. Ich genieße deine Anwesenheit und koste sie jeden Moment aus. Vielleicht sterben wir morgen, aber vielleicht auch nicht. Wir wissen es nicht. Niemand weiß das.« Levi zog mich noch enger an sich. »Aber es gibt etwas, das ich ganz genau weiß. Du machst mich glücklich. Wenn wir zusammen sind, dann fühle ich mich besser. Wie eine 2.0 Version von mir. Ein verbessertes Ich. Ist das falsch? Wenn ja, dann ist es mir egal. Ich hab keine Angst davor. Ich lasse es einfach zu. Und ich wünsche mir, dass du das auch kannst und dich genauso gut fühlst, wie ich es tue.«

Mein Herz klopfte wie wild und ich war mir ganz sicher, dass auch Levi es hören konnte. Es hüpfte immer wieder gegen meinen Brustkorb und drohte ihn zu zersprengen. Seine Worte sickerten langsam in mein Bewusstsein, saugten sich dort fest und streichelten meine geschundene Seele, die immer noch weinend in der Ecke saß und versuchte, die letzten Tage, ach was, Wochen zu verdauen.

Ich drehte mich in Levis Armen zu ihm und küsste ihn. »Du hast recht. Ich habe Angst und für einen klitzekleinen Moment habe ich sie die Oberhand gewinnen und mich von ihr lenken lassen.«

»Angst ist nie ein guter Ratgeber«, bemerkte Levi und klang dabei, als würde er Micah zitieren.

»Da hast du verdammt recht, Neffe«, stimmte Eliah plötzlich von der Tür aus zu und zerstörte unseren wunderschönen Moment.

Ich erhob mich und half Levi dabei, aufzustehen. Er war noch nicht wieder völlig hergestellt, aber seine Kopfwunde sah deutlich besser aus. Der Verband war abgenommen worden, nun prangten nur noch zwei riesengroße Pflaster auf seiner Stirn und an seinem Hinterkopf. Auch von Eliahs Anwesenheit ließ ich es mir nicht nehmen, Levi noch mal zu küssen und dann fest in meine Arme zu schließen.

»Danke«, flüsterte ich in sein Ohr. Die alte Kat war wieder da und ich schwor mir, dass die Angst mich nie wieder so sehr beherrschen konnte, dass ich den Blick für die Wahrheit verlieren würde. Ich war nicht abhängig von Levi, er machte mich zu einem besseren Menschen. Zusammen waren wir unschlagbar und egal, was kommen mochte, wir würden es durchstehen. Weil wir es mussten, denn es war die Zukunft und die ließ sich von nichts und niemandem aufhalten.

»Wie geht es eigentlich deinem Zeh?«, fragte Levi mich, als er wieder im Bett lag. Die Frage kam mir total blöd vor und jetzt, da Eliah hier war, brannten mir ganz andere auf der Seele.

»Ähm, gut, danke«, antwortete ich und bewegte meinen großen Zeh probeweise. Er tat überhaupt nicht mehr weh. Zum Glück hatte ich super Wandlergene. Die richteten das.

»Keine Schmerzen mehr?«, hakte Levi nach.

»Nein, alles wieder tutti.«

»Gut, ich hätte es mir nie verziehen, hättest du bleibende Schäden davongetragen«, gab er zu und nahm meine Hand.

Ich lächelte ihn an und verstand ihn. »War nur zum Teil deine Schuld.«

Micah stieß wieder zu uns und musterte mich.

»Alles wieder okay?«, fragte er vorsichtig und ich nickte.

»Jaja, alles super. Friede, Freude, Eierkuchen«, antwortete ich. Wieso interessierten sich plötzlich alle für mich? Es gab viel Wichtigeres. Immerhin standen wir einem waschechten Ratsmitglied gegenüber.

Eliah lehnte am Fenster und betrachtete uns abwartend. Auch heute trug er wieder einen Anzug und strahlte Autorität und Macht aus. Mit vor der Brust verschränkten Armen musterte er seinen Neffen. Stille legte sich schwer über den Raum und ich ertrug sie keine Minute länger.

»Was soll das Ganze?«, fragte ich Eliah und machte eine allumfassende Geste.

»Womit soll ich anfangen?«, stellte er eine Gegenfrage und ich war so überrascht, dass er uns wirklich Antworten liefern würde, dass ich fast von meinem Stuhl gerutscht wäre.

»Am Anfang«, antwortete Levi trocken und mir fiel auf, dass ich immer noch nicht wusste, was zwischen ihm und seinem Onkel vorgefallen war. »Du bist also ein Mitglied des Rates? Und das hast du nicht für nötig gehalten, mir zu sagen?«

»Du wusstest doch noch nicht mal, dass es den Rat gibt. Und das war auch gut so. Er soll geheim bleiben. Je mehr Leute davon wissen, desto schwerer wird es für uns, zu agieren«, versuchte Levis Onkel zu erklären.

»Das ist doch Bullshit«, entfuhr mir, was ich dachte und ich erschrak, dass die Worte wirklich meinen Mund verlassen hatten.

»Keineswegs. Wir haben versucht, die Wandler zu integrieren. Sie leben wie die Menschen, halten sich an die Gesetze und Gepflogenheiten. Aber wenn plötzlich eine neue Regierung auftaucht, wem folgen die Wandler dann? Werden sie weiterhin unter den Menschen leben oder werden sie mehr fordern? Bisher gelten alle Herrscherfamilien als verschollen, wenn nicht gar ausgestorben. Jeder, dem die Wandler blind folgen würden, arbeitet entweder mit dem Rat zusammen oder wird überwacht.« Eliah strich sich über seinen Anzug und rutschte in seinem Stuhl hin und her. Anscheinend war ihm dieses Gespräch auch nicht ganz geheuer.

»Alles soll sein, wie es ist. Wir herrschen im Untergrund, kümmern uns um alles. Jeder kann sein Leben genau so weiterführen, wie es sein soll. Es gab keine Zeit, in der wir so friedlich mit den Menschen zusammen gelebt haben, wie die heutige. Das gilt es zu schützen.«

»Friedlich? Es sind Jäger unterwegs, das ist dir bewusst?«, fragte ich skeptisch und unbefriedigt. Ich war mir nicht sicher, ob Eliah wirklich die Wahrheit sagte oder nicht.

»Ja, das ist mir durchaus bewusst. Aber wir wissen nicht, woher sie kommen. Alle Jäger sind registriert und arbeiten mit uns zusammen. Es gibt einen Vertrag, der eingehalten wird. Von beiden Seiten«, erklärte Eliah und sah mich ernst an. »Ich verstehe, dass das alles ziemlich surreal klingen muss. Aber es ist die Wahrheit. Keine Lügen mehr.«

»Gut, dann kläre uns auf. Alles bisher Gesagte wussten wir schon. Was zur Hölle steht in diesem Vertrag?«, wollte Levi wissen. Ich konnte förmlich spüren, dass auch er endlich Antworten wollte.

»Dazu muss ich noch etwas ausholen. Der Rat setzt sich heutzutage etwas anders zusammen, als es vor dem Krieg der Fall war. Nach der großen Schlacht sind wir in den Untergrund gegangen, um uns zu schützen. Der Frieden mit den Jägern war zwar geschlossen, doch sicher war sicher. Ziemlich schnell zeigte sich jedoch, dass sich nicht alle Wandler unter den Menschen wohlfühlten. Viele konnten den Menschen nicht verzeihen, dass sie die Wandler gejagt hatten. Dabei wussten die meisten nicht mal mehr, dass es uns gab. Doch die Unterscheidung zwischen Mensch und Jäger fällt schwer, wenn man von Wut zerfressen ist«, erklärte Eliah und legte eine kurze Pause ein.

Ich hatte nicht gewusst, dass es nach der Schlacht noch Kämpfe gegeben hatte. »Bevor abermals eine Schlacht zwischen den verbliebenen Jägern und Wandlern ausbrechen konnte, setzten wir uns mit den Jägergeschlechtern in Verbindung und zeigten, dass wir uns von diesen Schlachten distanzierten. Wir brauchten einen Plan, um gegen die Abtrünnigen vorzugehen, und so formierten wir uns neu. Der Rat setzt sich nun aus Mitgliedern der Wandler- und der Jägergeschlechter zusammen. Wir agieren gleichgestellt und nutzen die Fähigkeiten der anderen. Viele Kämpfe konnten so vereitelt, der Frieden gesichert werden«, endete Levis Onkel und ich musste das Ganze erst einmal sacken lassen. Es war also wahr, es gab einen Pakt zwischen Wandlern und Jägern. Nicht nur das, sie arbeiteten zusammen. Das zerstörte einfach alles, was ich bisher geglaubt, für die Wahrheit gehalten hatte. Mein Weltbild wankte und zerbrach in tausend Teile. Wer war Freund und wer Feind? Die Grenzen verschwammen und es fiel mir schwer, den Überblick zu behalten.

»Ihr arbeitet also wirklich zusammen?«, durchbrach Micah plötzlich die Stille.

Eliah betrachtete ihn einen Moment ruhig, dann nickte er.

»Du bist ein Ratsmitglied«, flüsterte Levi und lenkte damit die Aufmerksamkeit auf sich. Wir blickten erst zu ihm, dann zu Eliah, der seinen Neffen mit großen Augen betrachtete. Levi hatte sich in seinem Bett aufgesetzt und starrte seinem Onkel in die Augen. Für ihn musste alles viel schlimmer und verwirrender sein. Ihn betraf es persönlich. Seine Familie war involviert.

»Das bin ich«, flüsterte Eliah genauso leise. Die Luft schien zu vibrieren und keiner von uns traute sich, etwas zu sagen. Das hier war eine Sache zwischen Levi und seinem Onkel und ich wusste nicht, ob wir anderen den Raum verlassen sollten oder nicht.

»Ich denke, wir sollten euch jetzt allein lassen«, sagte Micah und nahm mir so die Entscheidung ab.

Ich nickte, doch Levi fasste nach meiner Hand und hinderte mich am Gehen. »Ich will, dass ihr hierbleibt«, sagte er und wir blieben. Stärkten Levi den Rücken und standen hinter ihm. Auch wenn er Eliah jetzt wegschicken würde, würden wir es ihm nicht übel nehmen.

»Warst du schon immer ein Mitglied des Rates?«, fragte Levi und ich setzte mich zu ihm aufs Bett.

»Ja, seit meiner Geburt. Auch du gehörst zum Rat. Wärst du nicht weggelaufen, dann wüsstest du das alles«, antwortete Eliah, klang dabei jedoch kein bisschen vorwurfsvoll.

»Jetzt ergibt alles Sinn«, flüsterte Levi. Ach, echt? Ich begriff natürlich wieder nichts. Zum Glück fuhr Levi fort und lichtete den Nebel, der sich um mein Gehirn gelegt hatte. »Deswegen wollte er, dass ich nach ihm komme. Deswegen hat er Mum verlassen. Deswegen? Wirklich? Wegen eines beschissenen Rates? Dafür hat er seine Familie zerstört?«

»Ja und nein«, antwortete Eliah. »Es ist komplizierter. Manchmal gibt es nicht nur schwarz und weiß. Du solltest mit ihm reden. Und du weißt, dass ich alles, was er getan hat, niemals befürwortet habe. Das habe ich dir immer gesagt und es ist noch immer so. Ich wollte dich aufnehmen, dir alles erklären und den Mann aus dir machen, den ich immer in dir gesehen habe. Hättest du doch nur mit dir reden lassen und wärst nicht einfach abgehauen.«

Eliah trat an Levis Bett, nahm seine andere Hand und plötzlich fühlte ich mich völlig fehl am Platz.

»Levi, es tut mir leid, dass ich dich damals geohrfeigt habe. Ich weiß nicht, was in mich gefahren war. Du hattest deinen Vater beleidigt, zu Recht, ich weiß, aber dennoch. Er ist mein Bruder und ich konnte einfach nicht anders. Bitte verzeih mir.«

Levi schwieg einige Momente, sah mir in die Augen und ich wusste nicht, was ich tun sollte. Etwas sagen? Aber was? Stattdessen versuchte ich, ihn mit meinem Blick zu bestärken. Es war egal, wie er auf diese Entschuldigung reagieren würde, ich würde hinter ihm stehen. Immer.

»Es tut mir leid, dass ich einfach abgehauen bin«, gab Levi zu, nachdem er sich seinem Onkel wieder zugewandt hatte. »In dem Moment habe ich einfach meinen Vater in dir gesehen und ich wusste nicht, was ich tun sollte, also bin ich weggelaufen. Ich habe mich so sehr geschämt, dass ich das Gefühl hatte, nie wieder zurück zu können.«

Ich löste vorsichtig meine Hand aus Levis und trat ein paar Schritte zurück. Die beiden brauchten nun den Raum für sich und ich gab ihn ihnen gerne. Kurz starrten sie sich einfach nur an, dann rann eine Träne über Levis Wange und sein Onkel umarmte ihn. Ich atmete erleichtert auf, mir war gar nicht aufgefallen, dass ich die Luft angehalten hatte. Ein Lächeln stahl sich auf mein Gesicht und ich war froh, dass das geklärt war, so hatte ich einen Punkt, den ich von meiner To-do-Liste streichen konnte. Manchmal, eigentlich immer, konnten Probleme durch reden gelöst werden. Viel zu oft entstand aus einer Fliege ein Elefant, einfach nur, weil jemand etwas falsch verstanden hatte oder glaubte, eine Kleinigkeit nie wiedergutmachen zu können. Das war traurig. Levi und sein Onkel waren das beste Beispiel. Hätten sie früher miteinander geredet, wäre das alles vielleicht nicht passiert. Doch das war jetzt nicht mehr wichtig. Wir waren im Hier und Jetzt und mussten das Beste aus der Situation machen.

Ich setzte mich auf den Stuhl neben Levis Bett und hörte zu, als Levi sich erkundigte, wie es Eliahs Familie ging. Er hatte nie über sie gesprochen, doch ich hörte aus seinen Worten, dass er sie sehr mochte. Gespannt folgte ich dem Gespräch und versuchte mir jeden Namen, der fiel, zu merken. Doch nach ein paar Minuten gab ich auf. Es machte mich glücklich, dass etwas Licht in die Dunkelheit gebracht worden war. Eliah war genau zum richtigen Zeitpunkt aufgetaucht und auch wenn es zuerst nicht so aussah, hatte sich jetzt alles zum Guten gewandt. Dem Rat gegenüber war ich aber immer noch skeptisch. Irgendwie konnte ich ihm nicht verzeihen, dass er mit den Jägern zusammenarbeitete. Immerhin hatten sie unsere Rasse gejagt und fast ausgerottet.

Eliah fuhr sich durchs Haar. »Sind das etwa schon alle Fragen?«

»Nie im Leben«, entfuhr es mir und wir brachen in Lachen aus.

»Gut, dann habt ihr jetzt die Gelegenheit, löchert mich wie einen Schweizer Käse«, sagte Eliah.

Micah lehnte seinen Oberkörper nach vorne. »Wie funktioniert das alles?«

Eliah ließ sich auf einen Stuhl neben Levis Bett nieder und seufzte schwer. »Das ist alles ziemlich kompliziert. Es gibt den Rat, der sich aus fünf Mitgliedern der Wandler und fünf Mitgliedern der Jäger zusammensetzt. Wir agieren ähnlich wie eine Regierung. Jeder hat ein Stimmrecht, Vorschläge und Ideen werden abgesprochen und dann darüber abgestimmt. Die Stimme eines Mitgliedes zählt doppelt, er ist sozusagen der Vorsitzende und wird aus allen zehn Mitgliedern in einer geheimen Wahl gewählt. Dann gibt es noch viele weitere Mitglieder, die nicht direkt dem Rat angehören, aber Bescheid wissen. Sie führen Befehle aus, arbeiten für uns.« Eliah stockte, als wüsste er nicht, wie er weitermachen sollte.

»Und dann gibt es noch die Jäger«, sprang ich ein und versuchte ihm damit zu helfen.

»Genau. Jedoch bezeichnen wir sie als Krigare. Sie haben nichts mehr mit den Jägern im eigentlichen Sinne zu tun. Sie fungieren vielmehr wie Polizisten«, antwortete Eliah und ich wusste nicht, ob mir das gefiel. Es war auf jeden Fall besser als alles, was ich mir bisher ausgemalt hatte.

»Das heißt, vor euren Krigare müssen wir also keine Angst haben?«, überlegte Micah und betrachtete Levis Onkel aufmerksam.

»Natürlich nicht, sie beschützen jeden, der unser Geheimnis wahrt und friedlich unter den Menschen lebt.«

»Und was passiert mit den Wandlern, die aus diesem Muster fallen?«, wollte ich wissen, war mir jedoch nicht sicher, ob ich die Antwort überhaupt erfahren wollte.

»Das geht ähnlich vonstatten, wie es auch die Menschen handhaben. Es gibt eine Verwarnung, dann eine Verhaftung. Darauf folgt im schlimmsten Fall eine Verhandlung und eine Urteilsvollstreckung«, erklärte Eliah und gab mir mit seinem Blick zu verstehen, dass er das nicht weiter ausführen würde. Ich nickte und ließ die Neuigkeiten sacken. Das klang doch ganz gut. Auch wenn ich natürlich nicht wusste, was sich hinter dem Wort Urteilsvollstreckung versteckte. Für heute hatte ich genug, ich legte meinen Kopf auf Levis Bett und schloss meine Augen für einen Moment.

»Hast du schon mit dem Jäger gesprochen?«, fragte Levi und ich folgte stumm dem Gespräch.

»Ja, ich hab dafür gesorgt, dass er von Ratsmitarbeitern überwacht wird. Einfach verschwinden kann er nicht.«

Levi legte seine Hand auf meinen Kopf. »Hat er dir etwas über seine Beweggründe gesagt? Wieso er das getan hat?«

»Nein, er schweigt. Aber nicht mehr lange. Ich hab da so meine Mittel.«

»Aha«, hörte ich Micah, darauf folgte eine Stille, die mir unendlich erschien.

»Wie geht es jetzt weiter?«, wisperte Micah irgendwann.

»Wenn wir auch nicht wissen, woher diese Möchtegern-Jäger kommen, so wissen wir zumindest, worauf sie es abgesehen haben«, hörte ich verschwommen Eliahs Stimme. Ich versuchte, meine Augen wieder zu öffnen, wollte unbedingt dem Gespräch folgen, doch das war verflixt schwer.

»Worauf?«, fragte Levi.

Der Rat war wirklich besser informiert als wir. Wie weit sich ihr Netz wohl spannte? Regierten sie im Stillen oder versuchten sie wirklich nur, uns zu beschützen? Mein verschlafener und benebelter Verstand zeigte mir ein Bild von Eliah, wie er mit einer Krone und einem Zepter in der Hand auf einem roten Thron saß. Ich schmunzelte. Zumindest stellte ich mir vor, dass ich es tat. Meine Muskeln waren viel zu müde, um sich wirklich zu bewegen. Meine Augen schmerzten und ich tat mich schwer damit, sie wieder zu öffnen. Wieso waren plötzlich alle Tage so voller Leben und Ereignisse? Ich sehnte mich nach der Langeweile vor ein paar Wochen. Damit hatte ich eindeutig besser umgehen können.

»Ist das nicht offensichtlich? Auf euch«, sagte Eliah und meine Augen öffneten sich ganz von allein. Auf uns? Wieso? »Das erste Mal sind sie euch in diesem Wald begegnet, dann haben wir kleinere Zwischenfälle in Bremen verzeichnet und plötzlich stand die *schwarze Katz* in Flammen.«

Was wollten sie von uns? Wieso waren sie hinter uns her? Das ergab Sinn und dann doch wieder nicht. Mein Kopf ruhte immer noch auf Levis Bett, die Müdigkeit hatte mich übermannt und das höchste der Gefühle war es, meine Augen offen zu halten. Also beschränkte ich mich darauf, stumm dem Gespräch zu lauschen und wach zu bleiben.

»Aber wieso?«, wollte Micah wissen.

Ich hörte, wie sich jemand im Raum bewegte, konnte von meiner Position jedoch nicht ausmachen, wer es war. Die Zeit schien wie durch eine Sanduhr zu laufen. Korn für Korn rieselte sie von der oberen Hälfte des Glases in die untere. Meine Augenlider waren schwer. Wenn ich sie ganz kurz schließen würde, nur um ihnen etwas Erholung zu gönnen, dann konnte das doch nicht schaden, oder?

Gleich danach würde ich sie auch wieder öffnen und weiterhin dem Gespräch folgen. Langsam sanken meine Lider und Dunkelheit legte sich um mich. Meine Augen schmerzten und ich hatte das Gefühl, sie sofort wieder öffnen zu müssen, doch aus Erfahrung wusste ich, dass der Schmerz nur wegging, wenn ich die Augen geschlossen ließ.

»Wir wissen es nicht«, gestand Eliah und seine Stimme klang viel näher an meinem Ohr, als vor ein paar Minuten noch. Also war er es, der durch den Raum wanderte. »Aber wir werden es herausfinden«, versprach er und ich spürte, wie mir jemand über den Kopf strich.

»Und was tun wir bis dahin?«, fragte Levi leise. Wieso flüsterte er? So konnte ich ihn viel schlechter verstehen. »Wir können ja nicht einfach darauf warten, dass sie uns irgendwann erwischen. Wir wissen noch nicht mal, mit wem wir es zu tun haben, wie sollen wir sie dann bekämpfen?«, flüsterte Levi weiter.

Schwarze Schatten breiteten sich in meinem Kopf aus und zogen mich in die Tiefe. Bunte Farben schwammen durcheinander. Bildeten Formen, deren Konturen ich so langsam erahnen, aber noch nicht benennen konnte. Ich blickte durch den dunklen Nebel und alles wurde immer klarer, schärfer und heller. Ergab Sinn und formte eine Welt, in der ich mich geborgen fühlte. Ich ließ mich fallen und genoss es, Herr der Lage zu sein. Irgendetwas zerrte an mir, ließ den Nebel wieder dichter werden.

»Wir werden nicht warten, ab sofort werden wir euch beschützen«, sagte Eliah durch den Nebel und ich wusste nicht mehr, woher seine Stimme kam. Träumte ich? Es fiel mir schwer, das Gesagte zu verarbeiten und einzuordnen. »Ich nehme euch mit zum Rat.«

19.

Wenn ich irgendwann feststellen würde, dass Harry Potter existierte und ich wirklich nur ein Muggel war, müsste ich weinen.

Kat, wach auf«, drang Levis Stimme durch den Nebel zu mir. »Komm schon, dein Nacken wird mir dankbar sein.«

»Hm?«, gab ich verschlafen von mir und hob langsam den Kopf. Wo war ich? Welcher Tag war heute? Wie kam ich hierher? Wie hieß ich gleich noch mal? Und wieso hatte ich so viele Fragen?

»Komm, leg dich neben mich«, sagte Levi und ich versuchte mich zu orientieren.

Benebelt stellte ich fest, dass wir allein waren und ich immer noch im Krankenhaus bei Levi war. Mein Nacken schmerzte. Kleine Blitze schossen immer wieder durch meine Muskeln und lähmten mich kurzzeitig. Ich war versucht zu schreien, biss aber die Zähne zusammen.

»Wie lange habe ich geschlafen?«, fragte ich und versuchte durch langsame Bewegungen meinen Nacken zu entspannen.

»Nicht lang, ich wollte dich eigentlich gar nicht wecken, aber das sah nicht besonders gesund aus«, antwortete Levi lächelnd.

Der Schmerz in meinem Nacken hatte sich in ein dumpfes Pochen verwandelt und ließ zum Glück langsam nach. Ich erhob mich schwerfällig von meinem Platz und rutschte neben Levi, der die Decke einladend anhob. Meinen Kopf bettete ich auf seiner Brust. Sein Herz klopfte gleichmäßig gegen seinen Brustkorb und beruhigte mich. Seinen linken Arm schlang er um mich und seine Hand streichelte über meinen Oberarm. Ich spürte seine Wärme auf meiner Haut, sie prickelte angenehm und schien mich nach wenigen Sekunden komplett eingehüllt zu haben.

»Wo sind die anderen?«, nuschelte ich, während ich verträumt mit dem Zipfel der Decke spielte.

»In der Bar, sie helfen Sascha dabei, alles wieder aufzuräumen und aufzubauen. Außerdem soll der Schaden begutachtet werden. Eliah hat seine Hilfe angeboten, er wird die finanziellen Mittel zum Wiederaufbau stellen«, antwortete Levi.

»Wow«, entfuhr es mir. »Das ist aber nett. Wieso tut er das?«

Levi seufzte. »Ich glaube, er fühlt sich schuldig, weil der Rat es nicht verhindern konnte. Aber genau weiß ich es auch nicht, er hat sich dazu nicht geäußert.«

Ich versuchte mich fieberhaft an alles zu erinnern, was vorhin gesagt worden war. Bei einigen Dingen war ich mir nicht mehr sicher, ob sie wirklich passiert waren oder ob ich sie nur geträumt hatte.

»Wir fahren zum Rat?«, fragte ich überrascht.

»Ja, Eliah leitet gerade alles in die Wege«, sagte Levi ruhig, doch sein Herzschlag hatte sich beschleunigt und ich stellte betrübt fest, dass seine Hand von meinem Oberarm verschwunden war.

»Du vertraust dem Rat nicht?«, versuchte ich, Levis Reaktion zu deuten.

»Das stimmt. Ich weiß nicht, was uns erwartet und das gefällt mir einfach nicht«, bestätigte er meine Vermutung und ich fühlte mich wie Sheldon Cooper, wenn er Sarkasmus erkannte. Am liebsten hätte ich laut *Ha!* geschrien und meine Faust siegessicher in die Luft gestreckt. Doch ich verkniff mir die Reaktion, gönnte mir stattdessen nur ein Lächeln und drehte mich so, dass ich Levi ins Gesicht sehen konnte.

»Willst du lieber hierbleiben?«, fragte ich ihn und versank für einen Moment in seinen Augen. Ich liebte den braunen See, der durch helle Linien durchbrochen wurde, und den großen Hund, der mich jedes Mal freudig empfing und sich aufgeregt hin und her warf.

»Nein. Doch. Ich weiß es nicht«, gab Levi ehrlich zu. »Ich will, dass das aufhört. Ich will unser altes Leben zurück. Ich will aber genauso sehr wissen, was das alles soll. Wieso wir? Wieso jetzt?«

Ich wusste, was er meinte. Mir ging es ähnlich. Doch im Moment überwog der Wunsch, die Sache aufzuklären und alles in Gänze zu verstehen. Langsam, um weder ihm noch mir wehzutun, rutschte ich zu seinem Gesicht hoch, nahm es in meine Hände und küsste ihn auf die Stirn. Das Pflaster war mir im Weg, doch ich drückte meine Lippen einfach ganz sanft darauf.

»Wir gehen«, bestimmte ich mit fester Stimme und hoffte inständig, die richtige Entscheidung getroffen zu haben. »Wir müssen. Das sind wir uns schuldig. Zusammen helfen wir, die zu finden, die uns das alles angetan haben, und dann kehren wir zu unserem normalen Leben zurück.«

»Aber wem können wir dabei vertrauen?«, fragte Levi und ich küsste ihn zuerst auf die rechte, dann auf die linke Wange.

Ich lächelte leicht. »Uns. Reicht dir das nicht?«

»Doch, vollkommen«, bestätigte er und fuhr langsam mit seinen Lippen meine nach. Ich schloss die Augen und genoss den Moment. Viel zu schnell würde uns die Realität wieder einholen und rücksichtslos auf den Boden der Tatsachen schmettern. Doch noch war es nicht so weit. Ich genoss Levis Hände auf meiner Haut, sie schienen alle schlechten Gedanken an die letzten Tage zu vertreiben. Die Schatten wichen, hatten keinen Platz mehr. Seine Finger hinterließen einen Schauer, der sich auf meinen ganzen Körper ausbreitete. Fast hatte ich das Gefühl zu vibrieren.

»Willst du nicht rangehen?«, fragte Levi mich und zerstörte damit den Moment.

Verwirrt öffnete ich die Augen und schaute ihn verständnislos an. Dann begriff ich. Ich vibrierte wirklich, nur ging es nicht von meinem Körper, sondern von meinem Handy aus. Jetzt nahm ich auch die leise Melodie meines Klingeltons wahr, die ich zuvor gekonnt ignoriert hatte.

»Nein, eigentlich nicht«, gab ich zu und widmete mich wieder Levis Gesicht. Ich liebte seinen Bartansatz genauso sehr wie die Kanten seines Kinns. Vorsichtig fuhr ich über das Pflaster und wünschte mir, ich könnte seine Wunde heilen. Doch leider war ich eine Wandlerin und keine Hexe.

Dieses Mal nahm ich die leise Melodie sofort wahr, es war nicht mein Klingelton, sondern Levis.

»Anscheinend soll uns dieser Moment nicht vergönnt sein«, bedauerte er und griff nach seinem Telefon. »Hm?«

Ich ließ mich wieder auf Levis Brust nieder und genoss die Gleichmäßigkeit seines Herzschlages. Dem Telefonat zu folgen, hätte ich zwar spielend gekonnt, hatte jedoch keine Lust. Ich war noch nicht bereit, mein Wunderland gegen die Realität zu tauschen, also versuchte ich alle Gedanken abzuschalten und einfach nur dazuliegen.

»Okay, ich sage es ihr«, sagte Levi und die Umrisse meines Wunderlandes verschwammen. Dunkle Schatten legten sich über die bunte Welt und verschlangen sie langsam. Mein Schloss fiel krachend in sich zusammen, meine Krone zerbrach. Dabei war ich so eine wunderschöne Prinzessin.

Levi beendete den Anruf und fuhr mir übers Haar. Er durfte das, das war okay. »Liz fragt, ob sie für dich packen soll oder ob du das selbst machen willst.«

»Wollen wir schon los? Ich dachte, wir warten, bis du wieder gesund bist«, entfuhr es mir überrascht.

»Mir geht es gut, Kitty Kat. Die Ärzte haben nichts festgestellt, außer einer leichten Gehirnerschütterung. Ich spüre kaum noch etwas«, beschwichtigte Levi.

Ich fuhr ihm über die Stirn und er verzog schmerzerfüllt das Gesicht. »Ähm ja, genau. Kaum noch Schmerzen«, äffte ich sarkastisch.

»Na ja, außer man fährt direkt über die Wunde.«

»Wir sollten noch warten«, sagte ich vehement. Ich wollte, dass er sich erholte, bevor wir in das nächste Abenteuer aufbrachen. Doch sein Gesichtsausdruck prophezeite mir, dass ich gegen verschlossene Türen rannte. Er würde nicht auf mich hören. Er war groß, ich konnte es nicht ändern, nur akzeptieren.

»Es geht schon«, meinte er und bestätigte damit meine Vermutung. »Wir sollten das so schnell wie möglich aufklären.«

Resigniert gab ich auf. Ich konnte ihn ja schlecht ans Bett fesseln, auch wenn ich dazu extra rosa Handschellen besorgt hätte.

»Packen«, flüsterte ich stattdessen leise. Ich hatte keine Lust. Das Schlimmste am Reisen war das Packen. Ich wusste nie, was ich brauchen würde und was nicht. Schlussendlich hatte ich immer meinen halben Hausstand dabei und packte die Hälfte nicht mal aus. Aber sicher war sicher, oder? So war ich immerhin für alle Eventualitäten gewappnet. Selbst die Apokalypse hätte ich mit meinem Koffer überleben können. Dean Winchester wäre stolz auf mich.

Vielleicht war es gar keine schlechte Idee, Liz das übernehmen zu lassen, doch ich wollte ihr diese Aufgabe nicht aufbürden. »Ich geh gleich.«

»Okay«, flüsterte Levi zurück und war von meinem Kopf wieder zu meinem Oberarm übergegangen. Mein Wunderland baute sich langsam wieder auf, die Schatten zogen sich zurück und ich rückte meine Krone zurecht.

»Nur noch ein paar Minuten«, sagte ich.

»Ja, nur noch ein paar Minuten.«

Eine Stunde später holte Micah mich vor dem Krankenhaus ab und brachte mich nach Hause. Eliah war mittlerweile wieder an Levis Seite und füllte die letzten Formulare aus. Danach stand uns nichts mehr im Weg. Ich hielt das immer noch für keine gute Idee, Levi sollte sich zuerst auskurieren. Auch wenn die Ärzte sagten, dass er keine bleibenden Schäden davongetragen hatte, war mit einer Gehirnerschütterung nicht zu spaßen. Immerhin war er eine ganze Weile ohnmächtig gewesen. Eliah hatte versichert, dass es im Rat Ärzte gab und er Levi keiner Gefahr aussetzen würde. Ich hatte keine andere Wahl, als darauf zu vertrauen, dass sie wussten, was sie taten.

Ich beeilte mich mit dem Packen, während Liz auf meinem Bett saß und mir dabei zusah.

»Was ist eigentlich mit dem Jäger, der Levi niedergeschlagen hat, passiert?«, fragte ich irgendwann. Ich versuchte meine Gedanken im Zaum zu halten, doch diese Frage hatte mich einfach nicht mehr losgelassen. Irgendwie war sie die letzten Tage völlig untergegangen.»Sobald Eliah angekommen war, hat er sich seiner angenommen. Was auch immer das heißen mag«, antwortete Liz und kaute nervös auf ihrer Nagelhaut.

»Was auch immer das heißen mag«, wiederholte ich nachdenklich und malte mir die schlimmsten Dinge aus. Ich erinnerte mich, dass er gesagt hatte, dass er nicht abhauen könnte, weil Ratsmitglieder ihn bewachen würden. Genauer hatte er sich nicht geäußert.

»Er wird ihn doch wohl nicht umgebracht haben?«, entfuhr es mir aufgeregt. Ich hatte keine Angst vor Eliah und ich traute es ihm auch nicht zu, aber er war ein Mitglied des Rates und mit diesem hatten wir noch keinerlei Erfahrungen gemacht. Wir wussten weder etwas über seine Methoden noch über sein Vorgehen. Keine Ahnung, was er mit Abtrünnigen tat. Ich wusste jedenfalls nichts von einem Wandlergefängnis. Doch bis vor ein paar Tagen wusste ich auch noch nichts vom Rat und den Krigare, also hieß das nicht viel.

»Das glaube ich nicht«, sagte sie, sah dabei aber genauso unschlüssig aus wie ich. »Theoretisch brauchen wir ihn, oder? Er ist momentan die einzige Verbindung zu den vermeintlichen Jägern. Ihn umzubringen wäre taktisch unklug.«

»Stimmt«, gab ich zu und zog den Reißverschluss meiner Tasche zu. Sie war bis zum Rand gefüllt. Wir hatten keine Ahnung, wie lange unser Besuch beim Rat dauern würde. Genauso wenig wusste ich, welche Art von Kleidung angemessen war. Also hatte ich von allem etwas eingepackt und hoffte einfach, nichts Wichtiges vergessen zu haben. Um Levis Sachen hatte Micah sich gekümmert und ich war ihm dankbar dafür.

Gemeinsam gingen wir nach unten und ich setzte mich neben meine Mutter an den Küchentisch, während Liz ins Wohnzimmer ging. Wir hatten sie nicht eingeweiht. Ich hielt es für das Beste. Natürlich hatte ich ihr von allem, was Eliah gesagt hatte, erzählen wollen, doch das hätte sie nur aufgeregt. Zum ersten Mal verstand ich, was Eliah damit gemeint hatte, dass es einfacher war, im Untergrund zu agieren. Man konnte schneller und besser handeln. Musste nicht so viele verschiedene Komponente beachten, verletzte viel weniger Gefühle, beschützte die Menschen durch ihre Unwissenheit. Trotzdem war abzuwarten, ob dieser Weg, den der Rat ging, der richtige war.

Wortlos reichte sie mir eine Tasse Kaffee, schnitt ein Stück von dem Eierlikörkuchen, der vor ihr stand, ab, legte es auf ihren Teller und schob ihn mir zu. Ich lächelte sie dankbar an und küsste sie auf die Wange.

Schlagartig wurde mir bewusst, dass ich keine Ahnung hatte, was auf uns zukam. Vielleicht würde ich meine Mutter hier zum letzten Mal sehen? Schnell steckte ich mir ein Stück Kuchen in den Mund und kaute ausgiebig. So durfte ich auf keinen Fall denken. Alles würde gut werden. Trotzdem schluckte ich den Essensbrei mühsam herunter, küsste meine Mutter abermals auf die Wange und sagte ihr, wie sehr ich sie liebte. Sie quittierte meinen Ausbruch mit einem Lachen und schloss mich fest in die Arme.

»Ihr geht doch nur mit Levis Onkel seine Familie besuchen. Du siehst aus, als würde man dich zum Schafott führen«, lachte sie und nach einigen Sekunden stimmte ich mit ein. »Hast du etwa Angst, dass seine Familie dich nicht leiden kann?«

Daran hatte ich noch gar nicht gedacht. Ich würde Levis Tante und seine Cousins kennenlernen. Eliah mochte mich immerhin schon mal, oder? So genau wusste ich das gar nicht. Der Mann mit der stählernen Maske ließ sich nur die Emotionen vom Gesicht ablesen, die er auch zeigen wollte.

»Sie werden dich schon mögen«, versuchte meine Mutter mich aufzumuntern. Hätte ich ihr doch nur sagen können, dass das eins meiner kleinsten Probleme war.

»Kat?«, hörte ich Micah aus dem Flur meinen Namen rufen.

Ich leerte meine Tasse. »Küche.«

»Können wir?«, fragte er und sah mich an.

»Wir können«, antwortete ich aufgeregt. Ich umarmte meine Mama fest und hoffte, dass es nicht das letzte Mal gewesen war.

»Ich hab dich lieb«, sagte ich und kämpfte gegen die Tränen.

»Ich dich auch, Kleines. Bis bald.«

Ich schnappte meine Tasche, die gefühlte fünfzig Kilo wog, und ging mit Micah nach draußen. Es war ein wundervoller Sommertag und die Sonne brannte vom Himmel. Sie streichelte mein Gesicht und machte den Moment erträglicher.

Levi saß bereits in Eliahs Auto und lächelte mir von der Rückbank entgegen. Liz stand mit Eliah in ein Gespräch vertieft neben dem schwarzen Audi. In der Limousine war genug Platz für uns alle. Ich stellte meine Tasche in den Kofferraum und war erstaunt, wie geräumig er war.

»Was passiert mit dem Jäger?«, fragte ich Eliah, der mir gerade entgegen kam.

»Er wird von ein paar Krigare in den Rat gebracht, mach dir keine Sorgen.«

»Aha.« Ich war immer noch skeptisch den Krigare gegenüber. Immerhin waren sie Jäger, auch wenn der Rat uns bisher nur Gutes getan hatte, konnte ich ihm noch nicht vorbehaltlos vertrauen.

»Steigt schon mal ein«, dirigierte Eliah und lächelte mich fröhlich an.

Ich kletterte zu Levi auf die Rückbank und kuschelte mich an ihn. »Wie geht es dir?«

»Gut. Etwas nervös, aber gut«, antwortete Levi und legte seinen Arm um mich. »Wie geht es deinem Fuß heute? Immer noch alles gut?«

»Glaubst du mir etwa nicht?«, fragte ich gespielt böse.

Levi lachte. »Du glaubst mir doch auch nicht, wenn ich sage, dass es mir gut geht.«

Gutes Argument. Der Punkt ging an ihn.

Heute Morgen hatte ich mir den Zeh an der Tür gestoßen und seitdem spürte ich ihn wieder. Ab und zu pochte es, doch ich war zuversichtlich, dass alles gut verheilt war beziehungsweise weiterhin heilen würde. Ich verschwieg Levi meinen kleinen Zwischenfall mit der Tür lieber. Darüber brauchte er sich keine Sorgen zu machen. Wir hatten genug, das unsere Gedanken füllte.

»Es geht ihm gut, er ist wieder völlig einsatzfähig«, sagte ich und küsste meinen Freund auf den Mund. Dann lehnte ich meinen Kopf an seine Schulter, bis Liz neben mich rutschte und Eliah und Micah vorne einstiegen.

»Dann mal los«, freute sich Eliah und die Fahrt begann.

Die meiste Zeit schwiegen wir. Keiner schien zu wissen, was er sagen sollte. Auch wenn Eliah immer wieder versuchte, ein Gespräch in Gang zu bringen, blieben wir einsilbig und hingen unseren Gedanken nach. Ich stellte mir den Rat immer wieder in verschiedenen Ausführungen vor. Zuerst glich er einem Gefängnis, dann einem Schloss aus dem Schlaraffenland. Später dem Haus der Hexe aus Hänsel und Gretel und kurz bevor wir ankamen, hoffte ich, dass der Rat in Wahrheit Hogwarts war und mein Brief auf dem Weg zu mir verloren gegangen war. Meine Hoffnungen und Ängste vermischten sich und ich klammerte mich regelrecht an Levi. Liz hatte meine Hand genommen und ich fuhr ihr beruhigend mit dem Daumen über den Handrücken. Bisher schien sie mit allem wirklich gut zurechtzukommen, war so schweigsam wie immer, aber nicht ängstlich.

»Wir sind da«, verkündete Eliah irgendwann und ich schaute überrascht hoch. Seit unserer letzten Rast hatte ich vor mich hin gedöst und aus dem Fenster gestarrt. Wir waren ungefähr einen halben Tag unterwegs gewesen und standen jetzt vor einer imposanten Villa, die von einer großen Grünfläche umgeben war. Das sollte das Ratsgebäude sein? Unauffällig war es nicht gerade, stand einem Schloss kaum nach. Gebannt starrten wir alle das große, einschüchternde Haus an und keiner traute sich etwas zu sagen, geschweige denn auszusteigen. Ich war fast ein bisschen enttäuscht, dass wir nicht nach Hogwarts gefahren und ich immer noch ein Muggel war.

Eliah lachte, öffnete dann die Tür und stieg aus. »Das Haus beißt nicht, ich verspreche es«, sagte er, immer noch lachend.

»Da wäre ich mir nicht so sicher«, flüsterte ich und sah Levi nicken. Trotzdem schnallte er sich ab und öffnete langsam die Tür. Auch nachdem wir alle ausgestiegen waren, konnten wir unseren Blick nicht von der Villa abwenden. Ich zwang mich dazu und versuchte das ganze Gelände zu überblicken. Es war riesig und mindestens genauso einschüchternd wie das Bauwerk darauf. Das Anwesen schien eingeschlossen von einem Waldstück, dessen Ende ich nicht sehen konnte.

Verblüfft schaute ich mich um. »Das gehört alles zum Rat?«

»Unter anderem«, antwortete Eliah plötzlich ganz dicht neben mir und ich erschrak. »Aber das ist natürlich nicht alles.«

»Natürlich nicht«, flüsterte Liz leise und ich verkniff mir ein Lächeln.

»Es geht unterirdisch weiter«, fuhr Eliah fort und ging Richtung Eingang.

Wir folgten ihm zögerlich. »Na kommt schon, habt ihr etwa Angst?«, rief er uns lachend zu und ich hoffte, er erkannte nicht, wie viel Wahrheit in seinen Worten lag.

Meine Wenigkeit hatte wirklich Angst. Aber sie würden uns wohl nicht direkt hinter der Tür erschießen, oder? Wollte ich nicht offener dem Rat gegenüber sein? Ich schüttelte meinen Kopf und versuchte so die negativen Gedanken zu vertreiben, es gelang mir jedoch nur mäßig. Alles wirkte einschüchternd, machte die Ungewissheit nur noch angsteinflößender.

Hinter der Tür erwartete uns nichts außer einer sehr eindrucksvollen Eingangshalle. Aber niemand, der auf uns zielte oder uns gefangen nahm. Ich atmete auf und schaute mich neugierig um. Rechts und links führten breite Treppen einen Stock höher, direkt über mir hing ein großer Leuchter, der dem des Phantoms der Oper Konkurrenz machen konnte. Gemälde, die verschiedene Szenen darstellten, zierten die Wände. An der Decke zwischen den Treppen prangte ein Wappen, das wohl jedem Besucher zeigen sollte, in wessen Territorium er sich befand. Ich kannte es nicht. Jedenfalls war es nicht das der Grimm, das ließ mich aufatmen.

»Kommt«, riss Eliah mich aus meinen Bewunderungen und ging auf den rechten Treppenflügel zu. »Ich will euch eure Zimmer zeigen.«

»Wir wohnen hier?«, fragte Micah überrascht.

Eliah schritt die Stufen nach oben und wir folgten ihm wie Küken ihrer Mutter. »Natürlich, der Rat verfügt über einen sehr großen Gästeflügel, der viel zu selten genutzt wird.«

Natürlich, dachte ich und verdrehte die Augen. Eliah führte uns durch einen langen Flur, an dessen Seiten sich Bilder und Türen abwechselten, dann bog er einmal rechts und dann wieder links ab und ich konnte durch eine Fensterfront einen Blick auf den Innenhof erhaschen. Bloß war es gar kein Hof, sondern vielmehr ein

Schlossgarten. An seinem Ende konnte ich den Wald erkennen und die Idylle wollte nicht ganz ins Bild passen. Irgendwie hatte ich mir den Rat anders vorgestellt. Es sah wirklich wunderschön aus und ich nahm mir vor, den Garten später genauer zu erkunden.

»Da wären wir«, sagte Eliah und stoppte vor einer Tür, die genauso aussah wie die hundert, an denen wir bisher vorbeigekommen waren. Wie sollte ich mir bloß merken, welche Tür zu meinem Zimmer führte?

Eliah öffnete die Tür und ich fühlte mich wie im fünf Sterne Hotel. Vor uns erstreckte sich nicht wie erwartet ein Schlafzimmer, sondern eine ganze Wohnung. Ich betrat den Raum und fand mich in einem riesengroßen luxuriösen Wohnzimmer wieder. Vintagemöbel schmückten den Raum und machten ihn zu etwas ganz Besonderem. Ein Sofa stand an der Wand gegenüber der Tür, ein weiteres an der linken Wand. Über diesem befand sich ein großes Fenster, durch das man den Garten sehen konnte. Vor den großen Polstermöbeln war ein Glastisch platziert, auf dem einige Bücher lagen. Neben der Tür thronte eine Schrankwand samt Flachbildfernseher und exklusiver Stereoanlage. Drei Türen führten in jeweils zwei Schlafzimmer und ein Badezimmer. Küche gab es keine. Ich ging neugierig durch die Zimmer und hätte mich am liebsten auf eins der großen Himmelbetten geschmissen. Sie schienen förmlich nach mir zu schreien. Überrascht stellte ich fest, dass unsere Taschen und Instrumente bereits in die Schlafzimmer gebracht wurden.

»Ruht euch am besten aus, richtet euch ein, dann zeige ich euch den Rest. Ich schicke jemanden mit etwas zu essen zu euch. Ich muss noch ein paar Sachen regeln, dann komme ich wieder zurück«, verabschiedete sich Eliah nach ein paar Minuten, was mir ganz recht war.

»Fühle nur ich mich eingeschüchtert?«, fragte ich in die Runde, nachdem wir es uns auf den Sofas gemütlich gemacht hatten. Ich lehnte mich an Liz und genoss es, mich endlich nicht mehr beobachtet zu fühlen.

»Das ist alles größer und vor allem organisierter, als ich es erwartet hatte«, stimmte Micah mir zu und ließ seinen Blick neugierig durch den Raum schweifen.

»Sie überwachen uns doch nicht, oder?«, meinte Liz plötzlich und nun schaute auch ich mich neugierig um, konnte jedoch kein Anzeichen einer Kamera entdecken. Als ob sie so bescheuert wären und diese sichtbar einbauten.

»Ich weiß es nicht«, gab ich zu. »Aber irgendwie bin ich auch voreingenommen. Obwohl der Rat uns nichts Böses getan hat, vertraue ich ihm nicht.«

»Ich weiß, was du meinst«, sagte Micah.

»Ich auch«, stimmte Levi zu. »Aber mein Onkel ist ein Teil davon und deswegen müssen wir ihnen einfach vertrauen, oder?«

»Ja«, sagte ich. »Zumindest schulden wir ihm den Versuch.«

Ein Klopfen an der Tür unterbrach uns. Dann öffnete diese sich einen Spalt und ein blonder Haarschopf schob sich hindurch.

»Tante Anne«, freute sich Levi und sprang auf. Er fiel der blonden Frau, die mittlerweile den Raum ganz betreten hatte, in die Arme und ich betrachtete die beiden. Anne war eine hochgewachsene Frau mit langen blonden Haaren und einer sehr sportlichen Figur. Sie trug eine weiße Leinenhose und ein hellrosa Poloshirt. Auf mich wirkte sie sehr freundlich. Die beiden lösten sich voneinander und Anne gab Levi einen sanften Kuss auf die Wange, dann wandte sie sich uns zu.

»Hallo, ich bin Anne, Levis Tante. Ich wollte euch gleich begrüßen und hab mich auch von Eliah nicht davon abbringen lassen. Ich bin gleich wieder weg und störe nicht weiter«, sprudelte es fröhlich aus ihr heraus, während sie immer näher auf uns zukam. Wir reichten ihr nacheinander die Hand und stellten uns vor.

»Schön, dass ihr hier seid. Ich habe dich vermisst«, gab sie an Levi gewandt zu.

Dieser schaute wie ein geschlagener Hund aus der Wäsche und traute sich kaum, Anne in die Augen zu blicken. »Es tut mir leid, dass ich mich nie gemeldet habe.«

Anne lachte. »Schon okay, mein Junge. Du brauchtest eben deine Zeit. Ich hab gewusst, dass du irgendwann deinen Weg wieder zurückfinden würdest.«

Abermals umarmte Anne Levi und verabschiedete sich dann, versprach jedoch, mit uns zusammen zu Abend zu essen. Anne schien eine großartige Frau zu sein. Wie Levi brachte sie Fröhlichkeit in jeden Raum, den sie betrat. Eine Eigenschaft, die man nicht unterschätzen sollte. Ich mochte sie jetzt schon.

»Wow«, sagte ich zu Levi, als wir in unserem Bett lagen. Nachdem uns jemand etwas zu essen gebracht hatte, hatten wir beschlossen, uns kurz hinzulegen. Na gut, eigentlich hatte nur ich das beschlossen, Levi war mir gefolgt und wir hatten die Zimmer, wie auch schon bei mir zu Hause, aufgeteilt. Levi und ich hatten uns das etwas kleinere Zimmer geschnappt, die Rollos heruntergelassen und uns ins Bett verkrochen. Ich kuschelte mich an ihn und genoss seine warme Haut an meiner.

»Wow, was?«, fragte er, nachdem er einige Momente gewartet hatte.

»Wow, deine Tante scheint eine tolle Frau zu sein.«

»Ja, das ist sie in der Tat. Ich hab mir oft gewünscht, dass sie meine Mutter sei. Doch nur weil man es sich wünscht, wird es leider noch nicht wahr. Sie hat mich immer wie ein Teil ihrer Familie behandelt. Ich hab mich nie fehl am Platz gefühlt.«

Ich spielte mit den Knöpfen von Levis Hemd und öffnete dabei versehentlich einen. »Haben sie eigentlich Kinder?«

»Ja, Liam und Nicolas. Sie hatten schon immer eine Schwäche für englische Namen, deswegen will Anne auch, dass man ihren Namen englisch ausspricht.«

Neugierig musterte ich Levi. »Wie alt sind sie?«

»Nicolas dürfte jetzt siebzehn sein und Liam in unserem Alter. Genau weiß ich es gar nicht.«

Ich lächelte ihn an. »Das wird sich bald ändern«, versprach ich zuversichtlich und schloss meine Augen.

20.

Verrückte Professoren gab es schließlich in jeder guten Geschichte, nicht wahr? Mir blieb auch nichts erspart.

Das Klopfen an der Tür ließ mich hochfahren. Für einen Moment schaute ich mich verwirrt im Zimmer um, rüttelte dann leicht an Levi, der genüsslich weiterschlief. Es klopfte abermals, dieses Mal energischer.

»Herein«, rief ich und die Tür öffnete sich einen Spalt. Ich musste die Augen zusammenkneifen, weil das Licht, das hereindrang, so hell war.

»Eliah würde uns gerne den Rest des Rates vorstellen, kommt ihr mit?«, fragte Liz leise und ich nickte.

»Wir kommen gleich«, brummte ich und rüttelte abermals an Levis Oberkörper. »Wach auf.«

»Ja, ist ja gut«, murrte dieser und ich verkniff mir ein Lächeln. »Ich hab's gehört, nur noch fünf Minuten.«

Ich schälte mich aus dem Bett, suchte mir frische Klamotten heraus und zog mich um. Meine Wahl war auf eine schwarze Röhrenjeans und eine dunkle Bluse gefallen. Meine Haare steckte ich zu einem Dutt hoch, heute nervten sie mich.

Levi hatte sich mittlerweile zumindest auf die Bettkante gesetzt und stützte seinen Kopf in die Hände. Ich ging zu ihm und setzte mich neben ihn. Dann wuschelte ich ihm durch die Haare und lehnte mich an ihn. Er sah verschlafen zu mir und gähnte herzhaft.

»Ich liebe dich«, entfuhr es mir und ich war selber erstaunt über meine Worte. Doch sie waren wahr und das war das Einzige, was zählte.

Levi lächelte mich an und küsste mich. Dann stand ich auf und verließ unser Schlafzimmer.

»Ich bin zu allen Schandtaten bereit«, sagte ich in die Runde und setzte mich zu Liz, Eliah und Micah aufs Sofa.

»Gut, wir haben viel vor uns«, lächelte Eliah. Seit ich Anne kennengelernt hatte, war mir der Rat viel sympathischer. Es war eindrucksvoll, wie viel eine Person bewirken konnte.

»Da bin ich«, brummte Levi, als er sich endlich zu uns gesellte, und wir erhoben uns synchron. Auch er hatte sich umgezogen, doch seine Haare waren immer noch ganz zerzaust. Ich liebte es, wenn sie so aussahen. Verwegen und Wild.

Wir folgten Eliah und ich wurde mit jedem Schritt, den wir uns von unserer Wohnung entfernten, neugieriger. Levi nahm meine Hand und zusammen gingen wir den langen Flur mit den Türen und Gemälden zurück bis in die Eingangshalle. Dort öffnete Eliah eine Tür an der rechten Seite und uns offenbarte sich eine Treppe, die nach unten führte.

»Ich dachte, wir sehen uns zuerst die Trainings- und Forschungsräume an, um dann am Ende zurück zu den repräsentativen Räumen in der Villa zu kommen«, erklärte Levis Onkel und mir fiel auf, dass auch er einen anderen Anzug anhatte. Er unterschied sich kaum von dem anderen, war jedoch einen ganz kleinen Tick heller. Wir gingen nacheinander immer weiter nach unten und langsam bekam ich einen Drehwurm. Zum Glück war der Abgang gut beleuchtet, sodass ich die Stufen erkennen konnte und nicht blind laufen musste. Eine Hand immer am Geländer, die andere auf Levis Schulter, der vor mir ging, erreichte ich als Letzte das Ende der Treppe.

»Das erinnert mich an einen Horrorfilm«, wisperte ich und schauderte.

»Stimmt«, antwortete Liz und hakte sich bei mir unter. Anscheinend schien ihr das Ganze auch nicht geheuer.

Vor uns öffnete sich ein Gang, der so gar nicht zu dem Abgang passen wollte. Anstatt zu einer Art Höhle oder einem Keller passte der Gang viel eher in die Villa. Weiße Wände, gesäumt von Türen links und rechts, führten hell beleuchtet immer tiefer in die Erde. Ich hatte Fackeln, kein elektrisches Licht erwartet. Der Rat überraschte mich immer wieder. Auch der Geruch von Nässe und Fäulnis, der sich sonst immer in Kellerräumen ausbreitete, blieb aus. Wäre der Abgang nicht so seltsam gewesen, könnte man meinen, man befände sich immer noch in der Villa und nicht darunter.

»Rechts und links befinden sich administrative Räume, außerdem einige Büros«, erklärte Eliah, während wir ihm den Gang entlang folgten. An dessen Ende befand sich eine Flügeltür aus massivem Holz. Eliah öffnete die eine Seite und ließ uns durchgehen, dann verschloss er die Tür wieder. Wir befanden uns in einem weiteren Gang, der rechts von einer Glasfront geprägt war, auf der linken Seite führten Türen in andere Räume oder Gänge. Eliah schwieg sich dazu aus. Anscheinend gab es doch einige Dinge, die er uns nicht erzählen wollte. Durch das Glas konnten wir in eine große Sporthalle blicken, die Basketballkörbe, Fußballtore und Kletterwände besaß. Doch das war nicht die einzige Halle. Die nächsten paar Minuten kamen wir an fast identischen Hallen vorbei. In der letzten trainierten zwei junge Männer, sie kämpften auf einer großen Matte gegeneinander. Der Kampf schien ausgeglichen, bis plötzlich der Kleinere seine Hände in Pfoten mit scharfen Krallen verwandelte. Gebannt schaute ich zu, wie sein Gegenüber auszuweichen versuchte, dann aber von einer Kralle getroffen wurde und zu bluten begann. Anstatt sich zu ergeben, kämpfte er jedoch weiter, verwandelte sich plötzlich komplett in einen Bären und der Kampf ging zwischen dem Bär und der halb verwandelten Raubkatze weiter. Gebannt folgten wir der Rangelei, bis die beiden Männer beide als Menschen auf der Matte lagen und lachten.

Eliah führte uns ohne Kommentar weiter und ich hing meinen Gedanken nach. Waren das Krigare? Oder Wandler, die sich einfach nur sportlich betätigten? Am meisten beeindruckte mich die Halbverwandlung. Das zerrte an den Kräften und war nicht so einfach, wie man dachte. Bei dem Kämpfenden sah es aber aus, als würde er gerade Kaffee trinken und nicht kämpfen, gar halb verwandelt. Vielleicht konnte man sich das antrainieren? Vielleicht brauchten wir einfach nur mehr Übung? Plötzlich mit Krallen einem durchs Gesicht fahren zu können, könnte manchmal wirklich hilfreich sein.

»Bevor wir diesen Trakt betreten, möchte ich euch erklären, was hier passiert. Hinter der Tür befinden sich die Forschungslabore und unsere Forscher versuchen mehr über uns, unsere Gene und alles drumherum herauszufinden«, sagte Eliah, während seine Hand am Türknauf verharrte. Er wirkte nervös und ich war gespannt, was uns erwartete. »Jedoch ist das sehr schwierig, weil wir weder Menschen noch Tiere töten wollen. Deswegen ist unsere Forschungsarbeit noch ziemlich unausgereift. Ein paar der Professoren beschäftigen sich auch mit Modifikationen, deswegen bitte ich euch, nichts anzufassen«, endete er und öffnete endlich die Tür.

Ich streckte mich und versuchte einen Blick zu erhaschen, noch bevor ich den Raum betreten würde, doch alles, was ich sah, war ein weiterer Flur. Bestand dieser Keller eigentlich nur aus Gängen und Türen? Dieser zeichnete sich durch Fenster und Glastüren aus, durch die man rechts und links in die Forschungsräume gucken konnte. Wie sollten wir hier etwas anfassen? Wir kamen doch gar nicht erst in die Räume. Da hatte ich mich geirrt, Eliah öffnete eine der Türen und bedeutete uns einzutreten. Nacheinander gingen wir hinein und der Professor, der vor einem großen Tisch mit Chemikalien und verschiedenen Apparaturen saß, lächelte uns entgegen. Er hatte einen weißen Kittel an und seine Haare waren spärlich über seinen Kopf verteilt. Die Augen lagen tief in den Höhlen und waren durch große Tränensäcke gezeichnet.

»Besuch«, lächelte er. »Wie schön, wie schön. Den haben wir hier viel zu selten.«

»Hey, Berno«, begrüßte Eliah den Forscher. »Kommst du voran?«

»Eher schlecht als recht«, gab er zu und schaute uns betrübt an. »Ich versuche die Genstränge zu beeinflussen.«

»Um was zu bezwecken?«, fragte ich neugierig.

»Zum Beispiel die Größe unserer Tiere«, antwortete er, beugte sich nach vorne und schaute mir in die Augen. Während er meine Katze entdeckte, sah ich den Tiger in seiner Iris und schauderte ehrfurchtsvoll.

»Wäre es nicht schön, bei einem Kampf plötzlich keine kleine Hauskatze zu sein, sondern die Größe eines Panthers anzunehmen?«, erzählte er aufgeregt und ich wusste nicht, was ich darauf antworten sollte. Natürlich wäre es hilfreich und wundervoll, aber dafür die DNA zu manipulieren, fand ich nicht richtig.

»Doch leider bin ich bestimmten Vorschriften und Gesetzen unterworfen und kann nicht einfach an Tieren oder Menschen experimentieren«, bedauerte er niedergeschlagen, ruderte nach einem Blick zu Eliah zurück. »Was natürlich vollkommen richtig ist. Wir sind ja keine Kannibalen. Aber dennoch.«

Berno hantierte an einigen Geräten und mischte verschiedene Chemikalien. Ich hasste Chemie und hielt gebührend Abstand zu allen Gerätschaften. Am Ende ging ich sonst noch in Flammen auf.

»Ich verstehe dich, Berno«, gab Eliah zu und schlug seinem Freund aufmunternd auf die Schulter. »Eines Tages kommt der Durchbruch.«

Die Situation überforderte mich und so sah ich mich genauer im Raum um, um meine Gedanken zu ordnen.

B-U-N-S-E-N-B-R-E-N-N-E-R.

P-I-P-E-T-T-E.

C-O-M-P-U-T-E-R.

Nacheinander buchstabierte ich Dinge, die ich erkannte und im Raum wahrnahm. Das beruhigte mich und ordnete meine Gedanken. An der Wand hingen verschiedene Zeichnungen von DNA-Strängen. Aus dem Biologieunterricht wusste ich ungefähr, wie sie aussahen. Einige glichen denen aus dem Schulbuch, andere sahen vollkommen anders aus. Ich fragte mich, zu was sie gehörten. War das eine die menschliche DNA und das andere die eines Wandlers? Ich hatte mich noch nie damit befasst und wusste nicht, wie meine eigene DNA aussah. Aber würde sie sich so sehr von der der Menschen unterscheiden, wäre das aufgefallen.

»Ist das unsere DNA?«, fragte ich.

»Nein, unsere unterscheidet sich kaum von der menschlichen. Das sind Skizzen verschiedener Modifikationen«, erklärte mir Berno und ich nickte. Betrachtete dann die weiteren Bilder und versuchte sie zu entschlüsseln. Die ganze Wand war mit ihnen zugepflastert.

Micah, Levi und Eliah unterhielten sich mit dem Professor, während ich zu Liz ging und aus dem Fenster auf den Gang schaute. Wir konnten in einen anderen Forschungsraum durch das Glas gegenüber sehen. Er glich diesem, nur der Professor war ein anderer, logisch. Auch die Apparaturen unterschieden sich ein wenig, an den Wänden hingen andere Skizzen und Zeichnungen. Verschiedene Zellkörper und deren Modifikationen glaubte ich zu erkennen, wollte aber nicht näher hinschauen.

»Ist das richtig?«, flüsterte Liz plötzlich.

»Ich weiß es nicht«, gestand ich. »Aber immerhin forschen sie nicht an lebenden Wesen. Das ist gut.«

Liz hakte sich bei mir ein und lehnte ihren Kopf an meine Schulter. »Stimmt.«

»Können wir weiter?«, fragte Eliah neben uns und ich nickte ihm zu. »Gut, wir gehen jetzt noch in die Verhörräume und dann wieder nach oben. Wollen wir dann im Garten zu Abend essen? Ihr könnt mir etwas über eure Band erzählen.«

»Ihr habt Verhörräume?«, entfuhr es mir.

»Natürlich. Wir haben auch Zellen, falls wir jemanden für eine kurze Zeit festhalten müssen.«

»Das ist nicht wie im Mittelalter, oder?«, hakte ich nach und umklammerte Lizzys Arm.

»Nein, alles ganz zivilisiert. Wie bei der Polizei. Nur dass unsere Täter meistens Wandler sind«, antwortete Eliah und ich entspannte mich ein wenig.

Wir folgten ihm, bis wir den Flur mit den Forschungsräumen durchschritten hatten und an dessen Ende links abbogen. Zuerst dachte ich, wir würden uns direkt in einem Verhörraum befinden, doch anscheinend war es nur ein Vorzimmer. Von diesem gingen vier Türen in kleinere Räume, die wirklich wie bei der Polizei aussahen. In der Mitte standen zwei Stühle und ein Tisch, auf ihm ein Mikrofon, an der Decke Kameras. Eliah erklärte uns, dass die Räume öfter genutzt werden mussten, als es ihnen lieb war. Und dass sie wirklich praktisch waren. Er zeigte uns kleine Spielereien, durch die zum Beispiel die Temperatur im Raum verändert werden konnte.

»Die physische Verfassung spielt eine wichtige Rolle bei Befragungen. Manchmal ist es gut, wenn sich die Verdächtigten unwohl fühlen, manchmal ist es aber auch wichtig, ihr Vertrauen zu erlangen«, erklärte er und mir lief ein Schauer über den Rücken. Noch nicht sicher, ob mir die Methoden ganz geheuer waren, sah ich mich um. Es sah aus wie in einem normalen Verhörraum, hatte nichts mit einer Folterkammer gemein und das beruhigte mich ungemein.

»Ich denke, jetzt habt ihr alles gesehen, gehen wir wieder nach oben«, meinte Eliah.

»Was befindet sich in den restlichen Räumen und Gängen?«, fragte Micah, während wir zurückgingen.

»Weitere Büros und andere Dinge«, antwortete Eliah wage und mir war sofort klar, dass er nicht näher darauf eingehen würde. Micah anscheinend auch, denn er fragte nicht weiter nach. Vielleicht befanden sich doch Folterräume hier unten und man zeigte sie uns nur nicht? Oder ein Gefängnistrakt? Vielleicht waren es aber auch nur Speisekammern oder ähnliches. Ich konnte es nicht sagen.

Auf dem Rückweg begegneten wir, anders als auf dem Hinweg, einigen Ratsmitgliedern. Eliah begrüßte sie und mir fiel plötzlich der Pseudojäger wieder ein.

»Befindet sich unser Jäger schon in einer der Zellen oder Verhörräume?«, hakte ich kurz vor der gruseligen Treppe, die nach oben führte, nach.

»Ja, er ist kurz nach uns eingetroffen und wurde in eine Zelle gebracht. Ich will ihn später noch verhören. Bisher hat er mir noch nicht gesagt, wer sein Auftraggeber ist«, antwortete Eliah.

Ich stutzte. »Auftraggeber?«

»Als ich gestern kurz mit ihm gesprochen habe, hat er jemanden erwähnt, der ihnen von den Wandlern erzählt hat«, erklärte Eliah und offenbarte uns damit Wissen, das für uns neu war. Zumindest ich hatte davon nichts gewusst.

Levi anscheinend auch nicht. »Wieso hast du uns das nicht schon früher erzählt?«

»Weil ihr nicht gefragt habt«, antwortete Eliah lächelnd und ging die Treppe voran nach oben.

»Ich will dabei sein«, forderte Levi und blieb direkt vor der Treppe stehen. Eliah hielt inne, drehte sich auf der Stufe um und schaute nach unten. Levi hielt seinem Blick stand und schaute ihm fest in die Augen. Ich konnte die Anstrengung der letzten Tage in seinem Gesicht sehen. Die Augen lagen tiefer in den Höhlen als sonst, drum herum hatten sich dunkle Schatten gebildet.

Eliah sah seinen Neffen fragend an. »Wobei?«

»Bei dem Verhör.«

Levis Onkel musterte ihn eine Weile forschend, als wüsste er nicht, was er davon halten sollte, dann nickte er. »Okay, wie du willst.«

»Ich will auch dabei sein«, sagte ich sofort, erntete aber einen niederschmetternden Blick von allen Seiten. Hey, was sollte das? Ich war auch groß.

»Nein«, bestimmten Levi und Eliah gleichzeitig.

Trotzig verschränkte ich die Arme vor der Brust. »Wieso nicht?«

»Weil ich es sage«, entgegnete Levi und ich wollte gerade heftig protestieren (was ist das bitte für eine Aussage?), als Eliah einschritt.

»Weil Levi einer Familienlinie des Rates entstammt. Er ist ein Mitglied der Herrscherfamilien. Du leider nicht«, erklärte Eliah und grinste mich triumphierend an.

»Das hast du dir gerade ausgedacht, oder?«, rief ich und verschränkte die Arme vor der Brust.

»Natürlich nicht«, antwortete Eliah und ich gab mich geschlagen. Für den Moment zumindest. Levi war ein Mitglied der Herrscherfamilien? Dann war er wirklich so etwas wie ein Prinz. Ich schauderte, betrachtete Levi neugierig und erkannte, dass auch er es nicht gewusst hatte.

»Es ändert doch nichts?«, flüsterte ich ihm zu, als wir die Eingangshalle erreichten.

Verwirrt schaute er mich an. »Was?«

»Dass du jetzt wirklich Prinz Charming bist.«

Es brauchte einige Sekunden, bis er verstand, dann lachte er. »Natürlich nicht. Bis gerade hatten wir es noch nicht mal gewusst. Es ändert nichts.«

Levi nahm meine Hand, küsste sie und ich lächelte. Puh. Ich hatte es nicht anders erwartet, aber sicher war sicher, oder?

Die Führung ging weiter und wir bekamen noch einige schöne Räume zu sehen, doch ich konnte allem nur halb folgen. Die Erkenntnis, dass jemand den Auftrag gegeben hatte, uns zu jagen, nahm den ganzen Platz in meinen Gedanken ein. Wieso sollte es jemand auf uns absehen haben? Uns Jäger auf den Hals hetzen? Der Mann musste lügen. Aber wieso sollte er? Es würde ihm nichts bringen. Trotzdem machte es keinen Sinn. Ich hatte keine Feinde und konnte mich auch nicht daran erinnern, den Rest so etwas sagen hören zu haben.

Plötzlich standen wir im Garten und ich wunderte mich, wie wir hierhergekommen waren. Vor uns erstreckte sich eine Wiese, auf der ein gedeckter Tisch mit Stühlen stand. Wir setzten uns und ich erkannte, dass noch drei Plätze frei waren. Bevor ich jedoch darüber nachdenken konnte, für wen diese gedacht waren, entdeckte ich die Kaffeekanne auf dem Tisch. *Meins,* dachte ich und schaute mich lauernd um. Anscheinend war noch keinem die wohlduftende Kanne in unserer Mitte aufgefallen. Meine Chance. Ich griff nach ihr, goss mir Kaffee in meine Tasse und freute mich wie ein kleines Kind. Oh Mann, was war nur los mit mir? Anscheinend kam die Katze in mir durch. Vielleicht forderte sie eine Verwandlung? Die Wälder um das Anwesen luden geradezu dazu ein, vielleicht würde Levi später mitkommen? Als hätte er meine Gedanken gelesen, schaute er zu mir herüber und lächelte, als er erkannte, an was ich gerade nippte. Frech grinste ich zurück und nahm etwas trotzig noch einen Schluck Kaffee.

»Ihr habt doch nicht etwa ohne uns angefangen?«, hörte ich Annes Stimme und ließ ertappt meine Tasse sinken.

»Niemals«, antwortete Eliah grinsend und sie setzten sich an den Tisch. »Wie du siehst, ist das Essen noch unberührt.«

Froh, dass man es mir nicht übel nahm, dass ich mir etwas Kaffee genommen hatte, nahm ich die Tasse wieder zwischen meine Hände und genoss die Wärme.

Ich betrachtete den Tisch nun genauer und entdeckte allerlei Köstlichkeiten. Von Parmaschinken über Mozzarella bis hin zu verschiedenen Brotaufstrichen und geschnittenen Gemüsesorten stand alles auf dem Tisch, was mein Herz höherschlagen ließ.

»Levi«, ertönte eine tiefe Stimme hinter mir und ich drehte mich um. Levi erhob sich erfreut und fiel direkt in die Arme des jungen Mannes, der ihn beim Namen genannt hatte. Liam oder Nicolas, vermutete ich. Die Ähnlichkeit zu Eliah und Anne konnte der Junge nicht leugnen, er hatte die braunen Augen seiner Mutter und die Gesichtszüge seines Vaters. Die dunkelblonden Haare waren kurz rasiert und standen von seinem Kopf ab.

Kaum hatten die beiden sich voneinander gelöst, betrat ein weiterer junger Mann den Garten und fiel Levi ebenfalls stürmisch um den Hals. Mir war unbegreiflich, wie er sich so lange von seiner Familie hatte fernhalten können. Es schien mir, als würden sie sich sehr lieben.

»Darf ich euch vorstellen, das hier ist Nicolas, mein kleiner Cousin«, sagte Levi und zeigte auf den jungen Mann mit den kurzen Haaren, der ihn zuerst umarmt hatte. »Und der ältere ist Liam, sein großer Bruder.«

Liam hatte etwas längere Haare, die an der Seite kürzer waren. Durch die Straßenköterblonde Farbe leuchteten seine karamellfarbenen Augen noch intensiver. Über seinem rechten Mundwinkel hatte er eine feine Narbe, die sich bis fast zu seinem Auge zog, sein Gesicht dadurch besonders machte.

»Das hier sind Kat, Liz und Micah«, riss Levi mich aus meinen Beobachtungen und ich hob fröhlich die Hand.

Die drei Jungs setzten sich an den Tisch und Anne reichte einen Korb mit Brot herum. Ich nahm mir zwei Scheiben und begann eifrig, mir den Teller mit Essen zu füllen. Erst jetzt bemerkte ich, wie hungrig ich war.

Liam und Nicolas fragten Levi aus und ich folgte stumm dem Gespräch. Zuerst ging es um die Band und die Jahre, in denen Levi herumgereist war, dann kamen alte Familiengeschichten ans Licht und ich machte mir fast in die Hose vor Lachen. Mir war nie bewusst, wie viel Schabernack in drei kleinen Jungen steckte. Anscheinend hatte ich viel verpasst in meiner Kindheit.

Selig lehnte ich mich, nachdem ich satt war, zurück und betrachtete die Menschen, die um den Tisch saßen. Alle lachten, brachten sich in das Gespräch ein und hatten Spaß. So sollte es für immer bleiben. Ich wünschte mir, ich könnte den Moment wie in einem Foto einfangen und für immer festhalten. Ihn in einer Schublade verstauen und in schlechten Momenten hervorkramen, um mich mit einem Lächeln auf dem Gesicht daran zu erinnern. Da ich das nicht konnte, versuchte ich mir alles so genau wie möglich einzuprägen, leider waren Erinnerungen schwierig. Man konnte nicht steuern, was haften blieb und was nicht. Genauso wenig wie man die Intensität der Erinnerung beeinflussen konnte. Wie schade.

»Alles gut?«, fragte Levi, der sich zu mir gebeugt hatte und meine Hand nahm.

»Alles gut«, antwortete ich lächelnd. »Ich hab mir nur gerade gewünscht, ich könnte den Moment für immer festhalten.«

Levi lachte, aber ich hatte nicht das Gefühl, dass er mich auslachte, sondern dass es ihm genauso ging. Dann küsste er mich.

»Weißt du, was ich dich schon ewig fragen wollte?«, fiel es mir plötzlich ein.

Levi spielte mit meinen Fingern, während er mich angrinste. »Nein, was?«

»Würdest du mir das Gitarre spielen beibringen?«

Zuerst sah Levi mich überrascht an, dann breitete sich ein Lächeln auf seinen Lippen aus und er nickte.

»Hey, was wird denn hier getuschelt?«, wollte Nicolas, der neben Levi saß, wissen und beugte sich grinsend zu uns herüber.

»Nichts, nichts«, lächelte ich. Noch wollte ich es niemandem verraten, falls ich scheitern würde. Auch wenn es dumm klang.

Entzückt beobachtete ich, wie sich der kleine Fuchs in Nicolas Augen wand und mit der Iris spielte. Anscheinend schien auch meine

Katze ihn zu beeindrucken, denn wir schauten uns einige Momente einfach nur in die Augen, bis Levi sich räusperte.

»Eifersüchtig?«, grinste Nicolas und Levi lachte.

»Ein wenig«, gestand er und nun musste auch ich lachen.

Wir saßen noch eine halbe Ewigkeit da, bis der Abend über uns hereinbrach und wir vor der Dunkelheit ins Innere flüchteten.

»Ich muss los, Harry wartet sicher schon«, sagte Liam und verabschiedete sich in der Eingangshalle von uns.

»Trainierst du noch mit ihm?«, fragte Nicolas aufgeregt.

Liam lächelte seinen kleinen Bruder an. »Ja, kommst du mit?«

»Darf ich auch?«, hörte ich plötzlich Lizzys Stimme und drehte mich überrascht zu ihr um.

»Klar, je mehr Zuschauer, desto lustiger«, meinte Liam und bot Liz seinen Arm an, damit sie sich unterhaken konnte.

»Na, dann komme ich auch mit«, sagte Micah und die vier gingen davon.

»So schnell wird man abserviert«, brummte ich, meinte es aber nicht im Geringsten ernst. Ich hatte sowieso genug von dem ganzen Kampf- und Trainingszeug und wollte den Abend lieber entspannt ausklingen lassen. Außerdem hatte Levi mir versprochen, Gitarre spielen beizubringen, damit konnten wir gleich anfangen.

»Wir haben es aber auch nicht besonders darauf angelegt, dass sie uns mitnehmen«, sagte Levi und ich merkte, dass auch Eliah und Anne gegangen waren.

»Das stimmt«, gab ich zu und ergriff Levis Hand.

Zusammen gingen wir die Treppen nach oben und den Türen-Gemälde-Gang entlang.

»Und jetzt?«, fragte ich verwirrt. »Eigentlich dachte ich, ich wüsste, wo wir hin müssen. Aber ehrlich gesagt sehen die Gänge alle gleich aus«, gab ich zu und fuhr mir durchs Haar.

»Na, zum Glück hat wenigstens einer von uns aufgepasst«, lachte Levi und zog mich hinter sich her.

Ich grinste frech. »Sonst würde ich dich ja auch nicht brauchen.«

»Ach so«, antwortete Levi und spielte den Schmollenden.

Als Levi eine Tür öffnete, erwartete ich halb, dass wir im falschen Zimmer landen würden, doch es war unsere Wohnung, die sich offenbarte.

»Tha«, rief er siegessicher und marschierte direkt in unser Schlafzimmer.

Ich folgte ihm und bedauerte, dass es bereits dunkel draußen war. Eigentlich wollte ich doch Laufen gehen und jetzt wäre der perfekte Zeitpunkt gewesen, aber ich mochte es nicht, bei Dunkelheit durch ein fremdes Gebiet zu streifen. Morgen war ja auch noch ein Tag.

Levi saß auf der Kante des Bettes, seine Gitarre auf dem Schoß.

»Kannst du Gedanken lesen?«, fragte ich ihn und setzte mich ebenfalls aufs Bett.

Levi spielte einige Töne und ich schloss die Augen. Es war die Melodie der Straßensymphonie. Jedes Mal, wenn ich sie hörte, bekam ich eine Gänsehaut. Das Lied erinnerte mich an all das Gute, das wir zusammen erlebt hatten. An all die Dinge, die ich hoffentlich nie wieder vergessen würde. An alles, das mich zu dem Menschen machte, der ich geworden war. Aber auch an all die Dinge, die noch vor uns lagen. An alles, das noch darauf wartete, erlebt zu werden. Die Zukunft war weniger dunkel mit der Band an meiner Seite, machte mir weniger Angst.

»Hier«, sagte Levi und ich öffnete die Augen. Mir war gar nicht aufgefallen, dass er aufgehört hatte zu spielen, so sehr hatte ich meinen Gedanken nachgehangen.

Ich nahm ihm die Gitarre ab und versuchte sie genau so auf meinem Schoß zu positionieren, wie ich es gerade bei ihm gesehen hatte. Ich fühlte mich unsicher und wusste nicht, ob ich es richtig machte.

»Genau, halte sie einfach bequem zwischen deinen Armen«, erklärte er und rutschte hinter mich. Seine Arme schlangen sich um mich herum und griffen nach der Gitarre. Ich zog meine erst mal zurück und beschränkte mich darauf, zuzusehen, was er mit seinen Händen tat. Seinen Kopf legte er auf meine linke Schulter, sodass er die Gitarre im Blick behalten konnte. Die Knie hatte er neben mir platziert, seine Brust ruhte hinter meinem Rücken. Ich berührte sie noch nicht, konnte sie aber erahnen. Ich lehnte mich ganz zurück und genoss es nun, seinen Körper an meinem zu spüren. Meine Haut begann zu kribbeln und ich fragte mich, ob er dasselbe empfand oder ob es ihm leichter fiel, sich zu konzentrieren.

»Mit der rechten Hand fährst du von oben nach unten«, sagte er, während er seine Hand bewegte und das Gesagte demonstrierte. »Mit der linken führst du dann die verschiedenen Griffe aus, um unterschiedliche Töne zu erzeugen. Siehst du, das ist ein A.«

»Ein A«, wiederholte ich, was ich gerade gehört hatte.

»Ganz einfach.«

»Ganz einfach? Wie kannst du dir nur die ganzen verschiedenen Griffe merken?«

Levi lachte auf. »Mit der Zeit kommt das ganz von allein. Wie das Singen. Irgendwann kannst du es blind. Spürst, was als Nächstes kommt.«

Er spielte mir noch ein paar verschiedene Noten vor und ich versuchte sie mir zu merken.

»Na gut, es war auch ziemlich viel Übung und Training dabei«, gab Levi nach einer Weile zu.

»Was? Der Herr war nicht von Anfang an perfekt?«, fragte ich gespielt empört. »Das zerstört mein ganzes Bild von dir. Krack, kraaaaack, hörst du es? Da bekommt es Risse. Mein Mister Perfect ist gar nicht so perfekt, wie er mich immer glauben machen will.«

»Dass ich Mister Perfect bin, habe ich nie gesagt«, sagte Levi lachend und ich legte die Gitarre zur Seite, damit ich mich zu ihm drehen konnte.

»Sie können alles von ganz allein, brauchen keine Übung oder Training. Außerdem sehen Sie dabei auch noch unverschämt gut aus.«

»Willst du damit etwa sagen, ich würde nicht unverschämt gut aussehen? Und dabei gebe ich mir jeden Morgen so viel Mühe, die ganze Schminkerei natürlich aussehen zu lassen«, säuselte Levi und zog einen Schmollmund.

Ich legte meine Hände an seine Wangen. Prüfend wischte ich ihm mit dem Daumen darüber, doch nichts verschmierte. Keine Schminke. Frau wusste schließlich gern, auf was sie sich einließ, sonst musste sie am Ende ihre Schminke mit ihrem Freund teilen. Dabei besaß ich davon nicht mal so viel.

»Du bist perfekt, so wie du bist«, nuschelte ich dann versöhnlich. »Egal, ob Prinz Charming, Mister Perfect oder was auch immer. Du gehörst zu mir, das reicht.«

Levi grinste mich an. »Genau wie du.«

Er küsste mich zuerst auf die Stirn, dann auf die Nase und ging zu meinem Mund über. Seine Lippen waren warm und fühlten sich auf meinen wunderbar wirklich Prinz-Charming-mäßig an.

»Liebst du mich auch, wenn ich mich weiterhin so dumm beim Gitarre lernen anstelle?«, fragte ich und legte mein schönstes Zähne-zeig-Lächeln auf.

»Du stellst dich gar nicht dumm an, du warst einfach nur unkonzentriert.«

»Dann brauch ich wohl einen neuen Lehrer«, lachte ich und küsste Levi abermals, riss mich abervon seinen Lippen los, nur um kurz darauf in seinen Augen zu versinken.

»Gehen wir morgen Laufen?«, fragte ich, weil ich so gerne den Hund aus seinen Augen befreien wollte. Aber auch meine Katze streckte ihre Pfoten nach mir aus.

»Gute Idee, wir haben das ganze Ausdauertraining sowieso vernachlässigt«, antwortete Levi und ich stöhnte.

»So war das nicht gemeint«, jammerte ich.

Levi lachte und ich hasste ihn dafür. Zumindest ein bisschen. Ein klitzekleinesitzibitzi-bisschen. Na gut, ich hasste ihn nicht. Aber im Moment wünschte ich mir, ich könnte es.

»Ich weiß, aber es hat Spaß gemacht, dir dabei zuzusehen, wie deine Gesichtszüge entgleisten.«

»Pff«, machte ich und gab ihm einen Klaps auf den Hinterkopf.

»Hey, das darf nur Gibbs und du bist weder ein NCIS Agent, noch mein Chef«, sagte er, während er sich den Kopf rieb.

»Da hast du recht, aber immerhin haben wir denselben Kaffeeverbrauch. Ich finde, das reicht als Berechtigung.«

Dann erhob ich mich vom Bett und ging Richtung Badezimmer. Der Tag war lang gewesen und ich hoffte, dass eine heiße Dusche die Überbleibsel davon abwaschen würde. Ich entledigte mich meiner Klamotten, stieg in die Kabine und stellte das Wasser auf eine angenehme Temperatur. Ich merkte von Sekunde zu Sekunde, wie sich meine Muskeln entspannten und die Knoten sich lösten. Eine heiße Dusche half immer.

21.

Wie ich versuchte, die Scherben meines zerbrochenen Weltbildes wieder zusammenzukleben und kläglich scheiterte. Ich hatte schon immer zwei linke Hände.

Als wir am nächsten Morgen beim Frühstück saßen, versuchte ich angestrengt, Lizzys Schilderungen der gestrigen Trainingsstunde zu folgen. Was mir echt schwerfiel, weil mein Morgenmuffel-Gen seinen Tribut forderte. Ich bemühte mich, interessiert auszusehen, was ich auch war, nur mein Körper wollte weiterschlafen. Selten hatte ich Liz so euphorisch von etwas reden hören. Es musste wirklich spektakulär gewesen sein. Liam und Harry, den ich noch nicht kennengelernt hatte, mussten grandiose Kämpfer sein und ihr Handwerk beherrschen. Ein bisschen war ich traurig, es nicht mit eigenen Augen gesehen zu haben, aber den Abend mit Levi verbracht zu haben, bereute ich nicht im Geringsten.

Der kleine Speisesaal des Rates war gut gefüllt. Anne hatte uns abgeholt und hierher gebracht. Auch jetzt saß sie mit uns am Tisch und lauschte Lizzys Erzählungen. Ihre blonden Haare hatte sie zu einer perfekten Flechtfrisur frisiert und ihre Augen strahlten. In ihrer Gegenwart fühlte ich mich willkommen.

»Hörst du mir eigentlich zu?«, fragte Liz aufgeregt und ich merkte nicht gleich, dass sie mich meinte. Alle Blicke hatten sich zu mir gewandt und ich schämte mich in Grund und Boden. Jetzt war ich wenigstens wach.

»Ja, natürlich«, antwortete ich und wollte mich gerade entschuldigen, als Levi mir zur Hilfe kam.

»Du kennst sie doch. Gib ihr drei oder vier Stunden, dann ist sie wach«, meinte er und lächelte mich milde an.

»Dabei hatte sie schon ihren Koma-Kaffee«, lachte Liz und sah mich jetzt versöhnlich an.

Verwirrt schaute ich zu ihr. »Meinen was?«

Liz lächelte und deutete auf meine Tasse. »Koma-Kaffee. Dein erster Kaffee.«

»Aha«, gab ich zurück und wusste nicht, ob sie das ernst meinte.

»So haben wir ihn getauft, weil er dich aus deinem morgendlichen komatösen Zustand befreit. Davor bist du unbrauchbar. Danach hat man wenigstens das Gefühl, dass du anwesend bist. Aber heute hat er anscheinend nicht gewirkt«, klärte Levi mich auf. Sie meinten das todernst.

»Aha«, wiederholte ich, weil mir die Worte fehlten. War es wirklich so schlimm? Ich kannte meinen inneren Morgenmuffel und hatte selbst jeden Morgen mit ihm zu kämpfen, doch mir war nicht bewusst gewesen, wie sehr die anderen unter ihm litten. Ich musste dringend was ändern. Immer noch sahen mich alle gebannt an und schienen auf eine Reaktion zu warten. Ich trank meinen letzten Schluck Kaffee und stellte die Tasse vor mich. Es war eindeutig zu früh, um der Mittelpunkt der Gruppe zu sein. Vielleicht sollte ich in Zukunft ein paar Stunden vor allen anderen aufstehen? Wem machte ich was vor? Ich würde mich niemals aus dem Bett quälen, egal, wie sehr ich es mir auch vornahm. Mein Morgenmuffel war stärker.

»Ich hole mir mal was zu essen«, informierte ich die anderen und ergriff die Flucht.

Tatsächlich hatte ich das Gefühl, dass mein Magen Essen vertragen würde. Vielleicht war es doch mein Koma-Kaffee. Böse war ich ihnen nicht, dass sie sich über mich lustig machten. Das war okay, es gab viel zu wenig Freude im Leben. Außerdem hatten sie recht. Zur Ablenkung lud ich mir Eier und Speck, sowie ein Brötchen und Käse auf meinen Teller. Dazu nahm ich mir noch ein Glas Orangensaft und fühlte mich dabei wie im Urlaub. Als ich zurück zu unserem Tisch ging, hatte ich meine negativen Gedanken vergessen und wollte den Tag genießen. Levi und ich hatten vor, nach dem Verhör des Jägers, dem er unbedingt beiwohnen wollte, Laufen zu gehen. Schon von Weitem fiel mir auf, dass unsere Gruppe gewachsen war. Ich erkannte Liam und Nicolas. Außerdem eine junge Frau mit langen Haaren und ein junger Mann. Beide hatten mir den Rücken zugewandt. Die Frau kam mir bekannt vor, vielleicht war sie uns gestern schon mal begegnet?

Kurz bevor ich den Tisch erreichte, drehten beide sich um und ich hätte beinahe meinen Teller und mein Glas fallen lassen.

»Mila«, entfuhr es mir verblüfft und ich starrte der wunderschönen Wölfin ins Gesicht. »Was tust du hier?«

»Überraschung!«, rief sie und umarmte mich herzlich. »Das ist eine lange Geschichte. Ich wollte sie gerade erzählen, wir haben nur noch auf dich gewartet.«

»Ich hol mal Stühle«, meinte der Kerl, der neben Mila stand und sich mir noch nicht vorgestellt hatte. Liam folgte ihm und ich nutzte den kurzen Moment, um den Unbekannten zu mustern. Er hatte ungefähr schulterlange dunkelblonde Haare, die in lockeren Wellen sein Gesicht umspielten. Dadurch wurde sein kantiges Kinn betont und brachte seine Schönheit nur noch deutlicher hervor. Sein schwarzes T-Shirt ließ seine Muskeln erkennen und zeigte einige Tattoos, die anscheinend überall auf seinem Körper zu finden waren. Dazu trug er eine dunkle Jeans und Cowboystiefel. Ohne Frage war er eine interessante Persönlichkeit. Als sie mit den Stühlen wiederkamen, hatte ich bereits die Hälfte meines Tellers geleert. In dem vollen Raum war es aber auch wirklich nicht einfach, einen freien Stuhl zu finden.

»Jetzt erzähl«, forderte Micah, sobald alle saßen.

»Ich hab euch damals angelogen«, gab Mila zu und ich, die Essensvernichtungsmaschine, stockte, ließ meine Gabel sinken und hörte gespannt zu. »Aber nur zu eurem Besten. Ich hatte gesehen, wie Micah und Liz überfallen worden waren, aber zu meiner Verteidigung, sie hatten dich schon niedergeschlagen und ich hatte Angst, nicht gegen sie anzukommen«, sagte Mila und schaute entschuldigend zu Micah. Dieser lächelte sie an, damit war die Sache erledigt und Mila fuhr fort. »Der Wald gehört zu meinem Jagdgebiet. Ich verbringe gerne und viel Zeit damit, ihn zu durchstreifen. Nach so einer Tour hab ich eure Verwandlung gesehen«, sagte Mila und schaute Levi und mich an. Ich erinnerte mich und musste lächeln. Diesen Moment würde ich nie wieder vergessen. Er hatte mir so viel gegeben, Vertrauen geschenkt. Levi grinste mich an und Mila erzählte weiter. »Als ich den Überfall gesehen habe, habe ich eins und eins zusammengezählt und wusste sofort, es handelte sich um einen Übergriff auf Wandler. Meine Ratsalarmglocken schrillten. Ich wollte wissen, was diese Räuber da zu suchen hatten. Abends begab ich mich auf die Suche nach ihnen. Sie hatten in meinem Gebiet gewildert, ich musste in Erfahrung bringen, was da vor sich ging und gegebenenfalls einschreiten. Es hätte eine Ratsangelegenheit sein können, womit ich schließlich ja auch Recht behielt. Durch Zufall stieß ich dabei auf euch und ich wusste, ihr hattet dasselbe Ziel.«

»Da hast du dir die Geschichte ausgedacht? Warum?«, fragte ich, als Mila eine kurze Pause einlegte.

»Ich wusste nicht, wer ihr seid. Mit der Wahrheit konnte ich sowieso nicht rausrücken und dann habe ich auch noch ziemlich schnell gemerkt, dass ihr misstrauisch seid. Was auch okay ist, in meinem Fall aber hinderlich war. Also habe ich mir die Geschichte vom armen, hilflosen Mädchen ausgedacht.«

Der Unbekannte lachte und auch Liam und Nicolas schmunzelten.

»Hilflos? Du? Witzig«, lachte der Kerl und schlug ihr freundschaftlich auf die Schulter.

»Aber du hast uns die ganze Zeit vorgespielt, du wüsstest von nichts«, flüsterte Liz nachdenklich und ein wenig gekränkt.

»Das stimmt, das tut mir wirklich leid. Hätte ich gewusst, wer Levi ist, hätte ich euch sofort aufgeklärt. Aber so war ich leider zum Schweigen verdonnert. Es tut mir leid. Ich hoffe, ihr könnt mir verzeihen«, sagte Mila und schaute uns an.

Ich lächelte sie an und nahm ihre Hand. Natürlich war ich ein wenig gekränkt, aber sie hatte uns geholfen und ihr Möglichstes getan, soweit sie eben konnte. »Schon gut«, beschwichtigte ich, denn mir schwebte eine ganz andere Frage im Kopf herum. »Was heißt, wenn du gewusst hättest, wer Levi ist?«

Ich ließ meinen Blick abwechselnd zwischen Levi und Mila hin und her wandern und die Luft schien plötzlich zum Schneiden dick zu sein. Keiner sagte etwas. Micah, Liz und ich schauten uns verwirrt an, während die anderen unseren Blicken auswichen. Ich hatte das Gefühl, uns wurde hier etwas verheimlicht. Etwas Wichtiges und ich wusste nicht, warum.

»Nicolas und ich müssen jetzt zum Training«, sagte Liam plötzlich. »Harry, kommst du mit?«, fragte er den unbekannten Jungen, der endlich einen Namen hatte, und die drei verschwanden schnell. Auch Mila und Anne verließen uns unter einem Vorwand und die Situation wurde immer vertrackter.

»Levi?«, wisperte ich und schaute ihn fragend an. Er wandte sich mir zu und wich nicht mehr meinem Blick aus. Seine Augen strahlten eine Müdigkeit aus, die selbst mir schwer auf den Schultern zu lasten schien. Ich legte meine Hand auf seine und fuhr sacht mit dem Daumen darüber.

»Anscheinend ist meine Familie eine große Nummer im Rat«, gab er zu und ich atmete erleichtert auf. Ich hatte mir schon die schlimmsten Dinge ausgemalt und musste lachen.

»Aber das ist doch nichts Schlimmes. Das wussten wir schon«, bemerkte ich.

Levi sah mich an und seine Augen erhellten sich sofort. »Ja, schon, aber ich wusste nicht, welchen Einfluss sie haben. Mein Onkel bekommt alles, was er will«, erklärte er und ich war verwirrt. Was sollte das ändern? Das konnte für uns nur zum Vorteil sein, oder?

»Na und? Was ist jetzt anders?«, fragte ich mindestens genauso verwirrt.

»Ich bin ein Teil des Rates, ich komm da nicht mehr einfach raus. Mein Onkel will mich integrieren, mir Aufgaben übergeben, und ich muss sagen, ich will meine Familie nicht wieder im Stich lassen.«

Das verstand ich gut. Es änderte aber nichts.

Liz lehnte sich in ihrem Stuhl zurück und strich sich eine Strähne aus dem Gesicht. »Ja und?«

Levi musterte sie verblüfft. »Ich dachte, ihr würdet es mir übel nehmen, dass ich ein Teil dieser Organisation bin beziehungsweise werden will.«

»Wieso denn?«, fragte ich, immer noch verwirrt. Also entweder entging mir hier etwas oder ich verstand das Problem einfach wirklich nicht.

»Ich weiß nicht, ich dachte vielleicht … ach, keine Ahnung«, sagte er und lachte.

»Also alles gut?«, meinte ich und schaute in die Runde. Alle nickten und ich war froh, dieses Problem, das eigentlich gar keins gewesen war, aus der Welt geschafft zu haben. Ich nahm es Levi nicht übel, dass er bei seiner Familie bleiben würde, das war normal und wir würden schon einen Weg finden, alles zu meistern.

Wir saßen noch einige Zeit am Tisch und unterhielten uns, dann schweifte das Gespräch wieder zum gestrigen Training und Micah und Liz diskutierten angeregt darüber, welcher der beiden Jungs besser gewesen war.

»Alles okay?«, fragte ich leise, nachdem ich mich zu Levi gebeugt hatte.

»Ja, anscheinend waren meine Gedanken bescheuert«, sagte er und lächelte verlegen.

»Anscheinend.«

Er sah mich an und schien etwas in meinen Augen zu suchen. Ob er es gefunden hatte?

»Ist dir klar, dass ich mich dem wahrscheinlich nicht entziehen kann? Unser Leben ist jetzt für immer mit dem Rat verbunden«, bemerkte er.

»Unser Leben?«, flüsterte ich aufgeregt.

»Das ist das Einzige, das du aus dem Satz behalten hast?«, lachte Levi und küsste dann meinen Handrücken.

Ich rutschte ein Stück näher zu ihm, sodass ich sein Ohr erreichen konnte. »Das war der wichtige Teil. Mir ist egal, ob wir hier bleiben oder nach Mexiko gehen, solange du immer von uns sprichst, bin ich glücklich«, flüsterte ich. »Außerdem gefällt es mir hier. Ich mag deine Familie. Alle scheinen nett zu sein und mein Bild vom Rat hat sich komplett geändert.«

»Meins auch. Wir hatten einfach nicht alle Informationen. Anscheinend stehen sie wirklich auf unserer Seite.«

»Ja, das glaube ich auch«, bestätigte ich.

Als würde er unsere Worte bekräftigen wollen, erschien Eliah.

Er stellte sich hinter einen freien Stuhl. »Bist du so weit, Levi? Wir würden gerne mit dem Verhör beginnen.«

»Ja, von mir aus kann es losgehen«, antwortete Levi und erhob sich.

Schmollend sah ich ihn an. Eliah und er waren gerade dabei wegzugehen, als ich beschloss, einen letzten Versuch zu wagen. Ich sprang auf und folgte den beiden schnellen Schrittes. Micah und Liz ließ ich zurück, sie waren sowieso längst wieder in eine Diskussion über das Training vertieft.

»Wieso darf ich nicht mitkommen?«, brummte ich beleidigt und brachte die beiden Männer dazu, sich umzudrehen. Levi kam einige Schritte auf mich zu und Eliah gab uns den Raum, den wir brauchten. Es sah aus, als wollte er sich nicht einmischen. War auch besser so.

»Weil ich nicht will, dass du das siehst«, sagte Levi und besänftigte mich damit. Ein wenig zumindest.

»Manchmal habe ich das Gefühl, du nimmst mich nicht ernst«, sagte ich, gab mich aber dennoch geschlagen. Ich hatte keine Lust, mit ihm zu diskutieren.

Levi beugte sich zu mir und küsste mich. »Doch, natürlich. Ich will dich nur beschützen.«

»Aber wenn wir dieses Dreckspack jagen, dann halten mich keine zehn Pferde und auch keine schönen Worte davon ab, ganz vorne dabei zu sein«, sagte ich entschlossen und schaute ihm fest in die Augen.

»Etwas anderes hatte ich auch nicht erwartet, Kitty Kat«, meinte er lächelnd und ging davon.

»Ich warte heute Nachmittag im Garten auf dich, vergiss mich nicht«, rief ich ihm hinterher.

»Niemals.«

Als ich Eliah und Levi nicht mehr sehen konnte, ging ich wieder zu Micah und Liz zurück.

»Und jetzt? Was machen wir Hübschen heute?«, fragte ich in die Runde. Ich wollte auf keinen Fall eine dieser Frauen sein, die ohne ihren Freund nichts mit ihrer Zeit anzufangen wussten.

»Wir hatten gerade überlegt, ob wir Liam und Harry wieder beim Training zuschauen«, klärte Liz mich auf und ich schnaubte.

»Euer Ernst?«, entfuhr es mir frustriert.

»Komm mit, du wirst begeistert sein«, sagte Micah und fast hätte mich sein Enthusiasmus mitgerissen. Aber eben nur fast.

Lustlos schlürfte ich hinter den beiden her und durchforstete mein Gehirn nach all den tollen Dingen, die ich heute tun könnte. Doch allein machte irgendwie alles keinen Spaß und Micah und Liz bekam ich sicher nicht zu einer Tour durch die Stadt überzeugt. Schon bei der Herfahrt war mir aufgefallen, dass die nächste Stadt, ich hatte ihren Namen vergessen, eine wunderschöne Altstadt mit kleinen Cafés besaß. Vielleicht würde ich dort sogar einen Buchladen oder andere kleine, verwinkelte Geschäfte finden.

Abermals seufzte ich genervt, doch anscheinend brachte ich weder Liz noch Micah dadurch dazu, mir ihre Aufmerksamkeit zu schenken. Verdammt. Wir durchschritten die verschiedenen Kellergänge und gelangten zu den Sporthallen. Ich erinnerte mich, dass auch der Forschungstrakt nicht weit entfernt war. Ob ich wohl …? Wieso nicht? Immerhin war ich keine Gefangene und der Rat hatte doch nichts zu verbergen, oder?

»Kommst du?«, wollte Liz wissen, die mir die Tür zu einer der Hallen aufhielt.

Micah war mittlerweile zu Liam getreten, Nicolas und Mila standen auf einer Matte etwas abseits und Mila führte gerade verschiedene Tritte und Schläge vor, die Nicolas nachzuahmen versuchte. Die Eleganz, mit der die Wölfin jeden Tritt ausführte, beeindruckte mich und ich wünschte mir, ihr auch nur ansatzweise das Wasser reichen zu können.

»Nein, ich glaube, ich gehe den Professor besuchen«, sagte ich und Liz zuckte mit den Schultern.

»Na gut, wie du willst. Du weißt ja, wo wir sind«, meinte sie, bevor sie sich abwandte und mit einem Lächeln auf den Lippen ins Innere der Halle ging.

Als ich mich von ihr abwandte und mich auf den Weg machen wollte, stieß ich beinahe mit Harry zusammen.

»Huch, nicht so stürmisch«, sagte er lächelnd und griff nach meinem Arm, als ich schwankte. »Ich hatte noch keine Gelegenheit, mich vorzustellen. Harry Evans Grimm«, sagte er und reichte mir seine Hand.

Ich erschauderte und starrte perplex auf die mir angebotene Hand, die etwas verloren zwischen uns wirkte. Vorsichtig ließ ich meinen Blick zu seinem Gesicht wandern und jetzt erkannte ich es. Das Grün seiner Augen war rein. Kein Tier, dessen Seele sie beherbergten. Nur zwei grüne Augen, die mich abwartend anstarrten. Er war ein Grimm? Ein Grimm? Ein GRIMM? Wäre ich meinem ersten Reflex gefolgt, hätte ich meine Beine in die Hand genommen und wäre auf schnellstem Wege davongerannt. Doch ich erinnerte mich, dass das alles nur Vorurteile waren. Die Grimms standen auf unserer Seite. Jedenfalls sagte Eliah das und ich hoffte inständig, dass er die Wahrheit gesagt hatte.

Harry lachte laut auf und sah mich belustigt an. »Dein erster Grimm?«, fragte er und ich hörte klar und deutlich einen englischen Akzent aus seinen Worten.

Wie ein scheues Reh nickte ich und durchsuchte meine Hirnwindungen immer noch nach einer passenden Reaktion.

»Ich beiße nicht, ich verspreche es«, lachte er.

»Darüber mache ich mir weniger Sorgen. Mit Bissen kann ich umgehen, mit Pfeilen, Schwertern und Kung Fu weniger«, stellte ich nüchtern fest und brachte Harry damit schon wieder zum Lachen. Seine Augen leuchteten und schneller als ich gucken konnte, befand ich mich in einer Umarmung. Ach du heilige Kacke. Ein Grimm umarmte mich. War das ihre Methode, uns Wandler umzubringen? Tod durch Erschrecken? Beinahe hätte er es geschafft, doch dann spürte ich die Herzlichkeit, die in dieser kleinen Geste lag, und entspannte mich. Was geschah hier? Alles war ganz anders, als ich dachte, mein Weltbild völlig zerstört.

Nach einem kurzen Moment ließ Harry mich wieder los und grinste mich an. »Ich mag dich, Liz hat recht, du bist witzig.«

»Aha«, sagte ich und starrte ihn immer noch an. »Ich wünschte, mein Gehirn würde wieder richtig arbeiten«, fügte ich dann hinzu und hätte mich am liebsten in ein Loch verkrochen.

»Glaub mir, das war noch eine harmlose Reaktion auf einen Grimm«, erklärte Harry und betrachtete mich aufmerksam.

»Wenn du das sagst. Ich komme mir gerade einfach nur dumm vor«, gab ich lachend zu und versuchte angestrengt, meine Contenance wiederzuerlangen. »Ich bin Kat«, stellte ich mich vor und reichte Harry endlich meine Hand. Sein Händedruck war kräftig und er mir damit sofort sympathisch. Auch wenn er ein Grimm war.

»Schön, dich kennenzulernen«, grinste er.

»Ich geh dann jetzt mal die Scherben meines zerbrochenen Weltbildes suchen und wieder zusammenkleben«, sagte ich lächelnd und wandte mich ab.

»So schlimm?«, fragte der junge Engländer und grinste dabei von einem Ohr bis zum anderen.

»Schlimmer«, antwortete ich und ging zielstrebig auf den Durchgang zu, hinter dem ich die Labore vermutete. Ich öffnete die Tür, anstatt jedoch im Forschungstrakt zu landen, erstreckte sich ein weiterer langer Flur vor mir, der durch verschlossene Türen glänzte.

Ich musste die letzten Minuten erst mal sacken lassen. Puh, ein Grimm also. Das hatte man ihm gar nicht angesehen. Was für ein Blödsinn. Mir sah man schließlich auf den ersten Blick auch nicht an, was ich war. Ziellos streunte ich in den Gängen herum und ließ meinen Gedanken freien Lauf. Ich hatte mir einen Grimm ganz anders vorgestellt. Weniger attraktiv, viel älter und irgendwie … ich weiß auch nicht. Anders einfach. Nicht wie Harry. Er hätte in einer Boyband mitspielen können. Ob alle Krigare so aussahen? Als ich an einer Tür vorbeilief, die mir überhaupt nicht bekannt vorkam, stockte ich. Mist, wo zur Hölle war ich? Wie lange war ich schon ziellos herumgeirrt?

Okay, konzentriere dich, Kat. Du wirst den Weg schon finden.

Ich ging weiter und erreichte nach einigen Metern eine große Flügeltür. Irgendwie kam sie mir bekannt vor, vielleicht war ich ja jetzt endlich auf dem richtigen Weg? Falsch gedacht. Als ich einen der Flügel geöffnet hatte, stand ich plötzlich in einem großen Vorraum. Mit einem Schlag erinnerte ich mich, wo ich war und sog scharf die Luft ein. Wie war ich nur bei den Verhörräumen gelandet? Und wie kam ich jetzt wieder zurück? Zuerst links und dann rechts, dann durch die Laborräume und die Sporthalle? Nein, es war genau andersherum gewesen, oder? Okay, keine Ahnung. Wieso war mein Orientierungssinn hier unten nur so schlecht? Und wieso hatte ich mich so ablenken lassen?

Ich sollte wirklich nicht hier sein. Gerade als ich gehen wollte, fielen mir die Männer und Frauen auf, die vor einem Fenster rechts von mir standen. Irgendetwas Spannendes musste da vor sich gehen, denn es war mucksmäuschenstill. Wenn ich schon hier war, konnte ich auch noch einen Moment länger bleiben, oder? Ich würde einfach meinen Standort nicht verlassen, dann konnte ich immer noch sagen, dass meine Anwesenheit ein Versehen gewesen war. Was ja auch der Wahrheit entsprach. Ich stellte mich auf die Zehenspitzen und versuchte einen Blick durch das Fenster zu erhaschen, das in einen der Verhörräume zeigen musste. Ich vermutete Levi, Eliah und den Jäger darin. Doch leider war ich zu klein und erkannte daher nichts. Rein gar nichts. Nada. Niente. Null. Verdammt. Ein paar Schritte näher würden keinem schaden, oder? Nein, sicher nicht. Und ich wollte nur kurz die aktuelle Lage checken, nichts weiter. Aber egal, wie sehr ich auch versuchte, mir alles schönzureden, mein schlechtes Gewissen wuchs mit jedem Schritt, dem ich den Leuten näher kam. Plötzlich war ich so nah, dass ich etwas erkennen konnte. Ich erschrak. Levi stand an das Fenster gelehnt da und schaute auf den Jäger, der an einem Tisch saß. Ich atmete auf und erkannte meinen Fehler. Von innen konnte man nicht nach draußen sehen. Erleichtert atmete ich auf, hätte beinahe angefangen zu lachen. Doch jetzt, nachdem ich Blut geleckt hatte, siegte meine Neugier und ich ging so nah ran wie möglich. Nun verstand ich auch, wieso es so leise war, die Stimmen aus dem Inneren waren nur schwach zu hören. Auch nur das kleinste Geräusch vermochte sie bereits zu überdecken, deshalb schwiegen alle.

»Wer?«, fragte Eliah gerade. »Ich frage jetzt ein letztes Mal, dann werde ich ungemütlich: Wer ist der Auftraggeber?«

Der Jäger schaute Eliah ängstlich an und mir wurde bewusst, dass er ganz anders als Harry war. Viel ängstlicher, nicht so gefasst. Anstatt Muskeln zeichneten sich Speckröllchen unter seinem Shirt ab.

»Ich kann es euch nicht sagen, sie bringen mich sonst um«, sagte der Pseudojäger und ich konnte seine Angst förmlich spüren. In dicken Schwaden waberte sie durch den Raum und nahm ihn komplett ein.

»Bitte«, flehte er und ich war mir nicht sicher, was genau er damit meinte.

Levi stieß sich von der Wand ab und lehnte sich an den Tisch, neben den wimmernden Mann. Er stützte sich mit den Händen auf der Tischplatte ab und lächelte zu dem Mann herunter.

»Wir werden dir nichts tun und wir können dich beschützen. Du musst uns nur endlich sagen, wer euch dazu angestiftet hat und was der Plan war«, säuselte er, als wolle er den Jäger mit seiner Stimme streicheln, bis dieser zutraulich und zugänglich wurde.

»Alles ist schiefgegangen. Eigentlich war es ganz anders geplant«, offenbarte der Jäger plötzlich und schaute wie ein kleiner Welpe zu Levi hoch, als erwarte er, in den Arm genommen und gestreichelt zu werden.

Plötzlich legte sich eine schwere Hand auf meine Schulter und ich drehte mich erschrocken herum. Verdammt, ich war erwischt worden. Ertappt schaute ich in Milas Gesicht. Puh, gerade noch mal gut gegangen.

»Hab ich dich endlich«, sagte sie lächelnd und ich atmete erleichtert auf. »Harry meinte, du seist leicht verwirrt davongegangen, da dachte ich mir, ich gehe dir nach und suche dich. Das war gar nicht so einfach.«

»Hast du mich erschreckt«, grinste ich zurück und als man uns unmissverständlich zu verstehen gab, dass wir leise sein sollten, gingen wir zur Tür.

»Wieso erschreckt?«, fragte sie, als wir im Gang standen. Zum Glück wusste sie nicht, dass man mir eigentlich verboten hatte, am Verhör teilzunehmen.

»Ach, nur so«, druckste ich herum und änderte schnell das Thema. »Willst du mit mir in die Stadt gehen?«

»Klar, was hast du vor?«

Ich hakte mich bei ihr unter und ließ mich durch die ganzen Gänge führen. Allein würde ich vorerst nicht mehr hier runterkommen. Die Lektion hatte ich gelernt. Auch wenn ich gerne länger dem Verhör gefolgt wäre, war ich froh, jemanden gefunden zu haben, der mich von dem ganzen Mist ablenkte.

»Ich wollte die Stadt erkunden«, erzählte ich fröhlich.

»Gute Idee, ich kenne einen supertollen Secondhandladen. Da gibt es unglaubliche Sachen«, schwärmte sie und riss mich sofort mit.

»Wunderbar, können wir laufen?«, fragte ich, als wir den unterirdischen Trakt verlassen hatten und wieder in der Eingangshalle standen.

»Ja, es ist nicht weit, zwanzig Minuten vielleicht«, überlegte Mila und wir verließen das Ratsgebäude.

Der Weg in die Stadt war wirklich nicht weit und wunderschön. Nachdem wir das kleine Waldstück, das die imposante Villa abschirmte, verlassen hatten, kamen wir an verschiedenen Blumenfeldern vorbei. Wiesen, auf denen alle möglichen Pflanzen wild wucherten und ihrer Natur folgten. Ich pflückte einige und roch daran. Herrlich.

»Also, du und Harry?«, fragte ich irgendwann.

Mila sah mich verwirrt an. »Harry und ich was?«

»Na ja, seid ihr zusammen?«

Zuerst reagierte Mila überhaupt nicht und ich hatte schon Angst, dass ich sie kaputt gemacht hatte (man wusste ja nie), dann brach sie in schallendes Gelächter aus.

»Nein, sind wir nicht. Ich bin mit seinem Bruder verheiratet«, erklärte sie und jetzt hatte ich Angst, dass ich kaputt ging.

»Du bist verheiratet?«, platzte es aus mir heraus und ich wusste nicht, was ich dazu sagen sollte.

»Ja, wir haben geheiratet, als wir sechzehn Jahre alt waren.«

Wir gingen weiter die Straße entlang, die übrigens keinen Gehweg hatte, und ich ließ meine Hand durch das Blumenmeer gleiten. Ein Gedanke wollte mir nicht aus dem Kopf gehen. »Warum?«

»Warum?«, lachte Mila und ich war froh, dass sie mir meine Frage nicht übel nahm. »Warum nicht? Ich liebe Peter und das hatte ich schon in meiner Kindheit gewusst. Wir sind zusammen im Rat aufgewachsen und von Anfang an wusste ich, dass wir zusammen gehören.«

»Ach du meine Güte«, entfuhr es mir und ich hätte mir am liebsten auf den Mund geschlagen. Wieso konnte ich meine Gedanken nicht einfach mal für mich behalten?

»Du musst das nicht verstehen«, sagte Mila milde lächelnd, gerade als wir den Ortseingang erreichten. Einige vereinzelte Höfe und Häuser säumten den Weg und hier begann auch ein Fußweg. »Fast niemand hat das verstanden, aber für uns ist es gut so, wie es ist, und mehr kann ich nicht erwarten«, fuhr sie fort.

»Das klingt ziemlich erwachsen«, meinte ich ehrfurchtsvoll.

»Urks, dann klinge ich jetzt wohl wie meine Mutter«, lachte sie und steckte mich damit an.

Wir gingen durch einige Straßen und gelangten dann endlich in die Innenstadt. Je näher wir dem Kern kamen, desto enger wurden die Gassen und desto kleiner die Häuser.

»Wo ist Peter?«

»Gerade in England. Er besucht Freunde und hilft bei einigen schwierigen Angelegenheiten. Nach der Ausbildung zum Krigare hat er Jura studiert. Er kennt sich mit solchen Dingen gut aus«, erklärte Mila.

»Wow, klingt wie ein Überflieger.«

Mila lachte. »Stimmt, das ist er.«

Wir schlenderten eine Gasse entlang, die mich an einen englischen Film erinnerte. Sie war verwinkelt und die Ladenlokale sahen allesamt so aus, als würden sie aus einem anderen Jahrtausend stammen.

»Wunderschön«, entfuhr es mir und ich blickte mich verträumt um.

Ich bewunderte kleine Cafés, sog den Duft von charmanten Restaurants ein und blieb immer mal wieder an einem Schaufenster kleben.

»Komm, da vorne ist der Laden. Die Besitzerin ist eine gute Freundin«, erklärte Mila und zog mich zu einem Geschäft, das sich direkt an einer Straßenecke befand.

Als wir es betraten, ertönte eine Glocke und eine schöne Stimme rief aus dem hinteren Teil des Ladens, dass sie gleich kommen würde.

»Schau dich schon mal um, ich geh Simona begrüßen«, meinte Mila und ließ mich zwischen all den Kleiderstangen und Regalen allein.

Ich kam mir vor wie im Paradies. Überall hingen abgefahrene Klamotten aus den Siebzigern, Achtzigern und anderen Zeiten. Eine gelb-grün karierte Jacke mit Schulterpolstern jagte die andere. Von Plateauschuhe über feine Sandaletten fand man alles, was das Herz begehrte. Ich griff mir einige Sachen von den Kleiderstangen und ging dann zu den Regalen. Hier lagen Hüte, Schmuck, Taschen und andere Accessoires, die Frau so brauchte. Mit Herzchen in den Augen fegte ich durch den Laden und innerhalb von ein paar Minuten waren meine Arme voller wunderschöner Dinge, die ich unbedingt anprobieren wollte.

»Ach du liebe Zeit«, riss mich Mila plötzlich aus meinem Shoppingwahn. »Willst du das alles anprobieren?«

Ich nickte eifrig und zeigte ihr all die tollen Sachen, die ich gefunden hatte.

»Such dir auch ein paar aus, dann machen wir eine Modenschau«, meinte ich ausgelassen und fühlte mich seit Tagen mal wieder richtig gelöst und frei.

»Na gut«, lachte Mila und eine Frau im mittleren Alter mit dunkelbraunen Haaren kam auf uns zugeweht.

»Hallo, ich bin Simona«, begrüßte sie mich und streckte mir ihre Hand entgegen.

»Ich würde dir meine Hand geben, aber das ist gerade schwierig«, sagte ich und deutete lächelnd auf meine Arme, die mehr als genug Klamotten zu tragen hatten.

»Das ist wohl wahr«, grinste sie und folgte mir zur Kabine.

Ich schlüpfte in mein erstes Outfit und war richtig zufrieden mit meiner Auswahl. Es sah einfach nur schrecklich aus. Genau wie ich es beabsichtigt hatte. Ich hatte einen weinroten mittellangen Rock zu einer senfgelben Bluse angezogen, darüber ein hüftlanger giftgrüner Blazer und silberne Plateaustiefel, die mir bis zu den Knien gingen und aussahen, als hätte ich sie der NASA geklaut. Dazu wählte ich noch eine John Lennon-Sonnenbrille und verließ die Kabine.

»Na Mädels, wie gefalle ich euch?«, wiederholte ich die Worte der Kandidatinnen einer Shoppingserie, die ich manchmal mit meiner Mama geschaut hatte.

Mila und Simona drehten sich zu mir um und brachen in Gelächter aus. Ich zog einen Schmollmund und schaute sie gespielt entrüstet an.

»Was denn? Findet ihr mich etwa nicht hübsch?«, fragte ich dann und versuchte angestrengt, ein Grinsen zu unterdrücken.

»Jetzt bin ich dran«, rief Mila freudig und rauschte mit vollen Armen an mir vorbei in die Umkleide. Ich setzte mich auf den Sessel, der davor platziert war, und wartete auf ihr Outfit. Es war mindestens genauso lustig. Abwechselnd präsentierten wir uns verschiedene Sachen. Wir machten uns beinahe in die Hose vor Lachen und verbrachten ganze zwei Stunden in dem kleinen Laden. Zum Abschied umarmte ich Simona und versprach, bald wiederzukommen.

»Das hat Spaß gemacht«, sagte ich.

»Ja und wir haben sogar ein paar wirklich schöne Teile gefunden«, entgegnete Mila und zeigte auf zwei randvolle Tüten mit Klamotten, die wir gekauft hatten.

»Ja, absolut«, gab ich zu und setzte mir meine nagelneue John Lennon-Sonnenbrille auf die Augen. »Ich liebe sie jetzt schon.«

Mila betrachtete mich einen Moment lächelnd. »Sie steht dir auch wirklich gut.«

»Danke, und weil ich so gute Laune habe, gebe ich einen Kaffee aus«, sagte ich und die Wölfin quietschte fröhlich.

Am nächsten Straßencafé bestellte ich uns zwei Milchkaffee-to-go und glücklich machten wir uns auf den Heimweg. Der Tag war wunderbar gewesen. Doch jetzt war ich müde und wollte zurück. Ob das Verhör schon vorbei war? Ob sie aus dem Mann herausbekommen hatten, wer sein Auftraggeber war? Ich war gespannt und hoffte, endlich Antworten auf die unzähligen Fragen zu bekommen. Zur Abwechslung wäre es wirklich etwas ganz Neues, wenn alles Sinn ergeben und sich auflösen würde. Hoffnung glomm in mir auf und ich versuchte sie sofort wieder im Keim zu ersticken. Ich hatte keine Lust, enttäuscht zu werden. Aber noch weniger hatte ich Lust, mir den Tag von diesen dunklen Gedanken vermiesen zu lassen. Deswegen schob ich sie beiseite und hakte mich stattdessen fröhlich bei Mila unter.

»Ich bin wirklich froh, dass du hier bist«, gestand ich und war ihr weder böse noch trug ich ihr ihre Lüge nach. Zu dem Zeitpunkt war es das Beste gewesen, was sie hatte tun können. Und letztendlich hatte sich alles zum Guten gewendet. Zumindest damals im Wald. Wie es diesmal ausgehen würde, war noch ungewiss, aber wir hatten den Rat hinter uns. Er stand auf unserer Seite und damit fühlte ich mich viel wohler.

Ich nahm einen großen Schluck aus dem Pappbecher und fühlte den Kaffee durch mich hindurchtanzen. Fröhlich schaute ich mich in der Gegend um und bewunderte die Schönheit der Natur. Uns war bisher kaum ein Auto entgegengekommen, außerdem war es insgesamt sehr ruhig und idyllisch. Ich genoss die Stille und fühlte mich rundum wohl. Plötzlich stürzte ein schwarzer Rabe auf uns herab und flatterte wie wild mit seinen Flügeln. Erschrocken stoben wir auseinander und ich kleckerte mir den Kaffee über mein Oberteil, dennoch ließ der Vogel nicht von mir ab. Schmerzhaft fuhr er mir mit seinen Füßen durchs Gesicht, hackte mit dem Schnabel auf meinem Kopf herum. Ich schlug mit meinen Armen um mich. Mila stand geschockt neben mir und schien sich nicht bewegen zu können. Ich schrie und versuchte mich zu schützen, aber das war gar nicht so einfach. Noch nie hatte ich mich gegen einen Vogel verteidigen müssen. Ich sprang zur Seite, versuchte ihn dadurch abzuhängen, doch er blieb unerschütterlich an mir dran. Seine Flügel waren riesig und legten sich dunkel über mich. Die Krallen waren scharf wie Messer. Dann kam Mila mir endlich zur Hilfe und versuchte den Vogel zu fassen zu bekommen, doch er entwich immer wieder, nur um sich Sekunden später wieder auf mich zu stürzen. Perplex ging ich einige Schritte, konnte das Vieh jedoch nicht abschütteln. Dann hatte ich Glück, ich erwischte den Raben am Flügel, hielt ihn fest und riss ihm ein paar Federn aus dem dicken Kleid. Empört quietschte er auf und entfernte sich.

»Was zur Hölle?«, entfuhr es mir, nachdem ich wieder zu Atem gekommen war.

»Scheiße, dein Gesicht. Tut es weh? Geht es?«, rief Mila aufgeregt, während sie mit sanften Fingern mein Gesicht begutachtete.

»Was zur Hölle?«, wiederholte ich, immer noch schockiert.

Mila war mit meinem Gesicht beschäftigt, doch jetzt spürte ich das Brennen auch auf meinen Armen. Verdammt, ich war übersäht mit Schnitten und Kratzern. Das Vieh hatte voll und ganz den Überraschungseffekt ausgenutzt. Was wollte es nur von mir? Drehten die Viecher auf dem Land öfter durch?

»Die Sonnenbrille, glaubst du, die hat ihn angelockt?«, fragte ich verwirrt.

Mila begutachtete sie. »Kann sein, sie glänzt im Sonnenlicht.«

Anscheinend schien mich das Glück im Moment zu verfolgen. *Ich Glückspilz,* dachte ich sarkastisch.

»Lass uns zurückgehen«, meinte Mila und zog mich mit sich.

Ich nickte und versuchte die brennenden Wunden auf meinen Armen zu begutachten. Dann hob ich die Sonnenbrille, die während des Angriffs u Boden gefallen war, auf und setzte sie aus Trotz wieder auf.

»Sieht es in meinem Gesicht auch so schlimm aus?«, fragte ich den Tränen nahe. Weniger, weil ich mir wirklich Sorgen um die Schnitte machte, sondern eher, weil ich einfach mit der Situation überfordert war. Ich wusste nicht, wie und wo ich sie einordnen sollte.

Zum Glück war es nicht mehr weit und wir erreichten bald das Tor zum Anwesen. Kaum war die Villa in Sicht, kam uns ein wütender Levi entgegengestürmt. Hinter ihm erkannte ich Micah, der jedoch an der Tür stehen geblieben war.

Ich konnte Levi schon von Weitem wettern hören. »Was zur Hölle habt ihr euch nur dabei gedacht? Wir werden verfolgt, ist euch das – Ach du Scheiße, was ist passiert?«, fragte er dann, als er uns erreicht hatte. Vorsichtig legte er seine Hände an meine Wangen, schob die Sonnebrille von meinen Augen und musterte eindringlich mein Gesicht.

»Es sieht viel schlimmer aus, als es ist«, behauptete ich und Levi wischte mir eine Träne aus dem Augenwinkel.

»Was ist passiert?«, flüsterte er, nahm meine Hand und zog mich Richtung Haus.

Als ich einige Sekunden nichts sagte, antwortete Mila für mich. Ich hatte keine Lust, zu sprechen, war voll und ganz damit beschäftigt, das Geschehene zu verarbeiten und das Brennen meiner Wunden zu ignorieren. Schon wieder hatte uns, diesmal mich, jemand angegriffen. Wieso? Ich verstand es einfach nicht. Konnte man uns nicht endlich in Ruhe lassen? Was hatten wir verbrochen? Ich wollte einfach nur glücklich sein. Mein Leben leben ohne Angst. Ohne Jäger. Ohne wildgewordene Tiere, die Menschen angriffen.

Micah kam uns entgegen und stützte mich von der anderen Seite. Ich musste einen jämmerlichen Eindruck machen. Jemand redete auf mich ein, doch ich verstand nichts mehr. Das Rauschen in meinen Ohren war zu laut und überdeckte jegliche Geräusche. Ich wurde in einen Stuhl gedrückt und Levi hielt weiterhin meine Hand. Jemand reichte mir eine Wasserflasche und ich nahm einen Schluck. Mir war ganz schwummrig, Flüssigkeit konnte nicht schaden. Mein Gesicht wurde abgetastet und ich sog scharf die Luft ein. Es brannte wie Feuer und der Schmerz breitete sich auch in meine Arme aus. Ich spürte, wie das Herzrasen plötzlich ins Gegenteil umschlug. Die Welt verschwamm und mein Kreislauf sank in die Tiefe.

Man hievte mich hoch und ich versuchte wirklich hilfreich zu sein, doch ich fühlte mich wie in Watte eingepackt. Alles drang verzögert in mein Bewusstsein und wollte einfach keinen Sinn ergeben, bis mich die Dunkelheit gefangen nahm und ich ins Bodenlose fiel.

22.

Nicht mal mehr durch Nacktheit konnte man den Blick eines Mannes auf sich ziehen. Es ging zu Ende mit der Welt.

Als ich zu mir kam, war ich völlig orientierungslos.

Wo war ich?

Ich setzte mich auf und erkannte, dass ich auf einer Liege gelegen hatte, die mich stark an ein Krankenhaus erinnerte. Der ganze Raum roch förmlich nach Arzt und mir drehte sich der Magen um. Überall standen medizinische Geräte, an der Wand hing sogar eins dieser Teile, mit dem man sich Röntgenbilder ansehen konnte. Total retro, wer hatte den heutzutage noch so was? War das mittlerweile nicht alles durch den Computer ersetzt worden? Dieser fehlte jedoch komplett. Ich vermutete, dass wir uns in dem Teil des Rates befanden, der unterirdisch war, weil der Raum keinerlei Fenster besaß. Eine Gänsehaut jagte über meinen Körper und langsam verschwand der Nebel um meine Gedanken. Ich kam wieder richtig zu mir. Ich betrachtete meine Arme, in der Hoffnung, dass ich alles nur geträumt hatte, doch Pustekuchen. Weiße Verbände schlängelten sich von meinen Händen bis zu meinen Ellenbogen. Vorsichtig betastete ich mein Gesicht und fühlte große Pflaster.

Wieso war ich allein? Ich wollte nicht allein sein. Wo waren meine Freunde? Wo war Levi? Die Wände des Raumes schienen plötzlich viel bedrohlicher als noch vor einigen Sekunden und ich hatte das Gefühl, als würden sie mir die Luft aus den Lungen pressen. Gerade als ich aufspringen und der Panik, die sich in mir ausbreitete, Raum geben wollte, öffnete sich die Tür und mit ihr strömte wieder Luft in mich. Gierig sog ich sie ein und beruhigte mich ein wenig.

»Kat, wie geht es dir?«, fragte mich der Professor, den ich an unserem ersten Tag im Forschungstrakt kennengelernt hatte. Seinen Namen wusste ich nicht mehr, doch das spielte im Moment auch keine Rolle.

»Wo sind meine Freunde?«, stellte ich eine Gegenfrage.

Der Professor stand vor mir und betrachtete mich durch die Gläser seiner Brille. »Draußen, ich hab ihnen gesagt, du brauchst Ruhe. Weißt du noch, was passiert ist?«

Ja, ich wusste alles bis ins kleinste Detail und war mir nicht sicher, ob ich es jemals vergessen könnte. Für mich war der Vogelangriff so seltsam und dazu völlig unerwartet gekommen, dass er wie ein Riss in einer sonst glatten Oberfläche war. Ich musste immer wieder hinschauen, weil er das Bild zerstörte. Nicht dahin gehörte und sich nicht zuordnen ließ.

»Ich erinnere mich an alles, bis auf das, was nach der Eingangshalle geschehen ist«, antwortete ich, während er meinen Puls fühlte.

»Du bist ohnmächtig geworden.«

Ich schaute ihm in die Augen, erkannte das Raubtier darin und nickte. Als ob ich mir das nicht selber hatte zusammenreimen können.

»Ich will ins Bett«, murmelte ich und machte Anstalten, aufzustehen, doch der Professor hielt mich zurück.

»Weißt du, das war es, was ich gemeint hatte. Mit ein paar gentechnischen Modifikationen hättest du heute schneller reagiert. Besser gekämpft und gesiegt«, erklärte er und ich starrte ihn perplex an. Hatte er das gerade wirklich gesagt? Meinte er das ernst? Gentechnische Modifikationen?

»Nur ein paar Versuche an lebenden Wandlern und mir würde der Durchbruch gelingen«, fügte er leise hinzu und mir klappte die Kinnlade herunter. So schnell, dass ich daran zweifelte, dass er die letzten Worte gesagt hatte, wandte er sich dann ab, rief mir einen Abschiedsgruß zu und verschwand. Ich schüttelte meinen Kopf und blieb noch einen Moment regungslos sitzen. Dann erhob ich mich und ging zur Tür. Wider Erwarten befand ich mich nicht im Keller, sondern trat auf einen hellen Flur, durch dessen Fenster ich den

Garten sehen konnte. Mittlerweile war es dunkel draußen und ich fragte mich, wie lange ich ohnmächtig gewesen war. Erholt fühlte ich mich durch meine kleine Auszeit jedenfalls nicht.

Als Levi mich sah, sprang er auf und kam zu mir. Er schloss mich fest in die Arme und ich genoss seine Wärme, das Gefühl von Sicherheit und den Geruch, der mich an zu Hause erinnerte, in vollen Zügen.

»Wie geht es dir?«, erkundige er sich, nachdem er sich von mir gelöst hatte, und musterte mich von oben bis unten. Jetzt erkannte ich all die anderen Gestalten, die sich während der Umarmung um uns geschart haben mussten. Micah und Liz standen direkt hinter Levi und versperrten so Liam, Nicolas, Mila, Harry, Eliah und Anne die Sicht.

»Mir geht es gut«, antwortete ich und versuchte, alle mit einem Grinsen zu überzeugen. Mir ging es wirklich besser, aber von gut war ich noch eine heiße Dusche und eine Nacht in den Armen meines Freundes entfernt.

»Wir haben uns solche Sorgen gemacht«, sagte Anne plötzlich neben mir und zog mich in eine Umarmung.

»Alles gut«, sagte ich. »Ich bin nur müde.«

»Das glaube ich, es war ein anstrengender Tag«, bestätigte Mila meine Worte und gähnte herzhaft.

Gerührt schaute ich in die Runde. »Danke, dass ihr alle hier gewartet habt. Ich weiß das zu schätzen.«

»Das haben wir gerne gemacht«, lächelte Anne und legte ihren Arm um mich. »Und wir würden es wieder tun.«

»Ja«, bestätigte Eliah und lächelte mich an.

Ich wankte etwas und war froh, dass Anne mich stützte. »Du solltest wirklich ins Bett.«

»Sollen wir euch noch zu eurer Wohnung begleiten?«, fragte Harry mit seinem britischen Akzent und ich schaute dem Grimm in die grünen Augen.

»Das ist nicht nötig, danke«, lächelte ich und versuchte mich aufrecht zu halten. Die Erschöpfung wog schwer auf meinen Schultern und ich war Levi dankbar, als er mir seinen Arm anbot.

Zusammen gingen Liz, Micah, Levi und ich zu unserer Wohnung und ich watschelte direkt ins Badezimmer. Verdammt, ich hatte nicht an die Verbände um meine Arme und die Pflaster auf meinem Gesicht gedacht. Ob ich damit wohl duschen konnte? Eher nicht. Danach würde alles klitschnass sein und vor Wasser nur so triefen. Nach kurzem Überlegen ließ ich mir die Wanne volllaufen und stieg dann in das heiße Wasser, immer darauf bedacht, ihm mit den Verbänden nicht zu nahe zu kommen.

Nach einigen Minuten klopfte es an der Tür und Levi steckte seinen Kopf hindurch.

»Ich hatte mich gerade gefragt, wie du das mit den Verbänden und dem Wasser gelöst hast«, erklärte er und setzte sich neben der Wanne auf den Boden. Seine Arme platzierte er auf dem Rand und ließ seinen Kopf darauf nieder.

»Sieht es arg schlimm aus?«, fragte ich ihn und musterte sein Gesicht dabei genau.

Bisher hatte ich mich noch nicht getraut, in den Spiegel zu schauen, ich wollte trotzdem wissen, wie es aussah. Levi streckte seine Hand nach mir aus und strich mir sanft über die Wange. Seine Berührung kam nur gedämpft bei mir an, eines der Pflaster war im Weg.

»Du bist wunderschön«, sagte er und umging meine Frage. Ich nahm es ihm nicht übel und lächelte.

»Danke.« Ich rutschte an den Rand, um ihn zu küssen. »Wart ihr erfolgreich?«

»Erfolgreich?«

»Bei dem Verhör.«

Levi versteifte sich und begann abwesend mit dem Schaum zu spielen. »Nicht so richtig.«

Nicht? Das kam überraschend. Ehrlich gesagt hatte ich damit gerechnet, dass sie Antworten bekommen hatten. Der Jäger hatte so weinerlich gewirkt.

»Ach so?«, versuchte ich, mehr aus ihm herauszubekommen.

»Er weiß gar nicht, wer der Auftraggeber war.«

»Nicht? Wie sind sie dann an die Informationen gelangt?« Und wieso hatte der Jäger gesagt, dass sie ihn umbringen würden, wenn er sie verraten würde? Meine Haut begann zu prickeln und die Müdigkeit schien wie weggeblasen.

»Ihr Anführer hat mit dem Auftraggeber geredet und verhandelt. Unser Jäger ist ihm nie begegnet, weiß nichts über ihn«, sagte er und Enttäuschung breitete sich in mir aus. Obwohl wir jetzt einen Jäger gefangen hatten, konnte er uns trotzdem keine neuen Erkenntnisse liefern. Levi wich meinem Blick aus. Es gab irgendetwas, das er mir nicht sagen wollte, das spürte ich und ich war fest entschlossen, herauszubekommen, was es war.

»Und was heißt das jetzt? Wir haben wirklich nichts Neues erfahren?«, versuchte ich ihm weitere Informationen zu entlocken und begann, mit einer seiner Strähnen zu spielen. Vielleicht konnte ich so seine Aufmerksamkeit wieder auf mich lenken.

»Nein, in dem Punkt konnte er keine Neuigkeiten liefern«, bedauerte er und ich schaffte es einfach nicht, seinen Blick von den dummen Schaumblasen zu lösen. Und dabei war ich nackt, was sollte ich denn noch tun?

Ich preschte mitten durch die Hecke und gewann endlich Levis Aufmerksamkeit für mich. »Okay, was verschweigst du mir?«

»Ich will es dir nicht sagen«, wisperte Levi und ich streichelte seine Wange.

»Wieso?«

Er schaute mir fest in die Augen und ich konnte den Ausdruck darin nicht deuten. »Ich weiß nicht, ich hab einfach Angst davor.«

»Ich bin groß. Und du bist bei mir. Was soll schiefgehen?«, lächelte ich aufmunternd. Jetzt wollte ich es erst recht wissen. Klein beigeben war nicht mehr. Da mussten wir jetzt beide durch.

»Er sagte, dass alles schiefgelaufen war. Eigentlich hatten sie einen ganz anderen Plan. Anfangs wussten sie gar nichts von uns. Auch der Revolver der Grimm war eher zufällig bei ihnen gelandet«, begann er zu erzählen und ich folgte ihm gespannt.

»Zufällig? Wie war das möglich?«

Levi nickte. »Der Auftraggeber gab ihnen die Waffe als Anzahlung.« Das nannte Levi zufällig?

»Heißt das, der Auftraggeber ist ein Grimm?« Ich war verwirrt.

Levi schüttelte den Kopf. »Nicht unbedingt. Die Revolver werden nicht mehr benutzt, er ist ein Relikt. Er hätte jedem in die Hände fallen können.«

»Es wäre doch ein großer Zufall, wenn der Auftraggeber ein Mensch wäre und nichts mit unserer Welt zu tun hätte, oder?«

»Ja, das denke ich auch«, stimmte Levi mir zu und ich nickte, um die Situation zu verarbeiten. Einer von uns also.

»Eigentlich hatten sie einen ganz anderen Auftrag«, fuhr Levi dann fort und ich war gespannt, was noch kommen würde. »Nachdem sie Micah und Liz überfallen hatten, war jemand zu ihnen gekommen und hat ihnen ein Foto von dir gezeigt.«

»Ein Foto von mir?«, echote ich verwirrt und setzte mich kerzengerade hin.

»Ja, auf einem Smartphone. Zusammen mit dem Bild erhielt der Anführer den Revolver und eine Menge Bargeld«, erklärte Levi und ließ mich dabei nicht aus den Augen.

»Und was sollten sie damit tun?« Mein Puls beschleunigte sich.

»Ihr Auftrag lautete, dich am nächsten Tag abzufangen und zu entführen. Sie sollten dich zu dem Auftraggeber bringen.«

Mir stockte der Atem und ich wusste nicht, was ich sagen sollte. Meine Gedanken kreisten und ergaben keinen Sinn. Ein Schuss aus dem Revolver hätte mich nicht umgebracht, aber so weit geschwächt, dass sie mich problemlos hätten entführen können. Mit dem Gift im Blut wäre auch mein schneller Stoffwechsel nicht in der Lage gewesen, mich sofort zu heilen.

»Aber warum?«, entfuhr es mir.

»Ich weiß es nicht, aber morgen werde ich es aus diesem Mistkäfer herausquetschen, das verspreche ich.«

»Wenn er es dir heute nicht sagen wollte, wird sich das bis morgen nicht ändern«, gab ich zu bedenken und versuchte immer noch meine Gedanken zu ordnen. Es war sinnlos. Stattdessen begann ich damit,

Worte zu buchstabieren, damit sich mein Puls wieder beruhigen konnte.

B-A-D-E-W-A-S-S-E-R.

V-E-R-B-A-N-D.

V-E-R-L-E-T-Z-U-N-G.

T-O-D.

Ich schüttelte mich und trotz des warmen Wassers überzog eine Gänsehaut meinen Körper. Vorsichtig erhob ich mich, Levi half mir dabei und wickelte mich dann, als ich die Wanne verlassen hatte, in ein großes Handtuch. Seine Arme schlossen sich dabei um mich und sofort fühlte ich mich besser. Meine Gedanken schienen sich zu beruhigen und ich konzentrierte mich ganz auf ihn.

»Ich weiß nicht, wer er ist oder was er will, aber ich werde dich beschützen, okay?«, flüsterte Levi mir ins Ohr und ich erschauderte.

»Okay«, antwortete ich und versuchte, die Angst und die Verzweiflung nicht die Oberhand gewinnen zu lassen.

»Hier bist du sicher. Eliah hat Krigare zu deiner Mutter geschickt. Sie beschützen sie. Darüber brauchst du dir auch keine Sorgen zu machen.«

Erleichtert atmete ich aus und war Levi dankbar, dass er mir die Frage beantwortet hatte, bevor ich sie stellen musste. Ich würde es mir nie verzeihen, würde meiner Mutter etwas passieren. »Es macht mich wahnsinnig, nicht zu wissen, wer hinter mir her ist und vor allem, warum.«

Ich rubbelte mich trocken und schlüpfte in meinen Pyjama, den Levi mir reichte.

»Keine Feinde?«, wollte er wissen.

Ich überlegte fieberhaft, es wollte mir niemand einfallen. Zumindest niemand, der meinen Tod in Kauf nahm.

»Natürlich gibt es Menschen, mit denen ich ab und zu mal Streit hatte. Immerhin war ich mal ein Teenager und habe eine Schule besucht. Aber mir würde niemand einfallen, der mich bis aufs Blut hasst«, meinte ich nachdenklich und ging ins Schlafzimmer.

Ich setzte mich auf die Bettkante und starrte einen Moment in die Dunkelheit. Vor meinem geistigen Auge liefen Bilder von den

Menschen ab, mit denen ich mal im Clinch gelegen hatte. Doch bei keinem blieb ich hängen. Entweder war es nicht der Rede wert gewesen oder wir hatten es geklärt. Eigentlich war ich immer gut mit meinen Mitmenschen ausgekommen. Es war mir unbegreiflich, wieso es jemand auf mich abgesehen hatte.

»Und du bist dir sicher, dass es wirklich um mich ging? Wie sind sie auf die Bar gekommen? Das macht doch keinen Sinn«, gab ich zu bedenken, als Levi sich neben mich fallen ließ.

»Daran sind wir schuld. Als wir sie nachts überfallen haben, haben sie mitbekommen, was wir sind. Wir schürten die Wut in ihnen und sie begannen uns zu jagen«, erklärte Levi und meine Schultern sanken noch tiefer.

Ich hatte gehofft, dass alles nur ein Missverständnis war und es vielleicht doch nicht um mich, sondern um etwas anderes ging.

»Und die Bar?«, versuchte ich es ein letztes Mal.

»Sie mussten es aus meinen Unterlagen haben. In meiner Tasche befand sich das Notizbuch, in dem ich unsere Auftritte dokumentierte. Darin befand sich auch einer der Flyer, die wir bei euch aufgehängt hatten. Die Adresse der Bar stand darauf. Auch dass wir als Nächstes nach Heidelberg und dann nach Bremen wollten. Wahrscheinlich war es ihr einziger Anhaltspunkt.«

»Das klingt logisch«, gab ich mich geschlagen. Die Erschöpfung kam mit einem Schlag zurück und legte sich schwer auf meine Schultern. »Ich verstehe das alles nicht.«

»Ich auch nicht«, gab Levi zu und machte die Situation damit nicht einfacher.

»Das macht es nicht besser«, lachte ich freudlos auf und schaute Levi in die Augen.

»Ich weiß, aber es ist immerhin die Wahrheit. Mehr kann ich dir im Moment nicht geben, außer mein Wort, dass ich dich beschützen werde.«

Blind tastete ich nach seiner Hand, wollte meinen Blick nicht von seinen vertrauten Augen lösen, dann führte ich sie zu meinem Mund und küsste sie.

»Danke«, flüsterte ich und merkte, dass mein Blick ins Leere ging. »Er wird uns hier doch nicht finden, oder?« Mein Herzschlag beschleunigte sich wieder.

»Ich weiß es nicht, aber wir sind vorbereitet. Glaub mir, dir wird nichts passieren«, beschwichtigte Levi mich und klang dabei so sicher, dass ich ihm glaubte. Ich musste es einfach.

»Deswegen warst du so in Sorge, als wir heute Mittag allein unterwegs waren«, sagte ich und verstand nun seinen Ausbruch.

»Ja, nach dem Verhör wollte ich direkt zu dir, doch du warst nicht auffindbar. Harry erzählte mir dann, dass er Mila zu dir geschickt hatte und du bei ihr sicher wärst. Ich bin wie ein Verrückter über das Anwesen gelaufen und wäre fast umgekommen vor Sorge«, gestand Levi und ich lächelte leicht.

Abermals küsste ich ihn und war froh, ihn an meiner Seite zu haben, doch gleichzeitig wurde mir auch schmerzlich bewusst, dass ich meine eigene Familie in diesem Moment vermisste. Ich hätte jetzt gerne meine Mutter und vor allem meinen Vater bei mir gehabt. Doch das war nicht möglich. Erstere wollte ich nicht in dieses ganze Wirrwarr mit hineinziehen und letzterer war tot.

Ich merkte, wie meine Sicht allmählich verschwamm. Tränen rannen mir über die Wangen und ich ließ ihnen freien Lauf. Der Tag forderte sein Opfer und ich wollte es ihm geben, hatte auch gar nicht mehr die Kraft, es zu unterdrücken. Wenn es kam, dann immer Schlag auf Schlag, direkt hintereinander. Ich wünschte mir eine Stopptaste, um einige Tage einfach alles hinter mir zu lassen und durchatmen zu können. Levi schloss mich in seine Arme und zog mich ans Kopfende des Bettes. Er bettete uns bequem und sagte kein Wort, ließ mir einfach nur meinen Freiraum und war für mich da.

Irgendwann, ich wusste nicht, wie viel Zeit vergangen war, doch draußen war es immer noch dunkel, kuschelte sich Levi näher an mich. Seine Arme schlossen sich noch fester um meinen Körper und obwohl ich mich innerlich wund fühlte, engte er mich damit nicht ein. Sanft berührten seine Lippen meinen Scheitel und küssten ihn. Immer und immer wieder. Als wollte er mir damit zeigen, dass er da war und mir etwas von seiner Stärke schenken. Es funktionierte, ich fühlte mich ein wenig besser, vielleicht hatten auch die Tränen, die mittlerweile versiegt waren, ihren Teil dazu beigetragen. Vorsichtig schloss ich meine Augen und erwartete fast, dass ein Horrorfilm unter meinen Lidern abgespielt werden würde, doch es blieb dunkel. Keine verzogenen Fratzen, keine Arme, die sich nach mir ausstreckten. Nur Dunkelheit. Rein und erholsam. Irgendwann gewann die Erschöpfung. Sie zog an mir und zerrte mich in die Welt der Träume, die mir meine Sorgen hoffentlich für ein paar Stunden nehmen würde.

23.

Mein Magen mutierte zu dem von Lorelai Gilmore. Ich konnte essen, was ich wollte, ohne dass ich satt wurde. Segen und Fluch zur gleichen Zeit.

Das Licht drang unerbittlich durch das Fenster und störte meinen Schlaf. Genervt drehte ich mich von der Helligkeit weg und tastete nach Levi. Doch ich bekam ihn nicht zu fassen, also öffnete ich die Augen und fand seine Betthälfte leer vor. Müde blinzelte ich und versuchte den Schlaf zu vertreiben. Der Wecker verriet mir, dass es fast Mittag war und ich somit wahrscheinlich das Frühstück verpasst hatte. Ich setzte mich auf und gähnte herzhaft. Der letzte Tag und die Nacht brachen über mich herein und ich wünschte mir den kurzen Moment nach dem Aufwachen zurück, als alles in Ordnung schien. Als ich noch nicht wach genug war, um zu begreifen, was für Sorgen ich hatte. Doch wie hieß es so schön? Guten Morgen, liebe Sorgen, seid ihr auch schon wach? Meine waren es jedenfalls. Anscheinend schienen sie mein Morgenmuffel-Gen nicht geerbt zu haben. Schade.

Die Verbände um meine Arme waren völlig verrutscht und ich beschloss, sie abzumachen. Die Kratzer darunter sahen viel besser aus als gestern und waren fast verheilt. Ob es meinem Gesicht ähnlich ging? Barfuß tapste ich ins Bad und betrachtete mich im Spiegel. Meine braunen gewellten Haare standen mir wirr vom Kopf ab und meine Augen musterten mich skeptisch. Dunkle Augenringe rundeten das Bild ab und ich schenkte meine Aufmerksamkeit den großen Pflastern, die mein Gesicht dominierten. Schnell zog ich sie ab und biss die Zähne zusammen, um nicht loszuschreien. Pflaster waren für mich immer schlimmer gewesen als jede Wunde. Ich hasste sie und meine Haut reagierte auf die meisten allergisch. Bei diesen war es nicht anders. Dort, wo sie geklebt hatten, hatten sich kleine rote Pusteln gebildet und mein Gesicht sah aus, als wäre ich wieder in der Pubertät.

»Na super, danke, Universum, als hätte ich nicht schon genug, das es zu bewältigen gibt. Wieso strafst du mich nun auch noch damit?«, redete ich mit mir selber.

Vorsichtig verteilte ich etwas meiner Tagescreme auf meinem Gesicht und hoffte, dass es das besser und nicht schlimmer machte. Danach stand ich lange vor meiner Tasche und überlegte, was ich anziehen wollte. Ich wollte zumindest gut aussehen, das verbesserte meine Laune normalerweise etwas, weil ich mich dann auch gut fühlte. Also entschied ich mich für meine schwarze Lieblingsjeans, die große Risse an den Knien hatte, und ein dunkles Top, über das ich eine durchsichtige schwarze Bluse zog. Guido Maria Kretschmer hatte wohl doch recht. Die Kleidung war der Spiegel der Stimmung, in der man sich gerade befand. Trotzdem war ich ganz zufrieden mit meinem Outfit und machte mich auf die Suche nach den anderen. Die Wohnung fand ich leer vor und vermutete, dass Levi wieder beim Verhör und Liz und Micah beim Training waren. Langsam fragte ich mich, ob vielleicht einer der Jungs Lizzy den Kopf verdreht hatte? Oder war sie wirklich nur am Training interessiert? Ich bahnte mir einen Weg durch die verschiedenen Gänge und fand mich nach einigen Minuten in der Eingangshalle wieder. Irgendetwas war heute anders. Es tummelten sich viel mehr Menschen als die letzten Tage hier und sie schienen schwer damit beschäftigt zu sein, alles zu dekorieren. Überall standen plötzlich Blumen und alles schien auf Hochglanz poliert zu sein.

Ich erkannte Milas Haarschopf, verlor sie aber wieder zwischen all den Menschen und blickte mich verloren um. Was war nur los?

Mila huschte an mir vorbei und bevor sie mir wieder entwischen konnte, griff ich nach ihrem Arm.

»Was soll das alles?«, fragte ich sie, nachdem ich ihr versichert hatte, dass es mir gut ging.

»Wir erwarten den Ratsvorsitzenden«, sagte sie ehrfürchtig.

»Aha«, gab ich zurück und verstand das Ganze nicht.

»Er ist so etwas wie unsere Queen«, erklärte Mila dann und lachte, als sich meine Augen weiteten.

»Kann ich irgendwie helfen?«

Mila lächelte mich an. »Nein, ruh' dich einfach aus, wir haben alles im Griff.«

Bevor ich auch nur blinzeln konnte, war sie weg. Das hieß wohl, dass ich mich allein beschäftigen musste. Im Haus war mir eindeutig zu viel Trubel. Ich verließ die Eingangshalle durch die große Tür und gelangte nach draußen. Rechts und links an der Wand standen filigrane Bänke und ich ließ mich auf eine sinken. Ständig kamen Autos an, Männer und Frauen in schönen Anzügen und Kostümen stiegen aus und eilten in die Villa. Einige waren so damit beschäftigt, nervös zu sein, dass sie mich nicht mal bemerkten. Andere nickten mir freundlich zu oder sagten sogar etwas. Dieser Vorsitzende schien eine richtig große Nummer zu sein und ich war insgeheim glücklich, dass ich wenigstens halbwegs vorzeigbar aussah. Man wusste ja nie, vielleicht würde ich ihm zufällig begegnen und dann wollte ich keinen schlechten Eindruck hinterlassen. Immerhin hatte der Rat uns aufgenommen und beschützt, da war ein bisschen Dankbarkeit mehr als angebracht.

Abermals fuhr ein Auto die Einfahrt hoch und parkte direkt vor der Tür. Besonders intelligent war das nicht, wenn man bedachte, dass der Vorsitzende kommen und wahrscheinlich genau da parken wollen würde, oder?

»Hey«, rief ich dem Mann im mittleren Alter zu, als er ausstieg. Er trug einen schwarzen Anzug, darunter ein weißes Hemd und eine dunkelrote Krawatte. »Ich glaube, das ist keine gute Idee.«

Irritiert sah mich der Mann an, lächelte dann und schloss den Wagen ab. »Wieso?«

»Da soll heute ein Vorsitzender kommen. Und alle machen sich total verrückt deswegen. Ich denke, wenn ich der Obermacker wäre, würde ich vor der Tür parken wollen. Vielleicht überdenken Sie Ihre Parkplatzwahl noch mal?«, erklärte ich und lächelte ihm entschuldigend entgegen. Ich wollte wirklich nur helfen. Keine Ahnung, wie das Oberhaupt des Rates drauf war. Vielleicht würde er den Mann hängen oder so. Okay, ich übertrieb ein wenig, aber man wusste ja nie, oder? Bis gestern hätte ich es auch niemals für möglich gehalten, dass jemand hinter mir her war.

»Hm, gutes Argument«, meinte der Mann, setzte sich dann aber neben mich. »Ich bin Ilias«, stellte er sich vor und reichte mir die Hand.

»Kat«, lächelte ich, während ich ihm die Hand schüttelte.

Ilias betrachtete mich einen Moment und schlug dann die Beine übereinander. »Du kannst mich duzen, also wenn du willst.«

»Gern.«

»Ich glaube wir haben uns hier noch nie gesehen, oder?«, fragte er nach einer Weile, in der ich seinen schwarzen Audi mit den wunderschönen Stahlfelgen bewundert hatte. Also an Geld fehlte es dem Rat und seinen Mitgliedern offensichtlich nicht. Wie der Wagen sich wohl fuhr? Ich stellte mir Paul Walker auf dem Fahrersitz vor, wie er über die Autobahn rauschte und versuchte, ein Rennen gegen Vin Diesel zu gewinnen. Vergeblich, was auch sonst. Ich unterdrückte den Drang, aufzustehen und dem wunderschönen Gefährt über die Motorhaube zu streicheln. Stattdessen antwortete ich Ilias.

»Stimmt, bin zum ersten Mal hier. Und ehrlich gesagt vermisse ich die Zeit, in der ich noch nicht wusste, dass es den Rat gab. Damals war alles viel einfacher«, gab ich zu und realisierte dann, was ich gerade gesagt hatte. »Also, nichts für ungut. Ich bin dem Rat sehr dankbar, für alles, was er für uns getan hat. Aber ohne Jäger und Verfolgungen war mir mein Leben deutlich lieber«, fügte ich schnell hinzu.

Zuerst sagte Ilias gar nichts und ich dachte, damit hätte ich ihn vergrault, dann lachte er aus tiefster Seele und ich starrte ihn verwirrt an.

»Du hast recht, mein Leben wäre auch bedeutend einfacher ohne den Rat. Ich habe viele Fehler gemacht und mich von schlechten Dingen leiten lassen. Ohne den Rat wäre vielleicht alles anders gekommen«, gab er zu und ich schaute ihn nachdenklich an. »Weißt du, manchmal bereut man Dinge, die man getan, Entscheidungen, die man getroffen hat. Aber wenn der Druck, der einem auf den Schultern lastet, zu groß wird, dreht man durch, einfach so. Und wenn man wieder zu Sinnen kommt, ist es manchmal zu spät.«

»Es ist nie zu spät. Du kannst deine Taten vielleicht nicht ungeschehen machen, aber du kannst darum kämpfen, sie wiedergutzumachen«, versuchte ich ihn aufzumuntern und war von meinen Worten felsenfest überzeugt. Levi und Eliah waren das beste Beispiel. Auch zwischen ihnen hatte sich ein Graben aufgetan, der unüberwindbar schien, doch sie haben es geschafft und waren wieder glücklich. *Ob es für Levi und seinen Vater wohl auch noch eine Chance gab?,* fragte ich mich unwillkürlich.

Ilias musterte mich einige Momente nachdenklich. »Vielleicht hast du recht.«

»Natürlich habe ich das«, bekräftigte ich meine Worte. »Vielleicht wird es nicht einfach und vielleicht braucht es auch viel Zeit, aber unmöglich ist es nicht. Du darfst nur nicht aufgeben.«

Die Sonne brannte vom Himmel und mein Magen knurrte hörbar. Mir fiel ein, dass ich das Frühstück verpasst hatte und mich vielleicht auf Essenssuche begeben sollte. Auch ein Kaffee wäre nicht schlecht. *Ha,* dachte ich dann fröhlich. *Heute hatte ich den Tag ohne einen Koma-Kaffee begonnen und war sogar noch philosophisch gewesen.*

Das musste ich Lizzy später unbedingt erzählen. Wenn ich sie überhaupt finden würde … Vielleicht sollte ich besser wieder rein und dem ganzen Trubel aus dem Weg gehen? Ich meine, Angela Merkel sollte man mir lieber auch nicht vorstellen. Wahrscheinlich würde ich steif vor ihr stehen und hätte keine Ahnung, was ich sagen sollte. Aber laut Mila hatte ich ja noch einige Stunden, bis das Elend seinen Lauf nehmen würde. Also konnte ich die Sonne auch noch ein bisschen genießen und Ilias ausfragen.

»Sag mal«, begann ich und schielte zu ihm rüber. Er hielt sein Gesicht genießerisch in die Sonne und wurde mir dadurch noch ein kleines bisschen sympathischer. »Wie ist das so bei euch? Dieses Oberhaupt, ist er eher wie Frau Merkel oder George Bush?«

Schockiert schaute Ilias mich an und lächelte dann milde. Na, wenn ich jetzt schon die Möglichkeit hatte, wollte ich es auch genau wissen. Außerdem hatte er mir gerade gestanden, dass er viele Fehler in seinem Leben begangen hatte. Irgendwie hat uns das verbunden, also hatte ich das Gefühl, ich könnte ihn so etwas fragen.

»Angela Merkel, eindeutig. Nur mit viel eleganteren Anzügen. Und schlanker«, sagte er und brachte mich damit zum Lachen.

»Puh«, atmete ich auf. »Das ist gut, dann bin ich jetzt etwas weniger nervös, sollte ich ihm wirklich über den Weg laufen.«

Die Vögel zwitscherten und eine Katze huschte über das Grundstück. Ob sie ein Wandler war?

»Wieso?«, fragte Ilias, nachdem er auf der Bank herumgerutscht und eine bequemere Position gefunden hatte.

»Na ja, hast du das Gefühl, man sollte mich dem wichtigsten Mann der Wandler vorstellen? Mein Mund ist immer, wirklich immer schneller als mein Verstand und das ist noch eine meiner guten Eigenschaften«, versuchte ich es ihm zu erklären.

»Ich finde dich witzig«, sagte er und lächelte mir aufmunternd zu.

»Danke. Ich finde mich peinlich«, gab ich zurück.

»Ich glaube, du hast ein falsches Bild von dir. Mir scheinst du intelligent und fröhlich zu sein. Ich würde mir keine Gedanken darüber machen, was der Vorsitzende von dir denkt, er würde dich mögen. Und jetzt sollte ich wohl meinen Wagen aus der Einfahrt fahren, nicht dass ich noch Ärger bekomme«, zwinkerte er mir zu und ich erhob mich ebenfalls.

»Wirklich schönes Auto«, bewunderte ich. Es musste herrlich sein, wenn man das Gaspedal nur mit dem großen Zeh antippte und schon beschleunigte.

»Danke, er schnurrt wie ein Kätzchen«, sagte Ilias und ich lachte.

Ich konnte mich nicht mehr beherrschen und führ dem Schmuckstück sacht über die Motorhaube. »Da haben wir was gemeinsam.«

Als sich die Eingangstür des Anwesens öffnete, drehte ich mich um und entdeckte Levi. Besorgt musterte er mich.

»Da bist du ja, ich hab dich überall gesucht. Da geht man mal fünf Minuten weg, um dir Frühstück zu holen, und schon bist du verschwunden«, sagte er und kam auf mich zu.

Ich lächelte ihn an und versuchte dadurch, ihn wieder milde zu stimmen. Hinter ihm streckte jetzt auch Mila ihren Kopf durch die Tür. In den Händen hielt sie eine Blumenvase, die sie wahrscheinlich irgendwo platzieren sollte. Beide hatten Ilias noch nicht bemerkt und so hatte ich das Gefühl, ihn vorstellen zu müssen. Lächelnd deutete ich auf den Mann im Anzug und wollte gerade seinen Namen sagen, als etwas scheppernd zu Bruch ging. Verwirrt schaute ich zum Eingang und sah die Vase in viele kleine Scherben zerbrochen auf dem Boden liegen.

»Vorsitzender«, entfuhr es Mila, während Levi ein »*Vater*« entwich.

»Vorsitzender? Vater?«, fragte ich verwirrt. »Nein, Ilias«, flüsterte ich, als es mir dämmerte.

Ach du Kacke!

»Levin«, sagte Ilias und ging auf seinen Sohn zu, welcher zurückwich. Ich stand zwischen den beiden und schaute immer wieder hin und her. Mein Gehirn versuchte die Informationen zu erfassen, aber irgendwo zwischen Auge beziehungsweise Ohr und dem Cortex waren sie hängen geblieben. Ich erkannte den Löwen in Ilias Augen und hätte mir am liebsten in den Arsch getreten, dass ich den Fehler schon wieder gemacht hatte. Wieso schaute ich den Wandlern eigentlich nie richtig in die Augen?

Gut, noch mal ganz langsam. Der Mann, mit dem ich mich die letzten Minuten unterhalten hatte, war nicht nur der Vorsitzende des Rates, sondern auch Levis Vater? Verdammt, verdammt, verdammt! Dabei hatte ich ihn sympathisch gefunden.

»Scheiße«, entfuhr es mir und Ilias lachte, was ich unpassend fand.

»Du hast ein Talent dafür, Situationen zu erfassen«, bemerkte er und lächelte mich an.

»Ihr kennt euch?«, fragte Levi perplex und ich schüttelte den Kopf, während Ilias nickte. »Na was denn nun?«

»Wir haben uns gerade kennengelernt, aber da wusste ich noch nicht, wer er ist«, stellte ich klar.

»Könnten wir uns vielleicht allein unterhalten?«, fragte Ilias ernst.

Levi schaute seinen Vater hasserfüllt an und ich wusste nicht so richtig, was ich tun sollte. Plötzlich schauderte ich, obwohl es noch genau so warm war wie vor einigen Minuten.

»Nein, nicht heute«, meinte Levi und überraschte mich damit.

»Nicht?«, entfuhr es mir überrascht.

»Nein«, bestätigte er, schnappte meine Hand und zog mich davon.

»Wo gehen wir hin?«, wollte ich nach einigen Minuten wissen. Wir hatten gerade den Rand des kleinen Wäldchens erreicht und als ich mich umdrehte, waren Ilias und Mila nur noch kleine Schatten. Levi antwortete mir nicht und ich wusste nicht, ob er sauer auf mich war oder nicht. Ich hatte doch nicht gewusst, wer Ilias war. Und ehrlich gesagt wusste ich es immer noch nicht. Seine Worte erschienen mir in einem anderen Licht und alles ergab einen anderen Sinn als noch vor einigen Minuten. Tat ihm alles wirklich leid? Oder hatte er das nur vorgeschoben? Hatte er gewusst, wer ich war? Und mir deswegen alles erzählt? Ich war verwirrt. Eigentlich hatte ich mir Levis Vater ganz anders vorgestellt. Irgendwie kalt und auch wenn es dumm klang, blutrünstig. Wie ein Monster. Nicht elegant und nett und überhaupt. Er war der Anführer des Rates? Plötzlich erschien mir dieser wieder genauso suspekt wie an dem Tag, als wir zum ersten Mal von ihm erfahren hatten. Sollte ein Anführer nicht gütig, milde, aber dennoch bestimmt und lernfähig sein? Genau so war Ilias mir vorgekommen. Konnte er einfach gut eine Maske aufsetzen? Oder war das sein wahres Gesicht gewesen? Und wieso hatte er sich dann früher so schäbig und schrecklich verhalten? Wieso konnte nicht mal eine Sache einfach nur das sein, was sie zu sein schien? Wieso war alles immer so kompliziert und hatte mehrere Nuancen? Eine schwarz-weiße Welt würde mir manchmal wirklich besser gefallen. Dann wäre alles einfacher. Und wer brauchte schon Farben? War ja nicht so, dass ich die Farben und die ganzen Freiheiten des Lebens liebte. Dass ich sie in vollen Zügen ausnutzte und mich jetzt auch nur beschwerte, weil mir schon wieder alles über den Kopf zu wachsen schien. Aber vielleicht war es genau das, was man lernen musste, wenn man erwachsen wurde? Dass plötzlich alles viel komplexer und komplizierter wurde, man dauernd das Gefühl hatte, an der Last zu ersticken und trotzdem nicht aufgeben durfte? Weil es immer einen Weg gab. Man musste ihn nur finden.

Levi zerrte mich immer noch hinter sich her und langsam hatte ich genug. Mein Arm tat mir weh und ich stolperte dauernd über Wurzeln. Ich wusste, dass er mir nicht wehtun wollte und dass er nur so ruppig war, weil er ebenfalls keine Ahnung hatte, wie er die Situation meistern sollte, aber dennoch. Genug war genug.

»Levi«, sagte ich bestimmt. »Bleib endlich stehen. Wo willst du hin?«

»Ich weiß es nicht. Weg, einfach nur weg«, gab er wütend zurück, blieb jedoch stehen. Fahrig fasste er sich mit beiden Händen an den Kopf und erinnerte mich damit an das Gemälde *Der Schrei* von Munch. Auch wenn er stumm war, konnte ich ihn hören. Gerade als alles wieder gut zu werden schien, holte ihn die Vergangenheit ein. Schon wieder. Doch diesmal war unklar, ob sich alles wieder einrenken würde.

»Das bringt doch nichts«, sagte ich und ging zu ihm.

Ich umfasste seine Hände, die immer noch in seine Haare gekrallt waren, und löste die Finger. Dann küsste ich ihn vorsichtig auf den Mund, stupste mit meiner Nase an seine und liebkoste sie. Er schloss seine Augen und schmiegte seine Stirn an meine.

»Lass uns drüber reden, okay?«, versuchte ich ihm zu helfen. »Wusstest du, was dein Vater ist?«

Levi öffnete seine Augen und ich hatte das Gefühl, als würde ein trüber Schleier über ihnen liegen. »Ja, Eliah hat es mir erzählt, als er mich vom Krankenhaus abgeholt hat. Ich konnte es euch einfach nicht sagen. Irgendwie dachte ich, wenn ich all das ignorieren würde, würde es sich von allein lösen.« Freudlos lachte er auf und ich verstand, was er meinte. »Mein Plan war, ihm heute aus dem Weg zu gehen, das ist wohl gründlich schiefgegangen.«

Levi ging ein paar Schritte hin und her und ich konnte seine Gedanken rattern hören. *Bitte, frag mich bloß nicht …*

»Über was habt ihr geredet?«, wollte er wissen. Verdammt. Ich wusste nicht, ob es gut war, ihm die Wahrheit zu erzählen. Noch dazu wusste ich noch nicht einmal, ob Ilias das ernst gemeint hatte. Auch wenn mir seine Worte aufrichtig vorgekommen war.

Es ist die Wahrheit und das ist alles, was ich dir geben kann, erinnerte ich mich an Levis Worte und fühlte mich sogleich schlecht. Er hatte recht. Vielleicht konnte ich ihm nicht helfen. Vielleicht konnte ich ihm die Last nicht nehmen, aber immerhin die Wahrheit, die konnte ich ihm erzählen.

»Ehrlich gesagt haben wir uns wirklich nett unterhalten«, begann ich. »Ich wusste ja nicht, wer er war. Im doppelten Sinne.« Die nächsten Minuten versuchte ich Levi so genau wie möglich das Gespräch wiederzugeben. Dann stockte ich, fuhr aber sogleich fort. Es war egal, welche Worte ich wählte, um es zu erzählen, die richtigen gab es sowieso nicht.

»Ich weiß nicht, was ich sagen soll, Levi, aber er schien mir alles, was er sagte, aufrichtig zu meinen«, endete ich und schaute ihn aufmerksam an.

Mittlerweile hatten wir uns auf den weichen Waldboden gesetzt und ich lehnte an dem dicken Stamm eines Baumes. Ich spielte mit einem Grashalm und versuchte Levi nicht zu bedrängen. Er musste ganz schön viel sacken lassen und ich würde wahrscheinlich durchdrehen, wäre ich an seiner Stelle.

»Das ist alles so … viel. Ich weiß nicht, was ich denken soll. Verstehst du?«, murmelte Levi nach einigen Momenten und ich nickte, als er fortfuhr. »Eliah hatte mir etwas Ähnliches erzählt. Der Vater, der in seiner Jugend einen Fehler gemacht hatte, weil er unter zu großem Druck stand und nicht wusste, wie er sich entschuldigen sollte. Ironischerweise hat er unseren Streit mit dem zwischen mir und meinem Vater verglichen.«

Auch mir war der Gedanke gekommen, aber zugeben würde ich das nicht, niemals. Nicht mal für Kaffee oder Kuchen.

»Was soll ich tun, Kat?«, fragte Levi und sah mir direkt in die Augen.

Puh, schwierige Frage. Ich wusste es nicht. Alles war so vertrackt.

»Ich denke, eine zweite Chance hat jeder verdient. Aber ich wäre gleichzeitig auch sehr vorsichtig. Deine Kindheit war beschissen und das nur wegen ihm. Aber ich glaube, dir von der Wut die Chance nehmen zu lassen, den Rest deines Lebens einen Vater zu haben, der diese Bezeichnung verdient, wäre bescheuert«, ich dachte nochmals über meine Worte nach und nickte dann. »Vielleicht solltest du wirklich mit ihm reden. Ihn anschreien, wenn du willst, und dann alles noch mal neu abwägen?«

Die Vögel zwitscherten und alles erschien mir idyllisch und friedlich, vielleicht würde das so bleiben, wenn wir uns nicht bewegten? Nie wieder den Wald verlassen und einfach hier leben würden? Wäre das möglich?

»Ich weiß nicht, ob ich ihm jemals in die Augen schauen kann, ohne Hass dabei zu empfinden«, durchbrach Levi meine Gedanken und ich nahm seine Hand.

»Du kannst es versuchen.«

»Oder ich schlag ihm einfach die Dummheit aus seinem Hirn und …«

»… und dann? Macht es das besser? Ich weiß es nicht. Keine Ahnung. Was sagt dir dein Herz?«, fragte ich ihn und spielte mit seinen Fingern.

»Mein Herz? Jedes Mal, wenn ich an ihn denke, erstarrt es«, meinte er und meins zog sich bei diesen Worten zusammen. Es tat mir leid, dass er so empfand. Am liebsten wollte ich ihm den Schmerz abnehmen und durch fröhlichere Erinnerungen austauschen.

»Levi, du musst das nicht jetzt entscheiden. Wir haben Zeit. Schau einfach, was passiert«, versuchte ich den Druck von ihm zu nehmen.

»Vielleicht hast du recht. Er hat mich total überrumpelt«, gab Levi zu und ich nickte zustimmend. Mich auch. Vollkommen.

»Levin also?«, grinste ich.

Levi lachte. »Du hast es gehört.«

»Natürlich. Hast du einen Zweitnamen?«

»Du lachst mich nur aus«, grinste Levi breit.

»Niemals.« Ich nahm seine Hand und spielte mit seinen Fingern. Leider hatte ich keinen Zweitnamen, da wollte ich wenigstens Levis wissen. »Ich versprech's.«

»Maria«, sagte er und ich gab mir wirklich alle Mühe, nicht zu lachen, scheiterte jedoch kläglich.

»Echt jetzt?«, fragte ich.

»Nö.«

»Schade. Verrätst du es mir jetzt?«

Levi schnaubte. »Nachdem du gelacht hast? Niemals.«

»Ach komm schon. Sei nicht so.«

»Na gut. Longin.«

Ich sah ihn an, um herauszufinden, ob er wieder mit mir spielte. »Longin«, ließ ich seinen Namen auf der Zunge zergehen. Es passte. Levin Longin Fiening. In der Schule war er sicher gehänselt worden.

»Ich finde deine Namen schön«, sagte ich wahrheitsgemäß.

Levi lächelte mich an und wir saßen eine ganze Weile einfach nur da, hingen unseren Gedanken nach.

Plötzlich sprang er auf und begann wieder auf und ab zu gehen. Anscheinend war seine Anspannung mit einem Schlag wieder da. Da half nur eins.

»Lass uns Laufen gehen«, sagte ich und begann, mich auszuziehen.

Ich verwandelte mich und war froh, die Katze wieder rauslassen zu können. Levi schaute mich an und ich streckte meine Pfoten, fühlte die Tierseele in jeder Faser. Er schaute zu mir herunter, streichelte mir über meinen kleinen Kopf und nahm mich dann hoch. Ich schmiegte meinen Kopf an sein Kinn und schloss meine Augen. Ein leises Schnurren drang aus meinem Mund, während Levi mir ausgiebig über mein Fell streichelte. Ich genoss seine Umarmung in vollen Zügen und wand mich in seinen Armen, um sie noch mehr auskosten zu können. Nach einer Weile ließ Levi mich runter und ich miaute empört. Was sollte das? Ich hätte Stunden so weitermachen können. Er zog sich aus und Sekunden später schaute ich in die treuherzigen Augen eines Hundes. Sie strahlten mich an und Levis Zunge fuhr sacht über meinen Kopf. Igiiiitt. Ekelig. Hundesabber in meinem Fell, HUNDESABBER IN MEINEM FELL. Ich schüttelte mich und ging einige Schritte zurück. Angeekelt betrachtete ich Levi, dessen Augen Belustigung widerspiegelten. Was auch sonst. Ohne ihn eines weiteren Blickes zu würdigen, drehte ich mich um und ging zwischen den Bäumen tiefer in den Wald. Der Boden federte leicht unter meinen Pfoten. Ich liebte das Gefühl, ihn direkt spüren zu können. Langsam sog ich den Geruch von Moos und Humus ein und ließ meinen Schwanz aufgeregt hin und her zucken.

Levi ging neben mir und wir genossen die Stille um uns herum. Wir waren so nah beieinander, dass ich unter seinen Bauch hätte huschen und dort weiterlaufen können. Irgendwann kamen wir an eine Mauer und ich vermutete, dass wir das Ende des Geländes erreicht hatten. Obenauf erkannte ich einen Stacheldraht und Kameras, die in regelmäßigen Abständen angebracht waren. Ich fühlte mich dadurch sicherer, auch wenn ich wusste, wie leicht man einen Draht zerschneiden und eine Kamera außer Gefecht setzen konnte. Wir gingen an der Mauer entlang und an meine Ohren drang ein leises Summen. Ob der Draht unter Strom stand? Verwirrt schaute ich nach oben, während wir weiter unseres Weges gingen. Da sah ich es. Die Kameras folgten uns. Versuchsweise blieb ich stehen und sobald Levi meine Abwesenheit bemerkte, tat er es mir gleich. Dann ging ich einige Schritte zurück und eine der Kameras folgte mir, während die andere Levi im Blick behielt. Ich fand das abgefahren und verstörend gleichzeitig. Aber immerhin waren wir sicher. Einige Minuten verbrachte ich damit, immer wieder die Richtung zu wechseln, doch die Kamera folgte mir unaufhörlich, ich konnte sie nicht abschütteln. Irgendwie machte es Spaß und ich hatte Lust zu spielen. Zumindest bis ich sah, wie Levi unweit von mir entfernt saß und mich hechelnd beobachtete. Ich stoppte in meiner Bewegung und ging so elegant wie möglich auf ihn zu. Als Katze konnte ich das viel besser als auf zwei Beinen. Gemeinheit. Na, man konnte wohl nicht alles haben. Bei Levi angekommen, strich ich um seine Vorderpfoten und schmiegte mich an ihn. Er fuhr mit seiner Schnauze über meinen Kopf und ich rannte los. Wie erwartet folgte er mir und zusammen fegten wir durch den Wald. Über Äste, umgefallene Bäume und Laub, das auf dem Boden verteilt war, bis zu einer wunderschönen Lichtung. Levi bremste und ich konnte nicht mehr schnell genug reagieren, versuchte trotzdem auszuweichen, damit ich nicht in ihn hineinlief, und purzelte geradezu an ihm vorbei. Anscheinend waren meine Purzelbäume als Katze genauso unelegant wie die als Mensch. Yay. Einen Moment blieb ich auf dem Rücken liegen und spürte das Gras unter meinem Fell. Der Himmel war strahlend blau und die Sonne kitzelte mich in den Augen. Ich kniff sie zusammen und plötzlich befand sich ein Schatten über mir. Levi schaute mich besorgt an und ich gab ihm zu verstehen, dass mir nichts passiert war. Hoffentlich hatte ich dadurch nicht eines meiner neun Leben verloren.

Levi fuhr mit seiner Nase meinen Körper entlang, als müsse er sich selbst davon überzeugen, dass alles heil war. Bei meinem Bauch stockte er und plötzlich fühlte ich kühle Luft durch mein Fell dringen. Ich erschrak zu Tode, das Gefühl war so ekelig, dass ich sofort aufsprang. Hatte er mich gerade ernsthaft angepustet? Ich war doch kein Baby. Schockiert schaute ich ihn an, doch er hechelte mir nur entgegen und sah dabei aus, als würde er mich auslachen. Das konnte er zurückhaben. Ich hechtete auf seinen Schwanz zu und biss hinein. So fest ich konnte. Na gut, nicht ganz, ich wollte ihm ja nicht wirklich wehtun, aber das musste er eindeutig spüren. Levi wirbelte herum und versuchte, mich zu fassen zu bekommen, doch ich war zu schnell und wich aus. Dann sprang ich auf seinen Rücken, doch er ließ sich fallen. Damit hatte ich nicht gerechnet, konnte aber gerade noch ausweichen. Dieses Mal war Levi schneller als ich und plötzlich über mir. Wir balgten, bis wir beide erschöpft auf dem Boden lagen. Die Sonne schien uns auf den Pelz und ich schmiegte mich ganz nah an den weichen Hundekörper. Die Vögel zwitscherten uns ein Lied und der Wind blies eine leichte Brise über die Wiese.

»Weißt du, was uns wirklich guttun würde?«, fragte ich, als wir uns später wieder anzogen. Die Sonne hatte den höchsten Punkt überschritten und ich vermutete, dass es später Nachmittag war.

Levi zog sich sein schwarzes T-Shirt über den Kopf und mein Blick hing einen Moment an seinen Muskeln fest.

»Nein, was?«

»Wir sollten spielen.«

Als ich in einem schwarzen Loch gesteckt hatte, weil mein Vater gestorben war, hat es mir geholfen, vielleicht würde es jetzt Levi helfen? Jedenfalls würde es uns wieder zeigen, wie sehr wir es liebten. Wie sehr es uns definierte und wie sehr wir zusammen gehörten. Wir waren mittlerweile nicht mehr nur eine Band. Wir waren eine Familie. Achteten aufeinander, kümmerten uns um die anderen.

»Vielleicht könnten wir heute Abend zusammensitzen und ein paar Lieder spielen?«, überlegte ich laut.

»Wir könnten Liam, Nicolas, Harry, Mila und die anderen fragen, ob sie zuhören wollen«, schlug Levi vor und ich nickte lächelnd.

Hand in Hand gingen wir zurück. Ilias' Wagen war aus der Einfahrt verschwunden, das Haus schien immer noch einem Bienenstock zu gleichen. Man hörte das Summen förmlich. Immer wieder schwirrten Menschen aufgeregt durch den Haupteingang, andere eilten nach innen.

»Eigentlich will ich gar nicht wieder rein«, gestand ich.

»Ich auch nicht«, sagte Levi und wir blieben unschlüssig stehen.

Mein Magen knurrte laut und machte mir deutlich, dass ich immer noch nichts gegessen hatte. Ich schaute mich um und wog unsere Möglichkeiten ab. Sie waren wirklich gering. Das Gelände zu verlassen, hielt ich für keine gute Idee.

»Gehen wir rein«, schlug ich trotzdem vor und hoffte, dass wir nicht gleich Ilias über den Weg liefen.

Levi hielt mir die Tür auf und die Eingangshalle war überraschend leer. Überall standen bunte Blumen in eleganten Vasen und versprühten einen süßlichen Duft. Ich konnte nicht ein einziges Staubkorn entdecken.

Ich zog Levi hinter mir her und ging in den Speisesaal. Auch dieser war leer. Zum Glück. Bis auf den langen Tisch, auf dem immer ein paar Leckereien, Getränke und Kaffee standen. Ich liebte den Rat, er wusste, wie man seine Mitglieder verwöhnte. Liebe ging eben doch durch den Magen. Und sie war braun und flüssig und enthielt Koffein. Ich nahm mir eine Brezel, ein Stück Kirschstreuselkuchen und eine Banane. Levi drückte ich eine Flasche Wasser und einen Schokoriegel in die Hand. Außerdem füllte ich mir einen Becher mit Kaffee, gab einen Schuss Milch und einen Löffel Zucker dazu. Ich nahm einen Schluck und verbrannte mir die Zunge gnadenlos, aber was man liebte, verletzte einen eben manchmal, nicht? Ich nahm es dem Kaffee nicht übel. Levi schüttelte lachend den Kopf und nahm sich selbst eine Banane. Ich wusste ja, dass meine Essgewohnheiten gewöhnungsbedürftig waren, aber wer schon mal hungrig einkaufen war, wusste, wie es mir gerade ging. Mein Magen war so leer, dass ich das Gefühl hatte, auch nicht alles Essen auf der ganzen weiten Welt könnte ihn zufriedenstellend füllen.

Wir gingen in unsere Wohnung und trafen dort auf Micah und Liz. Ich schmiss mich neben Micah aufs Sofa, während Levi sich neben Liz fallen ließ. Er erklärte ihnen unsere Pläne für den Abend. Beide waren hellauf begeistert, ich genoss das Gefühl der Brezel in meinem Mund und lehnte mich zufrieden an Micah.

»Was habt ihr heute gemacht?«, fragte ich nach einer Weile.

»Wir haben mit Eliah und Anne zu Mittag gegessen, ich war danach in der Bibliothek und habe mich durch die Bücher gelesen, die sie über Wandler haben. Ihr wärt beeindruckt, was es alles gibt«, antwortete Micah und legte seinen Arm um mich, damit ich es bequemer hatte.

Lizzy hob das Buch, in dem sie schon die ganze Zeit gelesen hatte, hoch und ich verstand.

»Warst du gar nicht beim Training?«, entfuhr es mir überrascht.

Liz ließ das Buch sinken. »Nein, das ist ausgefallen wegen des Vorsitzenden.«

Verdammt, dem Thema wollte ich eigentlich aus dem Weg gehen. »Und sonst, du magst das Training gern, oder?«, versuchte ich ihr Informationen zu entlocken und gleichzeitig von Ilias abzulenken.

Lizzy legte das Buch beiseite und kniff ihre Augen zusammen. »Ja, wieso?«

»Nur so.«

»Aha.«

»Aha«, wiederholte Micah und ich setzte mich wieder gerade hin, um ihn ansehen zu können.

»Was denn?«, fragte ich.

Micah lachte. »Nichts, aber wenn du was wissen willst, frag doch einfach und drucks nicht drumherum.«

»Ich wollte nur einfühlsam sein«, versuchte ich mich zu erklären und brachte Liz damit zum schnauben.

»Ich mag das Training. Es scheint mir zu liegen. Ich bin gut darin und mit den Jungs macht es Spaß«, erklärte sie und ich freute mich, dass sie so offen war.

»Finde ich auch. Harry ist ein krasser Kämpfer. Und ganz anders, als ich mir einen Grimm vorgestellt habe«, fügte Micah hinzu und ich nickte heftig.

Liz nahm ihr Buch wieder in die Hand und blätterte durch die Seiten. »Aber auch Liam hat echt einiges drauf. Die haben ein tolles Trainingskonzept. Wir hatten wirklich Glück. An dem Tag, als wir ankamen, sind sie gerade von einer Mission zurückgekommen. Ohne sie wäre es ziemlich langweilig, meint ihr nicht auch?«

Ich nickte. »Doch, du hast recht.«

Wir unterhielten uns den restlichen Nachmittag, bis die Jungs die anderen suchen gingen. Sie wollten sie zu unserem kleinen Konzert einladen. Ich nutzte die Gelegenheit und rief meine Mum an. Das hatte ich gestern schon tun wollen, doch dann wäre ich nur in Tränen ausgebrochen und sie hätte sich unglaubliche Sorgen gemacht. Ich freute mich, ihre Stimme zu hören, und blinzelte auch jetzt heftig, um nicht weinen zu müssen. Ich wollte wirklich nicht, dass sie wusste, was ich die letzten Tage alles erfahren hatte. Sie hatte schon genug in ihrem Leben durchgemacht und ich war auch nicht immer einfach gewesen. Aber trotzdem hatte sie hinter mir gestanden und zu mir gehalten. Wollte nur das Beste für mich und hat versucht, alles möglich zu machen. Dafür liebte ich sie so sehr, dass es wehtat.

»Weißt du, ich hab mich nie für alles bedankt«, murmelte ich, kurz bevor wir uns verabschiedeten.

»Das musst du nicht. Ich bin deine Mutter. Ich weiß das alles, ohne dass du es sagen musst«, antwortete sie und ich lächelte. So war sie. Gütig und lieb, suchte die Fehler immer bei sich, nie bei anderen.

Ich räusperte mich und versuchte immer noch die Tränen zu unterdrücken. »Doch, das muss ich. Ich will, dass du es weißt. Ich liebe dich sehr.«

»Schatz, das klingt ja fast nach einem Abschied«, bemerkte sie besorgt. Oh nein.

»Nein, nein. Ich vermisse dich nur und werde deswegen sentimental«, meinte ich schnell.

Ich hörte sie lachen und atmete erleichtert auf, während ich mit der Bettdecke in unserem Schlafzimmer spielte. »Ich vermisse dich auch«, sagte sie.

Wir verabschiedeten uns und ich ließ mich aufs Bett fallen. Wenn ich meine Augen geschlossen hielt, konnte ich mir vorstellen, wieder sechzehn zu sein und auf meinem eigenen Bett zu Hause bei meinen Eltern zu liegen. Damals war alles viel einfacher, auch wenn es mir nicht so vorgekommen war und ich geglaubt hatte, dass ich die nächsten Jahre niemals überleben würde. Ich hatte sie überstanden, einen wundervollen Mann und seine Freunde kennengelernt, die jetzt meine Familie waren. So schlimm war alles also gar nicht. Vielleicht war das der Fehler? Vielleicht sah man immer nur die negativen Dinge, wusste die guten nicht so sehr zu schätzen, wie man es sollte.

Als ich die Jungs zurückkommen hörte, waren noch mehr Stimmen bei ihnen, von denen ich einige bekannten Gesichtern zuordnen konnte. Andere waren mir völlig unbekannt. Ich ging kurz ins Badezimmer, spritzte mir kaltes Wasser ins Gesicht und schaute dann in den Spiegel.

»Schöne Scheiße«, entfuhr es mir, als ich entdeckte, dass der große Kratzer, der meine Augenbraue gespalten hatte, nicht einfach verheilte, sondern auch noch von grünen und blauen Flecken umrandet war. Anscheinend war er schlimmer gewesen als gedacht, sonst hätte er schon verheilt sein müssen.

»Nicht so vulgär«, hörte ich Levi von der Tür aus lachen.

»Schöner Stuhlgang«, entgegnete ich und brachte ihn damit noch mehr zum Lachen. Er kam auf mich zu und schlang seine Arme von hinten um mich.

»Schon besser«, sagte er und küsste meinen Hals. Ich schauderte und genoss es.

»Habt ihr jemanden für unsere Idee begeistern können?«, flüsterte ich mit geschlossenen Augen.

Levis Lippen fuhren immer noch über meinen Hals, während er sprach, und ich musste lachen, weil es mich kitzelte. »Jemanden? Der halbe Rat sitzt in unserem Wohnzimmer. Wegen Ilias' Ankunft sind heute viele Leute hier. Einige übernachten auch. Sie sind fast alle gekommen.«

Ich drehte mich in seinen Armen, sodass ich sein Gesicht sehen konnte. »Cool, dann spielen wir wohl zum ersten Mal unplugged vor Publikum.«

»Stimmt, bist du nervös?«, fragte er und drückte mich fest an sich.

»Ein bisschen, aber nicht mehr als sonst. Lass uns rausgehen, sonst schmeißen die noch mit Tomaten auf uns, weil sie ungeduldig sind.« Ich lachte und löste mich widerwillig von ihm.

Wir betraten das Wohnzimmer und mich traf der Schlag. Die Sofas waren überfüllt, Stühle waren hereingetragen worden und selbst auf dem Boden saßen einige Menschen auf Kissen. Levi hatte recht, der halbe Rat schien sich in unser Wohnzimmer zu drängen. Micah hatte eine Cajón aufgetrieben, was in Anbetracht des kleinen Raumes wirklich sinnvoll war. Das Schlagzeug hätte niemals reingepasst, während die Trommelbox gleichzeitig auch noch als Stuhl diente. Uns anderen hatte man Barhocker hingestellt, wobei Lizzy meistens sowieso stand. Ich nahm den Hocker gerne in Anspruch, zumindest bei den langsamen Liedern.

Ich begrüßte die Menschen, die ich kannte, und freute mich vor allem, dass auch Levis Familie gekommen war. Bis auf Ilias, den konnte ich nicht entdecken. Was wahrscheinlich auch besser war. Alle unterhielten sich fröhlich und es wurde Knabbergebäck herumgereicht. Ich hatte das Gefühl, auf einer großen, abgefahrenen Pyjamaparty zu sein und musste lachen. Vielleicht sollten wir später sieben Minuten im Himmel oder Flaschendrehen spielen.

Ich unterhielt mich mit Mila, als Liz mich antippte und sagte, dass sie anfangen wollten. Ich war bereit. Kurz fiel mir ein, dass wir kein Programm besprochen hatten, doch ich kannte alle Lieder und schon die erste Note würde mir reichen, um mir den Text in Erinnerung zu rufen. Ich beruhigte mich und setzte mich auf meinen Hocker. Liz positionierte sich mit ihrer Geige rechts von mir, während Levi links von mir auf dem zweiten Barhocker saß. Micah hatte sich leicht vor uns platziert und nahm gerade auf seiner Cajón Platz.

»Ich freue mich, dass ihr hier seid«, begrüßte Levi alle und ich war froh, dass er das jedes Mal übernahm. Er konnte gut mit Menschen umgehen, sie für unsere Musik begeistern, und ich bewunderte ihn dafür. Stolz schmachtete ich ihn an und war froh, ihn *mein* nennen zu können. Er hatte mich immerhin angeleckt, dann war ich auch seins, oder?

»Wir werden jetzt ein paar Lieder spielen. Wenn ihr wollt, dürft ihr auch gern tanzen oder sonst was, fühlt euch einfach wohl«, sagte er und spielte dabei die ersten Töne des ersten Liedes.

Ich wog meinen Kopf leicht im Takt und fühlte die Musik in mir. Wie sonst das Koffein, tanzten die Noten durch meine Blutbahn, erreichten jeden Teil meines Körpers und durchdrangen ihn, bis ich völlig erfüllt war. Liz begann in Levis Melodie einzusteigen und eine Gänsehaut überzog meinen Körper. Ich liebte die Töne der Geige, sie verliehen jedem Lied etwas Mystisches, Einzigartiges. Micahs Cajón war im Hintergrund zu hören und gab den Takt vor. Alle zusammen ergaben eine wundervolle Melodie und *Fliegen* war definitiv eines meiner Lieblingslieder. Ich mochte sowohl den Text als auch den Klang und konnte es nicht oft genug hören. Ich begann den Text zu singen und hörte Levi beim Refrain an meiner Seite. Wir rockten das Publikum und schon bald begannen einige zu tanzen. Mila und Harry waren ganz vorne mit dabei und man sah, dass sie sich von der Musik tragen ließen. Harrys Haare flogen wild durch die Luft und als wir endeten, applaudierten alle. Doch wir ließen sie gar nicht zur Ruhe kommen, schenkten uns große Worte und gingen gleich zum nächsten Lied über. Ein schnelleres, das noch mehr zum Tanzen animierte. Dadurch gesellten sich Nicolas und Liam zu Mila und Harry und es wurde viel gelacht, weil sie verrückte Moves ausprobierten und sich immer wieder dazu anstachelten, sich dabei zu übertreffen. Mila machte den Busfahrer, Harry konterte mit dem Pizzabäcker und Liam gewann schlussendlich, indem er einfach wild durch die Gegend hüpfte und Bewegungen aus den Siebzigern oder Achtzigern nachahmte. Schnell waren die Leute noch enger zusammengerückt und hatten mehr Platz gemacht, bis zum Schluss fast alle standen und wenigstens ihre Füße im Takt mitwippten. Ich war begeistert. Das war eine gute Idee gewesen. Wir machten eine kurze Pause, in der wir etwas tranken und viel lachten. Es war ein sehr gemütlicher Abend und bis spät in die Nacht hinein saßen die Menschen in unserem Wohnzimmer, unterhielten sich, lachten und lauschten unserer Musik. Irgendwann waren wir dazu übergegangen, Lieder aus unserer Kindheit zu spielen. Von der Titelmelodie der Gummibärenbande bis hin zu Britney Spears und den BackStreetBoys war alles dabei. Zum Glück hatten die anderen daran gedacht, ihre Instrumente mitzubringen und zum Glück hatte sich Micah eine Cajón besorgen können.

Auch Levi lachte ausgelassen, und egal, wann unsere Blicke sich begegneten, er lächelte mich an oder war gerade in ein Gespräch vertieft, bei dem er sich gut zu unterhalten schien.

»Weißt du, was das Größte wäre?«, fragte Mila mich irgendwann.

Ich nahm einen großen Schluck Wasser, meine Stimme war etwas rau vom Singen. »Ein Mitternachtssnack?«, meinte ich hoffnungsvoll und mein Magen knurrte.

»Bei unserem Sommerfest, da könntet ihr doch spielen, oder?«, fragte sie und ich schaute sie verwundert an.

»Es gibt ein Sommerfest?« Ich griff nach der Schale mit den Erdnüssen und schob mir eine Handvoll davon in den Mund.

»Ja klar«, bestätigte Mila, als wäre es das Selbstverständlichste auf der Welt.

Hatte der Bundestag auch ein Sommerfest? Keine Ahnung, ich hatte mich damit nie auseinandergesetzt, warum auch.

Ich fuhr mir durch die Haare und fischte abermals nach den Nüssen. »Klar, das sollte kein Problem sein.«

»Sag mal, glaubst du, es ist eine gute Idee, dir den Magen mit Erdnüssen vollzustopfen?«, schalt Liz mich plötzlich von hinten.

Genervt verdrehte ich die Augen. »Ich habe Hunger.«

»Das macht es nicht besser. Lass uns lieber auf Essenssuche gehen«, sagte sie und meine Augen begannen zu leuchten. Zumindest stellte ich es mir vor, denn sie war gerade meine Heldin.

Ich sah Mila entschuldigend an. »Sorry«, rief ich und sie winkte nur ab.

Ich hakte mich bei Lizzy unter und zusammen drängten wir uns durch die Menge. »Das war die beste Idee des Tages«, sagte ich und stellte fest, dass dieser Tag voller guter Ideen gesteckt hatte.

»Was glaubst du, wie es weitergeht?«, fragte Liz auf dem Weg in die Eingangshalle.

Ich strich mir eine Strähne hinters Ohr. »Was meinst du?«

»Wenn die Jäger gefunden wurden und man weiß, wer hinter uns her ist, was machen wir dann?«

Gute Frage. Ich hatte mich noch nicht getraut, darüber nachzudenken. »Ich weiß auch nicht.«

»Den Produzenten können wir jetzt vergessen, nachdem wir ihn zwei Mal haben sitzen lassen, oder?«

Ich nickte. »Ja, ganz sicher. Und Levis Vater ist der Vorsitzende des Rates, sein Onkel ebenfalls ein wichtiges Tier. Er hat ja schon mal angedeutet, dass er im Rat bleiben will«, sagte ich nachdenklich.

»Aber wir bleiben zusammen, oder?«, flüsterte Liz dann fast.

»Natürlich«, sagte ich schnell. »Ganz sicher. Und wir werden auch weiterhin spielen. Im Rat oder umliegenden Clubs. Nur weil wir hierbleiben, heißt das nicht, dass wir die Musik aufgeben.«

Wir stiegen die Treppen zusammen hinab.

»Was willst du denn?«, wollte Liz wissen.

Das wusste ich auch nicht so genau. Ich vermisste meine Mutter. Doch die Band gehörte genauso zu meinem Leben. Ich wollte sie nicht verlieren.

Ich stolperte, doch Liz stützte mich. »Ich mag es hier. Auch wenn ich noch nicht ganz verstanden habe, was der Rat eigentlich tut. Außer natürlich böse Buben zu jagen.«

Ich nickte. »Du hast recht. Vielleicht sollte man darüber nachdenken, ihn neu zu strukturieren. Ich denke, die Wandler sind bereit, zu erfahren, dass der Rat existiert, meinst du nicht?«

»Ich weiß nicht. Es hat Vorteile, im Geheimen zu operieren. Gleichzeitig könnte man viel verbessern. Du glaubst gar nicht, wie viele Wandler es gibt, die quer schlagen, gegeneinander kämpfen und wirklich so etwas wie Clan-Kämpfe ausführen«, erklärte Liz und eröffnete mir Tatsachen, von denen ich bisher nichts gewusst hatte.

Erschrocken blieb ich stehen. »Bitte was? Sie kämpfen gegeneinander?«

Lizzy zog mich weiter und hielt mir die Tür des Speisesaals auf. »Ja, es gibt ganze Clans, die wild leben. Irgendwo in den Wäldern und die sich ums Territorium streiten. Der Rat versucht im Moment, alle zu katalogisieren und Vereinbarungen mit ihnen zu treffen, aber das ist schwerer als gedacht. Außerdem wird an einem System, das über die ganze Welt vernetzt ist, gearbeitet.«

Verblüfft schaute ich meine Freundin an. »Du weißt ja doch mehr über den Rat, als du zugeben wolltest.«

»Ich verbringe einfach nur zu viel Zeit mit den Mitgliedern«, sagte sie lachend und griff sich einen Apfel.

Ich lud mir etwas Nudelsalat auf einem Teller, dazu noch Kartoffelsalat und ein belegtes Brötchen. Danach würde ich zwar den Albtraum meines Lebens bekommen (zumindest wenn man meiner Mutter glaubte, die den Standpunkt verficht, dass man abends nichts mehr essen sollte), aber es war mir egal. Jedenfalls, bis mich die Schatten in meinen Träumen jagten. Dann würde ich es bereuen. Aber ich lebte in diesem Moment und nicht im nächsten.

Also bereute ich nichts, bevor ich es getan hatte. Dafür war anschließend noch genug Zeit.

»Oder wir könnten wieder durchs Land reisen und in verschiedenen Clubs spielen«, kam Liz wieder aufs Thema zurück.

Ich nickte und schob mir die erste Gabel in den Mund. Zusammen verließen wir den Speisesaal und ich steuerte die Eingangstür an. Draußen setzten wir uns auf die Bank, auf der ich auch heute Mittag gesessen hatte. Es war abgekühlt und der frische Wind ließ mich kurz erschaudern. Es war zwar nicht kalt, aber im Gegensatz zur Villa war es hier draußen doch frisch. Trotzdem blieben wir. Die Grillen zirpten und es roch nach Sommer. Der Mond stand oben am Himmel und warf sein Licht auf uns, tauchte alles in ein feines Silber.

»Oder wir könnten hierbleiben«, begann ich. »Ich hab das Gefühl, es gefällt dir hier.«

»Stimmt«, gab sie zu und musterte ihre Schuhe. »Das Training macht wirklich Spaß.«

»Mehr als die Musik?«, fragte ich, um einschätzen zu können, wie ernst sie es meinte.

»Ich weiß nicht. Beides gleichstark. Irgendwie«, sagte sie verwirrt.

Ich legte einen Arm um sie. »Das ist in Ordnung. Du musst dich nicht entscheiden. Man kann sich für mehrere Dinge gleichzeitig begeistern. Ich hätte nie gedacht, dass dich Kämpfen erfüllt, aber gut. Jedem das seine. Du musst ja auch mit meiner Kaffeesucht leben.«

Lizzy lachte und ich hatte mein Ziel erreicht. Ich konnte es einfach nicht ertragen, wenn sie traurig oder niedergeschlagen war. Sie war meine kleine Schwester, zwar nicht durchs Blut, aber durch den Geist. Ihr zierlicher Körper und ihre sanfte nachdenkliche Art verleiteten mich immer dazu, sie beschützen zu wollen. Levi hatte mal etwas Ähnliches zu mir gesagt, nur dass ich keinen zierlichen Körper und keine nachdenkliche Art besaß. Außerdem war ich kein Hund und es lag mir nicht im Blut.

»Weißt du was? Ich glaub, ich brauche jetzt Schokolade. Endorphine können nicht schaden, oder?«, riss mich Liz aus meinen Gedanken.

»Stimmt, Schokolade macht alles besser. Man sollte sie in der Apotheke als Allheilmittel kaufen können«, lachte ich.

Lizzy schüttelte den Kopf. »Da würde man nur doppelt so viel für dieselbe Schokolade zahlen. Das wäre wie an der Tankstelle. Dasselbe Produkt, aber zehnmal so teuer. Ich finde, Schokolade sollte umsonst sein, für jeden. Oder vom Arzt verschrieben werden.«

Ich lachte und verspeiste das letzte Stück meines Brötchens. Mein Magen war voll und ich glücklich.

»Willst du auch was?«, fragte Liz und ich überlegte kurz.

»Wasser«, antwortete ich. »Bitte.«

»Gern«, lächelte sie und erhob sich. Ich ließ mich tiefer in die Bank sinken und verschränkte die Hände auf meinem Bauch, wie Schwangere es oft taten. Plötzlich schreckte ich zusammen. In den Büschen neben mir raschelte es. *Ganz ruhig*, versuchte ich mich zu beruhigen. Immerhin bin ich hier auf dem Gelände des Rates, mir konnte gar nichts passieren. Oder?

24.

Ich war nicht nur dabei, ich war mittendrin. Yeah. Sarkasmus Ende.

Vorsichtig rutschte ich auf der Bank ein wenig zur Seite, um mehr Abstand zwischen mich und den Busch zu bringen. Er bewegte sich und ich kniff die Augen zusammen, als ein Schatten hervorsprang. Na ja, nicht wirklich, er humpelte eher. Ein Vogel stand neben den grünen Blättern und flatterte aufgeregt. War der Kleine verletzt? Ich sprang sofort auf und eilte zu ihm. Erst da erkannte ich, dass es ein Rabe war. Erschrocken zuckte ich zurück, aber nur für einen kurzen Moment, denn sah ich, was sein Problem war. Der rechte Fuß schien irgendwie deformiert, als würde ein Stück fehlen.

»Ach, du armer Kleiner«, versuchte ich ihm gut zuzusprechen und sein Vertrauen zu gewinnen. Im Hinterkopf hatte ich zwar immer noch, dass eines dieser Viecher mir vor wenigen Tagen das Gesicht komplett zerkratzt hatte, aber er war verletzt. Und die Chancen, dass es derselbe Rabe war, waren verschwindend gering. Ich konnte ihm nichts übel nehmen, dass er gar nicht getan hatte.

Das kleine Vögelchen (okay, so klein war er nicht, aber immerhin kleiner als ich) flatterte aufgeregt und hüpfte einige Schritte davon.

Nervös fuhr ich mir übers Gesicht. »Ganz ruhig. Ich tu dir nichts, versprochen.«

Vorsichtig ging ich einen Schritt auf den Raben zu und er blieb tatsächlich stehen. »Ja, genau. Ich will dir bloß helfen.«

Anscheinend hatte ich mich zu früh gefreut, denn bevor ich den Vogel wirklich erreicht hatte, begann er abermals aufgeregt mit den Flügeln zu rudern und entwischte mir. Ich richtete mich auf und wog meine Möglichkeiten ab. Die Grillen zirpten immer noch fröhlich vor sich hin und verliehen der Situation etwas Unheimliches. Der Mond stand oben am Himmel und warf ein silbriges Licht auf die Szenerie. Wenn ich zurück zur Villa lief, würde ich den Vogel aus den Augen verlieren und vielleicht nicht mehr finden, doch er brauchte dringend Hilfe. Ah, vielleicht … Hektisch klopfte ich meine Hosentaschen ab. Verdammt. Ich hatte mein Handy natürlich nicht mitgenommen, wieso sollte ich auch? Aber so schnell gab ich nicht auf. Vielleicht musste ich einfach nur mehr mit ihm reden. Der Rabe sah mich mit großen Augen an und schien wirklich Schmerzen zu haben. Er schwankte und gab immer wieder komische Geräusche von sich. Mit seinem hellen Schnabel versuchte er, nach seinem Fuß zu schnappen, den er nicht richtig belastete. Ich konnte es nicht länger mit ansehen und so ging ich in die Hocke.

»Hey, ich bin Kat. Na? Was ist dir passiert?«, fragte ich vorsichtig und streckte meine Hand nach dem Vogel aus. Er hüpfte davon und ich ging ihm vorsichtig nach. Vielleicht musste ich nur konsequent bleiben? Wir wiederholten das Spiel eine Weile und ich fragte mich, wo Liz blieb. Schokolade zu holen, konnte doch nie im Leben länger dauern als ein paar Minuten.

»Du musst mich nur helfen lassen, okay?«, versuchte ich es weiter und folgte dem schwarzen Knäuel aus Federn. Wir wiederholten dieses Spiel eine ganze Weile, aber ich konnte ihn einfach nicht ziehen lassen. Was, wenn er dadurch sterben würde? Eine Wunde musste ordentlich versorgt werden. Wer hatte ihm das nur angetan? Ich wusste, dass sich bei Tauben oft dünne Fäden um die Zehen fädelten, die ihnen dann das Blut so lange abschnürten, bis diese abfielen. Und das war wirklich schrecklich. Denn dafür waren wir Menschen verantwortlich. Woher sollten die Fäden und Schnüre denn sonst kommen? Vielleicht hatte ich als Wandlerin auch eine besondere Beziehung zu Tieren, ich wusste es nicht, aber aufgeben wollte ich nicht. Zumindest nicht, bis die Sonne nicht aufgegangen war.

»Komm, ich tue dir wirklich nichts. Ich verspreche es«, säuselte ich abermals und ging dem Vogel hinterher. Das ging jetzt schon eine ganze Weile so, doch ich kam dem kleinen Körper immer näher und so bestand Hoffnung. Ich konnte durchaus verstehen, dass er Angst hatte. Wer hätte das nicht?

Es raschelte neben mir und ich wandte meinen Blick auf die Umgebung. Erschrocken richtete ich mich auf. Ich hatte gar nicht bemerkt, dass wir uns vom Gelände des Rates entfernen, geschweige denn, dass wir es überhaupt verlassen hatten. Wir befanden uns ein gutes Stück abseits, irgendwo im Wald. Ich konnte nicht mal mehr die Mauer erkennen. Der Mond schimmerte durch die Zweige und ich fröstelte. Gerade wollte ich dem Vogel meine Aufmerksamkeit wieder schenken, als ich erkannte, dass er weg war. Das konnte doch nicht wahr sein. Ich hatte mich nur eine, höchstens zwei Minuten umgeschaut und orientiert. Vorsichtig, um ihm nicht wehzutun, falls ich ihn übersehen würde, ging ich einige Schritte nach vorne und suchte nach ihm. Doch er war wie vom Erdboden verschluckt. Das konnte doch nicht sein. Nichts verschwand einfach so und schon gar nicht ein Vogel, der kaum laufen konnte. Wieso war er eigentlich nicht weggeflogen?, schoss es mir plötzlich durch den Kopf. Doch da war es schon zu spät.

»Na, suchst du mich?«, fragte eine Stimme hinter mir, die ich zwar erkannte, aber nicht direkt zuordnen konnte. Ich erschrak und hatte das ungute Gefühl, meinem Feind direkt in die Arme gelaufen zu sein.

Kurz überlegte ich, davonzulaufen, doch was würde das bringen? Ich kannte weder meinen Gegner noch seine Waffen. Er könnte mir in den Rücken schießen, bevor ich auch nur das Ende des Waldes erreicht hatte.

Langsam drehte ich mich um und versuchte in der Dunkelheit etwas zu erkennen. Einige Meter von mir entfernt stand eine zierliche Frau mit langen karamellfarbenen Haaren, die mich mit einem bösen Grinsen musterte. Ein langes schmutziges T-Shirt bedeckte sie und im ersten Moment traute ich meinen Augen kaum, doch sie war es.

»Irgendwie hatte ich dich schöner in Erinnerung«, sagte Ella und grinste mir frech entgegen.

Ich versuchte die Situation und vor allem meine Lage zu erfassen und war mir nicht sicher, was gerade passierte.

»Was machst du hier?«, fragte ich das Offensichtlichste und erkannte dann, dass Ella eine Waffe in ihrer Hand hielt. Okay, damit würde sie mich immerhin nicht töten, außer sie schoss mir in den Kopf, aber wie groß war die Wahrscheinlichkeit, dass sie schießen konnte? Eins zu einer Milliarde? Geringer? Oder doch höher?

Ella schritt auf mich zu und je näher sie kam, desto deutlicher konnte ich sie sehen. Ihre Haare hingen ihr strähnig vom Kopf. Insgesamt machte sie keinen sehr guten Eindruck. Die Wangen waren eingefallen, die Augen gerötet. Einige Meter vor mir blieb sie stehen, halb verdeckt hinter einem Baum.

»Was ich hier mache? Ist das nicht klar, Schätzchen? Mir meinen Mann zurückholen, was denn sonst«, erklärte sie und schaute mich aus zusammengekniffenen Augen an.

Aha, dachte ich und begriff gleichzeitig zwei Dinge. Erstens hatte der Jäger uns entweder angelogen oder wirklich nie direkt mit dem Auftraggeber gesprochen. Und zweitens war Ella der Auftraggeber gewesen. Wie konnte das sein? Das fühlte sich falsch an und ergab jetzt, wo ich die Antwort, die ich wochenlang gesucht hatte, endlich erfahren hatte, immer noch keinen Sinn, oder sogar weniger als davor.

»Aber warum?«, fragte ich und meinte damit nichts Spezielles, sondern alles, was sie und somit auch die Jäger uns angetan hatten.

»Weil du mir Levi geklaut hast. Ich will ihn zurück, ganz einfach. Ist das so schwer zu verstehen?«, fragte Ella und mir machte es langsam zu schaffen, dass ich die Hälfte ihres Körpers nicht sehen konnte. Was versteckte sie hinter dem Baum? Womit hatte ich es zu tun? Waren womöglich noch mehr Jäger hier?

Ich ging einen Schritt auf sie zu, doch sie schüttelte nur leicht den Kopf und zielte jetzt mit der Waffe direkt auf meinen Brustkorb. Okay, in den Kopf schießen wollte sie mir also nicht. *Immerhin,* dachte ich sarkastisch.

Zerstreut schüttelte ich meinen Kopf. »Ich habe ihn dir doch nicht weggenommen«, begann ich und versuchte sie hinzuhalten. Ich musste nur darauf warten, dass mich jemand fand, und wie lange konnte das schon dauern? Immerhin konnte ich nicht weit vom Rat entfernt sein und dort tummelten sich gerade einige Mitglieder, die auf das Aufspüren solcher Psychopathen spezialisiert waren.

»Wärst du nicht gewesen, hätte ich ihn zurückerobern können. Ich hab einen Fehler gemacht, aber jeder verdient eine zweite Chance, oder? Und dann, dann kamst du und hast alles kaputt gemacht«, spie sie mir entgegen und ich wich einen Schritt zurück. Ein wenig erinnerte sie mich an Medusa mit ihren Schlangenhaaren. Wahrscheinlich wünschte Ella sich gerade, dass ihr Blick mich versteinern könnte.

»Einen Fehler? Du hast ihn betrogen, das ist nicht einfach ein Fehler«, entgegnete ich und realisierte dann, dass ich es damit nicht besser machte. Zumindest nicht für mich. »Wie hast du uns überhaupt gefunden?«, schob ich schnell hinterher und versuchte sie von Levi und mir abzulenken. Ich musste Zeit schinden.

»Ich bin euch gefolgt. Schon eine ganze Weile. Und ihr habt das nicht mal bemerkt.« Ihr Grinsen wirkte entrückt und passte nicht zum Rest des abgemagerten Gesichtes.

»Wie lange?«, entfuhr es mir erschrocken.

»Du erinnerst dich nicht, oder?«, fragte sie und lachte schallend. Es klang wie der Hilferuf eines verletzten Tieres und auch wenn sie eine Waffe auf mich richtete, hätte ich sie am liebsten in den Arm genommen. Ich konnte mir nicht vorstellen, dass sie bei Sinnen war.

Ich schüttelte den Kopf und sie fuhr fort. »Zum ersten Mal sind wir uns in der *schwarzen Katz* begegnet. Du bist auf dem Klo mit mir zusammengestoßen. Dann habe ich euch im Wald dabei zugesehen, wie ihr Susi und Strolch gespielt habt. Im *Schillers* war ich auch und auch in Bremen habe ich euch zugehört.«

Mir klappte die Kinnlade runter und ich war sprachlos. Das konnte doch nicht sein. Wieso war sie uns nicht aufgefallen? Keiner hatte sie gesehen. Eine böse Vorahnung ergriff Besitz von mir.

»Dann warst du auch …«, ich stockte, als Ella hinter dem Baum hervortrat und ich endlich sehen konnte, was sie versteckt hatte. Der Mond schien auf ihre Hand und reflektierte einen weißen Verband, der durch kleine rote Blutflecke gezeichnet war und mich an Peter Pettigrew erinnerte.

»Ja, Schätzchen«, sagte sie und präsentierte den Verband. »Ich habe dir dein wunderschönes Gesicht zerkratzt.«

»Hast du zu viel Harry Potter geschaut?«, fragte ich erstaunt und schaute immer noch auf ihre verbundene Hand. »Bist du wahnsinnig?«, rief ich rhetorisch, denn die Antwort hatte ich mir schon selbst gegeben.

»Vielleicht«, lachte sie und bestätigte mir die Antwort. »Aber immerhin bin ich die Wahnsinnige mit der Waffe, oder? Da würde ich keine so großen Töne spucken, wenn ich du wäre.«

Eins zu null für die Wahnsinnige im schwarzen Federkleid. Die Waffe hatte ich völlig vergessen. Sie wirkte so fehl am Platz.

»Ich dachte, wenn ich dir das Gesicht zerkratze und er sieht, wie hässlich du bist, verlässt er dich und kommt wieder zurück zu mir«, fuhr Ella fort und ich schaute mich im Wald um. Begleiter konnte ich keine entdecken, also waren wir, wenn ich Glück hatte, wirklich allein. Die Bäume standen hier noch nicht so dicht wie im Inneren des Waldes und so war die Chance groß, dass eine der Kugeln mich erwischte, bevor ich wirklich weit gekommen war. Außerdem war es trotz Mondlicht recht dunkel und ich hatte daher keinen vollständigen Blick über die Umgebung. Gleichzeitig war ich schnell, zumindest als Katze, aber um mich verwandeln zu können, müsste ich sie erst mal ablenken und mir fiel einfach nicht ein, wie ich das schaffen konnte. In Extremsituationen blieb ich normalerweise immer ganz ruhig. Meine Gedanken rasten, aber geordnet, nicht sinnlos, und versuchten einen Weg zu finden. Ich überlegte fieberhaft, während Ella weiterredete.

»Aber dieser Idiot ist entweder blind oder dumm. Auf dem Gelände konnte ich dich nicht überfallen, ich wäre keine zwei Meter weit gekommen. Was ist das eigentlich für eine komische Organisation? Eine Sekte oder so was? Wo hast du meinen armen Levi nur mit hineingezogen?«, fragte sie und mir platzte fast die Hutschnur.

»Ich? ICH? Du hast uns doch Jäger auf den Hals gehetzt«, schrie ich ihr förmlich entgegen und fand sogleich den Lauf der Pistole verdächtig nah an meinem Kopf. Wieso vergaß ich das dumme Ding nur immer wieder? Wahrscheinlich, weil ich Ella kannte. Sie war Levis Ex, kein Amokläufer oder Attentäter. Bisher hielt sich meine Angst in Grenzen. Ich war nervös, glaubte jedoch nicht, dass sie wirklich schießen würde.

»Pass auf, was du sagst«, murmelte sie erstaunlich ruhig und bestimmt, wirkte dabei aber nicht weniger wahnsinnig als vor einigen Minuten noch. »Das war doch eure eigene Schuld«, begann sie und strich sich eine Strähne hinter ihr Ohr. »Ich hatte euch beim Rumtollen im Wald beobachtet und gesehen, wie Micah und Liz überfallen wurden. Ich war so wütend auf dich, dass ich meine Chance witterte, dich loszuwerden. Doch ihr hattet euren eigenen Kopf und so ging alles schief«, gestand sie, jetzt war ich neugierig. Eine kalte Brise wehte durch den Wald und ich fröstelte. Meine Klamotten waren eindeutig nicht geeignet für einen mitternächtlichen Ausflug in einen verwunschenen Märchenwald (zumindest kam er mir so vor). Vielleicht würde ja gleich mein Prinz auftauchen und mich retten? Er musste auch nicht reiten, das Pferd war mir egal. Hauptsache, er hatte ein Schwert oder so was dabei, mit dem ich der Hexe den Kopf abschlagen konnte. Okay, jetzt wurde ich etwas dramatisch, aber je länger niemand kam, desto nervöser wurde ich.

»Die Räuber. Sie sollten dich nur abfangen, zu mir bringen und nicht mehr. Ich wollte dich davon abhalten, mit nach Bremen zu gehen. Levi wäre enttäuscht gewesen und hätte dich fallen gelassen«, erklärte Ella weiterhin ihren Plan und ich zog anerkennend die Augenbrauen nach oben. Das war wirklich durchdacht gewesen, wahrscheinlich hätte es sogar funktioniert, wären wir nicht dazwischengekommen.

»Aber dann«, fuhr sie fort. »Habt ihr sie überfallen und ihnen offenbart, was wir sind und die Sache hat sich verselbstständigt. Kurze Zeit hatte ich die Hoffnung, dass sie mir die Arbeit abnehmen und du bei ihrer Jagd draufgehen würdest. Doch dann haben sie Levi verletzt und alles nahm eine ganz schreckliche Wendung. Da musste ich die Sache doch wieder selbst in die Hand nehmen«, sagte sie.

Ein Fuchs huschte rechts von mir über den Waldboden und fesselte für einige Sekunden Ellas Aufmerksamkeit. Ich ließ mir die Chance nicht entgehen und rannte los. In Schlangenlinien versuchte ich ihr zu entkommen und hörte den ersten Schuss. Er traf mich nicht, zumindest spürte ich nichts, also rannte ich weiter.

Mein Herzschlag beschleunigte sich.

Verdammt, sie hatte wirklich geschossen! Irgendwie hatte ich nicht gedacht, dass sie wirklich abdrücken würde. Aber umdrehen und sie weiter hinhalten, war auch keine Option mehr. Also rannte ich und hörte das Blut in meinen Ohren rauschen. Ich versuchte gleichmäßig zu atmen, doch das war nicht möglich. Die plötzliche Panik, dass sie wirklich auf mich zielte, war zu groß.

»Bleib gefälligst stehen, du Miststück!«, rief Ella mir hinterher und ich drehte gehetzt meinen Kopf, um zu sehen, ob sie mir hinterherrannte. Fataler Fehler!

Unsanft stolperte ich über einen heruntergefallenen Ast und landete auf dem Boden. Ich konnte mich mit meinen Händen gerade noch abfangen, doch die brannten höllisch. Mein Herz schlug schnell und das Adrenalin jagte durch meinen Körper.

Ich musste weiter.

Durfte nicht aufgeben.

Sie hatte einmal geschossen, würde es sicherlich ein weiteres Mal tun. Sie hatte nichts mehr mit der Ella gemein, wie sie in meiner Vorstellung existierte. Sie schien zu allem bereit zu sein. Ich sprang auf und rannte weiter. Mein Fuß pochte heftig, doch das war egal, ich musste weg. Ella war nur noch wenige Schritte von mir entfernt und wer wusste schon, was in ihrem Kopf vorging? Lange konnte der nächste Schuss nicht mehr auf sich warten lassen.

Der Boden lag voller heruntergefallener Äste und Laub und erschwerte mir damit das Laufen. Aber immerhin war ich immer noch schneller als Ella. Da ertönte der zweite Schuss und fraß sich wie eine giftige Schlange durch mein Bein.

Ich fiel abermals und landete unsanft.

Reflexartig fasste ich mir an mein Bein und merkte, dass es nur ein Streifschuss war. Doch der reichte mir vollkommen. Es tat so weh, als hätte man mir das Bein bei vollem Bewusstsein amputiert und mich dann einfach liegen lassen. Trotzdem, ich durfte nicht aufgeben, nicht, nachdem ich nun gesehen hatte, dass diese Hexe wirklich zu allem fähig war. Anscheinend wollte sie mich tot sehen. Hatte ich sie vorhin noch umarmen wollen, würde ich ihr nun gerne die Augen auskratzen.

»Wirst du wohl endlich liegen bleiben«, blaffte Ella und war definitiv zu nahe. Sie schoss nochmals und traf keine fünf Zentimeter neben meiner Hand in den Boden. »Na, hast wohl nicht gedacht, dass ich schießen kann?«

Ehrlich schüttelte ich den Kopf und sah sie verängstigt, aber auch wütend an. Die Wut und die Angst rangen in meinem Inneren. Beide schienen gleich stark.

»Glaubst du wirklich, damit bekommst du ihn zurück?«, fragte ich traurig und versuchte Zeit zu schinden.

»Vielleicht nicht, aber immerhin hast du ihn dann auch nicht bekommen«, sagte sie und verdeutlichte mir, wie schlimm es um ihren psychischen Zustand bestellt war.

»Das ist doch nicht dein Ernst, oder? Hast du eigentlich jemals etwas für ihn empfunden?«, giftete ich sie an und konnte mich einfach nicht zurückhalten. Auch wenn ich definitiv nicht in der Position war, ihr meine Meinung zu sagen, tat ich es trotzdem. Natürlich hatte ich Angst um mein Leben, aber was sollte ich tun? Hier liegen und weinen? Solange ich mit ihr sprach, schoss sie immerhin nicht. Zumindest war es vorhin so gewesen. Ich hatte eher das Gefühl, sie wollte mich noch ein bisschen leiden lassen.

Ella schaute auf mich herab und zielte immer noch mit der Waffe auf mich, hielt sie aber nicht mehr ganz so fest. Das Mondlicht spiegelte sich in ihr wider und blendete mich einen Moment.

»Wie kannst du nur behaupten, dass ich ihn nicht lieben würde«, giftete Ella und gab mir einen Tritt, direkt gegen die Schusswunde. Ich schrie auf und kroch ein Stück von ihr weg, doch sie folgte mir. In meine Hände pikten spitze Äste und Steine. Insgesamt fühlte sich mein Körper wund und geschunden an. Meine Nerven waren bis zum Zerreißen gespannt, mein Herz hämmerte das Blut durch meine Adern und in mir kochte die Wut. Was dachte sie sich dabei nur?

»Natürlich liebe ich ihn, würde ich das alles sonst tun?«, fragte Ella plötzlich und ich erinnerte mich wieder an meine Frage.

Nein, das würdest du nicht, dachte ich traurig.

Ella fuhr fort. »Ich tue das alles nur für ihn. Und für mich. Für uns.«

»Und du glaubst, wenn du mich umbringst, wird alles besser? Ich glaube eher das Gegenteil.« Ich unternahm einen letzten Versuch, sie zur Vernunft zu bringen, immerhin ging es um mein Leben. Ich war noch nicht bereit dazu, es abzuschließen. Meine Muskeln begannen zu zittern, ich war vollgepumpt mit Adrenalin und meine Gedanken rasten in meinem Kopf. Suchten einen Weg. Etwas, das ich sagen konnte. Erfassten die ganze aussichtslose Situation und hofften, dass Ella zur Besinnung kam.

»Sei still, sei endlich still«, schrie Ella und schaute mich an, während sie mit der Waffe vor meinem Gesicht herumwedelte.

Gut, davonlaufen war keine Option mehr, selbst wenn ich es schaffte, sie abermals abzulenken, würde ich mit dem Bein nicht weit kommen. Mich zu verwandeln, nahm immer noch zu viel Zeit in Anspruch. Ich hätte es Liz und Micah gleichtun und mich mehr für das Training interessieren sollen. Meine Chancen waren verschwindend gering. Angst durchflutete mich erneut, löschte diesmal Wut aus und ersetzte sie komplett.

Ich würde sterben.

Wenn nicht bald jemand kam, würde ich wirklich sterben. Wieso? Das konnte doch nicht sein. Ich wollte nicht gehen. Nicht so. Mein Herzschlag flatterte und ich hatte das Gefühl, dass mir schwarz vor Augen werden würde. Doch das durfte nicht passieren. Ich musste wach bleiben. Tief atmete ich ein und versuchte, meinen Körper mit Sauerstoff zu versorgen. Eine Träne rann mir aus dem Augenwinkel und brachte mich wieder zur Besinnung. Ich durfte nicht aufgeben. Hoffnung, daran musste ich mich festhalten. Noch war ich nicht tot. Ich musste kämpfen. Irgendwie musste ich mir einen Vorteil verschaffen. Würde ich ihr nur die Waffe entreißen können, dann hatte ich zumindest wirklich eine Chance.

Ella kam ein Stück näher und ich betrachtete sie skeptisch. Was hatte sie vor? Irgendwann musste sie mich schließlich umbringen, oder? War nicht genau das ihr Plan? Wieso zögerte sie es hinaus und wartete darauf, dass uns jemand fand?

Mittlerweile stand Ella so dicht bei mir, dass sich unsere Füße fast berührten. Wenn sie nur ein kleines Stück näher kommen würde, könnte ich sie vielleicht treten. Aber wie brachte ich sie dazu? Das Blut in meinen Ohren rauschte so laut, dass ich nicht verstand, was sie sagte. Es war auch nicht wichtig. In meinem Kopf formte sich eine Idee und ich ließ ihr erst gar nicht den Raum, sich zu entfalten, sondern versuchte sofort, sie umzusetzen.

»Alles wird gut«, flüsterte ich ganz leise, so dass Ella zwar sehen konnte, dass ich etwas sagte, mich aber nicht verstand.

»Was?«, fragte sie gereizt. »Was hast du gesagt?«, keifte sie und tatsächlich, es klappte. Sie kam einen weiteren Schritt auf mich zu, trat genau neben meine Knöchel und beugte sich zu mir herab.

Ich fackelte nicht lange, nutzte die Gelegenheit und versetzte ihr mit meinem unverletzten Bein einen Tritt. Sie strauchelte, kämpfte gegen die Schwerkraft und verlor. Unsanft schlug sie auf dem Waldboden auf und ein weiterer Schuss löste sich. Ich zögerte keinen Moment und stürzte mich auf die auf dem Rücken liegende Ella. Zuerst schlug ich ihr die Waffe aus der Hand, dann verpasste ich ihr einen heftigen Schlag mit meiner Faust und hoffte inständig, ihr zumindest die Nase gebrochen zu haben.

»Das war für mein Gesicht«, keuchte ich, wurde jedoch sofort herumgeschleudert und begab mich wieder von meinem hohen Ross.

Ella zog an meinen Haaren, versuchte sie meiner Kopfhaut zu entreißen, doch die war genauso widerspenstig wie ich. Wir rangelten und ich versuchte sie von mir zu drücken, doch dafür, dass sie so dünn war, war das ganz schön schwer. Sie verpasste mir einen Schlag und traf mich an der Schläfe. Für einen Moment verlor ich die Orientierung und die Geräusche um mich herum setzten aus. Dann fasste ich mich wieder und versuchte, ihr Kinn nach oben zu drücken. Ich wand mich und schaffte es, wieder auf sie zu rollen. Mit allen Mitteln versuchte ich sie niederzuringen. Das war mein letzter Versuch. Wenn der scheiterte, würde sie wahrscheinlich nicht mehr lange fackeln und mich einfach erschießen. Ich durfte nicht aufgeben, musste weiter mit ihr rangeln und kämpfen. Trotzdem kroch die Angst durch meine Glieder, ich ließ mich jedoch nicht von ihr beherrschen, sondern nutzte sie. Ich versuchte Ella festzunageln und die Oberhand zu behalten. Mein Bein schmerzte und ich keuchte, als sie dagegenstieß. Lange würde ich das nicht mehr aushalten.

»Kat«, hörte ich es plötzlich hinter mir rufen und hätte am liebsten aufgelacht. Endlich!

Doch Ella gab nicht auf, sie wand sich, trat nach mir und versuchte mich mit aller Gewalt von sich zu schieben. Ich sah mich um und erkannte Levi, gefolgt von Harry und Eliah. Erleichtert atmete ich auf und ließ von Ella ab. Sie hatten allesamt Waffen in der Hand und sobald ich von Ella hinuntergerollt und weggerobbt war, zielten sie auf sie.

»Wisst ihr, ich war noch nie in meinem Leben so glücklich, euch zu sehen«, sagte ich und begann gleichzeitig zu lachen und zu weinen. Alles stürzte über mir ein, die Welt verschwamm kurz vor meinen Augen und ich schloss die Lider für einen Moment. Öffnete sie wieder und war einfach glücklich, noch am Leben zu sein. Der Schock würde wahrscheinlich später kommen, wenn ich in Gänze begriff, was heute geschehen war.

Levi kam zu mir herüber und nahm mich in die Arme. Die Tränen rannen über meine Wangen und ich war froh, in seinen Armen liegen zu können.

»Geht es dir gut?«, flüsterte er und verteilte Küsse auf meinem ganzen Gesicht.

Ich rieb mir über meine müden Augen. »Jetzt ja. Ein paar kleine Narben werde ich wohl davontragen, aber wenn ihr Männer genauso darauf steht wie wir Frauen, wirst du mich ab heute absolut sexy finden.« Meinen Humor hatte ich immerhin nicht verloren. Puh, Glück gehabt. Sarkasmus hatte mir schon immer durch alle Lebenslagen geholfen. Ein Jammer, dass ihn nicht jeder fließend sprach.

Levi lachte erleichtert auf und küsste mich wieder. »Ich fand dich davor auch schon sexy.«

»Richtige Antwort«, sagte ich erschöpft.

»Wieso hat das so lange gedauert?«, fragte ich, um mich von meinen Tränen abzulenken, und richtete das Wort eher an Harry und Eliah. Ich vermied es, auf mein Bein zu schauen, damit ich mein eigenes Blut nicht sehen musste.

Beide standen immer noch an derselben Stelle und hatten Levi und mir einen kurzen Moment für uns gegeben. Ich war ihnen dankbar.

Harry schaute zu mir, während Eliah weiterhin seinen Blick fest auf Ella gerichtet hatte, die verdächtig schweigsam war. »War gar nicht so einfach gewesen, dich zu finden«, gab Harry zu.

Levi erhob sich und ich vermisste seine schützenden Arme sofort. »Was zur Hölle geht eigentlich in dir vor?«, sagte er dann an Ella gewandt.

»Ich hab das für uns getan«, versuchte sie sich stammelnd zu erklären und ich sah die Tränen in ihren Augen glänzen.

Levi schnaubte. »Für uns? Bist du verrückt? Es gibt kein uns.«

Levi schritt auf seine Exfreundin zu und blieb eine Armlänge von ihr entfernt stehen. Das Licht, das durch die Bäume drang, betonte seine Züge, die Ella hart und traurig anschauten.

Ella zeigte auf mich und blickte mich eiskalt an. »Ja, wegen ihr. Sie ist das Problem, das ich gerade beseitigen wollte.«

Levi schnaubte, diesmal viel verächtlicher, als ich es jemals gekonnt hätte. »Du bist das Problem, also wenn du etwas beseitigen willst, dann dich selbst. Hör mir gut zu. Es wird nie wieder ein uns geben. Und ich kann immer noch nicht glauben, was du uns alles angetan hast.«

»Levi«, sagte Ella dann und stürzte sich in seine Arme. »Bitte.«

Doch Levi gab ihr keine Chance, sondern stieß sie von sich, Ella strauchelte, fiel über einen Ast und stürzte zu Boden. Ihr Kopf krachte hörbar auf einen Stein und für einen Moment schien der ganze Wald still zu sein. Alles wartete darauf, dass sie aufstand. Dass ihre Brust sich hob und senkte. Doch nichts geschah. Ella lag da, blass und trotzdem schön wie Schneewittchen. Dann war der Moment vorüber und alle drei Männer stürmten zu der am Boden liegenden Gestalt. Schwerfällig hievte ich mich hoch und humpelte hinüber. Harry nahm Ellas Kopf von dem Stein und versuchte sie wiederzubeleben, doch Eliah legte ihm seine Hand auf die Schulter.

»Lass es, mein Junge, man hat das Genick förmlich knacken hören«, sagte er traurig und mir liefen die Tränen schon wieder über die Wangen. Das letzte Mal, als ich einen Toten gesehen hatte, war es mein Vater gewesen und ich war mir sicher, dass ich mich niemals an den Anblick gewöhnen würde. Obwohl es aussah, als ob Ella schlafen würde, fehlte etwas. Irgendetwas schien gegangen und ihren Körper achtlos zurückgelassen zu haben.

»Komm gut nach Hause«, flüsterte ich und betrauerte ihren Tod aufrichtig. Das hatte sie nicht verdient. Niemand hatte das. Ella war nicht bei Verstand gewesen und hätte dringend Hilfe gebraucht. Der Tod war eine harte Strafe für ihr Verhalten.

Einige Minuten standen wir um den leblosen Körper und hingen alle unseren Gedanken nach. Dann hob Harry Ella auf seine Schulter und wir gingen zusammen Richtung Rat.

»Geht das bei dir?«, fragte mich Eliah und ich nickte. Mein Fuß tat höllisch weh, aber es war nichts im Vergleich zu den Ängsten, die ich die letzten Minuten durchgestanden hatte. Levi stützte mich und ganz langsam gingen wir zwischen den Bäumen hindurch, bis wir nach wenigen Hundert Metern den Waldrand erreicht hatten. War ich dem Raben wirklich so weit nachgelaufen? Ich musste unbedingt an meiner Wahrnehmung arbeiten.

»Du hast es ganz schön gefasst aufgenommen, dass Ella versucht hat, mich umzubringen«, sagte ich irgendwann, um die Stille zu durchbrechen.

B-A-U-M.

G-R-Ü-N.

H-I-M-M-E-L, buchstabierte ich gleichzeitig, um mein Herz zu beruhigen, es schlug mir immer noch bis zum Hals. Langsam schien auch in meinem Bewusstsein anzukommen, was passiert war. Man hatte auf mich geschossen, mich sogar getroffen. Tränen suchten ihren Weg an die Oberfläche. Ich versuchte sie wegzublinzeln, doch es gelang mir nicht, also ließ ich sie laufen.

Levi legte seinen Arm fester um meine Mitte. »Ich hatte es schon vorher gewusst«, durchbrach er meine Gedanken. Die Ablenkung tat mir gut, auch wenn ich weiterhin lautlos weinte. Er fuhr fort: »Sie haben die restlichen Räuber geschnappt und einer hat gleich gestanden und Ella verraten. Er wusste zwar ihren Namen nicht, aber er hat eine gute Beschreibung abgeliefert. Zu dem Zeitpunkt hatte ich einen Verdacht, doch glauben wollte ich es nicht. Wieso auch? Welchen Grund sollte Ella haben, dir so etwas anzutun?« Levi seufzte. »Und dann habe ich sie gesehen. Den Wahnsinn in ihr gespürt, und hätte sie dich nicht so unglaublich zugerichtet, hätte sie mir wahrscheinlich noch leidgetan«, gestand er und ich verstand ihn so gut.

»Schäme dich dafür nicht«, sagte ich und musste daran denken, dass auch ich Mitleid für sie empfunden hatte. Mein Herzschlag hatte sich beruhigt. Die Tränen hatten geholfen. Sie waren noch nicht gänzlich versiegt, aber weniger geworden. »Wie ging es dann weiter?«

»Wir haben dich überall gesucht, ich wollte dir sofort von den Neuigkeiten und meinem Verdacht erzählen. Dann sagte Mila, du seist mit Liz in den Speisesaal, doch dort angekommen fanden wir nur Liam und Liz, die sich unterhalten hatten. Plötzlich hatte ich ein ganz komisches Gefühl im Bauch und brach in Panik aus.« Ah, da hatte Lizzy sich also versteckt. Deswegen war ich so lange mit dem Vogel allein gewesen. »Als wir dich im Innenhof nicht finden konnten, haben wir auf die Überwachungskameras zurückgegriffen, und als ich die Krähe auf dem Innenhof sah, wusste ich, dass das Ella sein musste. Es konnte nicht anders sein. Plötzlich schien alles einen perfiden Sinn zu ergeben und wir sind sofort losgestürmt. Liam und Nicolas suchen auf der anderen Seite nach dir«, endete Levi und schien erschöpft.

»Ganz schön langer Tag, was?«, sagte ich und versuchte zu lächeln. Es misslang mir.

»Da sagst du was. Heute habe ich so ziemlich jedes Gefühl durchlebt, das ich kenne.«

Wir durchschritten das Tor zur Villa und ich atmete erleichtert auf. Mittlerweile war ich glücklich über die Existenz des Rates und fühlte mich auf seinem Gelände sicher. Liam und Nicolas kamen uns auf dem halben Weg zur Eingangstür entgegengerannt und redeten aufgeregt durcheinander.

»Wir haben einen Schuss aus der anderen Richtung des Waldes gehört und sind dann umgedreht«, sagte Liam.

Nicolas eilte zu mir. »Geht's dir gut?«

»Ja, es geht schon.« Ich wollte ins Bett. Weinen. Schlafen.

Zusammen gingen wir Richtung Eingang.

Kurz davor stockte Harry. »Was machen wir mit ihr?«

Er schaute zuerst mich, dann Levi an.

»Hat sie eine Familie, der wir sie übergeben könnten?«, fragte Eliah.

»Nein, alle sind gestorben, sie war allein«, antwortete Levi und sah zu Boden. Vielleicht war sie deswegen so ausgerastet? Weil sie dachte, sie hätte niemanden außer Levi? Arme Ella. Was dachte ich da eigentlich? Sie hatte immerhin versucht, mich umzubringen. Da sollte ich wohl kein Mitleid mit ihr haben.

»War sie religiös?«, forschte Harry weiter und ich zuckte nur unwissend mit den Schultern.

»Ja, sie ist katholisch erzogen worden. Wirklich dran gehalten hat sie sich nach dem Tod ihrer Eltern aber nicht.«

Harry nickte. »Gut, dann begraben wir sie, oder?«, fragte er an Eliah gerichtet, welcher nickte.

»Kat, Levi«, hörte ich Liz und fand mich dann in ihren Armen wieder. Sie weinte bitterlich und ich strich ihr tröstend über den Kopf, auch wenn mir unser Zusammenprall die Luft aus den Lungen gedrückt hatte. Auch meine Tränen flossen erneut und gemeinsam sanken wir zu Boden. Erstens schmerzte mein Bein und zweitens schien mich die Situation niederzudrücken. »Als wir den Schuss gehört haben, da dachte ich …«

»Alles ist gut«, flüsterte ich und versuchte stark zu bleiben. Für Liz, für uns alle. In meinem Bett konnte ich dann alles auf mich einsprudeln lassen. Einige Sekunden später löste sie sich von mir, blieb aber weiterhin ganz nah bei mir sitzen.

Micahs Blick hing gebannt an dem toten Leib über Harrys Schulter. »Ist das …«, begann er, schien ihren Namen aber nicht aussprechen zu können.

»Ella«, spie Levi ihren Namen aus und ich hörte Micah scharf einatmen. Auch Liz versteifte sich neben mir und ich wusste nicht einmal, ob sie sie gut gekannt hatten. Eigentlich wusste ich allgemein sehr wenig über sie.

»Aber, was ist denn passiert?«, fragte Micah und ich sah ihn verwirrt an. Dann wanderte mein Blick zu Levi und er schüttelte den Kopf.

»Ich hatte keine Zeit, es ihnen zu erklären«, sagte er an mich gewandt.

Ich nickte. Die Zeit war wirklich knapp gewesen. Immerhin hatte mein Leben auf dem Spiel gestanden und ich war froh, dass er keine Zeit verloren hatte. Meine Augen brannten, meine Glieder schmerzten. Der Streifschuss fraß sich immer noch durch mein Bein und brannte wie Feuer, zum Glück kannte mich der Professor mittlerweile. Auch wenn er seltsam war, konnte er mich immerhin medizinisch versorgen.

Liz schniefte geräuschvoll und ich nahm ihre Hand. »Alles wird wieder gut«, sagte ich und hoffte, dass ich recht behielt. »Lasst euch alles von Harry und Eliah erzählen, nachdem sich jemand meine Wunde angesehen hat, will ich nur noch ins Bett.« Auch wenn das egoistisch war, wusste ich, dass bald alles mit voller Wucht über mir zusammenbrechen würde. Da wollte ich in meinem Bett liegen, niemand sollte es sehen müssen, sich noch mehr Sorgen machen. Für diesen einen Tag hatten wir genug erlebt.

25.

Straßensymphonie – Monate später.

Das ist doch nicht deren Ernst, oder?«, fragte ich und starrte auf die riesengroße Bühne, die im noch größeren Garten des Rates aufgebaut war. Das letzte und auch erste Mal hatte ich in Bremen auf so einer enormen Bühne gestanden.

Lizzy schnaubte. »Was glauben die, wie viele Menschen kommen?«

»Und sollen wir wirklich vor allen spielen?«, fügte Micah zweifelnd hinzu.

Levi stellte sich direkt vor uns, stemmte die Hände in die Hüften und schaute uns ernst an. »Was ist denn los mit euch? Wir sind eine Band, schon vergessen? Vielleicht hatten wir die letzten Monate nicht so viel Zeit, um vor einer großen Menge zu spielen, aber wir rocken dieses Sommerfest, verstanden? Wir sind Night Circus, oder nicht?«

Zweifelnd schaute ich ihn an. »Das ist wahr, Schatz, aber wir haben noch nie vor so vielen Menschen gespielt.«

»Wer hätte gedacht, dass der Rat so viele Mitglieder hat und die auch zum Sommerfest einlädt? Und wer hätte gedacht, dass wir wirklich spielen sollen?«, sagte Micah und betrachtete andächtig die Bühne.

Die Sonne brannte vom Himmel und selbst mein leichtes schwarzes Sommerkleid war mir im Moment zu viel Kleidung. Es war unglaublich heiß und ich hätte mir am liebsten einen Eimer kaltes Wasser über den Kopf geleert. Die Luft schien zu stehen und machte das Atmen unglaublich schwer. Für eine kühle Brise hätte ich alles gegeben. Oh, oder einen Eiskaffee. Ich spürte das kühle Getränk förmlich auf meiner Zunge. Wie es an meinem Gaumen entlangglitt, durch die Speiseröhre in den Magen rutschte. Omnomnom.

»Träumst du?«, fragte Levi mich und legte seine Arme plötzlich von hinten um mich. Ich hatte gar nicht mitbekommen, dass die anderen bereits Richtung Bühne gegangen waren, so beschäftigt war ich mit meinen Gedanken gewesen.

»Ja, von einem Eiskaffee«, gab ich zu und löste mich von ihm. Ich liebte ihn, aber für eine Umarmung war es viel zu heiß. Er lachte und sah mich zufrieden an. Ich nahm seine Hand und zog ihn mit mir ins Gras. Es kühlte meine erhitzte Haut ein wenig und ich genoss das kühle Gefühl für einen Moment. Dann schaute ich wieder zu der Bühne, die aus dieser Position noch beängstigender wirkte. Micah und Liz liefen auf ihr hin und her und versuchten sie mittels ihrer Schritte auszumessen, zumindest wirkte es so. Fast sahen sie aus wie kleine Miniaturfiguren.

In einigen Stunden mussten wir unsere Instrumente aufbauen und dann würden wir das erste Mal seit einigen Wochen, fast schon Monaten wieder vor einem richtigen Publikum spielen. Um uns herum waren überall Stationen aufgebaut, an denen Kinder verschiedene Spiele absolvieren konnten. Am Ende würde es eine Siegerehrung geben. Überall war fröhliches Kinderlachen zu hören. Hell klang es durch die Luft und schien diesem heißen Sommernachmittag eine Bedeutung zu geben. Die Eltern saßen entweder an den dafür aufgebauten Bierbänken oder absolvierten mit ihren Kindern die Stationen. Nie im Leben hatte ich mir das Sommerfest des Rates so vorgestellt. Durch die Luft wehte der Geruch von gegrilltem Fleisch und roten Würstchen zu uns und mir lief das Wasser im Mund zusammen. Irgendwie hatte ich eher erwartet … okay, ich wusste nicht genau, was ich erwartet hatte. Das jedenfalls nicht. Nicht mal im Traum. Es war wundervoll. Jeder schien Spaß zu haben und generell erinnerte es mich vielmehr an die Feste, die wir in der Bar gegeben haben, oder die der Sportverein einer meiner Kumpels veranstaltet hatte. Es passte nicht zu einer Behörde. Wobei ich den Rat nach der Zeit, die ich nun in ihm lebte, auch nicht mehr als Behörde bezeichnen würde. Eher als Großfamilie. Zumindest fühlte es sich für mich so an.

»Levi, kommst du mal? Ich will dich jemandem vorstellen«, drang plötzlich Ilias' Stimme zu uns und Levi verdrehte genervt die Augen.

»Ich komme«, rief er, küsste mich und ging zu seinem Vater.

Glücklich lächelte ich ihm hinterher. Ich war froh, dass die beiden sich ausgesprochen und alles geklärt hatten. Levis Kindheit hatte immer noch ihre Wunden auf seiner Seele hinterlassen, aber immerhin waren sie jetzt genäht worden und konnten verheilen. Wir waren noch vorsichtig, trauten Ilias nicht zu hundert Prozent, denn Vertrauen musste man sich verdienen, vor allem, wenn man es einmal zerstört hatte. Aber wir, vor allem Levi, hatten ihm eine zweite Chance gewährt und bisher machte er sich ganz gut als Vater. Auch als Vorsitzender des Rates war er gar nicht so übel. Einige seiner Ansichten waren veraltet und mussten überholt werden, doch er war willig und Levi hatte jetzt ein Mitspracherecht. Er war ein aktives Mitglied des Rates geworden und nahm diese Aufgabe sehr ernst.

Ich legte mich auf die Wiese und versuchte, jeden Millimeter meines Körpers von ihr kühlen zu lassen. Auch wenn es sehr warm war, genoss ich dennoch die Sonne. Sie machte die Tage heller, fröhlicher, verlieh ihnen mehr Leben. Ich wünschte, wir könnten irgendwo leben, wo 365 Tage im Jahr die Sonne schien. Doch unser Leben war hier und das war okay. Ich fühlte mich rundum wohl. Levis Familie war großartig und ich hatte sie alle ins Herz geschlossen. Micah, Liz, Levi und ich waren noch enger zusammengewachsen und suchten im Moment nach einer Wohnung in dem kleinen angrenzenden Dorf. Eliah hatte uns angeboten, zu ihnen zu ziehen, doch das war mir zu viel des Guten. Ein bisschen Abstand konnte nicht schaden. Immerhin würden wir schon im selben Ort wohnen. Ein bisschen bedauerte ich es, dass wir so weit von meiner Heimat weg waren, doch für den Moment war es besser so und wer wusste schon, was als Nächstes passierte? Ich konnte jederzeit zu meiner Mutter oder in die *schwarze Katz* fahren, immerhin waren sie nicht aus der Welt. Sascha war gerade mit dem Wiederaufbau beschäftigt und ich freute mich jetzt schon darauf, wenn wir das erste Mal dort spielen durften. Maike hatte sich gut erholt und auch Trixi konnte wieder ohne Angst vor die Tür gehen.

Plötzlich legte sich ein Schatten über mich und ich erschrak. Auch wenn seit Ellas Überfall schon Tage, Wochen, Monate vergangen waren, war ich immer noch schreckhaft. Der Schock steckte mir noch in den Knochen und ich träumte jede Nacht von ihr.

Liz ließ sich neben mir ins Gras sinken und streckte mir ein eisgekühltes Wasser entgegen.

Dankend nahm ich es an. »Du bist ein Engel.«

»Ich weiß«, lachte sie und nahm einen Schluck aus ihrer eigenen Flasche. »Irgendwie hatte ich mir das alles ganz anders vorgestellt.«

Ich setzte mich auf. »Ich auch«, gab ich zu und trank einen großen Schluck. Köstlich erfrischend rann es meine Kehle hinab und ich schauderte. Harry und Liam liefen nur einige Meter von uns entfernt über die Wiese und lächelten uns zu. Beide waren gerade von einem Auftrag zurückgekehrt und der schöne Brite hatte einen langen Kratzer auf der Wange. Hoffentlich blieb keine Narbe zurück. Wobei die ihn auch nicht entstellen, sondern nur noch heißer machen würde. Briten. Die hatten die wundervollen Gene in die Wiege gelegt bekommen. Gemein.

»Wann fahrt ihr?«, riss Liz mich aus meinen Gedanken und ich wandte mich ihr zu. Sie musterte die beiden Jungs und ich fragte mich, ob da mehr war als nur die ganzen Trainingsstunden, die sie miteinander verbrachten. Aber dann war immer noch die Frage: Liam oder Harry? Plötzlich drehte sie ihren Kopf und schaute mich fragend an. Ach so, die Frage.

»Montag früh«, antwortete ich schnell und nahm einen weiteren Schluck aus der Flasche. Das Wasser perlte in großen Tropfen von der Glasflasche und meine ganze Hand war nass. Ich nutzte diesen Umstand und wischte mir mit dem kühlen Nass über die Stirn.

»So bald schon? Wann kommt ihr wieder?«, fragte Liz weiter.

Ich kratzte mich am Kopf. »Ja, wir wollen vorher noch bei meiner Mama vorbei und dann geht es weiter nach Stuttgart, das ist die erste Station. Danach München und je nachdem, wie die Wandler reagieren, schauen wir weiter.«

Zusammen mit Ilias hatten wir die letzten Wochen ein Konzept erarbeitet, dass dem Rat das Arbeiten erleichtern sollte. Levi und ich würden als Abgesandte herumreisen und an dem Ausbau unserer Verbündeten arbeiten. Wir würden mehr Leute, vor allem große Clanführer, in die Existenz des Rates einweihen und daran arbeiten, auch international tätig zu sein. Denn Wandler gab es überall auf der Welt.

»Aber ihr seid doch wieder da, wenn wir Wohnungen besichtigen, oder?«, fragte Lizzy traurig.

Lächelnd schaute ich in ihre wundervollen Augen und sah die Henne tanzen, die mir oft vielmehr wie ein Küken vorkam. »Aber so was von. Oder glaubst du etwa, ich lasse euch ganz allein mein neues Zuhause aussuchen?«

Liz lachte. »Gut. Was mach ich nur so lange ohne euch?«

»Trainieren«, sagte ich ernst.

»Stimmt, du bist wirklich gut darin«, vernahm ich plötzlich Eliahs Stimme hinter uns. Ich hatte ihn gar nicht näher kommen gehört. »Hast du schon mal darüber nachgedacht, dich zur Krigare ausbilden zu lassen?«

Scharf sog ich die Luft ein. War das sein Ernst? Unsere Lizzy? Eine Krigare?

»Haha, witzig«, sagte Lizzy und ich schaute sie verwirrt an. »Dazu bin ich viel zu zierlich.«

»Eine Statur sagt noch nichts über den Kämpfer aus«, begann Eliah und setzte sich zu uns ins Gras. »Du brauchst das Herz, den Willen und vor allem die Leidenschaft. All diese Eigenschaften vereinst du und zeigst sie jeden Tag, wenn du mit den Jungs in der Halle stehst. Denk darüber nach.«

Liz zog ihre Knie an die Brust und legte ihren Kopf darauf.

»Ich weiß nicht«, sagte sie.

Es stimmte, was Eliah gesagt hatte. Lizzy war eine wundervolle Kämpferin und es schien ihr wirklich Spaß zu machen. Obwohl ich Angst um sie hatte, musste sie ihrem Herzen folgen. Wenn es das war, was sie wollte, was sie glücklich machte, sollte sie es tun.

»Eliah hat recht. Es scheint dir Spaß zu machen und du bist wirklich gut. Die Jungs verprügelst du mittlerweile fast im Schlaf«, bestärkte ich sie, versuchte aber gleichzeitig, ihre Entscheidung nicht zu beeinflussen.

Sie sah mich aus großen Augen an und ich fuhr fort. »Denk drüber nach, mach, was du möchtest. Du musst dich nicht gleich entscheiden.«

Es würde ihr eine Aufgabe geben. Ich wusste nicht, wie sie sich fühlen musste. Micah hatte administrative Aufgaben übernommen und koordinierte verschiedene Einsätze. Er hatte sich schnell in alle Unterlagen eingelesen und durch seinen Weitblick und seine Ruhe war er perfekt für diesen Job. Nur Lizzy wusste noch nicht so genau, was sie tun wollte. Für die organisatorischen Angelegenheiten des Rates interessierte sie sich nicht. In der Zeit, die sie nicht mit uns verbrachte, war sie in der Halle bei den Jungs. Die Ausbildung zur Krigare würde ihr eine Aufgabe geben und vielleicht nahm es ihr sogar die Angst vor der Zukunft. Ich konnte sie in ihren Augen sehen, in ihren Worten hören. Verstand sie. Die Zukunft stand nicht in den Sternen, wir konnten sie nirgends nachlesen, mussten sie nehmen, wie sie kam. Wir konnten nur versuchen, weniger Angst vor ihr zu haben und das Beste aus ihr zu machen.

Nach einer Weile kam Levi zurück zu uns und setzte sich genervt neben mich. »Langsam kann ich mir keine neuen Namen mehr merken.«

Ich lachte. »Er will eben mit dir angeben, wie jeder Vater es gerne macht.«

»Ich weiß noch nicht, wie ich mit der neuen Situation umgehen soll«, sagte er und strich mit seinen Fingern über meinen Handrücken.

»Das kommt noch, du musst nicht immer mit dem Kopf durch die Wand«, lachte ich und küsste ihn.

Immer mehr unserer Freunde gesellten sich zu uns und kurz vor dem Auftritt waren wir komplett. Selbst Mila und Peter waren gekommen. Ich mochte ihren Ehemann und verstand endlich ihre Worte. Für sie war es gut so, wie es war und mehr konnte sie nicht erwarten. Peter war eine etwas ältere Version von Harry. Seine Haare waren jedoch dunkler und viel kürzer.

Die Jungs hatten mittlerweile die Instrumente aufgebaut und jetzt wirkte die Bühne deutlich kleiner und gemütlicher. Die Sonne stand nicht mehr so hoch am Himmel und endlich blies der Wind kühle Luft zu uns. Ich stand seitlich vor der Bühne und schaute über die Wiese. Ein buntes Meer aus Menschen floss über das Grün und bedeckte es fast vollständig.

Levi trat zu mir, küsste mich auf die Wange und nahm dann meine Hand. »Alles gut?«

»Alles gut!«, antwortete ich und versuchte ihn anzulächeln. Anscheinend gelang es mir nicht so gut, wie ich es beabsichtigt hatte, denn er schlang seine Arme um mich und hüllte mich in seine Sicherheit.

»Keine Angst«, flüsterte er mir ins Ohr und küsste meinen Nacken. Ich schauderte und eine Gänsehaut zog sich über meinen Körper.

»Ich hab keine Angst«, sagte ich und als ich es aussprach, wusste ich, dass es stimmte.

»Gut, denn es geht gleich los«, lächelte Levi mich an und schaute mir in die Augen. »Ich liebe dich«, sagte er und ich lächelte. Ich würde nie genug davon bekommen, diese Worte aus seinem Mund zu hören. »Ich bin so glücklich, dich an meiner Seite zu haben. Mit dir scheint alles möglich«, fuhr er fort und mir schmolz das Herz.

»Ich liebe dich auch«, sagte ich und hatte das Gefühl, damit nicht mal ansatzweise das ausdrücken zu können, was ich fühlte.

»Seid ihr bereit?«, fragte Micah von der Bühne aus.

Ich grinste ihm entgegen und nickte. Er streckte mir seine Hand entgegen und zog mich nach oben, Levi schaffte es ohne Hilfe und ich streckte ihm die Zunge heraus, als er mich überheblich angrinste. Pff, ich war eine Dame, ich durfte Hilfe annehmen, so.

Micahs Schlagzeug war auf einem kleinen Podest aufgebaut, damit er hinter uns nicht unterging. Davor erkannte ich Levis Gitarre, die schon auf ihn zu warten schien. Liz stand mit ihrer Geige neben dem Mikrofonständer, der für mich gedacht war, und schaute zur Menge nach unten. So viele Menschen tummelten sich vor der Bühne und warteten darauf, dass wir anfingen. Ganz vorne mit dabei: Harry, Liam, Nicolas und Mila, die zu unserem persönlichen Fanclub mutiert waren. Neu dazugekommen war Peter, der uns heute zum ersten Mal zuhörte. Zusammen mit Mila wohnte er nicht im Rat oder dessen unmittelbaren Nähe, was ich wirklich schade fand. Ich winkte ihnen zu und genoss ihre Jubelschreie. Es war schön, auf der Bühne zu stehen, und ich sog den Moment in mich auf, versuchte ihn für immer in einer Erinnerung zu speichern.

Routiniert nahmen wir alle unsere Plätze ein. Diese Bühne mochte vielleicht riesig sein, dennoch war sie unser Zuhause. Hier waren wir die Herrscher, wussten, was zu tun war. Und das würde auch so bleiben. Ich spürte es in meinem Herzen und musste es herauslassen, sonst drohte ich vor lauter Glück zu platzen.

Ich schaute zu Levi und grinste, er wusste, was ich singen wollte und stimmte die ersten Töne an. Liz lachte, Micah stieg sofort mit ein.

Ich begann zu singen, schmetterte unser Lied in die Welt.

»*Es war dunkel. Stand auf der Straße meines Lebens und konnte nichts sehen. Umschlossen von der Dunkelheit saß ich fest. Sah Sterne, doch nahm sie nicht wahr. Verlor mich, fand euch. Begann ein neues Buch, auf einer neuen Straße.*

Wir sind wie Instrumente.

Jedes für sich ist einsam.

Allein und schweigsam.

Doch zusammen setzen wir Akzente.

Geh die Straße nicht mehr allein, sondern mit meiner Symphonie. Kann sie immer hören.«

Sie waren immer für mich da, wie meine Familie.

M. H.H.

Danke,

… dass ihr noch dabei seid und meine Danksagung lest. Für mich ist sie genau so wichtig wie der Rest des Buches. Denn hier habe ich Platz, um den Menschen zu danken, die mich bei diesem wundervollen Projekt unterstützt haben. Ich danke euch, dass ihr dieses Buch gelesen und ihm eine Chance gegeben habt. Ich danke euch außerdem für eure Unterstützung und euren unerschütterlichen Glaube an uns Autoren. Ohne euch, gäbe es uns nicht.

Danke, mein Stern, dass du so lange für mich da warst. So lange an meiner Seite gegangen und mich geliebt hast. Ich werde dich nie vergessen und für immer lieben. Du fehlst. Schrecklich.

Da meine Familie und meine Freunde mich ertragen mussten, während ich diese Geschichte zu Papier gebracht, wieder gelöscht und neu geschrieben habe, sollte ich ihnen das Bundesverdienstkreuz überreichen. Da das leider nicht in meiner Macht steht, will ich euch wenigstens sagen, dass ich euch lieb hab! Danke, dass ihr immer hinter mir steht, auch wenn ihr manchmal vielleicht nicht versteht, was ich da tue. Ohne euch, wäre ich nichts.

Brainstorming ist allein ziemlich öde, deswegen bin ich froh, dass ich euch habe: Mirjam H. Hüberli, Kerstin Ruhkieck, Felicitas Brandt, Jennifer Wolf und all die anderen wundervollen Kollegen und Freunde, die mich jeden Tag inspirieren und unterstützen. Danke auch an meine Testleser. Ihr seid wunderbar. Da ein Drache nie alleine fliegt, möchte ich außerdem Astrid Behrendt danken, die von Anfang an, an mich geglaubt hat und wie ein Felsen hinter mir stand. Danke, dass du immer für uns da bist. Danke, dass wir immer zu dir kommen können. Du zeigst uns jeden Tag, dass es das Gute im Menschen noch gibt.

Im gleichen Atemzug will ich auch alle anderen Drachen erwähnen: Ihr seid wunderbar. Ohne euch würde etwas fehlen.

Vor allem ohne dich Mirj, wer würde sonst alle meine sarkastischen Kommentare verstehen? Danke, dass du mir diese wundervollen Zeichnungen zur Verfügung gestellt hast. Danke, dass du immer für mich da bist.

Danke, Meli, Michèle und Anja, dass ihr meinen Bands einen Namen gegeben habt.

Zuletzt geht ein besonderes Dankeschön, an Maike, die mir nicht nur ihren Namen geliehen, sondern auch ihre Zeit gewidmet hat. Danke.

Danke. Danke. Danke.

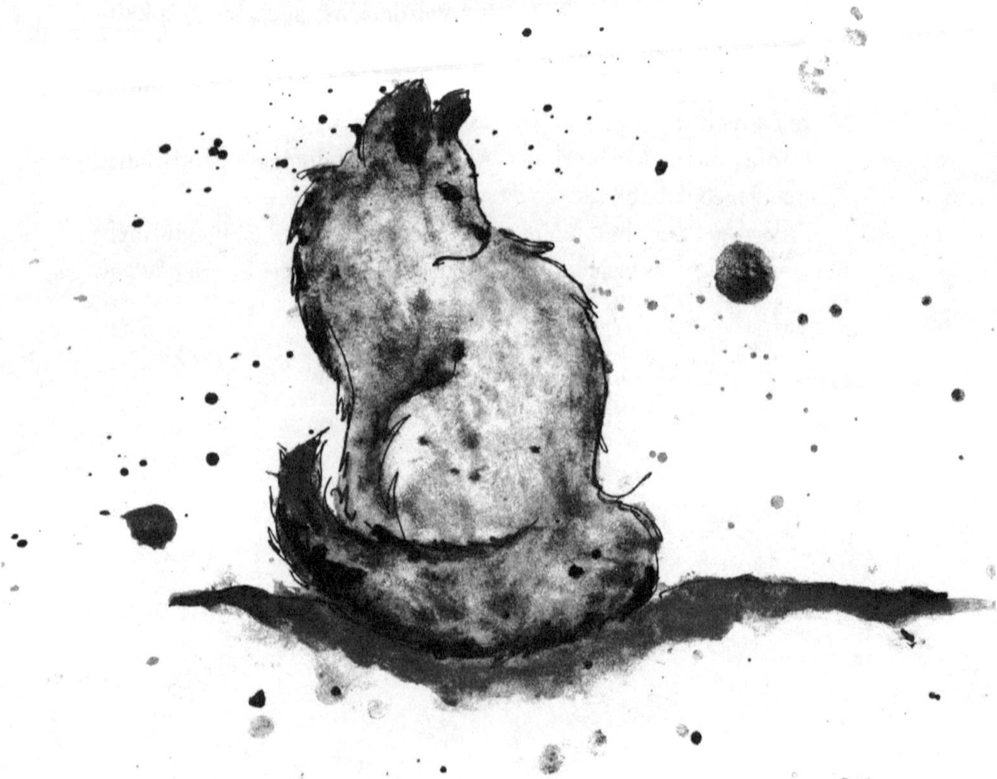

Haben euch die Zeichnungen gefallen?
Dann schaut doch mal bei Mirjam H. Hüberli vorbei.
https://www.facebook.com/Mirjam.H.Hueberli.Autorin/?fref=ts

DRACHENMOND VERLAG
BÜCHER MIT HERZBLUT